그냥,
2200km를
걷다

그냥, 2200km를 걷다
르퓌에서 산티아고 그리고 리스본까지 86일간 여정

초판 1쇄 발행일 2021년 10월 04일

지은이 김응용
펴낸이 이원중

펴낸곳 지성사 출판등록일 1993년 12월 9일 등록번호 제10-916호
주소 (03458) 서울시 은평구 진흥로 68 2층
전화 (02) 335-5494 팩스 (02) 335-5496
홈페이지 www.jisungsa.co.kr 이메일 jisungsa@hanmail.net

ISBN 978-89-7889-473-9 (03810)

잘못된 책은 바꾸어드립니다. 책값은 뒤표지에 있습니다.

또다른일상 이야기

그냥, 2200km를 걷다

르퓌에서
산티아고 그리고
리스본까지 86일간 여정

김응용 지음

지성사

| 들어가는 글 |

지루하면 지는 거다

마흔에 은퇴를 하기로 마음먹었다.

공공연히 꿈이라고 말하고 다니던 일이 현실이 될 거라곤 나조차 믿지 않았다. 그저 막연히 얼마나 돈이 많은가보다 얼마나 빨리 노동에서 벗어나느냐가 관건이 될 거라는 어느 매체 기사의 한 줄을 마음에 담고 있었다. 한 번뿐인 삶, 가면 돌아오지 않을 청춘을 돈 버는 것이 우선이 되어 다 보낸다는 게 아까웠다. 이 마음은 나이가 들수록 조바심으로 바뀌어 갔고 하루하루 가는 시간들이 아까워 좀이 쑤셨다.

아내와 나는 혹시 로또에 당첨되면 무엇을 하고 싶은지 이야기를 나누곤 했다.

돈이 충분해도 하고 싶은 일이 있다면 그것이 진정 우리가 원하는 일일 거라고 생각했다. 막상 생계를 위한 일은 하지 않겠다고 결정했을 때, 딱히 열렬히 하고 싶은 일이 떠오르지 않는다면 하기 싫은 일부터 하지 않기로 했다.

그리고 은퇴를 결정한 후 첫 번째로, 도시에 살 이유는 없다고 판단했다. 경기도의 작은 아파트를 판 돈으로 작게나마 이층집을 올릴 수 있었다. 도시의 문화예술 접근성만 포기하면 도시인이 꿈꾸는 전원생활은 생각보다 쉬웠다.

조금 더 벌었으면 돈 걱정이 덜할 거라는 건 안다. 어떻게든 먹고살 수는 있겠지 하는 자신감 정도는 갖고 있었다.

제주는 좋았다. 제일 좋은 건 주중에 자전거를 타거나 놀러 다녀도 전혀 거리낌이 없다는 점이다. 육지에서는 휴일이 아닌 주중에 운동복 차림으로 동네를 어슬렁거릴라치면 마주치는 시선들이 왠지 불편하곤 했다. 제주는 관광객이 많이 찾는 곳이니 어딜 가나 평일이든 주말이든 신경 쓰이지 않았다.

집 앞에는 바다가 있고 조금만 가면 수많은 오름과 숲과 계곡 그리고 한라산까지, 가고자 하면 갈 곳이 수없이 많았다. 일하지 않고 살기에 이보다 좋은 곳은 없지 싶을 만큼 선택에 만족했다.

한동안 그렇게 아무것도 하지 않고 놀았다.

남 부러워하지 않으며 사는 삶인데도 한 번씩 이 선택이 잘못된 건 아닐까 하는 불안감이 찾아올 때면 다짐했다.

지루하면 지는 거다.

돌이켜보면 가진 것 하나, 내세울 것 하나 없는 내가 무슨 깡으로 일찍 은퇴했는지 모르겠다.

불혹, 비로소 나와 타인의 삶을 구분 짓고 최소한 남의 삶을 부러워하지 않을 수 있게 되었던 것 같다.

남보다 이른 은퇴를 감행하면서 추구한 건 단 한 가지, 생계에 연연하지 않고 삶을 즐기자는 것이었으니 즐기지 못하는 것 그 하나가 오로지 남겨진 숙제였다.

즐긴다는 것은 사람마다 다를 것이고 무엇을 하든 지루하다면 내 선택은 잘못된 것이었다.

그러나 은퇴 후 예상치 못한 난관은 의외로 지루함이었다.

젊은 날만큼 호기심도, 무언가를 이루고자 하는 욕망도 사라져 새로운 시도를 한다는 것에도 그다지 열망이 생기지 않았다.

자연히 즐기는 것에도 연습이 필요하다는 사실을 깨닫게 되었다.

노년의 생이 길어진 세대, 은퇴 후 삶의 질을 고민하는 세대에 속한 내가 남보다 일찍 연습에 돌입한 것뿐이었다. 남들보다 일찍 시작한 일이니 과연 지금 잘 가고 있는 건지조차 알 길이 없었다. 그저 긴 여생을 계속 즐기기 위해 지루해지지 않는 방도를 계속 찾고 연습해야 한다는 걸 어렴풋이 깨달아가고 있었다.

제주도로 이사를 갔다고 하면 사람들은 주민들 텃세가 무섭지 않냐고 물었다.

내가 이주할 무렵 대평리는 멋진 바다와 박수기정의 경관, 그리고 낮은 돌담으로 이루어진 아름다운 마을로 점차 입소문이 나고 있었다. 그러니 펜션이나 외식업 등을 포함해 이미 반은 외지에서 온 가구로 이루어진 마을이었다. 자연히 마을 사람들도 외지인을 크게 배척하지 않았다.

마을에서 해마다 열리는 해녀 축제를 위해 주민들로 결성된 밴드에 참여하기 위해 악기를 배우기도 했다. 밴드 활동을 하면서 차차 마을 사람들과 친해졌고, 이주 4년 차에는 주민들의 동의를 얻어 마을 개발위원에도 선발되었다. 사실 개발위원은 마을 일에 깊이 관여하는 직책으로 대평리는 물론 다른 지역에서도 외지인이 선발되는 건 드문 일이라고 한다.

그러다 보니 어느덧 하나둘씩 일을 만들어가고 있었다. 때마침 제주에서 처음 열리는 비엔날레의 하나로 야외전시회를 맡아 진행하는 등 처음에는 그저 '지루하지 않기 위해' 시작했던 일들이 점점 커지고 있었다. 비엔날레로 시작한 야외전시회는 비엔날레가 끝난 후에도 2년간 이어졌다.

이처럼 놀아도 가만히 있는 성격은 아닌 데다 마음이 맞으면 술자리에서 자꾸 다른 일들을 도모하게 되니 일은 꼬리에 꼬리를 물고 계속 이어졌다.

일이란 늘 일 자체보다 사람 간 마찰이 가장 어렵다. 적어도 나에게는 그렇다. 점차 회의가 밀려오고 처음 은퇴를 결정하고 이주했을 때 마음 편히 하고 싶은 일만 하며 살아보자 했던 취지가 사라지고 있었다.

이래서야 육지에서 일하던 때와 다른 게 뭔가.

지루해지고 있었다.

모든 걸 멈추고 다시 생각하기로 했다.

지루해지지 않기 위해 한라산을 오르며 인적이 드물고 핸드폰도 터지지 않는 계곡을 하루 종일 헤매고 다녔다. 종일 몸을 혹사해야, 몸에 근육통이라도 생겨야 편히 잠을 잘 수 있었다. 몸이 불편해져야 다음 날 편하게 쉴 수 있었다.

은퇴 후 귀농을 하고 딱히 먹고살 걱정 없는 주변의 부모님과 선배들이 농사를 비롯해 끊임없이 일거리를 찾는 이유가 무엇이었는지 알 것 같았다.

어쩌면 산티아고 길이 떠오른 것은 정해진 수순이었다.

아주 오래전에 했던 유럽 여행이 그리워졌다. 한창 직장 생활을 하다가 회의가 밀려오던 20대 후반에 난생처음 해외를, 그것도 자전거로 아프리카를 종단하겠다는 원대한 꿈을 안고 떠났다. 아프리카 땅은 밟지 못했지만 5개월간 파리에서 흑해까지 2천 킬로미터를 자전거로 횡단했다. 그리고 몇 개월 더 유럽을 여행했던 모두 10개월여의 기간이 나의 첫 해외 경험이었다. 마흔 중반의 나이가 된 지금까지도 그 여행이 내 인생의 가장 큰 도전으로 남아 있게 될 줄 그때는 꿈에도 몰랐다.

설산을 바라보며 종일토록 걸어 올랐던 히말라야도 떠올랐다. 살면서 한 번씩 해발 4천 미터 이상 고지의 안나푸르나와 랑탕, 무스탕을 차례로 올랐다. 추위와 고산병을 이겨내고 바라보았던 정상, 떠오르던 태양이 연기 뿜으며 붉게 타오르던 결코 잊지 못할 그 순간들……. 그리고 떠나고 싶어졌다.

경험상 여행은 더도 덜도 말고 나눌 수 있는 단 한 사람만 있으면 족하다. 그러나 이른 은퇴자에게 여행뿐 아니라 일상에서도 가장 어려운 건 함께할 사람을 찾는 것이다. 나만큼 시간을 낼 수 있는 사람을 찾으려면 정기적인 일을 하지 않는 예술계 종사자가 좋다. 비엔날레 전시회에서 알고 지내는 강 작가에게 전화를 했다.

"개나 소나 다 가는 곳에 가려고요?"라는 말에 같이 가자는 말은 꺼내지도 못하고 끊었다.

알고 보니 이미 산티아고 순례길은 방송을 타고 유명해져 있었던 모양이다. '개나 소나'가 될 수 없어 다른 길을 검색하기 시작했다.

우리나라 방송에 나와 알려진 유명한 길은 생장(St. Jean Pied de Port)에서 산티아고(Santiago de Compostela)까지의 800킬로미터 길로, 프랑스 길(French Ruts) 또는 스페인어로 카미노 프란세스(Camino Frances)로 알려져 있었다. 그 길을 제외한 다른 산티아고 순례길은 다섯 개쯤 더 있었고, 그중 프랑스 르퓌(Le Puy-en-Velay)에서 시작해 스페인 론세스바예스(Roncesvalles)까지 가는 르퓌 길을 택하기로 했다.

아직까지 국내에 이 길을 걸은 사람은 몇 되지 않아 정보가 거의 없었다. 개척한다는 기분에 약간 들뜨는 걸 보니 개나 소나 가는 곳은 아닐 거다. 거기서 더 가고 싶으면 산티아고까지 갈 수 있고, 산티아고에서 리스본까지도 갈 수 있을 테니 3개월여 기간 동안 잘하면 2천 킬로미터도 넘게 걸을 수 있는 경로였다.

무작정 파리행 비행기표부터 검색했다. '대만 경유 환불 불가 왕복표'를 50만 원에 끊고 보니 반환할 수도 없게 되어버렸다.

자, 이제부터 보장된 안락함을 버리고 철저히 혼자가 되어야 한다. 익숙한 것에서 벗어나야 하고 익숙하지 않은 것들에 적응해야 한다. 입에 맞지 않는 것들과 배고픔, 팔다리에 느껴지는 고통과 친숙해져야 한다.

배낭에 뭐가 들어 있는지, 어디에 있어야 가장 쉽게 넣고 꺼낼 수 있는지 작은 것 하나까지 파악하고 있어야 한다. 중요한 물건들은 항상 만져서 확인해야 하고 하루에도 몇 번씩 있을 선택지 사이에서 고민하고 최선을 가려내야 한다.

결코 지루할 수는 없을 것이다.

왜 그런 미친 짓을 하냐고 아내가 물었다.

마흔여섯, 모험을 떠나기 딱 좋은 나이 아닌가.

차례

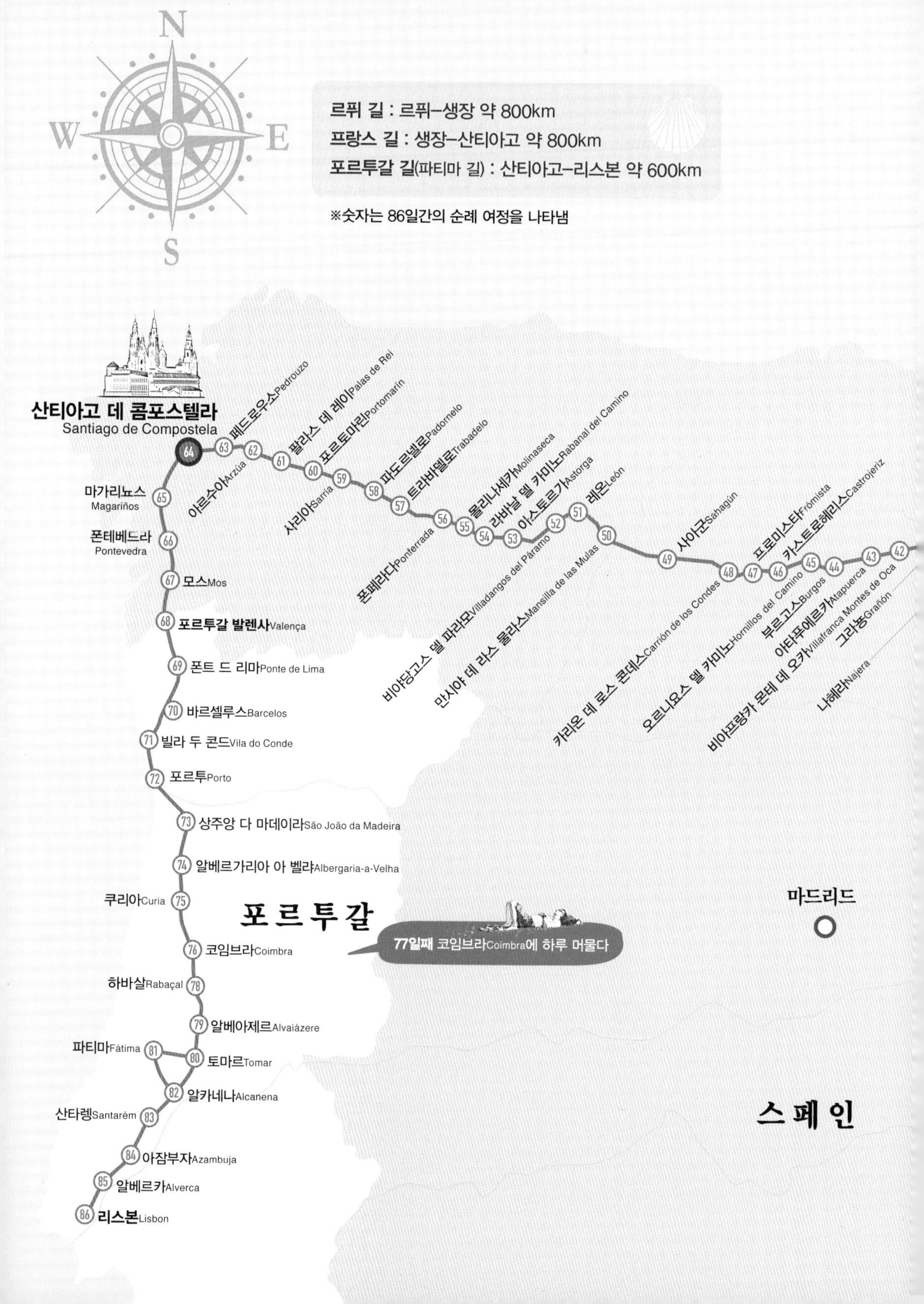
N
W
E
S
르퓌 길 : 르퓌-생장 약 800km
프랑스 길 : 생장-산티아고 약 800km
포르투갈 길(파티마 길) : 산티아고-리스본 약 600km
※숫자는 86일간의 순례 여정을 나타냄
그라뇽Grañón
나헤라Najera
비아프랑카 몬테 데 오카Villafranca Montes de Oca
아타푸에르카Atapuerca
부르고스Burgos
오르니요스 델 카미노Hornillos del Camino
카스트로헤리스Castrojeriz
프로미스타Frómista
카리온 데 로스 콘데스Carrión de los Condes
사아군Sahagún
만시야 데 라스 물라스Mansilla de las Mulas
레온León
비야당고스 델 파라모Villadangos del Páramo
아스토르가Astorga
라바날 델 카미노Rabanal del Camino
몰리나세카Molinaseca
폰페라다Ponferrada
트라바델로Trabadelo
파도르넬로Padornelo
사리아Sarria
포르토마린Portomarín
팔라스 데 레이Palas de Rei
아르수아Arzúa
페드로우소Pedrouzo
산티아고 데 콤포스텔라
Santiago de Compostela
마가리뇨스
Magariños
폰테베드라
Pontevedra
모스Mos
포르투갈 발렌사Valença
폰트 드 리마Ponte de Lima
바르셀루스Barcelos
빌라 두 콘드Vila do Conde
포르투Porto
상주앙 다 마데이라São João da Madeira
알베르가리아 아 벨라Albergaria-a-Velha
쿠리아Curia
포르투갈
코임브라Coimbra
77일째 코임브라Coimbra에 하루 머물다
하바살Rabaçal
알베아제르Alvaiázere
파티마Fátima
토마르Tomar
알카네나Alcanena
산타렝Santarém
아잠부자Azambuja
알베르카Alverca
리스본Lisbon
마드리드
스페인

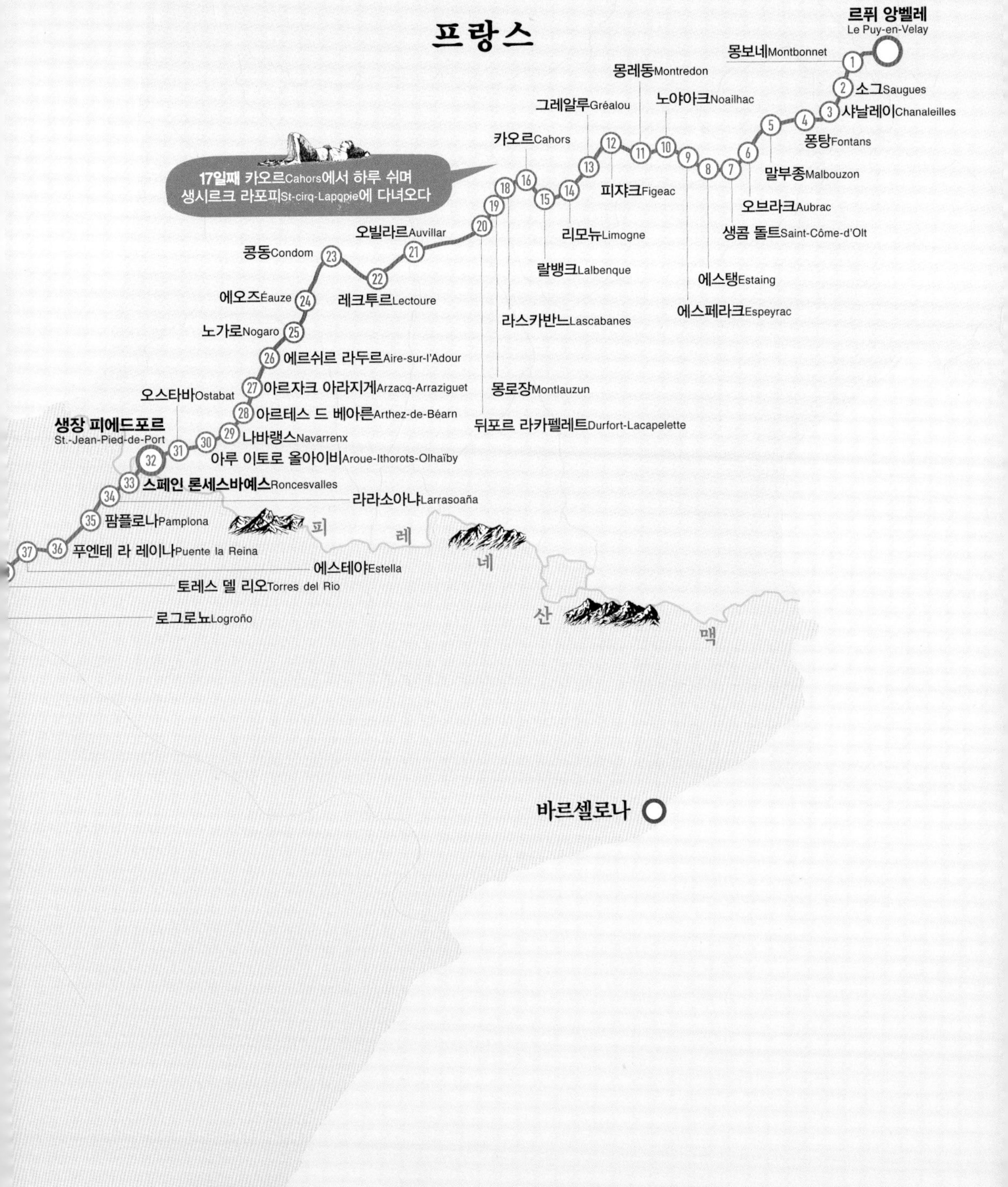

일러두기

매 순간 그때그때 메모 형식으로 적어 페이스북에 올렸던 글을 정리한 내용임을 밝힙니다(2019년 9월 18일~12월 20일). 당시에는 여건상 다 정리해 올리지 못했던 내용과 지명이나 킬로미터 표기 등 이 길을 가실 분들을 위해 정보를 추가로 넣었습니다. 다만 웹 검색만 하면 쉽게 찾을 수 있는 지역의 역사나 관광 정보들은 넣지 않았습니다. 산티아고 길의 현장감을 있는 그대로 느끼고 싶은 분들께 이 책을 권합니다.

※ 본문의 지명 등은 주로 국립국어원의 어문 규정에 따라 표기했습니다.

인천공항 출발 → 대만 타오위안Taiwan Taoyuan 경유 → 파리Paris Charles de Gaulle행 탑승

"게을러지는 몸뚱이를 가만둘 수가 없어
서쪽 끝으로 버리러 가는 중
예전엔 배낭만 메도 폼이 났는데
이젠 노숙자 같군
12월 말경까지 전화 안 됨 낼부터 유심 바꿀 거임"

간단한 메시지를 페북에 장엄히 선포하고, 명절을 쇠자마자 기다렸다는 듯이 비행기에 올랐다. 놀면서 명절까지 안 나타나면 가족들에게 욕먹을 게 뻔해서 명절까지 기다렸던 거다. 양가에 들러 인사를 하고 이제 마음에 걸리는 것 없이 출발한다.

제주로 이사한 후부터는 인천공항을 이용할 때마다 하루 전에 와 영종도에서 치과를 운영하는 시원을 만난다. 언제나처럼 어제도 그 녀석은 여행을 꿈꾸고 있었다. 이 사회에서 안정된 가정을 이뤘고 잘나가는 의사이니 부러움을 사면 샀지, 남부러울 것이 없을 녀석은 "장사가 잘되어 시간이 없지만 언제든 훌쩍 스페인으로 갈게요"라고 몇 번이나 말했다.

나와 같은 선택지로 온다는 게 쉽지 않은 일이란 걸 안다. 비단 이건 시원만의 일은 아니지만 늘 꿈꾸고 있다는 건 애잔하다.

그나저나 이렇게 무계획에 즉흥적으로 떠나도 되는 걸까. 민박집 하나 달랑 예약하고 가는 중이다. 모르겠다. 파리에 도착하고 한국인 민박집까지만 잘 찾아가면 정보를 얻을 수 있을 거다.

18년 만에 가는 파리다. 아무 동행 없이 혼자 비행기를 타고 내리는 것도 거의 10여 년 만의 일인 듯하다. 출국 날이 다가올수록 약간 긴장감이 밀려오더니 막상 비행기에 오르니 담담하다.

최소한의 옷가지와 꼭 필요한 것들만 챙기려 했다. 걷다가 힘들어지면 속옷 한 장도 무게를 줄이기 위해 버린다고 하니. 그런데 배낭을 싸다 보니 짐이 늘었다. 두 개였던 것이 세 개가 되고 이 약 저 약 불안함에 넣다 보니 약만 따로 한 짐이다. 거기에 입맛 없을 때를 위해 앞집에서 챙겨준 김치 큐브 몇 개와 라면스프 티백까지 챙기고, 방이 없으면 노숙도 해야 한다고 해서 침낭에 에어매트리스까지 넣고 보니 60리터 배낭이 더 들어갈 데 없이 가득 찼다. 공항 가는 길에 몇 분 걸으니 벌써 어깨가 아파오고 이것 참, 걸을 수 있을는지 모르겠다.

힘들면 버리고 쉬었다 가지, 뭐.

걷다가 그래도 힘들면 버스 타고 기차 타지, 뭐.

그래도 힘들면 한국으로 돌아오면 되지, 뭐.

새삼 뭔 걱정인가, 처음부터 하고 싶은 일만 하자고 시작한 일, 누구와 약속한 것도 정해진 것도 없다.

여행은 생각대로 되지 않는다.

11시 인천발 비행기를 타고 대만에 내리면 2시쯤 있는 무료 시티투어 시간에 딱 맞출 수 있었는데 비행기가 지연되는 바람에 무산되었다. 계획이 틀어진 걸 위로하듯 대만에 내리자마자 창밖 활주로에 비가 세차게 쏟아진다. 어차피 나가봐야 다니기도 어렵겠다.

혹시나 하고 아내가 준 대만 교통카드를 찍어보니 잔액도 없다. 게다가 우리나라에서 발생한 돼지열병 때문에 돼지고기가 표기된 모든 물품을 까다롭게 검사한다고 하니 나가지 않는 게 좋겠다. 몇 번이나 사려고 했지만 구할 수 없었던 라면스프 맛 티백을 면세점에서 구입했기 때문인데 돼지고기 표기가 있으니 이걸 빼앗기면 아까울 거다.

이래저래 나갈 이유가 없어졌다. 공항에서 일곱 시간을 보내야 한다.

여행은 역시 생각대로 되지 않는다.

파리 도착 → 한인 민박

오전 7시경 파리 도착. 중국 사람들 줄에 서서 입국했다. 중국인을 제외한 외국인들은 다른 라인으로 빼는 것 같았지만 그냥 서 있었다. 딱히 바쁜 일도 없고.

일단 공항에서 나와 전철표를 끊고 민박집부터 찾아간다.

이건 뭐지? 시간 되면 오고 출발하는 게 전철 아닌가. 전철은 오지 않고 사람들이 웅성대고 철도직원이 나와 설명을 하는데 오로지 불어뿐이다. 이럴 땐 외지인으로 보이면서 현지어를 알아듣는 사람을 무조건 따라가야 한다. 외지인은 대부분 시내 중심으로 갈 것이기 때문에.

적당한 사람을 골라 따라간다. 반대편 전철을 타고 한 정거장 가서 내려 다시 반대편 전철을 타니 먼저 지나온 역을 정차하지 않고 지나간다.

민박집에 도착.

역시나 예상은 빗나갔다. 민박집 주인도 다른 손님들조차 내가 가는 경로에 관한 정보를 모른다. 르퓌가 어디에 있는지, 순례길이 시작되는 곳인지조차 아무도 알지 못한다.

1 2

3

1 분수 형태가 야자수를 닮아 이름 붙인 팔미에 분수
2 센강
3 시테섬 시내

파리 시내 관광

당초 계획은 파리에서 2박 하고 바로 르퓌로 가는 것이었는데 토요일은 기차표도 비싸고 르퓌에 숙소도 없다. 할 수 없이 하루 더 파리에 머물기로 한다.

내일부터 일주일간 비가 온다고 한다. 더 추워지기 전에 피에르산맥을 넘어야 할 텐데 벌써 고민이 시작된다.

종일 파리 시내를 돌아다닌다.

18년이 지났어도 별로 변한 게 없다. 주요 관광지는 무슨 이유인지 대부분 통제하고 있다. 오르세 미술관에서 예상보다 긴 시간을 보낸다. 노트르담 성당은 얼마 전 불에 타 보수 중이다.

파리 루브르 박물관 입구

파리 루브르 박물관

1 오르세 미술관
2 프랑스 타르타르 스테이크. 스테이크라고 해서 주문했는데 소고기 육회를 다진 음식이었다.
3 이제부터 굶지 않으려면 이런 바게트 샌드위치를 주식으로 먹어야 한다.

레옹역*Gare de Lyon*, 르퓌행 기차표 발권

아무리 검색해 봐도 르퓌행 표는 인터넷으로는 예매가 되지 않는다. 하는 수 없이 레옹역으로 간다.

자동발권기에서 르퓌를 누르고 결제를 하자 표가 세 장이나 나온다. 하나는 좌석이 있고 열차 번호도 있는 표인데, 두 번째 표는 좌석 표시도 없고 열차 번호만 달랑 있다. 입석표인가? 세 번째 표는 좌석도 열차 번호도 없이 '트레인 버스'라고만 쓰여 있다.

기차표를 끊고 시내를 좀 더 다니다가 숙소로 돌아간다.

민박집에 도착하니 모터사이클이 한 대 서 있었다. 블라디보스토크부터 여기까지 모터사이클을 타고 왔단다. 닉네임이 리봉이라는 친구다.

리봉과 국제변호사 공부를 한다는 일혁과 여기서 요리사로 취직했다는 현동, 나까지 넷이 술자리를 가진다. 오랜만에 낯선 여행객들과의 술자리다. 맥주 몇 병에 시간 가는 줄 모르고 이어지는 대화가 얼마 만인지 모르겠다.

낯선 곳에서 낯선 사람들과 모처럼 즐거운 술자리를 끝내고 잠자리에 들려는데 아무래도 낮에 끊은 표가 맘에 걸린다. 어디에서도 이런 정보는 들은 적이 없는데 민박집 주인과 손님들 누구에게 물어봐도 이런 표에 대해 아는 사람이 없었다. 모르겠다, 일단 잔다. 출발 시간과 도착 시간이 각각 있으니 일단 그 자리에 가보면 알겠지.

아무튼 더 지체할 순 없다. 내일은 숙소를 구하지 못했어도 무조건 가야 한다.

1	
2	3

1 파리 북역(Gare du Nord)
2 파리 레옹역
3 파리 시네마

1 몽마르트(Montmartre) 언덕에서 바라본 파리 전경
2 물랑루즈(Moulin Rouge) 극장 앞의 사람들. 바닥 환풍구 바람을 맞으며 사진을 찍으려고 줄 서 있다.
3 파리 개선문
4 몽마르트 언덕 위에 있는 사크레쾨르 대성당

파리Paris → 르퓌Le Puy-en-Velay

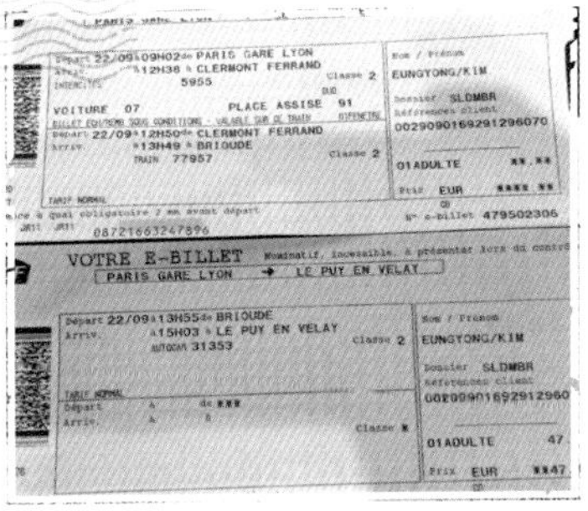

아침 일찍 의문의 기차표를 쓰러 간다.

잠을 잔 걸까 못 잔 걸까, 7시 알람에 일어났다.

배낭을 싸고 몇 번이나 침대를 다시 확인하고 모자를 눌러쓰고 나온다.

리봉이 밖에서 담배를 피우고 있다. 나를 기다린 건 아니다. 잠이 안 왔단다. 혹시 내가 놓고 간 짐을 발견하면 오토바이로 가져와 달라고 했다. 우스개로 한 말이었지만 뭐 하나라도 두고 갔다간 무척 난감할 터, 우스개만은 아니었다.

출근 시간인데 거리에 사람이 없다. 아, 일요일이었구나.

상황을 몰라 좀 일찍 나왔더니 출발 시간보다 한 시간 일찍 역에 도착했다.

플랫폼을 확인하고 크루아상과 함께 커피를 마신다.

출발 시간이 되고 기차에 오르기 위해 배낭을 멘다.

유리에 비친 배낭 멘 내 모습이 아직 어색하다.

첫 번째 기차는 잘 타고 내렸다. 고속열차였다.

두 번째 기차는 우리나라의 비둘기호 같은 열차였다. 첫 번째 기차를 내리자 맞은편 플랫폼 전광판에 두 번째 표에 표기된 열차 번호가 떠 있어 바로 탈 수 있었다. 시내버스 같은 좌석 배치에 입석 공간이 많은 구조로 좌석표가 따로 없었던 거다.

마지막 표는 버스라고 했으니 일단 기차역을 나가본다.

'르퓌'라고 쓰여 있는 버스가 역 앞에 바로 대기하고 있다. 버스에 오르고 보니 그뿐이다. 모를 때는 그렇게 막막하더니 막상 아무것도 아니다.

르퓌는 유네스코 세계유산으로 등재된 도시일 뿐 아니라 중세 때부터 지금까지 프랑스 사람들이 산티아고 콤포스텔라로 향하는 출발지로 유명하다.

하루 종일 걸려 르퓌에 도착하긴 했는데 다시 막막하다.

주차장같이 넓은 버스 정류장에 도착한 버스는 내가 타고 온 버스 하나뿐이다. 내리는 사람들은 모두 현지 사람들인 듯 내리자마자 다 사라졌다. 무거운 배낭을 멘 여행자는 나 하나뿐인 듯하다. 버스를 탈 때 짐칸에서 큰 배낭을 하나 더 보긴 했는데 어디로 갔는지 모르겠다.

뭘 어떻게 해야 하나 잠시 서성이는데 저쪽 벤치에 짐칸에서 본 듯한 배낭이 보인다. 수염 난 젊은 친구가 빵을 먹으며 앉아 있다.

다가가 인사를 하고 여행객이냐고 물으니 그렇단다.

배고프냐고 묻기에 딱히 대답을 못 하고 있는데 잭나이프를 꺼내 바게트를 쓱쓱 잘라 건네준다. 치즈도 잘라 한 덩어리 준다.

어디까지 가냐 하니, 와, 산티아고까지 간단다.

내친김에 숙소는 예약했냐고 물으니 그렇단다. 그 숙소에 빈자리가 있겠냐고 하니 전화를 걸어 예약을 해준다. 프랑스에 와서 불어를 하는 프랑스인이 이렇게 반가울 줄이야. 이 친구 이름은 프레디다.

여행은 계획의 빗나감과 행운의 반복이다.

숙소조차 예약하지 않고 무작정 와서 프레디를 만난 건 행운이다.

행운은 또 있었다. 르퓌 정보를 검색하던 중 운이 좋으면 9월에 축제를 볼 수 있을 거란 정보가 있었는데 숙소에 체크인하고 시내 구경을 하러 나오니 중세 옷차림으로 분장한 사람들의 행렬이 지나간다. 운 좋게도 축제 마지막 날에 도착한 거다.

프레디와 함께 행렬을 따라 걷다가 사람들이 모여 있는 바에서 맥주를 샀다.

축제는 금세 막바지에 다다랐고 구름 가득했던 하늘에서 비가 내리기 시작한다.

길 한 가운데 설치된 무대에 각양각색의 전통의상을 입은 사람들이 나와 왕에게 인사를 한다. 옆에서 어릿광대 같은 이도 머리를 조아리며 흥을 돋운다. 비는 사람들을 처마 밑으로 몰았고 무대가 잘 보이는 자리는 우산으로 앞을 가렸다.

케밥 하나씩 사 들고 숙소로 돌아와 커피와 함께 먹는다.

숙소에 있던 다른 프랑스인 둘이 내게 어디에서 왔냐고 묻는 듯하다. 프레디에게 불어로 질문을 하면 프레디가 다시 영어로 내게 묻고 내가 영어로 대답하면 프레디가 불어로 그들에게 답을 해준다. 어렵다. 프랑스에서 나보다 영어를 못하는 사람을 만날 거란 건 내 예측에 들어 있지 않았다.

프랑스에서는 여행자 숙소를 지트(gite)라고 한다. 프레디가 지트에서의 주의사항을 듣고 내게 설명해준 다음 나를 침대로 안내한다. 신발과 가방을 따로 사물함에 넣고 갈아입을 옷과 세면도구만 챙겨 침대로 가는 것이 지트의 규칙이다. 뭔가 어색하다. 앞으로는 이 방식에 따라 살아야 한다.

밤 9시, 일찍 잠자리에 든다.

프레디와 내일 아침 일찍 미사에 참석하기로 했다. 매일 아침 7시에 성당에서 미사가 있고 여기서 출발하는 모든 사람이 미사를 본 뒤에 출발한다고 한다.

넓은 방에 판자로 칸막이를 치고 칸막이 안에는 침대 하나 의자 하나뿐인 작은 공간이다. 오지 않는 잠을 청하며 침낭을 머리까지 뒤집어 써본다.

잠시 후 프레디가 굿나잇 인사를 하고 간다. 밤이 길 듯하다.

← 축제의 마지막 날 르퓌에 도착했다.
↓ 축제 분장을 한 사람들이 대성당으로 향하는 계단을 오르고 있다.

르퓌 앙벨레Le Puy-en-Velay → 몽보네Montbonnet

6시 반에 눈을 뜬다.

프레디와 성당으로 간다.

작은 마을, 오래된 건물들이 안개에 휩싸여 있다.

비가 올 듯 하늘이 어둡다.

오륙십 명쯤 되려나 성당 안에 사람들이 5분의 1쯤 찬 듯하다.

찬송가 그리고 몇 번 일어났다 앉았다가 마지막엔 모두 앞으로 나오게 해서 프랑스 각 지역과 각 나라에서 온 사람들을 손들게 한 후 차례로 축도를 받고 끝났다.

쿠키 하나씩과 각 나라의 글로 인쇄된 기도문을 들고 성당을 나온다.

숙소로 와 짐을 챙긴다.

프레디에게 오늘부터 일주일 내내 비가 온다고 하니, 대수롭지 않게 그러냐 하며 레인 재킷 없냐고 묻는다.

반드시 해야 할 일도, 틀어지면 안 되는 계획 같은 것도 없는데 괜한 걱정을 하고 있는 나를 본다. 다행이다, 동행을 만나서. 말은 잘 안 통하지만.

드디어 천 리 길의 첫발을 내딛는다.

안개 자욱한 곳으로 프레디와 나는 순례길을 떠난다.

안개도 걷히지 않은 아침, 순례길의 첫발을 내딛는다. 프레디의 배낭과 옷이 깨끗하다.

르퓌를 벗어나 걷는다. 빨간색과 흰색 두 줄, 프랑스 국기에서 파란색만 제외한 색이라고 프레디가 알려준다. 저 두 줄 표시만 따라가면 된단다.

갈림길이 나오면 순례길이 아닌 쪽에 흰색과 빨간색으로 엑스(×) 자 표기를 해두고 있다. 제주의 올레길 표시는 화살표로 방향도 함께 표기하는데 반해 여기는 그냥 가로줄뿐이다.

오후 늦게 몽보네에 도착했다.

프레디가 숙박비가 비싸다고 캠핑을 하잔다.

비 올지 모르니 오늘 숙박비는 내가 내주겠다고 해도 극구 사양하며 비 안 올 테니 걱정하지 말란다. 혼자 둘 수 없어 옆에서 비박하기로 결정한다.

첫날부터 비박이라니, 앞으로 어찌 되려나.

하쿠나 마타타(Hakuna matata).

1
2
3

1 미사를 마치고 나와 성당 앞 계단에서 내려다본 안개 낀 르퓌. 지난밤 축제의 흔적들을 뒤로하고 순례길을 떠난다.

2 산티아고를 가리키는 표시는 공식 푯말 외에도 다양한 표시가 있다. 산티아고까지 1517km다.

3 GR 65길이자 산티아고 길임을 함께 표시하고 있는 표지판. 거리 이름이 표기되어 있어 지도에서 위치를 찾기가 쉽다.

1 르퓌를 벗어나자 너른 초원에 갈색 양 떼가 풀을 뜯고 있다. 프레디가 양이라고 했다. 양은 흰색 아니냐고 하자 황당하다는 반응을 보이더니 양은 갈색도 검은색도 있다고 한다.
2 프랑스 남부에서 시작하여 스페인 북부로 이어지는 피레네산맥이 멀리 보인다.
3 팥 요리와 샐러드 그리고 와인을 곁들인 프랑스 남부 가정식 요리다.

몽보네Montbonnet → 소그Saugues

새벽, 비가 온다.

서둘러 침낭을 접어 프레디 텐트에 넣고 커피를 끓여 마시며 비 그치길 기다린다.

프레디 이 너석, 배낭이 무거울 텐데 커피 원두를 갖고 다닌다. 컵에 원두 가루를 넣고 물을 넣은 후 숟가락으로 저어 가루가 가라앉으면 마시는데 이게 터키식 커피란다. 터키에서 이렇게 마시는 것 못 봤다고, 터키는 가봤냐고 하니 안 가봤단다. 터키식 커피 맞냐, "알 유 슈어?" 하니 두 손바닥을 펼쳐 보이며 "암 낫 슈어" 한다. 같이 웃는다.

비는 대체 언제 그치려나.

8시쯤 비가 그치고 아침으로 프레디의 빵을 얻어먹는다.

10시쯤 좀 마른 듯한 텐트를 걷고 출발한다.

오후 3시쯤 되자 프레디가 여기서 다음 마을까지는 12킬로미터 남았다며 더 갈지 말지를 묻는다.

아직 힘이 들진 않지만 12킬로미터를 가려면 쉬지 않고 걸어도 두 시간 반은 잡아야 한다. 나는 상관없다, 네 결정에 따르겠다고 하니 다음 도시는 소그Saugues라는 좀 큰 도시란다.

작은 야산에 올라 내려다본 풍경

그러면 큰 도시에서 쉬자 하고 다시 출발한다.

5시경 프레디가 숙소에 전화하더니 번호 두 개를 메모하라고 한다. 전화를 끊고 나서 하나는 방 번호이고 하나는 현관 패스워드란다.

숙소 직원이 6시에 퇴근을 하니 만일 늦게 도착하면 알아서 들어가 자라는 얘기다. 숙박비는 내일 아침 9시에 출근하는 직원에게 지불하면 된다고 한다.

소그에 도착해 숙소를 찾으니 7시가 다 되었다.

녹초가 되고 배가 고파 신물이 넘어올 지경이다. 프레디는 다리를 절뚝거린다.

서둘러 식사 거리를 찾아 나가봤지만 이곳 모든 상점과 식당이 7시에 문을 닫는다.

프레디가 길 가는 사람에게 물어 근처에 대형 할인점 까르푸(Carrefour)가 열려 있다는 걸 알아냈다.

무거운 몸을 겨우 다시 움직여 까르푸에 도착, 신라면 아니면 라면류 뭐라도 있겠지 기대했건만 없다.

스파게티 면을 사서 대충 오일과 소금에 버무려 먹었다.

힘들다. 어젯밤 야영하느라 잠도 제대로 못 잔데다 비도 맞았으니 좀 많이 힘든 날이었을 테다.

내일은 좀 낫겠지. 그럴 거야.

스윗 드림.

생프리 바달리에Saint-Privat-d'Allier

1
2
3

1 산길을 넘는 중 계곡 아래로 산에 둘러싸인 작은 마을이 보인다.
2 산딸기 열매의 크기가 우리나라 것보다 두 배는 크다.
3 산길 너머에 오늘 쉬어갈 마을 소그가 보이고, 산티아고 길 위의 무사 염원을 담은 조형물들이 길가에 설치되어 있다.

소그Saugues → 샤날레이Chanaleilles

퇴실 전 숙박비를 지불해야 해 직원이 출근하길 기다리고 있다.

어제 까르푸에서 사온 요거트와 바게트를 최대한 천천히 먹는다.

응원해주고 걱정해주는 분들을 위해 하루에 한 번씩은 포스팅을 하려 했는데 큰 도시조차도 LTE는 연결이 안 되고 3G가 겨우 잡히다 말다 한다. 댓글 보는 것조차 시간이 많이 걸리고 쉽지가 않다. 유심을 잘못 선택했나 싶었지만 프레디 폰도 인터넷이 잘 되지 않는 건 마찬가지다.

9시쯤 직원이 오고 숙박비를 지불하자 스탬프를 찍어준다.

지트에서도 찍는 거였구나. 르퓌에서 크레덴시알(Credencial, 순례자 여권)을 사면서 거점마다 있는 성당이나 순례길 사무실에서만 찍는 건 줄 알았다.

르퓌에서 찍고 두 번째인 스탬프를 찍으며 프레디가 "스탬프 이즈 임포턴트"라고 한다. 우리는 야영하느라 어제 하나를 못 찍었기 때문에 더 그렇단다. 별로 신경 안 쓰는 줄 알았는데.

그나저나 이 많은 공란이 다 채워지기는 하는 건가.

9시 넘어 좀 늦게 출발했지만 어제 다리를 절뚝거리던 프레디는 오늘 영 컨디션이 좋지 않아 보인다. 결국 점심 식사한 뒤부터 뒤처지더니 2시 좀 넘었는데 더 못 가겠다고 한다.

앉아 쉬는데 프레디가 미안했던지 서로 속도가 맞지 않으니 여기서 헤어지는 게 좋겠다고 한다.

아픈 친구를 그냥 두고 갈 수 없어 오늘은 여기서 그만 쉬고 숙소를 찾자고 했다. 오늘은 여기서 함께 자고 내일 각자 길을 가기로.

지트를 몇 곳 찾아봤지만 닫혀 있거나 다 찼다고 한다. 어렵게 한 곳이 통화가 되었는데 2킬로미터를 되돌아가야 한다.

4시쯤 간신히 숙소에 도착해 프레디의 발부터 마사지해준다. 발을 주무르며 먼 길을 가기 위해서는 도반이 필요하다고 말해준다.

프레디가 도반이라는 말을 몇 번이나 따라 하더니 미안하다며 산티아고까지 서로에게 도반이 되자고 한다. 그러더니 나를 '브라더'라고 부른다.

프레디가 뭐라 하면서 밖으로 나간다. 숙박비 어쩌고 주인이 어쩌고 했는데 모르겠다.

따라 나와 보니 마을 중심가에 있는 바로, 동네 사람들이 가득하다.

알고 보니 지트 관리를 이 바에서 하는 거였다. 여기서 숙박비를 계산하면 된다. 혼자 왔으면 이런 과정을 이해하지 못했겠구나 싶다.

숙박비를 계산하고 맥주를 마신다. 이 바에서 옆에 있는 식당과 식료품 상점을 함께 운영한다는 걸 알았다. 맥주 한잔한 후 저녁거리를 좀 사서 들어가야겠다.

상점에서 쌀을 구입해 냄비 밥을 하고 한국에서 챙겨온 작은 큐브로 된

드라이 김치 네 개를 섞으니 제법 그럴듯한 김치볶음밥이 되었다.

다행히 프레디는 아시아권 여행을 많이 다녔는지 아시아 음식과 매운 걸 좋아한다며 잘 먹는다.

귀한 김치를 여행 초반에 썼어도 전혀 아깝지가 않다.

오늘은 비교적 수월했다.

내일은 프레디 다리가 좀 낫기를.

↓ 산티아고 길을 주제로 한 조형물이 세워져 있다.
→ 사방이 너른 평야에 우뚝 선 건축물은 감시탑 역할을 했을 것으로 추정된다.

1 약하게 내리던 비가 그치고 저 멀리 뜬 무지개가 선명하다.

2 샤날레이 지트. 먼저 도착한 두 명이 침대를 차지하고 있다.

3 지트를 운영하는 바로, 무인 지트의 숙박비는 이곳에 와서 지불한다.

4 숙소로 돌아오는 길에 마주친 소 떼. 관리자도 없이 소들이 알아서 집으로 돌아온다.

샤날레이Chanaleilles → 퐁탕Fontans

어제 남은 밥으로 죽을 끓여 '코리안 스타일 모닝밀'이라 하고 프레디와 같이 먹는다. 간단하지만 제법 든든하게 먹고 출발한다.

지트에서 나오자마자 프레디가 점프까지 해보이며 다리가 좋아졌단다. 달려서도 산티아고까지 갈 수 있을 것 같다며 고맙다는 말을 몇 번씩 한다. 다행이다. 대충 다리를 만져줬을 뿐인데 효력이 있었던가 보다.

한참을 가다가 알고 보니 프레디가 지팡이를 지트에 놓고 왔다. 아침부터 촐싹대더라니.

너나 나나, 외국인이나 프랑스인이나 우리는 초짜 순례꾼이구나.

12시쯤 프레디가 갖고 있던 빵으로 점심을 해결한다.

바게트에 치즈와 살라미, 건과일 등이다. 그러고 보니 나는 대책이 없었다. 대충 가다 보면 식당이든 가게든 있겠거니 했던 거다. 여기까지 오는 동안 아무것도 없었다. 프레디가 없었으면 점심을 초콜릿으로 때워야 했다.

작은 마을을 지나고 비포장 숲길을 지나 밭 사이로 난 길을 걷는다.

산티아고까지 1478킬로미터 남았다는 푯말이 나온다.

머리 위로 안개가 자욱하게 껴 햇빛을 가렸지만 키 높이 아래로는 시야가 선명하다.

1478킬로미터, 갈 수 있겠지, 갈 수 있기를 바란다.

3시쯤 오늘 숙소는 어떻게 할까 물으니 어제 편하게 잤으니 오늘은 또 캠핑을 하잔다.

그래, 모르겠다. 네 맘대로 해라.

솔잎으로 바닥이 푹신한 소나무 숲에서 야영을 한다.

오늘은 내 침낭을 프레디 텐트 옆에 바짝 붙이고 판초 우의를 빨랫줄로 묶어 지붕을 만들어 봤다. 캠핑 첫날 침낭 위로 판초 우의를 덮고 잤더니 온도 차로 습기가 맺혀 침낭이 젖었기 때문이다.

프레디가 가져온 옥수수 수프를 끓이고 내가 가져온 라면스프 티백을 우려 함께 바게트를 찍어 먹는다.

이런저런 이야기를 하며 천천히 식사를 한다.

프레디는 인도 여행이 좋았다고 하고, 나는 안나푸르나의 일출이 오래 기억에 남는다고 말한다.

여행지에서 만나 또 다른 여행 이야기로 날이 저문다.

1 2

1 길을 걷다 보면 간혹 나무 탁자를 볼 수 있다. 누군가 급히 만든 듯 허술해 보이지만 이곳을 지나는 순례자들에게는 매우 유용하다.

2 스페인의 산티아고로 가는 길 공식 표지판. 산티아고까지 1478km

1 생알반 쉬르 리마뇰Saint-Alban-sur-Limagnole. 일반 농가라기보다 새로 지은 집들이 모여 있는 마을이다.

2 각종 표지판과 광고판들이 줄지어 서 있는 곳에서 프레디가 무엇엔가 정신이 팔려 있다.

폼탕Fontans → 말부종Malbouzon

여행지에서 생각대로 되는 건 없다.

오늘 예약한 저렴한 숙소가 막상 걸어 보니 너무 멀다.

점심때가 지나 아직 19킬로미터가 남은 걸 알고 가까운 곳에 다른 숙소를 잡기로 했다. 한참 숙소를 검색하던 프레디가 오늘도 그냥 캠핑을 하겠단다.

30대 초반의 막무가내 여행자를 따라다니는 건 쉽지 않구나.

프랑스 순례길의 여행자 숙소 지트는 도네이션(donation, 기부금)으로 자유롭게 내거나 정해진 가격을 내는 두 가지 지불 방식이 있다. 주로 대도시에 있는 정가 지트들은 저렴한 편이다. 침대만 10유로 안팎, 저녁과 아침을 제공하면 30유로 안팎이다. 대도시가 아닌 오늘처럼 작은 마을에서는 40에서 50유로 정도 한다. 오늘 가려고 했던 도시 전에는 작은 마을밖에 없으니 가난한 젊은 여행자에게는 부담이 되나 보다.

대신 내주겠다 해도 자존심 센 프랑스인 프레디는 캠핑을 하면 좋은 기운을 받는다나? 오늘은 강 옆에서 캠핑하며 강에서 샤워도 하고 강의 기운을 받겠단다.

나도 안다, 이 녀석아. 나도 그 나이 땐 그랬단다.

혼자 지트로 가기도 그렇고 될 대로 되라 하고 또 같이 걷는다.

5시쯤 지트가 보이고 절뚝거리는 프레디에게 다시 한번 내가 내준다. 이건 한국 스타일이다 했더니 씩 웃으며 고개를 젓는다.

다시 6시까지 걸어 작은 개울가가 나오자 자기는 여기서 캠핑을 하겠단다. 강바람이 너무 세다.

난 쉽지 않겠다 하고 근처 숙소를 예약해달라고 부탁했더니 마침 바로 근처에 숙소를 검색해 전화해주고 지도를 펼쳐 알려준다.

프레디가 알려준 지도를 따라 혼자 지트로 간다.

바람이 비박하기엔 부담될 정도로 세게 분다. 밤하늘 별을 보며 자는 맛도 좋은 건 알지만 어제도 야영하느라 야생동물들 소리에 잠을 못 자기도 했고, 이틀 연속 캠핑을 하기엔 컨디션 조절에 실패할 우려도 있다.

30분을 더 걸어 38유로에 예약한 지트로 간다.

7시가 식사 시간인데 겨우 맞춰 도착. 샐러드와 소시지, 치즈와 으깬 감자가 차례로 나오고 와인도 제공된다. 40여 명의 프랑스인 장년층 사이에 끼어 혼자 와인을 홀짝이고 있다.

가끔 물어오는 질문에 대답해준다. 어디서 왔냐, 어디까지 가냐가 전부이지만.

그런데 재밌는 것이 구글 번역기 켜놓으니 이들이 무슨 말을 하는지 대충 알 듯하다.

인생이니 아들이니…… 사람 사는 얘기는 다 비슷하다.

외국인들 사이에서 외국인 욕하지 말아야겠구나. 구글 번역기 켜놓고 있을지도 모르니까.

그나저나 프레디는 캠핑을 잘 하고 있으려나. 캠핑도 해볼 만한 경험이지만 이런 음식 먹으며 다양한 사람을 만나는 경험도 나쁘지 않은데.

내일 프레디와 다시 만나자 하긴 했는데 각자 갈 길을 가는 것이 나을지도 모르겠다.

모르겠다, 내일은. 자자.

케세라세라(Que sera sera).

1 돌 십자가 앞에 잠시 멈춘 프레디가 한참을 들여다보고 나서 성호를 긋는다. 성인 중 하나이겠거니, 신자가 아닌 나는 누구의 무덤인지 묻지 않았다.
2 퐁탕 마을의 작은 교회 돌담 안에 묘지가 있다.
3 프레디가 찍어 준 사진

1
2
3

1 황토색 돌집들이 집과 집 사이에 틈 없이 나란히 이어져 있다.
2 프랑스 남부 평야의 목장 지대
3 민박집 주인이 으깬 감자와 치즈를 섞은 전통 요리를 마치 쇼를 하듯 선보이고 있다.

말부종Malbouzon → 오브라크Aubrac

아침을 먹으며 고민한다. 프레디에게 연락을 할까, 그냥 각자의 길을 가는 게 나을까.

식사를 거의 마칠 무렵 프레디에게서 메시지가 왔는데 어플을 깔아야 열린다. 한국에선 몇 초면 깔릴 텐데 10퍼센트 되다 멈추고 20퍼센트 되다 멈추고. 20분 동안 실랑이를 하다가 와이파이 비번을 물어 연결해봐도 마찬가지다. 실내를 이리저리 이동하며 30분 만에 드디어 메시지를 열었다.

'지금 출발한다 피니에를Finieyrol에서 만나자.'

어제 프레디가 있는 곳에서 여기까지 30분쯤 걸어왔고 메시지를 확인하느라 30분이 소요되었으니 도착할 때가 되었다. 서둘러 밖으로 나가 잠시 기다리니 프레디가 바로 온다.

반갑게 하이 파이브!

우린 다시 함께 길을 걷는다.

오후쯤 어느 목장으로 이어지는 문을 열고 목장길을 따라 한참 동안 걷는다.

방목하는 가축들이 나가지 못하게 만들어놓은 듯한 문들을 몇 번이고 여닫으며 계속 걷는다.

프레디는 이런 곳에서는 앉아서 명상을 해야 한단다.
힘들어서 핑계를 대는 것 같았지만 덕분에 옆에 앉아 지평선을 바라본다.

프레디가 좀 쉬었다 가자며 초원 한가운데 가부좌를 틀고 앉는다. 곁에 앉아 보니 너른 초원과 멀리 보이는 산과 양 떼, 서서 볼 때와 또 다른 평온한 풍경이다.

프레디는 무슨 생각을 하는지 허공을 한참 동안 응시하고 있다가 일어선다.

끝도 없는 초원을 몇 시간 동안 걷는다.

풍경이 예사롭지 않다 했는데 이곳이 유네스코 세계유산에 등재된 오브라크 자연공원이란다.

오후 5시 즈음 오브라크Aubrac에 도착한다.

이 마을엔 저렴한 지트가 있으니 지트에서 자기로 했다. 다행이다.

도착해보니 침대가 하나밖에 남지 않았다. 어쩐다…….

프레디가 다시 캠핑을 하겠다고 한다.

호텔 주인에게 캠핑을 해도 되겠냐고 물어보니 호텔 뒤편에 풀이 정리된 구역을 알려주며 거기에 텐트를 펴도 된다고 한다. 제법 안락해 보인다.

텐트를 펴놓고 식당으로 간다.

숙박비 아꼈으니 17유로나 하는 송아지 볼살 요리를 먹는다.

약간 흥미로운 호주 부부와 까칠해 보이는 독일인 친구도 합석했는데 짧은 영어로 긴 시간 동안 외국인들과 앉아 있는 게 내겐 고역이다.

날씨가 좋아 밤하늘엔 은하수까지 가득하다.

별똥은 아주 가끔 떨어진다.

인공위성들이 별똥처럼 지나가지만 잔광을 남기지 않고 일정한 속도로 5분에 하나씩은 지나가는 듯하다.

이렇게 누워 별을 보다 잠드는 날은 일생을 통틀어 며칠 안 될 거다.

오브라크는 유네스코 세계유산으로 등재된 프랑스의 대표적인 고지대 목축 지역이다.

1	2
3	
4	

1 GR 65길을 표시하는 흰색과 산티아고 방향을 표시하는 빨간색. 두 줄만 있으면 직진 표시이고, 그 아래에 흰색으로 좌우 방향을 표시한다.
2 식수대가 간혹 설치되어 있다. 'EAU potable'는 마셔도 되는 물, 'non potable'는 마실 수 없는 물이다.
3 고지대 목축 평야에서 만난 오래된 아치형 돌다리
4 나스비날Nasbinal에서 식당을 찾던 중 여행 작가의 야외 사진전을 발견했다.

오브라크Aubrac → 생콤 돌트Saint-Côme-d'Olt

인터넷 연결 상태를 확인하고 업로드를 걸어둔 후 잤는데 아침에 일어나 보니 폰이 알림 소리도 없이 조용하다. 업로드가 안 된 거다. 보통 밤에 업로드 해두고 잠들면 한두 시간쯤 후에 완료되는 것 같고, 그즈음 한국은 사람들이 활동을 시작하는 아침 시간이다. 그러니 자고 일어나면 한국에서 읽고 댓글을 달아준 알림들이 차례로 울린다.

기대 반 폰을 열어보는 것이 아침에 눈을 뜨고 맞이하는 적잖은 즐거움인데 이놈의 인터넷, 20년 전이나 지금이나 한국은 누가 뭐래도 인터넷 강국이다.

새벽 몇 시쯤 되었으려나 동쪽 하늘이 희뿌옇게 안개가 끼는 듯 밝아온다.

비박은 많이 해봤는데 별이 사라지는 광경을 보는 건 살면서 오늘이 처음인가 싶다.

7시쯤 일어나 정리를 하고 8시쯤 출발.

구름 한 점 없는 날이 이제까지 여행 중 오늘이 처음이다.

10시쯤 늦은 아침 식사를 한 뒤, 프레디가 결국 각자 따로 가자고 한다. 좀 더 천천히 자기 페이스대로 캠핑을 하며 가고 싶다고.

캠핑에 부담을 갖는 나에 대한 배려도 담긴 듯하고 서로 맞추느라 힘들기도 했겠고 혹시나 혼자 온 사연도 있겠지 싶어 더 이상 말은 하지 않는다.

네 마음 이해한다 하고 11시쯤 서로 작별의 포옹을 한다.

좋은 여행 되라, 즐거웠다. 굿럭!

이제 다시 원래 계획대로 혼자 걷는다.

프레디와 헤어졌으니 천천히 가다간 또 어색하게 마주칠 수 있으니 인사를 하고 쉬지도 않고 빨리 걷는다.

부지런히 걸어 예상보다 일찍 생콤 돌트Saint-Côme-d'Olt에 도착한다. 5시 반쯤 되었다.

마을에 도착하자마자 처음 보이는 지트 간판이 있는 곳으로 들어간다.

생콤 돌트에서 처음으로 혼자 찾은 숙소

몇 명의 프랑스 아주머니들 그룹과 어제 식당에서 봤던 약간 까칠해 보이던 독일인 친구도 있다.

손빨래를 해서 숙소 마당 빨랫줄에 빨래를 널고 쉬고 있는데 미국인 친구가 와 말을 건다. 스위스 제노바에서 시작해서 하루에 거의 40킬로미터씩을 걸어 여기까지 왔고, 산티아고까지 갈 거라고 한다.

프레디와 헤어지니 바로 길동무가 생기나 잠시 기대했는데 하루에 40킬로미터를 걷는다고? 솔직히 속으로는 확신할 순 없었지만 혹시 내일 컨디션 봐서 같이 갈 수 있으면 가자고 했더니 좋단다.

7시가 되니 식당에 모여 다 같이 저녁을 먹는다.

독일인 빈센트, 이 친구는 어제 분명히 송아지 볼살 요리를 함께 먹었는데 오늘은 채식주의자라며 따로 음식을 시켜 먹는다. 너 뭐냐고, 어이없이 쳐다보니 쉿! 하며 조용히 해달란다. 웃긴 녀석이다.

프랑스 아주머니 셋은 어찌나 말이 많고 빠른지 종교가 뭐냐 해서 대답하려고 하면 이미 내가 고를 수 있게 보기를 말해주면서 완전 영어 못하는 어린아이 대하듯 한다.

프랑스 식사는 뭐 이리 긴지, 아주머니들이 자꾸 말 시키고 재미도 없어 불편해 죽을 지경인데 처음에 샐러드부터 시작해서 한참 있다 카레 나오고 또 한참을 기다리고 있다.

로컬티(local tea)라고 한참을 설명한 차까지 마시고 나서야 식사가 끝나는데 거의 두 시간이 지났다.

배가 불러 소화도 시킬 겸 깜깜한 동네를 한 바퀴 돌고 들어온다.

10시 좀 넘은 시각, 잠자리에 든다.

생쉴리 도브라크Saint-Chely-d'Aubrac. 멀리서 바라본 마을이 숲에 둘러싸여 아늑하다.
마을 안에서 느끼던 삭막한 풍경과는 사뭇 다르다.

1 프레디와 헤어진 뒤 도착한 생쇨리 도브라크 마을에 보이는 사람 하나 없다.
2 생쇨리 도브라크
3 마을에 있는 순례자 쉼터

생콤 돌트Saint-Côme-d'Olt → 에스탱Estaing

혼자 걸으니 속도가 빨라진다. 역시 이 조급한 성격은 어쩔 수 없나 보다.

아침 7시쯤 식사를 하고 나서야 7시 반쯤 해가 떴다. 대부분의 숙소 사람들이 8시에서 8시 반 사이에 길을 나서고, 출발 후 오전 동안은 서로 앞서거니 뒤서거니 하며 자주 마주치며 걷는다.

2시가 넘어서면서부터는 각자의 보폭이 정해진 건지 거의 혼자 걷는다. 앉아 쉬는 사람들을 앞지르긴 하지만 걸으면서 추월하거나 추월당한 경우는 없다.

멈춰야만 같은 길을 가는 사람들과 만날 수 있다.

평소보다 이르게 4시쯤 에스탱이란 마을의 지트에 도착한다.

탱tang은 중앙아시아 유목민의 말로 땅을 뜻한다고 어디선가 들었다. 유추하면 에스탱은 동쪽에 있는 땅이란 뜻일 것이다. 강이 휘돌아 나가는 곡류 안쪽에 위치하고 반대편으로는 냇물이 흐르니 자연히 해자의 역할을 해 침입을 막기에 수월했겠고 오랜 세월 보존이 가능했을 것으로 보인다.

마을 입구에 서니 정면 언덕에 높은 교회 돌탑이 보인다. 저 교회 탑이 천 년이 되었다니 순례자들에게는 일찍부터 중요한 도시였을 거라 짐작된다. 일찍 도착해 마을을 둘러볼 수 있어 다행이다. 걷는 여행은 걷기만 즐기는 게 아니라 이런 멋진 소도시를 찾아다니는 묘미가 있다.

어제 지트에서 만난 사람들이 거의 다 같은 지트로 왔다. 하루에 40킬로미터를 걷는다던 미국인만 보이지 않는다. 7시도 되기 전에 인사하고 먼저 출발했으니 오늘도 상당히 멀리 갔을 거다. 말 빠르고 많던 프랑스 아주머니 그룹은 다시 안 만났으면 했는데 다행히 오늘 지트는 저녁이 제공되지 않는단다. 나가서 밥 먹고 늦게 들어오면 아주머니 그룹과 마주 앉을 일은 없겠다.

사실 콩크Conques까지의 중간 지점쯤 되는 걸로 계산하고 에스탱에서 멈춘 건데 다시 거리를 확인해보니 오늘 약 20킬로미터 왔고 아직 35킬로미터가 남았다. 오늘은 좀 일찍 쉬고 내일 무리를 해서라도 콩크까지 갔으면 싶은데 가능할지 모르겠다.

방에 들어오니 독일인 친구가 있다. 첫눈에도 약간 까칠하던 이 녀석은 내가 들어오자마자 역시나 인사도 없이 코를 고냐고 묻는다. 모른다고 했다. 프레디가 곤다고는 했는데 모른다, 이 녀석아.

일찍 도착했으니 샤워하고 폼 나게 와인 한잔하며 칼질 좀 할까 했는데 문을 연 레스토랑이 없다.

간단히 빵과 맥주라도 사려고 했지만 마트도 문을 닫았다. 이놈의 나라는 영업시간이 어떻게 되는지 통 알 수가 없다. 간신히 영업 중인 바를 찾아 생맥주를 시켜 마신다.

프랑스에서 아름다운 마을 열 곳 가운데 하나로 선정된 에스탱. 꼭 다시 가고 싶다.

방에 들어와 책을 읽고 있는데 독일인 친구가 들어온다.

헤이 오리엔탈 어쩌고, 스페셜 리스펙드 어찌고 저쩌고.

요약해 이해한 바로는 모두 모바일폰을 보는 와중에 종이책을 보고 있는 내가 이 녀석은 무척 신기하고 리스펙트까지 하다는 얘기다. 리스펙트가 그거 아니고 다른 뜻일 리 없지 않나. 일단 나는 그렇게 들었다.

예전에 안나푸르나 트래킹 때 가이드가 했던 말이 떠올라 잠시 웃는다. 로지(lodge)에 가면 머리 검은 사람들은 모두 술을 마시고 머리 노란 사람들은 다 책을 본다고 했었다. 뭐가 바뀐 걸까.

어쨌거나 리스펙트까지 나왔으니 까칠해 보이는 녀석이라도 통성명을 해줬다. 빈센트란다.

내일 콩크까지 간다고 하니 크레이지 오리엔탈(Crazy Oriental)이란다. 다들 여기서 콩크까지 이틀을 잡는 모양이다.

굿나잇 하고 책 좀 더 보려는데 페북 알림이 울린다. 이때다 싶게 잘 땐 폰 좀 꺼달란다.

알았다, 이 녀석아. 까칠한 빈센트.

1
2
3

1 이 도시의 대표적인 뷰 포인트인 듯하다. 순례길 표시와 순례자 동상이 있다.
2 에스탱으로 가는 길에 마주한 에스팔리옹의 거리 풍경
3 에스팔리옹의 오래된 다리

1 생 장바티스트Saint Jean-Baptiste 성당
2 세브라자크Sébrazac 작은 마을을 지나다가 다리와 연결된 집이 궁금하다. 물어볼 프레디도 없다.
3 에스탱 공립 지트는 6시에 관리인이 퇴근하면 지키는 사람이 없다.
4 신자도 아닌데 언제부터인가 성당에 들어서면 교단 앞에서 고개를 숙이게 된다.

에스탱Estaing → 에스페라크Espeyrac

7시쯤 일어나 준비를 마치고 간단히 빵을 먹고 출발하려고 다이닝룸에 나오니 말 많은 프랑스 아주머니들이 둘러앉아 아침을 먹고 있다. 괜히 합류하면 늦어질까 싶어 빵을 도로 배낭에 집어넣는다.

사과 하나 물고 아직 밝아오지 않은 안개 자욱한 에스탱 도시를 가로질러 다시 길 위에 선다.

배가 고파온다. 어디 좀 쉬어 빵 좀 먹고 갈까 싶어도 마땅히 앉을 데가 없다.

길에 떨어진 밤을 주워 먹으며 배고픔을 달랜다.

강변을 따라 한 시간쯤 왔을까 길가 벤치에 낯익은 배낭이 보인다.

어…… 저 배낭 어디서 봤더라 하는 순간 풀숲에서 누군가 다급하게 "요옹~ 요옹~" 하고 내 이름을 부른다. 프레디 목소리다!

소리는 아래쪽에서 들리다가 곧 위에서 들리더니 잠시 후 주섬주섬 아랫도리를 추어올리며 풀숲에서 프레디가 어슬렁어슬렁 걸어 나온다. 이 녀석, 용변을 끝내기도 전에 나를 불러 세운 거다. 워낙 빠르게 걷기 때문에 잠깐만 지체하면 따라잡기 어렵기 때문이다.

뜻밖의 재회에 반가워하며 밥 먹었냐 묻는다. 오다가 주운 밤을 보여주며 아침이라 했더니 자기 빵을 나눠준다. 이놈, 용변 보고 손도 안 닦고!

다시 같이 걷는다.

이제는 서로 보폭을 맞추며 걷지는 않는다. 한참 멀어졌다 싶어, 어쩔까 그냥 갈까 하면 금방 따라온다.

출발하고 일주일은 힘들었는데 이제 괜찮단다.

12시쯤 작은 마을에 도착하니 문 연 레스토랑이 있다.

혼자 먹을까 어쩔까 10분쯤 기다리니 까칠한 빈센트가 지나간다. 프레디 마이프랜드 봤냐 하니 못 봤단다. 한참 더 후에야 프레디가 도착하고 바로 앞 레스토랑에서 점심을 하자고 하니 오다가 농장에서 얻었다는 토마토를 보여준다. 어차피 무게를 줄이려면 토마토와 빵을 먹어야 할 거다. 각자 먹은 후 같이 출발하기로 하고 좀 미안한 마음으로 어제 못 먹은 스테이크를 주문해 와인도 한 잔 마신다.

오후부터는 프레디를 신경 쓰지 않고 걷는다. 걷다가 콩크에 닿을 수 있으면 가고 안 되면 무리하지는 말자 싶다.

4시쯤 확인하니 아직 십여 킬로미터가 남았다. 이번에 나오는 마을에서 쉬어야겠다 생각하고 프레디를 기다린다. 머지않아 도착한 프레디가 어쩐 일로 오늘은 지트에서 자겠단다.

마을에 도착해 지트에 오니 현관문에 인쇄된 예약자 명단이 붙어 있다. 예약을 하지 않아 난감해하는 중 한 서양인 여자가 개와 함께 온다. 명단 중 하나를 가리키며 자기 이름이라고 한다. 프레디가 전화번호를 물어 통화하니 근처 상점으로 와서 체크인하라고 한다.

상점에서 체크인하고 저녁거리를 산 후 근처 바에서 프레디와 모나코를 한 잔씩 나눈다. 모나코는 맥주에 석류 시럽을 넣어 맛이 달달해 목마르고 힘들 땐 마시기 좋다.

목축 지대를 지나 숲속으로 작은 냇가를 건넌다.

멀리서 비구름이 몰려오고 천둥소리가 들려 서둘러 숙소로 향한다.

이 숙소에도 프랑스 아주머니 그룹이 있다. 나만 보면 세봉세봉 하는데 개와 함께 온 여자가 나한테 세봉이 무언지 아냐고 물어 모른다고 했더니 '핸섬'이라며 웃는다. 사실인지 모르겠다.

프레디는 재회를 축하하기 위해 특별히 캔 하나를 개봉했는데 선지가 들어 있다. 선지가 캔으로 판매되고 있는 것도 생소하고, 프레디는 걷기도 힘든데 대체 이 무거운 캔을 가방에 몇 개나 들고 다니는지 신기할 따름이다.

제할린이 스파게티를 만들어 합류한다. 제할린은 개와 함께 온 여자의

안개가 피어오른 강가

이름이고 개 이름은 루니다.

오랜만에 젊은 여행객들과의 술자리가 즐겁다.

6시, 비가 쏟아지기 시작한다.

내일 콩크까지는 10킬로미터도 남지 않았다. 이 순례길에서 콩크는 르 퓌Le Puy와 더불어 매우 중요한 도시다. 9세기에 지은 성 베네딕트회 수도원이 있는 오래되고 유명한 도시다.

↑ 에스페라크. 집이 오십여 채 있는 작은 마을이다.

← 어제 저녁부터 맥주밖에 먹은 게 없어 때마침 발견한 작은 식당에서 스테이크를 주문했다. 우리나라 식당에서 김치찌개 주문하듯 스테이크를 시키니 이렇게 나왔다.

에스페라크Espeyrac → 노야아크Noailhac

밤에 비가 많이 온 듯하다. 다행히 지금은 내리지 않지만 비가 언제 쏟아져도 이상하지 않을 날씨다.

나만 보면 세봉세봉 하던 아주머니 그룹이 먼저 출발하고 곧이어 한국 대전에서 몇 년 계셨다는 미국인 할아버지 출발, 끝으로 개 타고 다니는, 아니 루니랑 같이 다니는 처자 제할린과 프레디 이렇게 셋이서 느지막이 정리하고 출발한다.

이슬비에 간간이 옷이 젖었다 말랐다. 약간 추운 듯, 옷을 입을까 말까, 그냥 걷는다. 앞으로 계속 추워질 텐데 추위도 이제 적응해야 할 거다. 루니와 제할린이 많이 앞서가고 그 뒤를 따라 생각 없이 걷다 보니 프레디가 보이지 않는다.

11시쯤 콩크까지 찍어보니 5킬로미터밖에 남지 않았다. 시간이 충분하니 기다려본다.

지나가는 몇 사람에게 프레디의 인상착의를 설명하고 물었는데 보지 못했다고 하거나 영어를 전혀 못 알아듣는다.

40분쯤 기다리다 또 어느 교회에서 기도하고 있으려니 한다. 프레디는 지나는 모든 교회에 들러 기도를 한다.

에스페라크를 떠나며 반대편 언덕에서 내려다본 마을

아침에 제할린이 콩크에 저렴한 지트 두 곳을 보여주며 한 곳은 베드벅스(bedbucks)가 있고 한 곳은 식사가 별로라고 했더니 프레디는 캠핑을 한다고 했다. 함께 숙소로 가는 것도 아니니 굳이 더 기다릴 필요는 없다.

1시쯤 혼자서 남은 빵과 바나나, 요거트, 삶은 달걀을 먹으며 뒤를 여러 번 돌아보았으나 오지 않는다.

점심을 해결한 뒤 조금 걸으니 콩크다. 어, 그런데 앞 식당에서 나오는 남녀를 보니 제할린과 프레디다.

저 녀석이 언제 추월한 거지?

어제 둘이 한동안 프랑스말로 어쩌고 하더니 눈이라도 맞은 건가? 젊은 이들은 시도 때도 없이 눈이 맞는다.

이제 내가 빠져줘야 하나.

혼자 사진 찍으며 콩크 시내를 한 바퀴 돌았는데도 2시가 조금 넘었다. 벌써 여기서 쉬어야 하나. 한참을 쉬다 보면 걷는 게 부담이니 계속 걷다 보면 쉬는 것도 부담이다.

콩크를 뒤로하고 가까스로 다시 걸음을 시작한다.

조금 걷다 보니 까칠한 빈센트와 마주친다.

벌써 식사 한 번 같이하고 두 번 같이 잔 사이이니 보면 반갑게 인사한다.

어디까지 가냐 묻기에 그저 걸을 뿐, 걷다 지트를 찾으면 거기서 잘 거라 하니 또 크레이지 오리엔탈이란다. 그러는 넌 지트 예약했냐고 물으니 했단다. 그럼 같이 가자 하고 함께 걷는다.

이 까칠한 독일인과 같이 걷게 될 줄이야.

며칠 전 지트에서 처음 둘이 자던 날도 몇 번이고 왜 걸으러 왔는지 물어 그저 걷고 싶었다고 말했는데도 자꾸 왜냐고 묻던 녀석이다.

모른다, 이넘아. 한국말로도 모르는데 영어로 묻는 네게 내가 어찌 말할까.

발음 이상한 영어로 질문을 한 다음 내가 잠시 머뭇거리자 너희 나라에선 학교에서 영어 안 배우냐고 무시하듯 묻던 놈이다. 졸업한 지 너무 오래라 영어를 배웠는지 기억이 안 난다고 했다.

이번엔 내가 묻는다, 너는 왜 걷냐고.

서치 어쩌고 딥 마인드 어쩌고 한다.

찾아봐라, 이넘아. 그게 찾아지나.

4시쯤 노야아크Noailhac에 도착.

빈센트가 예약했다는 지트를 찾았는데 잠겨 있다. 좀 유명하거나 큰 도시 지트는 관리인이 늘 상주하는데 이렇게 작은 마을의 지트는 상주하는 사람이 없다. 대신 근처의 마트나 레스토랑을 겸업하는 경우가 많다. 이곳도 레스토랑에 가서 돈을 지불하고 키를 받아와 숙박하는 곳이다. 키를 받아와 임의대로 맘에 드는 침대를 골라 자면 된다.

이 독일인 친구가 없었으면 이 시스템을 혼자 어찌 이해했을지, 까칠한 빈센트가 도움도 된다.

일찍 도착해 밀린 빨래를 하고 나와 보니 프레디와 제할린이 와 있다. 개 루니도 왔다. 또 낯이 익은 사람들 대여섯이 들어온다. 이제 지트는 같은 길을 걷는 사람들로 가득하다.

식사 포함 숙박비를 지불했기 때문에 저녁이 제공되었는데 저녁 후 빈센트가 나보고 설거지를 하지 말라고 말린다. 보통은 지트에서 식사 후 모두 설거지를 한다. 프랑스인들은 항상 설거지를 하고 물기까지 제거해 깔끔하게 싱크대를 정리한다. 다른 사람들은 설거지를 하지 않냐고 반문하는 내게, 넌 잠자리와 식사 둘 다 지불한 거라며 네버 마인드(never mind)라고 한다.

허허, 이것이 프랑스와 다른 독일식 마인드인가. 그가 예약하고 그를 따라온 것이니 그의 룰을 따르긴 했다만 맘이 편하지가 않다.

프랑스 고산 지대의 풍경. 크고 작은 언덕들을 보니 제주의 오름이 연상된다.

1 유명한 순례길 성당인 상트푸아 수도원 성당이 있는 콩크. 프랑스 GR 65길에서 순위에 꼽히는 아름다운 마을이다.
2 관광객 많은 콩크에서 제할린은 어디 가고 루니 혼자 멍때리고 있을까.
3 상트푸이 수도원 성당
4 콩크의 골목길

노야아크Noailhac → 몽레동Montredon

또 다른 아침.

어제 콩크에서부터 한참을 올라오는 것 같더라니 아침에 보니 지대가 제법 높다. 멀리 발아래로 안개가 가득하다. 하늘은 맑고 좋은 날이다.

지트에 프레디와 제할린과 루니만 남겨두고 레스토랑으로 내려와 빈센트와 세 명의 산악회 동지 같은 프랑스인들과 함께 앉아 아침 식사를 한다.

나만 보면 파이팅을 해주던, 내가 프렌치 조르바라고 부르는 아저씨는 일찍 먹고 벌써 출발했다. 프렌치 조르바는 영어는 한마디도 못하는데 언제나 날 보면 엄지를 높이 치켜세우고 환한 미소를 보여주는 게 마치 크레타섬에서 육지로 처음 나온 듯한 덩치 큰 상남자 조르바 같다.

아침을 다 먹을 동안 프레디와 제할린은 내려오지 않는다.

빈센트와 둘이 출발한다.

발밑에 안개를 두고 능선을 따라 한 시간쯤 걸어 능선 아래에 닿으니 한 치 앞도 보이지 않게 사위를 둘러싼 안개 속이다. 다시 한 시간 동안 걸으니 이제 안개는 머리 위에 있다. 해가 어느 위치에 있는지조차 가늠이 되지 않는다.

좀 속도를 내서 걸으니 빈센트와 산악회 동지들은 이제 보이지도 않을 만큼 멀어졌다.

이슬 내린 풀 길을 지나서인지 양말이 젖었다.

방수 신발을 샀는데 왜 방수가 안 될까, 벌써 방수 면이 마모된 건가?

12시쯤 드카주빌르Decazeville에 도착해 멀리 보이는 교회로 들어갔다.

교회에서 나와 점심 먹을 자리를 찾아 좀 걸으니 빈센트가 쉬고 있다.

비스킷을 나눠 먹고 빈센트가 먼저 일어서는데 보니 다리를 절뚝거린다. 행운을 빈다 하니 씩 웃어 보이며 간다.

한 시간쯤 왔을까, 멀리 잔디밭에서 루니와 제할린이 누워 쉬고 있다.

프레디는 어디 가고, 프레디 녀석 벌써 차인 건가.

다가가 인사를 하고 오늘 숙소가 어딘지 물으니 바로 앞마을이란다. 루니를 데리고 갈 수 있는 곳이 근방엔 거기뿐이란다. 나는 좀 더 걸어 다음 마을까지 간다고 하자, 제할린이 가이드북을 펼친다. 여기서 만난 외국인 여행자들은 다들 『미얌 미얌 도도Miam Miam Dodo』라는 안내 책자를 들고 다닌다. 다음 마을까지 가는 나를 위해 숙소 정보를 찾아보고 알려준다. 두어 시간 걸어가면 마을이 나오고 지트가 두 곳 있는데 한 곳은 식사가 제공되고 한 곳은 잠만 잘 수 있단다. 식사 포함인 곳 주소를 적고 출발한다.

조금 가니 마을을 지난다. 제할린이 쉴 거라고 했던 리비나크르오Livinhac-le-Haut다.

퀘벡 아재와 빈센트가 어느 교회 앞에서 한가로이 노닥거리고 있다. 오늘 이 마을에서 쉴 거란다. 거의 대부분이 이 마을에서 쉬는군, 어쩐지 지트가 많더라니.

나는 그냥 다음 마을까지 가기로 하고 출발한다.

이제 만나면 말 시키는 아주머니들도 없고, 쉬고 있어도 지나가는 사람 하나 없다.

두 시간 남짓 걸어 오늘 머물 몽레동에 도착한다.

제할린에게서 적어온 지트를 찾아갔으나 문이 닫혀 있다. 한 번쯤은 이런 일이 생길 줄 알았다.

문에 써붙여 놓은 글을 번역기에 돌려보니 16시 이후 순례자 환영이라고 쓰여 있다. 그런데 시계를 보니 이미 4시 30분, 안 되겠다 싶어 잠자리만 제공한다는 다른 지트를 찾아 길을 되돌아간다.

역시 닫혀 있다. 두 시간을 왔는데 리비나크르오로 되돌아갈 수는 없다. 배고픔과 피곤이 몰려온다. 다행히 해는 한 뼘 정도 남았고 밤 몇 알과 말린 과일 초콜릿 그리고 비상시를 위해 남겨놓은 물이 있다.

비상식량을 앞으로 멘 작은 가방으로 빠르게 옮기고 입에 넣으며 움직인다. 핸드폰을 열어 다음 마을을 확인할 시간도 없다. 무조건 앞으로 가야 한다.

만나는 사람마다 물어 지트가 혹시 어디 있는지 확인한다.

계속 앞으로 가라고만 한다. 뭔가 있을 것 같은 희망을 품다가도 문득 내 말을 못 알아들어 산티아고 방향만 알려준 게 아닌가 싶어지기도 한다.

한 시간쯤 왔을까 지트 푯말이 보이고 따라가니 다행히 지트가 있다.

안으로 들어서니 2미터는 됨직한 큰 키의 노신사가 앉아 있다.

인사를 하고 다급히 방이 있는지 묻다가 뭔가 아니다 싶어 당신이 이 지트의 주인인가 손님인가 물으니 이웃이란다.

그럼 주인은 어디 있나? 이 지트는 영업을 안 한다. 근처에 영업을 하는 지트 아나? 네가 원한다면 친구가 하는 지트에 전화를 해주겠다. 그럼 고맙다, 부탁한다.

노신사가 전화를 한다. 그곳은 이미 찼다고 한다.

난감해하고 있으니 여기서 1킬로미터 지점쯤 앞에서 지트 푯말을 보았다며 길을 따라가면서 잘 살펴보라고 한다.

분명히 못 봤는데 달리 방도가 없어 반신반의 살피며 길을 다시 걷는다.

노신사가 말한 푯말이 나왔다. 길을 벗어나 300미터 앞이라 쓰여 있다.

길을 벗어나 500미터는 더 온 듯하다. 드디어 지트로 보이는 건물이 나타난다.

6시가 넘어간다. 혹시 방이 없으면 앞에서 비박이라도 하게 해달라고 할 참이다.

지트 앞에 도착해 문을 두드리는데 문 안쪽 멀리서 차량 한 대가 이쪽으로 온다. 차 안에서 얘기를 하고 있다가 나를 발견한 모양이다.

영어가 안 통해 번역기로 대화한 결과 여기는 운영을 안 한단다.

난처해하고 있으니 지트 문을 열어주며 춥겠지만 잘 수 있으면 자라고 한다. 침낭이 있으니 괜찮다 하고 얼만지 물으니 12유로나 부른다.

그래도 다행이다. 문을 열어주며 안에 통조림이 있으니 먹어도 된다고 한다.

간단히 씻고 통조림을 끓여 먹으며 배고픔을 달랜다. 소시지에 햄과 콩이 들어 있는 캔이다. 그럭저럭 먹을 만하다.

이제 어두워지기만 기다린다. 이 폐허 같은 곳에서 빨리 자고 나가고 싶다.

1 고지대 평원 발아래 깔린 안개
2 GR 65길을 가리키는 푯말에 누군가 짓궂게 낙서를 해놓았다.
3 고지대에서 내려가기 시작하니 안개가 앞을 가린다.
4 데카즈빌 성당

1 리비나크르오 전경
2 옆에 새로운 다리가 생기면서 과거에 다리를 연결했던 두 개의 탑 주변을 공원으로 조성했다.
3 리비나크르오 마을 길

몽레동Montredon → 피쟈크Figeac

7시 반쯤 침낭에서 나와 밖을 보니 아직 어둡다. 해가 이제 늦게 뜨나 싶었는데 하늘이 먹구름으로 가득하다.

아침으로 통조림을 하나 더 먹는다.

앞으로 어떻게 될지 모르니 갖고 있는 비상식량은 아껴야 한다.

간단히 씻고 뒷정리를 한 뒤 테이블에 캔 두 개 값 5유로를 두고 8시쯤 출발한다.

이슬비가 내린다. 잠시 작은 교회에 들러 가방 커버를 씌우고 우의를 입는다.

한 시간쯤 걷다 우의를 벗을까 말까 고민하는데 비가 제법 쏟아진다.

멀리서 종이 한 번 울린다. 9시 반쯤 되었나 보다.

조금 더 걸으니 마을이 나온다. 마을엔 집들이 있으니 처마 밑이라도 잠시 비를 피할 수 있다. 초콜릿을 씹으며 비 그치길 기다린다.

한 시간쯤 후 비가 그치는 듯해 출발하려는데 덥수룩 수염 긴 청년이 우의를 입고 화장실에 가다가 내게 말을 건다. 폴란드에서 왔고 이름은 도리안. 산티아고까지 간단다. 반갑게 인사를 하고 혹시 숙소 정보나 얻을까 해서 물어보니 이 녀석도 캠핑하며 다닌단다. 가끔 도네이션 지트가 있으면 자는데 프랑스 내에서는 숙박비가 비싸단다. 피자크에서 오른쪽으로 GR 65길을 벗어나 이틀을 가면 멋진 도시가 있다고 알려준다. 그쪽에도 지트는 있을 거라고도 한다. 지금 따라 걷고 있는 이 길이 바로 지도에 표기된 GR 65길이다. 프레디도 이쯤에서 길을 벗어나 그쪽으로 간다고 했던 말이 떠오른다.

12시쯤 배가 고파온다. 피자크까지 거리를 확인하니 2킬로미터다. 40분 정도 걸릴 듯해 땅콩과 사과를 씹으며 다시 걷는다.

1시쯤 피자크에 도착한다.

안내소에 갔더니 문이 닫혀 있다.

뭘 좀 먹어야겠다 싶어 레스토랑으로 들어가 구글 번역기를 켰다. 옆에 있는 사람 것과 같은 것 그리고 와인 한 잔 달라고 하니 또 뭐라고 뭐라고 한다. 다시 번역기를 돌리니 어느 정도 익혀줄까. 참나, 배고픈데 대충 좀 주지.

야외 테이블에서 식사가 끝나갈 무렵 프레디가 지나간다. "헤이 브라더!" 혼자 걸은 지 얼마나 되었다고 반가움을 감출 수가 없다. 점심 했냐고 하니 마침 하려던 참이었단다. 앉기 전에 프레디는 여기 음식이 어떤지 내게 확인하는 걸 잊지 않는다. 식사를 하며 비도 오고 춥기도 하니 오늘은 함께 여기서 쉬기로 한다.

잠시 후 까칠한 빈센트가 지나가려다 우리를 보더니 청하지도 않았는데 합석한다. 빈센트는 모나코를 마시겠냐고 묻더니 우리가 좋다고 하자 한 잔에 1유로 좀 넘는 모나코 세 잔을 주문하고 어쩐 일로 테이블 위에 4유로를 내놓는다. 그러고는 연거푸 두 잔을 더 시켜 마신다. 나가려고 일어서며 주머니를 주섬주섬 더듬다가 그냥 나간다. 뭐야, 우리 사준다는 거 아니었어? 하니 프레디도 웃는다.

결국 우리가 마신 모나코는 우리가 지불한다.

오늘 밤은 셋이 함께 빈센트가 예약한 지트로 간다.

나는 지금 프랑스 르퓌Le puy에서 시작해 산티아고로 가는 GR 65길을 걷고 있다.

성 야고보의 무덤이 있는 '산티아고 데 콤포스텔라Santiago de Compostela'로 가는 길은 여러 가지다. 가장 널리 알려진 길은 프랑스 생장에서 스페인 산티아고까지 대략 800킬로미터 순례길이지만 유럽의 도시들마다 출발하는 지점이 각각 있고 누구는 자기 집에서부터 출발하기도 하니 그렇게 보면 산티아고로 가는 순례길은 사실 엄청 많은 거다.

르퓌에서 며칠 전 지나온 콩크까지의 길은 프랑스 사람들이 아주 좋아하는 길 중 하나다. 걸으며 볼 수 있는 아름다운 도시들이 많고, 피에르산맥을 오르락내리락하며 넓은 고산의 초원지대를 볼 수 있는 멋진 길이다.

콩크를 지나오니 이후부턴 흔하게 곳곳에 보이던 쉼터도 보이지 않고 마을 정경도 이전보다 못하다. 그저 평범한 유럽의 시골 마을들을 지나간다. 마주치던 아줌마 그룹도 없고 중장년층 이상의 어른들도 없다. 간혹 프랑스 산악회로 보이는 아재들과 한 번씩 마주칠 뿐이다. 어쩌다 만나는 사람들 중 아주 가끔 산티아고로 가는 사람이 있다.

원래 내 계획은 르퓌에서 생장 800, 생장에서 산티아고 800, 산티아고에서 리스본 600 해서 모두 2200킬로미터를 걷는 것이었다. 그런데 프레디를 보며 어쩔 수 없이 목적 지향적인 한국인이었던 나를 본다. 천천히 자세히 보고 느끼며 다니는 프레디를 보니 최종 목적지는 굳이 정할 필요가 없겠다 싶어졌다.

나는 산티아고로 간다고 하고, 프레디는 산티아고에 가기를 바란다고 한다.

이제 나도 산티아고에 가기를 바란다.

→ 곡물 보관 창고

↓ 피자크는 지금까지 여행에서 만난 가장 큰 도시다.

1 주말 시장이 열리는 장소라고 하는데 여성 속옷이 나란히 걸려 있는 이유를 모르겠다. 프레디도 모른단다.
2 역사박물관이라고 써 있어 들어갔는데 별것 없는 오래된 소품 상점이다.
3 아기자기한 골목길이 정겹다.
4 치즈 가게에 진열된 다양한 치즈들

피쟈크Figeac → 그레알루Gréalou

이번 여행 중 처음으로 편하게 잔 것 같다.

7시 반에 아침 식사를 하고 나니 프레디는 오늘 여기서 하루 더 쉰단다.

오늘 이곳에 빅마켓이 열리고 전시회도 있다고 한다. 거기다 프레디는 컨디션 조절도 좀 필요하지 싶다.

이슬비도 내리니 쉬면서 빨래나 할까 생각하며 프레디에게 계획을 물어보니 다음 도시에서 어쩌고저쩌고 텐트와 무거운 것을 놓고 작은 가방으로 바꾸고 어쩌고 한단다. 모르겠다, 어차피 각자의 여행이다.

어쨌거나 프레디는 전에 말한 적 있는, 어제 폴란드 청년 도리안에게서 듣고 결정한 로카마두르Rocamadour 경로로는 가지 않을 거란다. 그쪽 길은 이틀을 우회해야 하는 길이다.

빈센트는 이제부터 버스 타고 이동한다며 먼저 출발한다.

프레디와 나는 마켓이 열리는 곳으로 나와 커피를 한 잔씩 마신 후 또 다시 작별 인사를 나눈다. 이별은 또 다른 만남을 만든다.

피쟈크를 벗어나기도 전에 멀리 폴란드에서 온 도리안이 어떤 여자와 걷고 있는 게 보인다.

체코식 이름은 어렵다. 몇 번이나 듣고 간신히 페트라라고 옮겨 적었지만 정확하게는 발음을 못 하겠다. 체코에서 왔다는 여자는 롱치마를 입고 맨발에 샌들을 신었다. 히피인 듯한 차림과 말과 행동을 보인다.

도리안과 페트라는 캠핑을 하며 같이 다닌단다. 오늘은 어디까지가 목적지냐고 물어보니 모른단다. 갈 수 있는 데까지만 가서 잘 거라고 한다. 크레이지……, 어디선가 빈센트의 목소리가 튀어나올 것 같다.

어느새 보폭을 맞추어 함께 걷고 있다.

로카마두르로 가는지 물어보니 그렇단다. 길을 잘 아는지 물으니 아마 이 길을 따라가다 보면 로카마두르로 빠지는 길이 나올 거란다.

프레디는 길을 가며 어떤 것에도 손대지 않는 데 반해 이들은 남의 집 담장을 넘어 나온 무화과도 따 먹는다. 그래도 되냐 했더니 하나쯤인데 뭘, 한다.

한참을 왔는데 빠지는 길이 나오지 않는다.

12시가 다 되어 작은 마을이 나오고 음악이 들려와 따라가 보니 제할린과 루니가 보인다.

마을마다 있는 작은 광장 한편에서 마을 사람들이 각종 악기를 들고 나와 연주를 하고 있다. 정식 공연은 아닌 것 같고 연습을 하는지 어쨌거나 음악은 흥겹다.

도리안과 체코 여자 페트라는 갑자기 음악에 맞춰 맨발로 춤을 춘다.

이 여유롭고 자유분방한 친구들과 나는 어쩐지 맞지 않겠다는 생각이 드는 찰나 제할린이 먼저 자리를 뜬다.

자유분방한 이들을 뒤로하고 제할린을 따라와 로카마두르로 가는 길이 이 길이 맞는지 『미암 미암 도도』를 펼쳐 확인했더니 이미 한참 지났다. 대책 없이 자유분방한 둘을 믿고 따라간 게 잘못이다. 어쩔 수 없다.

두 시간여를 되돌아갈 수는 없으니 다음 기회라는 기약 없는 말로 위안 삼고 포기한다.

제할린과 루니와 함께 걷는다.

1시 반쯤 풀밭에 앉아 점심을 꺼내 먹는다. 제할린은 오늘 여기서 두 시간쯤 거리에 있는 마을에서 잔단다. 저녁과 아침을 주지 않는 지트인데 같이 가겠느냐고 묻는다. 난 먹을 게 충분치 않다 하니 자기 것을 나눠주겠다고 한다.

며칠이고 무겁게 들고 왔을 식량을 염치없이 얻어먹을 순 없어 거듭 거절한다.

제할린이 가이드북을 계속 살피며 그 마을엔 마켓도 식당도 없는 것 같다는 말에 다음 마을로 혼자 가야겠다고 마음먹는데 42유로에 식사를 제공하는 곳을 찾았다며 예약을 해줄까 묻는다. 오케이! 오늘은 거기에서 자기로 한다.

여기서 만난 친구들은 바게트와 같이 먹을 수 있는 치즈나 살라미, 햄 뭐 이런 것들을 사서 다니는데 지금까지 봐왔으면서도 마켓에 들어가면 그런 것들에는 손이 안 간다. 내가 사는 것이라곤 익숙한 비스킷이나 초콜릿, 우유 정도다. 무게만 나가고 몇 개 먹으면 질리는 단것들이다. 이제 좀 신경을 써야겠다. 프레디랑 같이 다닐 땐 편했다. 살 때 따라가서 눈치껏 돈만 내면 되었고 산 것들을 같이 먹으면 되었으니.

점심 먹으며 제할린이 예약해준 지트에 도착한다.

야외 테이블에 커피 1유로라고 써 붙어 있다. 『미얌 미얌 도도』에는 지트에 관한 각종 정보가 표기되어 있는데 제할린의 오늘 지트는 식사도 커피도 없는 곳이란다.

제할린이 여기서 커피 한잔하고 가겠다며 앉으니 안에서 노년의 주인 남자가 나온다. 여기는 독일인 노부부가 운영하는 곳이다.

제할린이 자기가 나를 이곳에 데려왔다며 공치사를 하자 너는 왜 여기 묵지 않냐고 주인이 묻는다. 제할린이 가이드북에서 노팻(no pat)을 봤다며 루니가 있다고 하니 주인이 몹시 미안한 표정으로 어쩔 수 없구나 한다.

와, 프랑스어로 대화하는 걸 눈치로 다 알아들었다.

노부부는 채식주의자라 이곳 식사가 육식 없이 제공되는데 괜찮겠냐고 묻는다. 풍성한 식탁과 와인을 기대했는데 어쩔 수 없다. 다음 마을은 3킬로미터 떨어져 있는데 지트가 없고, 10킬로미터 지점까지는 가야 지트가 있으니 이제 계획이란 것도 좀 짜봐야 하나 싶다.

제할린은 자기 지트로 가서 짐을 푼 후 다시 이곳에 오기로 했다. 오늘 저녁 식사를 할 손님이 나뿐이라 노부부의 호의로 저녁 식사를 같이 하게 된 거다.

식사 전 씻고 짐 정리를 하는데 수건이 없다. 어제 잤던 지트에 놓고 온 모양이다. 별것 아닌데 신경이 쓰인다. 불안한 마음에 가방 정리를 다시 한다. 다른 것들은 무사하다.

이럴 줄 알았으면 하루 더 자고 프레디와 같이 출발할 걸 그랬나. 이제 프레디의 프랑스 악센트 영어에 익숙해져서 프레디와 있으면 웬만한 의사소통은 다 된다. 내가 영어 못하는 걸, 아니 못 알아들으면 몸짓 써가며 설명을 해준다.

한번은 하늘을 가리키며 "두유 비히리프가"라고 했다.

"왓 이즈 비히리프가?"

"두 유 노우 쥐,우,디."

길에 설치된 작품. 걸으면서 머리로는 많은 생각을 한다는 뜻인가?

"아 갓! 이즈 비하이프가 네임 오브 갓?"

고개를 좌우로 흔들며 다시 손가락으로 자신의 가슴을 가리켰다.

"유 민 유 알 갓?"

얼마나 답답했는지 가던 길을 멈추고 핸드폰에 써서 보여주는 거다.

"Do you believe god?"

하하, 난 신은 모르겠고 나는 너를 믿는다고 하니 웃었다.

또 만나겠지. 며칠 같이 지냈다고 정이 들었나 보다.

채식 식사를 하며 와인을 마신다.

독일 악센트의 영어 역시 쉽지 않다. 이제는 한국말로 하는 대화가 그립다.

1 작은 마을 페이셀르Faycelles에 도착하니 같이 걷던 사람들이 있다. 뒤에는 마을 밴드가 연습 중이고 그 음악에 맞춰 춤추며 즐거워한다.
2 몇 가구 되지 않는 작은 마을 페이셀르
3 체코에서 온 페트라, 폴란드에서 온 도리안
4 루니와 제할린

그레알루의 독일인이 운영하는 숙소(위)와 숙소 내부

그레알루Gréalou → 리모뉴Limogne

아침에 프레디로부터 메시지가 왔다.

내 수건을 가지고 있다고 길에서 만나면 주겠다고 한다.

오늘부터는 작전을 바꾸기로 한다. 며칠 전 폐허 같은 지트에서 혼자 통조림을 까먹던 일이, 아니 더 힘든 상황이 다시 생기지 않으리란 보장이 없다. 그래서 오늘은 일찌감치 지트 주인에게 20킬로미터 지점의 지트를 예약해 달라고 부탁한다.

오늘은 숙소 걱정 없이 천천히 20킬로미터를 걷기만 하면 된다.

8시 반쯤 출발해 조금 걸으니 제할린과 루니가 걷고 있다.

합류해 셋이 같이 걷는다. 루니는 거의 제할린의 아이처럼 정말 말을 잘 듣는다.

혼자 앞으로 멀리 가다가도 뒤를 돌아보며 서서 기다리고, 새를 보거나 딴짓을 하다가도 주인이 좀 떨어졌다 싶으면 금세 또 달려와 따라붙는다.

나뭇가지를 가지고 놀기도 하고 혼자 즐기며 잘 따라 걷는다.

찻길을 건널 때는 눈치를 보다가 제할린이 오케이라고 하면 달려서 건너고, 다른 개들이 오거나 좀 위험할 때 제할린이 "앉아" 하고 말하면 즉시 앉는다. 앉아 있다가 세봉이라고 하면 다시 일어서 움직인다.

자기 먹을 것은 자기가 메고 다니며 실내에서는 방석을 깔아주면 거기에 가만히 누워서 쉰다. 루니의 배낭에도 담요와 자기 먹이가 들어 있다. 낯익은 사람들을 만나면 반갑게 꼬리를 흔들다가도 제할린이 부르면 바로 달려온다.

제할린 곁에 붙어 조용히 따라 걷고 있다는 건 힘들다는 뜻이다.

그럼 또 제할린이 알아채고 잠시 앉아 쉬다가 다시 일어서면 더 쉬고 싶은지 가끔 고집을 부리기도 하지만 달래면 또 바로 일어나 걷는다.

개랑 같이 다니면 심심하지도 않고 든든할 것 같다.

큰 도시는 사람이 많고 차가 많아 위험하니 잘 들어가지 못하고 루니가 들어갈 수 있는 지트가 한정적인 것, 이 두 가지 정도가 어려운 점으로 보인다. 큰 마켓에 가서 이것저것 사고 싶은데 루니 때문에 못 간다고 제할린이 가끔 하소연을 하기도 한다.

얻는 게 있으면 또 잃는 것도 있어야 하는 것이 이치겠지.

11시 반쯤 카자르크Cajarc에 도착하니 제할린이 먼저 와 커피를 마시고 있다.

제할린은 아직 18킬로미터나 더 가야 한다며 10킬로미터 남은 나를 부러워한다.

여기서 점심을 사 먹으면 좋겠다 싶은데 약간 맘이 불편하다. 보통 이 길에서는 나이가 중년쯤 이상 된 사람들만 식당에서 식사하고 비싼 숙소에서 잔다. 20~30대 청년들은 싼 숙소를 찾아다니고 점심으로는 빵을 가지고 다닌다. 나는 이미 중년 나이지만 이 친구들이 나를 같은 또래로 보니 혼자 레스토랑에서 식사하기가 영 미안하다.

언제 점심을 먹을 건지 물으니 1시쯤 먹는단다. 그럼 가다가 같이 먹자 하고 다시 걷는다.

1시쯤 배가 고파와 어디서 먹을까 하니 좀만 더 가잔다.

조금 더 가니 오르막이라 앉아서 먹을 자리가 마땅치 않다. 거의 2시가 되어서야 오르막을 다 올라 자리를 잡고 식사를 한다. 이제 너는 아마 30분만 가면 될 거라면서 자기는 세 시간 더 가야 한다고 투덜거린다.

식사한 뒤 좀 더 쉬려는데 빗방울이 떨어진다.

부랴부랴 정리하고 다시 출발한다.

내가 예약한 지트가 3킬로미터 남았다는 푯말이 나온다.

제할린이 또 좋겠다며 부러워한다. 넌 할 수 있다고 씩 웃어준다.

한 시간쯤 왔을까 마을이 나오지 않는다. 푯말도 한참 전부터 보이지 않았다. 다시 한 시간쯤 가서야 마을이 나오고 지도를 찍어보니 이런, 지났다. 중간에 집이 몇 채 있었는데 거기 있었나 보다.

한 시간을 돌아갈 수 없어 제할린에게 취소해 달라고 부탁한다. 제할린이 가는 마을에 식사 포함 지트가 있는지 알아보니 하나 있는데 지금은 영업을 안 한다고 한다. 어쩔 수 없이 제할린과 같은 지트에 가기로 결정하고 출발하려니 날 보며 킥킥 웃는다.

생각대로 되는 게 없구나.

겨우 6시가 다 되어 비가 쏟아지기 전 리모뉴Limogne에 도착한다.

하루 28킬로미터가 이렇게 힘든가.

제할린이 파스타를 해준다고 하는데 오늘 네 덕분에 돈이 세이브 되었으니 내가 밥을 사겠다고 했다. 몇 번이고 사양하더니 그럼 내일 저녁은 자기가 파스타를 해주겠단다.

원래 가려던 곳은 식사 제공에 48유로였고 이곳은 식사 없이 베드만 17유로다.

이 길은 사람도 적고 지트도 적어서 그런지 다른 지역에 비해 숙박비가 약간 비싸다.

식당에는 호주에서 온 부부와 이전에 한 번 만났던 대전에서 얼마간 있었다는 미국인 할아버지도 와 있다.

호주에서 온 부인이 또 묻는다.

왜 여기까지 와서 걷냐고.

어려운 질문이다.

누구는 마음속에 깊은 뭔가를 찾으러 왔다 하고, 누구는 새로운 인생을 찾고 싶어 왔다 하고, 또 누군가는 뭔가를 잊고 싶어 왔다고 차례로 말한다.

나는 그저 오래 걷고 싶어서 왔다고 말하고 질문한 부인에게 되물으니 그저 시간이 많이 남고 어쩌고 얼버무린다.

아무도 모르는 것 같다. 정확히 이곳에 와 걷는 이유는…….

제할린은 암에 걸렸고, 이혼을 했고, 직장을 그만두고…… 어쩌고…….

다들 각자의 이유가 있고 뭔가 찾으러 왔는데 그걸 모르니 같은 질문만 반복하는 듯하다.

우린 모두 같은 길을 걷고 있다.

멀리 보이는 카자르크

1
2
3

1 카자르크 시내
2 카자르크 보트 선착장
3 카자르크 계곡

1 순례길임을 알리는 십자가 표지가 경건함을 자아낸다.
2 산티아고 길의 상징인 가리비와 만국기 장식이 길가 표지판과 함께 있다.
3 옛날 빨래터
4 오래된 나무와 돌담길에서 점으로 사라지는 빨강과 파랑 배낭

리모뉴Limogne → 랄뱅크Lalbenque

어젯밤 오랜만에 술을 좀 많이 마셨더니 늦게 일어났다. 저녁 식사 후 제할린과 근처 작은 광장 야외 테이블에서 맥주를 마시다가 갑자기 동네 사람들이 모여들어 술자리가 길어졌던 거다.

맥주를 시키고 앉아 있었는데 펍 주인이 어딘가에 전화를 하면서 재키 찬 어쩌고 하는 소리가 들렸다. 사실 이 말은 해외에 나가면 가끔 듣는 말이다. 서양인들은 코 큰 동양인을 보면 홍콩 배우 성룡, 재키 찬을 떠올리는 것 같다.

얼마쯤 후 경운기 소리를 내는 미스터 빈 차 같은 구형 차가 광장으로 들어서서 제할린과 나의 눈길을 끌었다. 운전자가 차에서 내리더니 얼마나 오래된 차인지 앞 범퍼를 열어서 시동을 끄는 거다. 신기해서 쳐다보고 있는데 그 운전자가 곧장 흐느적거리는 몸짓으로 코트를 여미며 나를 향해 달려오는 게 아닌가. 큿소리로 크게 "재키 찬- 재키 찬-" 하면서 내 옆자리에 와 앉았다. 옆에서 보던 제할린이 박장대소를 했다.

여기서 끝이 아니었다. 그때부터 사람들이 하나둘씩 재키 찬을 보러 왔다며 합석하기 시작했고 결국 제할린과 단둘이었던 테이블에는 옆 테이블까지 붙여 족히 예닐곱이 둘러앉게 되었다.

이들은 모두 프랑스인이고 프랑스 말을 하지만 공통으로 영어 한마디는 알고 있다.

"웨어 아 유 프롬?"

결국 나는 모두에게 각각(한둘씩 시간차를 두고 왔기 때문에) 나는 재키 찬이 아니고, "아이 엠 프롬 코리아"라고 말해야 했다. 마지막 사람까지 그 대답을 다 해주는 것만으로 술자리는 어느덧 12시를 향하고 있었다.

나는 먼저 일어나 들어왔고 제할린은 한참 더 마시고 늦게 들어온 모양이다.

일어나 준비하고 내려와 보니 8시가 넘었는데 아무도 출발하지 않고 있다.

근처 마트가 9시에 문을 열기 때문에 기다리는 거다. 언제 어디에 마트가 있는지, 아니면 문을 열었는지 알 수 없으니 출발할 때 사가지고 다니는 게 안전하다.

오늘은 지트를 예약하지 않고 일단 걸어보기로 한다.

18킬로미터 지점 마을에서 미국 할배가 잔다고 했고 22킬로미터 지점에서 호주 부부가 잔다고 했으니 상황을 보면서 가다가 적당한 곳에서 자면 될 듯하다.

웬만하면 오늘 혼자 걷고 싶었는데 어쩌다 보니 제할린과 또 같이 걷는다.

만나서 친해지는 것보다 헤어지는 게 더 힘들다.

제할린은 어제 늦게까지 술을 많이 마셔서인지 평소보다 많이 힘들어하고 뒤로 처진다. 혼자 갈까 하다가도 마음이 그렇지가 않다.

제할린은 오늘 적절한 지트가 없다며 야외에서 자고 아낀 돈으로 카오르Cahors에 가서 맛있는 걸 사 먹겠단다.

이제 좀 추워지니 비박하는 게 약간 두렵다. 웬만하면 같이 안 잘란다.

제할린과 이 길에서 만난 사람들 얘기를 자주한다. 공통 화제가 생긴 것이다.

누구는 코를 많이 골고 누구는 옷을 벗고 자며 누구는 오르막만 나오면 궁시렁거린다고.

길은 하나뿐인데도 자주 만나는 사람이 있는가 하면, 한 번도 마주치지 않은 사람도 있는 모양이다. 모르는 사람 이야기가 나오는 걸 보니.

사람들의 여행 스타일도 제각각이다.

거의 대부분이 『미얌 미얌 도도』라는 가이드북을 들고 다니며 저녁 시간에 책을 펼쳐 계획을 짠다. 길이 어떤지 미리 살핀 후 대략 얼마큼 갈 건지를 정해 지트에 예약하고 어디쯤에서 식사를 할지도 정한다.

프레디나 도리안 같은 경우는 무작정 길을 따라가다가 5시쯤 맘에 드는 장소가 나오면 캠핑을 한다.

나처럼 가이드북도 없이 무작정 걷다가 예약도 없이 지트를 찾아가는 사람은 없는 것 같다. 원래 내 여행 스타일이 되도록 정보 없이 다니는 거였다. 예상치 못한 걸 접할 때의 희열을 즐기는 타입인데 누가 보면 대책 없이 다니는 걸로 보일지도 모를 일이다. 대책이 없긴 하다.

1시쯤 잔디밭에 앉아 제할린과 식사를 한다.

오랜만에 햇살이 비친다.

식사를 하고 나니 제할린은 여기서 한숨 자고 간다고 한다.

그럼 천천히 갈 테니 따라오라 하고 먼저 출발한다.

좀 걷다 보니 마을이 나오고 지트 앞에 폴란드인 도리안과 히피 같은 체코인 페트라가 앉아 있다. 앞에 있는 지트가 너무 예뻐서 여기서 자려고 문 열기를 기다린단다.

계속 걷다 뒤를 가끔 봐도 제할린은 보이지 않는다.

괜찮겠지, 자기 나라인데 뭘. 알아서 야외에서 자거나 잘하면 아까 도리안 일행이 찾은 지트에서 잘 수도 있겠지. 또 만나겠지.

3시 반쯤 갈림길이 나오고 푯말을 보니 미국 할배가 잔다고 했던 마을이 이쯤인 듯하다.

1.4킬로미터를 들어가야 하는 곳이다. 왕복 3킬로미터. 모르겠다, 일단 패스.

똑같은 숲길을 한참 가다가 가벼운 배낭을 멘 아재를 만나 물어보니 다음 마을까지 6킬로미터이고 거기에 지트가 하나 있단다. 아마 호주 부부가 간다고 한 곳이 거기일 거라 짐작한다.

4시 반이 넘었다. 빨리 가면 6시쯤 도착할 수 있다.

5시 반쯤 다행히 지트에 도착해 보니 방도 있고 호주 부부도 있다.

15유로에 이렇게 넓은 정원이 있고, 내부도 이렇게나 깔끔한 지트라니! 이런 기대치 못한 희열이 내가 여행에서 얻고자 하는 것이다.

지트도 맘에 들고 오랜만에 순탄한 하루다.

이제 19킬로미터 지점, 하루만 가면 또 하나의 기착 도시 카오르다. 한 사오 일 간격으로 큰 도시가 나오는 것 같다. 이런 도시가 나오면 누구는 하루를, 누구는 이틀을 쉬며 정비를 한다. 사람들이 많이 모여드는 만큼 새로운 길벗들을 만들기도 한다.

카오르에서 내일 하루를 더 쉴까 아니면 차라리 여기서 하루를 더 쉴까 잠시 고민한다.

이제 걸은 지 2주가 넘었고 프레디를 기다려 수건도 받아야 하고 빨래며 정비도 좀 해야 한다.

혼자 바게트와 치즈를 꺼내 먹는데 호주 부부가 이쪽으로 오라고 한다.

합석해 얘기를 나누다 보니 한국인에게 호의적이다. 이분들은 호주에서 각각 영어와 과학을 가르치는 교사이고 한국 학생들도 가르쳤다고 한다. 여기 와서는 한국인을 나밖에 만나지 못했다며 무척 반가워한다.

선사시대 유적이 있다는 표시를 보고 걷다가 발견한 고인돌

1 숲길을 따라 쌓은 돌담이 정겹다. 어느 나라든 남은 돌로 담을 쌓는 건 같은가 보다.
2 드넓은 평야, 하늘빛이 좋은 날
3 랄뱅크 작은 마을에서 우연히 발견한 깨끗하고 좋은 숙소
4 숙소 침대마다 칸막이가 되어 있다.

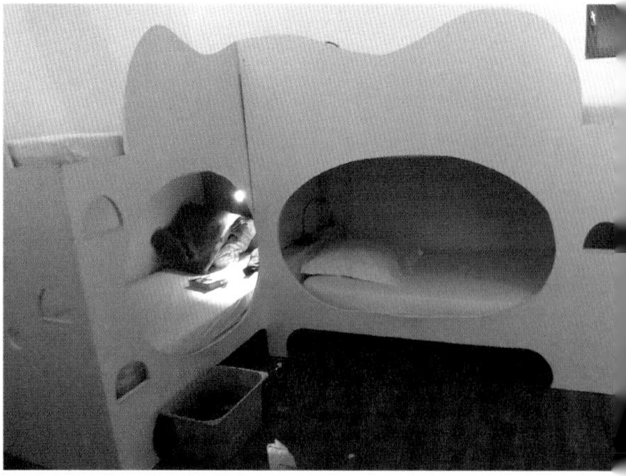

랄뱅크Lalbenque → 카오르Cahors

이 지트는 아침 식사마저 6유로에 훌륭하다. 시즌이 아니라서 점심과 저녁이 안 된다는 게 무척 아쉽다.

호주 부인에게 이런 곳을 어떻게 알고 찾아오는지 물었더니 자기는 '스페셜 리스트(special list)'를 가지고 있다며 내게 메일로 보내준다. 헤헤, 이제 나도 지트 정보를 가졌다. 식당은 멀고 마을도 작아 볼 게 없으니 여기서 하루 더 머물 이유는 딱히 없어졌다.

아침도 넉넉히 먹었고 점심거리도 있고 날씨도 화창하다.

지트 정보도 있고 길에 나가면 반겨줄 친구들도 있으니 더할 나위 없다.

가자, 이름도 범상치 않은 카오르로!

호주 부부와 같이 출발한다.

이분들은 내게 길에서 만나면 흔히 하는 질문들을 다 했기 때문에 이제 영어로 어려운 질문들을 할 거다. 일부러 천천히 간격을 두며 걷는다.

한 시간쯤 왔을까, 인기척이 있어 뒤를 보니 퀘벡 아재가 간단한 인사만 하고 휙 지나간다.

저 양반, 엄청 빨리 걷는다. 자전거 타고 가는데 옆으로 오토바이 휙 지나가듯, 신발 끈이라도 묶을라치면 휙 지나가 보이지도 않는다.

그렇다고 하루에 많이 걷는 건 아니고 걷는 거리는 비슷한 모양이다. 그러니 가끔 마주치곤 하지.

혼자 걸으면 내 발소리가 들린다.

흙 밟는 소리, 아스팔트 밟는 소리, 낙엽 밟는 소리, 풀 밟는 소리…….

걷는다는 건, 중력을 이겨내며 한 발 한 발 앞으로 나아간다는 건 마치 지구에 보내는 메시지인 것 같다.

나는 살아 있고 앞으로도 잘 살아낼 거라는.

점심 먹을 장소를 찾던 중 멀리 커플이 앉아 쉬고 있는 게 보인다.

호주 부부이겠거니 했는데 "한국분이세요?" 한다.

프랑스인과 결혼한 한국 아주머니다. 한국 사람을 만난 게 얼마나 반가웠던지 20분간 쉬지 않고 수다를 떤다.

이 부부는 나와 반대 방향으로 가는 중이고, 며칠 전에도 한국 사람을 봤다 하고, 프랑스에 살고 있고, 얼마 전에 시어머니가 돌아가셨단다.

오랜만에 한국말로 수다도 떨고 숙소 정보도 얻는다. 이 길에 한국인이 나만 걷고 있는 건 아니라는 정보도 희망적이다. 부지런히 걷다 보면 한국 사람을 만날 수도 있을 거다.

점심을 간단히 먹고 조금 걸으니 카오르로 들어선다.

푯말을 따라가다 보니 다시 오르막이다. 이럴 리가 없는데 하며 한참을 더 올라가는데 마침 할머니 한 분이 길을 내려온다.

영어를 못하셔서 번역기로 어렵게 몇 마디를 해본 결과 산티아고 가는 길은 맞는데 이쪽으로 가면 뭔가 잘못 간다는 말인 것 같다.

이 길이 아니었다.

되돌아 내려와 드디어 카오르에 도착한다.

내일은 여기서 하루 쉴 요량으로 지난번 도리안네를 따라갔다가 지나쳐 버린 로카마두르를 가볼까 하고 안내소를 찾는다.

거기까지 닿는 교통편은 없고 기차 타고 내려서 24킬로미터를 걸어야 된단다. 라이선스가 있으면 렌트카를 이용하는 게 좋을 거라고도 한다.

한 명만 더 있었어도 렌트카를 하루 빌리면 좋겠다는 생각을 하며 망설이는데 거긴 왜 가려는 거냐고 묻는다. 사람들이 좋다고 하더라 하니 그럼 버스로 40분 거리에 그만큼 좋은 곳이 있다며 생시르크 라포피Saint-Cirq-Lapopie를 추천해준다.

오케이, 내일 일정은 이거면 충분하다.

오는 길에 만났던 한국 아주머니가 강추한 지트로 간다.

무슨 공장을 개조해서 만들었다고 들었는데 역시나 규모가 엄청 크다. 아침 포함 20유로에 단독으로 쓰는 싱글룸이란다. 이틀치를 지불하고 체크인한다.

여러 가지 맘에 드는 숙소인데 세탁기가 고장 나서 빨래가 안 된다. 할 수 없이 손빨래를 해야 한다. 빨래를 하고 5시쯤 옛 시가지로 나와 가끔 프레디와 마셨던 모나코를 마신다.

도시는 그다지 볼만한 것이 없는데 중심에 서 있는 성당 하나와 숙소 근처에 있는 석조다리는 무척 근사하다.

구글 번역기 활용이 익숙해지니 식사 주문이 쉬워진다. 전에는 가격에 맞춰 주문하고 막상 음식이 나오고 나면 그야말로 복불복이었는데 이제는 내가 좋아하는 닭가슴살에 와인 한 잔을 안전하게 주문할 수 있게 되었다.

북적거리는 바에 와서 맥주도 한잔한다. 맥주는 제일 싼 것으로 시켜도 실패가 없다. 여기 바는 제일 싼 맥주가 5.7유로이니 좀 비싼 편이다. 다른 곳에서는 2.5유로였는데 맥주가 나오고 보니 잔의 크기 차이였다. 잔을 꽉 채운 500cc가 나왔다. 다른 곳에서는 절반 정도였던 것 같다. 한국의 일반적인 500cc보다 훨씬 많은 양이다.

이렇게 또 하루가 가는구나.

성큼성큼 휙 나를 추월해 앞서가는 퀘벡 아재

1
2
3

1 멀리 오늘의 도착지 카오르가 보인다.
2 카오르 광장 분수대
3 포세이돈 분수

1 카오르 발랑트레 다리
2 숙소에서 바라본 발랑트레 다리
3 카오르 성당
4 야외 식당에서 저녁 식사로 닭꼬치에 와인 한 잔

17일차

카오르Cahors에서 하루 쉬며 생시르크 라포피Saint-Cirq-Lapopie에 다녀오다

아침이다. 눈을 뜨니 뭔가 어색하다.

여느 때는 가방 여는 소리, 뒤척이는 소리, 코 고는 소리며 작고 낮은 분주한 움직임에 조용하면서도 어수선한 그런 아침이었는데 아무도 없는 방에서 혼자 일어나니 뭐부터 해야 하나 적막 속에 멍하니 앉아 있다.

날이 흐려서인지 8시인데도 밝지 않고, 쉬기로 한 날인데도 기분이 좀 그렇다.

숙소 식당에서 빵 몇 조각과 주스를 마시고 기차역 옆 버스 터미널로 간다.

버스 시간은 아직 한참 남았다.

비가 온다.

칙칙한 판초 우의를 걸치고 돌아다니고 싶진 않다. 그렇다고 짐 풀어 헤쳐 놓고 빨래를 널어 어수선하고 좁아터진 방으로 들어가 쉴 마음은 없다. 비가 그칠 때까지 버스라도 좀 길게 탔으면 하는 마음이지만 목적지까지는 겨우 40분이다.

터미널 안으로 들어가 최대한 천천히 커피를 사서 나온다. 이제 진한 에스프레소도 익숙하다.

버스는 9시에 정확히 출발한다.

오래전에는 낯선 곳에서 버스를 타면 운전사나 주위 사람들에게 목적지를 말하고 내리는 곳을 알려달라고 했다. 예정 도착 시간 즈음이면 정거장마다 이름을 확인하고 초조해했던 기억이 난다. 지금은 구글맵을 켜놓고 있으면 거의 정확하게 내 위치를 표시하니 여유 있게 내린다.

게다가 버스마다 모니터에 다음 정류장이 표시되기 때문에 구글맵이 길을 잃어도 여간해서 잘못 내릴 일은 없다. 핸드폰만 발전하는 게 아니었다.

목적지에 도착, 한 동양인이 같이 내린다.

버스에 올라탈 때 동양인은 나 외에 딱 한 사람 있었는데 한국인이면 인사해야지 마음먹고 있다가 나를 본체만체 기사에게 불어로 말하는 것을 보고 프랑스 사람이겠거니 했었다.

같이 내려 말을 건네보니 일본인이다.

이름은 야마후치, 아사히 TV 스포츠방송 연출자라고 한다.

함께 걸으며 대화 중에 비가 내리니 이 친구가 우산을 펼쳐 씌워준다.

함께 생시르크 라포피를 관광한다.

이 친구는 파리에서 공부하여 불어를 잘하는 대신 영어는 나보다 못한다. 이 느낌이었겠구나 싶다. 프레디나 제할린처럼 영어를 좀 했던 친구들이 나를 대했을 때의 느낌이.

엉뚱한 대답을 해도 엉뚱한 단어를 써도 이해해서 듣고 말해줬던 거다. 언어보다 서로를 이해하려는 자세가 소통을 만든다는 것을 알겠다.

점심으로 푸아그라를 시켰더니 동그란 통조림 햄을 사선으로 잘라 접시에 올린 것 같은 모양의 푸아그라가 나온다. 음식은 차고 굳은 버터 기름기와 간의 구수함이 약간 가미된 맛이다. 고작 이런 맛이었나, 이게 푸아그라가 맞나? 실망이다.

점심 후 12시 반쯤 야마후치는 피쟈크로 떠났다.

나는 아직 버스 시간이 한 시간 더 남아 점심 먹었던 카페로 다시 와 커피를 마신다.

이렇게 기착 도시에서 하루쯤 쉬면서 근처 관광지를 버스 타고 돌아보는 것도 추천할 만하다.

올 때는 버스 요금으로 분명 6.7유로를 냈는데 돌아갈 때는 3.3유로 내라고 한다.

설마 나를 학생으로 본 건가?

3시 반쯤 숙소에 도착해 프레디에게 연락을 해보니 이쪽으로 오고 있다고 한다. 30분쯤 후 배낭을 메고 프레디가 숙소에 나타난다.

프레디는 나를 보자마자 누구를 만났고, 여기는 뭐가 유명하고, 교회에는 뭐가 있으며, 오는 도중 정말 맛있는 커피를 마셨다고 주저리주저리 얘기한다.

프레디는 보통 어느 지역에 가면 특산품인 치즈와 살라미 등 이것저것을 사서 맛보곤 한다. 오늘은 좋은 비누를 발견했다며 한참을 설명하더니 선물이라고 하나 준다.

여기서 며칠 동안 있으면서 신발도 바꾸고 배낭도 바꾸고 짐 정리를 다시 할 계획이라고 한다. 나도 좀 더 쉬고 프레디와 같이 가고 싶기도 하지만 더 쉬었다가는 다시 걷기가 더 힘들어질 것 같다.

아쉽지만 나는 내일 출발한다고 말한다.

우리는 오랜 친구처럼 같이 밥을 먹고 웃고 떠들며 헤어져 있는 동안에 있었던 이야기를 나눈다. 술을 마시고 다시 또 2차를 간다. 아는 듯 모르는 듯 대화하며 서로 눈빛으로 이해하고 웃고 즐긴다.

숙소로 돌아가는 길, 내가 해석을 잘못한 건지 프레디가 일정을 변경한 건지 우리는 내일 다시 같이 걷기로 한다.

숙소에 돌아와서도 아쉬워 맥주를 사들고 옥상에 올라간다.

음악을 틀고 맥주를 또 마시고 내일은 핸드폰으로 각자 좋아하는 노래를 들으며 걷자나? 웃고 어쩌고저쩌고, 취해서 어쩌고저쩌고.

암튼 우리는 내일 다시 함께 길을 걷기로 한다.

모르겠다. 내가 잘못 이해한 건지 프레디가 계획을 변경한 건지. 나는 취했고, 오늘 밤은 즐거웠고, 내일 프레디와 같이 떠난다니 걱정이 없다.

절벽 위의 요새 같은 마을 생시르크 라포피로 가는 길

1 생시르크 라포피 마을 입구의 아치형 돌문
2 아사히 TV 스포츠방송 연출자 야마후치
3 강이 휘돌아 나가는 언덕 위에 자리한
생시르크 라포피

1 생시르크 라포피 전경
2 생시르크 라포피 골목
3 생시르크 라포피 관광지 식당에서 먹은 통조림 푸아그라. 맛은 버터보다 좀 더 구수하다. 야마후치도 같은 것을 시켰는데 맛있다고는 하지 않는다. 음, 이게 세계 3대 요리 푸아그라??

카오르Cahors → 라스카반느Lascabanes

숙취가 있을 줄 알았는데 의외로 컨디션이 나쁘지 않다.

7시 반쯤 식당으로 가니 프레디가 먼저 와 앉아 있다.

처음 본 사람들과 인사를 한다. 미국에서 온 아주머니는 이제부터 기차를 타고 이동한다 하고 프랑스인 프랑수아는 길에서 만나자고 악수한다.

비가 제법 내린다.

프레디에게 비 온다고 하니 "비 오네" 한다. 옆에 앉은 독일인 친구에게 비 온다 하니 "판초(우의) 있잖아" 한다.

내가 이들과 다른 게 뭘까. 나는 비 오면 심란한데.

출발하려니 다행히 비가 그친다.

카오르로 들어설 때 길이 한참 내리막이더니 빠져나갈 때는 시작부터 산을 하나 넘는다.

하루를 쉬었더니 다리는 좀 편해진 듯한데 어깨가 아프다.

이리저리 어깨를 들썩이며 배낭을 옮겨도 마찬가지다.

부식을 너무 많이 사서 넣은 탓일까, 아니면 하루 쉬었다고 어깨 근육이 풀려서인 건가 잘 모르겠다. 가다 보면 적응되겠지.

오르막을 넘은 후 한참 동안 아스팔트 길을 걷다가 고속도로 아래로 난 터널을 지나 고속도로 옆길을 한참 걷다가 왼쪽으로 빠져 작은 도로를 얼마쯤 걸으니 이제 도시를 벗어난 듯 찻길이 한적해지고 집들도 없다.

10시 반쯤 작은 교회 앞에서 커피를 끓여 마신다. 프레디가 갖고 다니는 코펠에 물을 끓여 원두 가루를 넣고 저은 후 가라앉혀 마시는 프레디의 터키식 커피다. 제대로 내린 커피는 아니지만 혼자 다닐 땐 이 커피가 그리웠다. 열악한 환경에서 이만한 정성이면 불평할 수 없는 맛이다.

지나가던 사람이 우릴 보고 멈춰 서서 길을 묻는다. 오스트리아인 마리오, 집에서부터 걸어왔고, 산티아고까지 가고 싶은데 시간이 되니 마니 어쩌고저쩌고한다. 길을 알려주고 가는 뒷모습을 지켜보는데 다른 방향으로 가는 것을 프레디가 따라가 알려주고 다시 온다.

프레디가 일어선 김에 우리도 출발한다.

프레디의 걷는 속도가 전보다 빨라졌다. 내가 느려진 건가.

앞에서 마리오가 우릴 보며 기다리고 있다.

이제 우리는 셋이 함께 걷는다.

혼자 걸을 때는 웃을 일이 없는데 같이 다니면 웃을 일이 많다.

보이는 이런저런 모든 것이 다 농담거리다.

다리 절뚝거리는 것도 웃기고, 가방 들 때 끙 소리를 내며 힘들어하는 모습에도 웃고, 프랑스 말을 흉내 내면서도 웃는다.

12시쯤 작은 마을이 나오고 마리오가 배고프다며 눈치를 보더니 식당으로 간다.

프레디와 나는 길 옆 의자에 앉아 빵과 이것저것 꺼내 먹은 후 근처 바에서 커피를 주문해 마신다. 바에 앉아 있는 우리를 보며 마리오가 먼저 출발한다.

앉아서 바라보고 있자니 직진 길을 따라 멀리 작아진다.

우리도 금세 따라나서서 산티아고로 가는 옆길로 빠졌는데 마리오가 안 보인다. 직진으로 멀어지더라니, 또 잘못 간 거다. 오전에도 다른 길로 가는 걸 불러 알려줬는데 앞으로 이런 장면을 자주 보게 될 것 같은 느낌이다. 재미있는 친구다.

마리오는 어디로 간 걸까 하니, 프레디가 로마로 갔겠지 하며 웃는다.

프레디가 힘들어 보였는데, 역시 처진다. 신발이 문제라고 한다. 몽퀴크 Montcuq에서 신발을 바꾼다고 하는데 내가 보기에는 신발 문제만은 아닌 듯하다.

프레디는 힘들면 주문을 외운다. 인도 여행을 오래 했다는데 거기서 배운 듯한 말도 안 되는 이상한 주문이다. 어디서 구했는지 염주까지 돌리면서. 이럴 때면 나는 말을 더 시키지 않고 조용히 앞으로 혼자 간다.

한참 뒤도 안 보고 가다 보니 많이 떨어졌다.

아까 식사할 때 웃통 벗고 반바지 차림으로 지나갔던 청년이 식사를 하고 있다. 프레디도 기다릴 겸 말을 걸어본다.

스위스인 안드레란다. 산티아고에 가는 중이고 집에서부터 걸어왔다고 한다. 크고 무거운 지팡이를 들고 다니는데 왜 들고 다니는 건지 나로선 이해가 안 된다.

안드레와 얘기하고 있으니 예상대로 프레디가 와 다시 출발한다.

4시 반쯤, 잠자리를 의논하니 프레디는 다음 마을 지나 캠핑을 하겠단다. 함께 다음 마을까지 가서 나는 지트를 찾기로 한다.

마을에 도착하니 루니가 나를 보고 달려온다.

제할린과 프레디, 나 이렇게 셋은 이제 친한 사이다.

서로 반가워 프랑스식 인사를 하고 헤어지기 아쉬워 지트 앞에 앉아 맥주를 마신다.

셋이 맥주를 마시고 있는데 이 길을 지나는 사람들이 하나둘 모여들어 풍성한 술자리가 된다.

나를 위해 영어로 대화해주는 이 친구들이 고맙다.

길을 잘못 간 마리오는 어디로 간 건지 6시가 다 되었는데도 지나가지 않는다.

웃통 벗은 안드레는 다음 도시까지 간다며 간단히 인사하고 지나간다. 모두들 시간이 충분하지 않을 거라며 만류하는데 걱정 없다며 빠른 걸음으로 지나간다.

웃고 떠들며 좀 있자니 누군가 말을 타고 등장한다.

프랑스인 밀레나. 중세 귀족을 연상시키는 단추가 많은 옷차림에 등을 곧게 편 자세로 흐트러짐 없이 매우 당당해 보이는 여자다. 말을 타고 산티아고까지 간단다. 하루에 얼마씩 가는지 물으니 30킬로미터쯤이라고 걷는 것과 크게 차이는 없단다.

목적지가 같고 같은 길을 가고 있지만 모두 제각각 다양한 방식으로 가고 있다.

6시 반이 되어 프레디가 이제 가서 텐트를 펴야 한다며 일어선다.

술자리를 파하고 제할린이 내게 지트가 어디냐고 묻는다. 아직 못 찾았다고 하니 같이 가잔다. 제할린을 따라가면 일단 싸고 개가 들어갈 수 있는 곳이니 그다지 좋은 시설은 아니다. 영어도 안 통하는 곳이 많다. 그래도 캠핑은 쉽지 않을 것 같고, 제할린과 루니가 있으니 그냥 따라가기로 한다.

지트에 도착하니 길에서 만난 중년의 아주머니 둘도 와 있다.

이 프랑스 사람들은 두 시간이 넘도록 식사를 하며 프랑스 요리와 술에 대해 장황하게 이야기를 나누는데 화제를 스페인까지 이어가 스페인에 가면 뭘 먹어야 하며 뭐가 좋다느니 한참을 더 얘기한다.

7시에 시작된 식사는 두 시간을 넘기고 9시가 넘어서야 굿나잇 인사하고 날씨 얘기를 하며 각자 제 방으로 들어간다.

내일부터는 날씨가 더워진다고 다들 걱정하는 건지, 좋아하는 건지 날씨 얘기가 많아졌다.

이 길에는 모두 몇 명의 사람들이 걷고 있는지, 문득 궁금하다.

1 GR 65길의 프랑스 길 표지판
2 스위스인 안드레. 저 차림새에 지팡이를 짚고 제네바에서부터 왔다고 한다.

1 라스카반느. 제할린과 프레디 그리고 몇몇 순례자들이 숙소 앞 무인카페에 앉아 맥주를 마시며 쉬고 있다.
2 말 타고 산티아고로 가는 밀레나
3 자유롭게 자란 나무들 사이로 난 오솔길

라스카반느Lascabanes → 몽로장Montlauzun

8시가 다 되어 일어난다. 날이 밝도록 늦잠을 잔 건 처음이다.

어젯밤 와이파이가 잡혔다 안 잡혔다 한 시간여 실랑이를 하다 겨우 업로드 완료 메시지를 보고서야 잠들었다. 눈을 뜨자마자 폰에 댓글 알림이 뜬 걸 보고 안도한다.

주방으로 와 보니 이미 다들 식사를 마치고 출발 준비를 하고 있다.

제할린에게 30분만 기다려달라 하고 급하게 빵을 먹고 준비해 8시 반쯤 함께 출발한다.

이렇게 여유 없이 출발하면 뭔가 빠뜨리고 오는데 하며 생각하다가 주머니를 보니 핸드폰이 없다. 다행히 멀리 오진 않았다. 하마터면 여행기가 여기서 끝날 뻔했다.

급히 되돌아가 화장실에서 핸드폰을 찾았다. 어차피 지트에 투숙객도 없었기 때문에 걱정할 일은 아니었다.

마을을 벗어나 좀 걷다가 보니 길 한쪽에 말과 실랑이를 하고 있는 귀족 차림의 밀레나가 서 있다.

말이 좀 피곤해한다며 숙소에서 쉬고 싶어도 말을 받아주는 지트를 찾기가 쉽지 않다고 한다. 루니는 말에 비하면 숙소 찾기가 쉬운 편이었던 건가 싶다.

제할린은 이제 무릎이 너무 아프단다. 약을 먹어도 소용이 없다며 고통스러워한다. 큰 도시가 나오면 병원에 가보고 싶은데 의사는 분명 걷지 말라고 할 테고 여기서 포기하고 싶진 않고 고민이라고 한다.

제할린뿐 아니라 프레디도 나도 서서히 어딘가 몸에 반응이 온다. 거의 3주를 쉬지 않고 걸었으니 이제 무리가 올 만도 하다.

가끔 힘들 때면 천 년 전에 걸었던 사람들보단 힘들지 않을 거야, 그때도 걸었는데 지금이야 쉽겠지 하고 생각한다. 그런데 문득 그때는 이만큼 짐이 없지 않았을까 싶다. 가다가 맘에 드는 나무 하나 주워 지팡이 삼으며 힘들거나 즐거우나 모든 것이 신의 뜻이려니 생각하고 신에 의지하며 다니지 않았을까. 어쩌면 쓸데없는 것들 이것저것 들고 다니는 지금이 더 힘들지도 모르겠다는 생각이 든다.

지트에 도착하면 신발을 벗어야 하니 실내화도 넣고, 갈아입을 옷들과 먹지 않을 확률이 더 많은 비상약들, 비 올 때를 대비해 비옷까지. 이 모든 게 좀 편하기 위한 욕심에서 비롯된 게 아닌가 싶다. 욕심을 버리면 가방이 가벼워지려나? 모르겠다.

제할린이 루니를 말로 바꾸면 좋겠다고 말한다. 말은 힘들면 탈 수도 있고 먹이를 안 들고 다녀도 되고 물도 안 먹는다며 내가 맞장구를 쳐주는데 갑자기 루니가 풀을 뜯어 먹는다. 루니가 알아들은 것 같다며 같이 웃는다.

11시 반쯤 몽퀴크에 도착, 상점에 들러 점심으로 먹을 샌드위치를 산다.

문 연 상점이 있을 때 사두지 않으면, 어디에 또 상점이 있을지 알 수 없다.

좀 더 걸으니 카페에서 프레디가 커피를 마시고 있다. 반갑게 인사하고 앉으니 신발을 바꿨다며 자랑한다. 만날 때마다 바꾸겠다던 신발을 드디어 바꾼 거다. 이제 하루 30킬로미터도 거뜬하다며 호기를 부린다.

프레디가 오늘은 날씨도 좋고 춥지 않을 거라며 다 같이 캠핑을 하자고 제안한다. 제할린이 며칠 전 하려다 못 한 캠핑을 오늘 하자며 좋아한다. 음, 어쩔 수 없다. 나도 오케이 한다.

나이를 먹는다는 것은 쌓아온 경험을 통해 예측이 가능하고 위험을 피해 가는 지혜가 생기는 것이기도 하지만 그만큼 새로운 것에 대한 도전과 경험이 줄어든다는 의미이기도 하다. 날씨가 좋아지고 온도가 좀 올랐다 해도 추울 게 분명하다. 저녁은 잠시 재미있겠고, 땀 흘려 찝찝해진 몸을 침낭으로 넣어야 하고, 아침이면 눅눅해진 침낭 속에서 추위를 이기며 나와야 한다. 대책 없는 청춘들과 같이 여행하는 건 쉽지가 않다. 아닌가, 내가 나이를 먹으니 소심해진 건가?

몽퀴크에서 우리는 마트에 들러 와인을 두 병 사고 부족하다며 맥주를 세 캔 더 사고, 고기를 사고, 감자를 사고, 과일을 사고 이것저것 가득 넣어 엄청 무거워진 배낭을 메고 몽퀴크 성이 있는 언덕에 올라 점심을 먹는다.

점심 먹는 동안 캠핑 장소를 상의한 후 다시 엄청 더 무거워진 배낭을 메고 몽퀴크를 떠난다. 무거워진 배낭의 무게를 느끼며 서로 웃는다. 오늘 밤을 기대하며 즐거워한다.

루니는 이제 프레디, 제할린, 나 사이를 왔다 갔다 하며 무거워진 배낭을 아는지 모르는지, 웃는지 걱정하는지 두리번거린다.

이제 셋이 걸으니 작은 성당 하나 보는 데도 시간이 많이 걸리고 지나가는 사람과 잠시 얘기하는 데도 몇십 분씩 걸린다.

빨리 가서 캠핑 장소를 찾아보는 게 좋을 듯한데도 빈둥빈둥 여유인지 걱정이 없는 건지 급한 게 없다.

좋아 보이는 곳은 다 프라이비트(private)라 쓰여 있고 산에도 못 들어가게 줄을 쳐놨다.

6시가 넘어가는데 마땅한 장소는 없고, 저 길만 넘어가면 좋은 장소가 우리를 기다리고 있을 거라고 농담을 해보며 계속 걷는다.

나도 어릴 때는 저랬었나 모르겠다. 여기는 이 친구들의 말이 통하는 이들의 땅이니 이들의 낙천을 일단 함께 즐기기로 한다.

6시 반쯤 간신히 적당한 장소를 발견한다. 약간 오르막 언덕을 오르니 캠핑한 흔적이 있다. 나쁘지 않은 곳이다.

불을 피우고 감자를 굽고 고기를 굽고 소금이 없네 하니 마요네즈 찍어 먹으면 된단다.

고기 찍어 먹을 포크도 없단다. 적당한 나무를 골라 칼로 다듬어 불에 달궈 소독해 젓가락을 만들어주니 좋아한다. 먹고 나서 기념품으로 간직한단다.

이렇게 또 하루가 간다.

달이 밝다. 추석 쇠고 출국했으니 벌써 한 달이 지났다.

젊음은 술이 떨어져도 핸드폰이 꺼져도 즐거움으로 채우는구나.

세상만사가 무슨 걱정이냐, 카르페 디엠(carpe diem).

1 루니는 심심한지 나무를 입에 물고 앞으로 달려 나간다.
2 샌드위치가 맛있었던 마을 상점
3 몽퀴크 언덕에서 성당을 내려다보는 루니
4 몽퀴크 골목을 걸어 마을에서 벗어나다.

1 캠핑 할 곳을 찾아 우리 셋, 아니 넷이 같이 걸어간다.
2 호숫가 옆 통나무집 주인 아저씨와 한참을 떠들고 나서 출발
3 탐스럽게 익어가는 석류
4 캠핑. 모닥불 피워놓고 프레디와 제할린과 함께 셋이서 놀다.

몽로장Montlauzun → 뒤포르 라카펠레트Durfort-Lacapelette

어젯밤 우리는 셋이 나란히 매트리스를 깔고 침낭을 덮고 하늘의 별을 보고 달을 보며 같이 잠들었다.

밤사이 날이 춥지 않고 덥기까지 했다. 기온이 많이 오르긴 했나 보다. 더워서 침낭을 열어놓고 잘 정도였으니.

일어나 보니 에어매트리스에 구멍이 났는지 바람이 완전히 빠져 있다.

앞으로 비박은 힘들겠다. 날씨도 추워질 거고 캠핑은 이만하면 충분하다.

7시, 프레디의 알람이 울리자 곧 비가 온다. 급하게 일어나 침낭을 걷으니 프레디와 제할린이 놀라 묻는다. 어디에서 날씨 정보를 보는 거냐고. 어젯밤 잠들기 전에 내가 내일 아침 7시에 비가 올 거라고 말했기 때문이다. 한국 날씨 정보인데 어쩌다 맞는 것이 이런 날 딱 맞았네.

가방이며 침낭을 전부 프레디 텐트에 넣었더니 우리가 들어갈 자리가 없다.

우의 입고 터키식 커피를 끓여 마시며 비 그치길 기다린다. 혼자였으면 힘들 상황이었을 텐데 같이 있으니 이런 것도 즐겁다.

이제 이들이 불어로 대화를 해도 웬만큼 알아챈다.

다행히 비는 얼마 오지 않고 그친다.

8시쯤 동쪽 하늘에 붉은 해가 떠오른다. 이것저것 정리하고 쓰레기 들고 8시 반쯤 출발.

아침에도 덥다. 조금 걸으니 땀이 난다. 초여름 기온 정도 되는 듯하다.

걷다 보니 산티아고까지 1138킬로미터 남았다는 표시가 나온다. 한 400킬로미터 더 가면 스페인이겠구나.

10시 반쯤 로제르트Lauzerte라는 마을에 들어서자마자 제법 큰 마켓이 있다. 먹을 건 많은데 뭘 사야 할지 통 감이 안 선다. 낱개로 포장된 치즈와 비스킷에 참치 캔인지 뭔지 모를 캔 몇 개를 사서 나온다.

프레디와 제할린은 또 뭔가를 잔뜩 산다.

시내 중심가로 오니 토요일이라서 그런지 로컬 마켓이 열린다.

광장에 앉아 커피도 마시고 아침 겸 점심으로 프레디와 제할린이 사온 걸 나눠 먹는다.

피곤이 밀려온다. 캠핑을 하고 나면 더 피곤하다. 큰일이다. 오늘 지트까지 아직 네 시간을 더 가야 한다. 이 말 많고 낙천적인 프랑스인들과 가면 얼마나 더 걸릴지 막막하다.

로제르트를 떠나기 전 성당에 잠시 들르니 폴란드 도리안과 체코 페트라가 있다.

도리안은 감기에 걸렸다며 여기에서 하루 더 쉬고 내일 출발한단다. 모두들 점점 몸에 무리를 느끼는 것 같다.

마을을 벗어날 즈음 냇가가 나오니 프레디는 여기서 샤워를 하고 간단다!

제할린이 먼저 출발하고 나는 프레디가 샤워하는 걸 구경하고서 천천히 출발한다.

30분쯤 걷다 보니 제할린이 쉬고 있다.

같이 앉아 지나가는 아재한테 말을 거니 엄청 재미있게 말을 잘한다. 호주에서 살지만 미국에서 태어났고 몇 번이나 산티아고를 갔고 자기는 맨발에 샌들이 제일 편하다며 양말 빨 필요도 없고 시원하고 정말 좋단다. 덥고 무거운 등산화를 왜 신고 다니는지 이해를 못 하겠단다. 그런가, 신발을 바꿔볼까?

30분쯤 더 걷다가 카페에서 음료수 한잔 마시고 있으니 프레디가 온다. 또 한참을 떠든다.

둘이 불어로 얘기하다가 미안하다고 이제부터 영어로 한다 하고 금세 또 불어로. 그래도 이제 웬만큼 무슨 얘기하는지 다 알아듣는 나도 신기하다.

떠나려 하니 카페 주인 나와 다시 또 한동안 떠든다.

간신히 출발해 얼마 안 가 길에서 만난 사람들과 또 한참 떠든다.

그 많은 수다에 지칠 법도 하지. 프레디는 오늘 힘들다며 제할린과 내가 예약한 지트에 같이 가기로 한다.

뒤포르Durfort 도착. 4시면 도착하기에 충분했을 거리인데 5시 반이 되어야 도착했다.

다들 힘들었던 것 같다. 힘들수록 도착의 맛은 좋다.

도착하니 오는 도중에 만난 호주 아재가 있다.

너무 힘이 들고 오늘은 식사다운 식사를 하고 싶어 레스토랑에 가자고 했더니 프레디와 제할린은 지트에서 만들어 먹겠다고 한다. 둘 다 많이 힘들어 보였는데 뭐 말릴 수가 없다.

호주 아재와 둘이 레스토랑에서 식사를 한다. 저녁 메뉴는 단품 메뉴

뿐이었고 10유로인데 사람 좋아 보이는 주인이 와인은 원한다면 얼마든지 주겠다고 한다. 잘못 들은 건가 의심하고 있는데 호주 아재가 재차 물어 확인을 해줘 이게 웬 행운인가 하고 마음껏 마셨는데 그래봐야 둘이 채 1리터를 못 마셨다.

호주 아재는 프랑스, 스페인, 폴란드, 인도네시아 말을 다 한단다.

나에게 프랑스어도 못하면서 프랑스를 다니고 스페인어도 못하면서 스페인을 가려 한다고 놀랍단다. 농담인지 놀림인지 칭찬인지 뭔지 대체 모르겠다.

자기는 프랑스 여자를 만나 프랑스 말을 배웠고 어쩌고……. 암튼 5개 국어를 한단다.

재미있긴 하다. 뻥도 좀 있으신 것 같고. 나이 60이라는데 그런 멋도 있어야지 싶어 웃어드렸다.

숙소로 돌아와 보니 프레디와 제할린 둘이 맛있는 거 만들어 와인을 곁들여 먹고 있다. 지금까지는 둘이 없어지면 장난삼아 눈이라도 맞았나 생각했는데 오늘은 정말 둘의 눈빛이 전과 다르다. 이제 이 둘을 위해 떠날 때가 된 건가, 눈치 없게 붙어 있는 건가 싶다.

대충 정리하고 일찍 잠자리에 든다.

프레디와 제할린이 내일이 풀문(full moon)이라면서 다시 한번 야외 캠핑을 하자고 한다.

모르겠다, 둘이 하라고 해야지.

빨리 자야겠다. 오늘은 정말 피곤하다.

1 로제르트에 도착하니 광장에 주말 시장이 열리고 있다.
2 광장에서 도리안과 페트라를 만나다.
3 먹는 물 표시가 되어 있지만 물은 안 나온다.
4 광활한 수수밭

1 성 야고보의 콤포스텔라, 곧 산티아고 순례길 가는 길에 잠시 멈추라는 뜻의 푯말
2 곡물 보관 창고라는데, 왠지 아슬아슬하다.
3 추수가 끝난 들녘, 농로로 이어지는 길

뒤포르 라카펠레트Durfort-Lacapelette → 오빌라르Auvillar

7시, 프레디 휴대폰 알람 소리에 눈을 뜬다.

점점 침대에서 나오기가 힘들어진다.

어제 너무 피곤해서 업로드 눌러놓고 그냥 잤더니 올라가지 않았다. 이놈의 나라 인터넷.

내려와 보니 아무도 나와 있지 않다.

간단히 씻고 나오니 호주 아재가 빵을 가지고 온다.

제할린은 무릎에 수건을 감고 나온다. 점점 통증이 심해지나 보다. 어제 얼음찜질을 해서 좀 나아졌다고는 하는데 어떨지 모르겠다.

잼과 버터, 바게트와 커피. 간단히 아침을 먹으며 긴 대화를 한다. 이들은 식사 시간이 보통 한 시간이다. 호주 아재는 어제 저녁 먹을 때 나랑 했던 말들을 반복하고 있다.

8시 30분쯤 호주 아재가 먼저 출발한다.

제할린과 프레디를 기다려 9시쯤 갈까 하다 이제 둘 사이에서 빠져줄 때도 되었다 싶어 먼저 출발한다. 제할린은 14킬로미터 지점에 있는 무아싸크Moissac에서 쉰다 하고 프레디는 캠핑을 한다니 굳이 같이 갈 필요도 없다.

날씨도 좋고 따뜻하다. 사실 조금 추울 때가 걷다 보면 더 좋긴 한데.

10시, 역시 좀 걸으니 땀이 난다. 바람이 많이 불어 그나마 좀 낫다. 이런 더위도 마지막이 아닌가 싶다.

혼자 걷는다. 언덕을 넘고 이제 익숙해진 풍경들을 걷는다. 일요일이라 자전거 타는 사람들, 개와 산책 나온 사람들이 많다. 이상하게 배낭 메고 걷는 사람들이 보이지 않는다.

무아싸크에 다가갈 즈음 푯말 두 개가 나란히 나온다. 하나는 3.4킬로미터, 하나는 2.9킬로미터. 짧은 길은 차도를 따라가는 길일 테니 먼 길을 택해 간다. 500미터 차이밖에 나지 않으니 다들 이 길을 선택해 갈 것이다. 방향을 틀자마자 오르막을 오르고 한참을 우회하는 것 같다.

멀리서 1시를 알리는 교회 종소리가 들린다.

무아싸크에 들어서니 바로 큰 교회가 있다. 어디나 도시가 크면 교회도 크고 멋지다.

교회 내부를 돌아보고 나오니 교회 앞 광장에 야외 테이블이 제법 많고 사람들도 많다.

누구라도 한 명만 있으면 같이 앉아 식사하고 맥주 한잔하면 딱 좋을 분위기다. 이렇게 사람 많은 곳에 앉아 혼자 뭘 먹기가 아직 좀 멋쩍다. 철저히 이방인이 된 느낌이다.

프레디나 제할린이 있었으면 이 도시에는 뭐가 유명하며 뭘 먹어야 좋은지 가이드북에 나온 정보라도 나눠줄 텐데. 오늘은 일요일이라 여행자 안내소도 문을 닫았다.

사람 많은 광장에 혼자 앉아 샌드위치를 먹으며 지도를 검색한다.

혼자 도시를 둘러보다가 빵가게에서 샌드위치와 음료를 사온다. 5유로밖에 안 한다 했는데 샌드위치를 열어보니 마요네즈 바른 빵 사이에 얇은 살라미 조각이 전부다.

12킬로미터 지점에 마을이 있다. 넉넉히 네 시간, 지금 출발하면 6시 전에는 도착하겠다.

4시, 긴 운하를 따라 끝없이 이어진 가로수 길을 세 시간은 걸어온 듯하다.

5시쯤 마을에 도착했으나 문 연 상점도 없고 지나가는 사람 하나 없이 교회만 휑하니 우뚝 서 있다.

물을 뜨려고 화장실에 가봐도 닫혀 있고 지트 푯말도 하나 없다.

어쩐다. 잠시 망설이다 호주 부부가 준 '스페셜 리스트'를 보니 7.5킬로미터 지점에 지트가 몇 곳 있다. 구글로 찍어보니 두 시간 반. 잘하면 7시 전에 도착할 수 있겠다.

물이 없으니 땅콩도 비스킷도 초콜릿도 먹지 못한다. 물을 파는 상점도 자판기도 하나 없다.

물이 중요하구나. 점심에 음료수를 마시고 물 담을 생각을 못 한 게 실수다. 대체로 한두 시간마다 마을이 나오고 물을 사거나 뜰 수 있는 곳이 있었는데 낭패다.

마을을 지나 다시 운하 길로 접어든다. 운하를 따라 걷다 보니 물 귀한 줄 몰랐던 건가. 보이는 물은 넘쳐나는데 먹을 물이 없다.

6시 조금 넘어 마을이 하나 나온다. 별 두 개짜리 호텔이 있다. 그럼 지트도 있겠구나 싶지만 찾아보니 지트는 없다. 이런 호텔은 보통 40유로쯤 한다. 잠시 망설이는데 푯말이 하나 보인다. 가야 하는 마을이 5킬로미터로 표시되어 있다.

이런 멋진 운하 길도 끝없이 몇 시간을 가면 많이 지루하다.

가보자, 일단. 리스트에 따르면 지트가 세 곳 있으니 적어도 하나는 있겠지.

다시 출발하며 생각해보니 어제 길에서 산 사과가 있었다.

다행이다, 사과가 있어서. 사과는 배고픔과 목마름을 동시에 채워주니 길에서는 참 소중한 음식이다.

7시가 좀 넘어 오빌라르Auvillar 도착. 어두워지기 시작한다.

여행객으로 보이는 사람이 벤치에 앉아 있다.

지트를 찾고 있다고 하니 여기에서 이틀을 잤다며 공원 처마 밑을 가리킨다.

음, 일단 찾아보고 없으면 다시 오겠다고 여지를 남긴 후 서둘러 걷는다.

한 바퀴 돌아보니 특색 있고 멋진 마을인데 지트도, 푯말도 찾을 수가 없다.

지나가는 사람이 있어 반갑게 불러 세웠는데 자기는 불가리아 사람이라며 웃고 그냥 지나간다.

리스트에서 지트 이름을 긁어 구글맵에 찍고 찾아가 봐도 문이 닫혔다.

다시 마을 중심가로 와 문을 연 바를 발견했다. 바 주인이 자기가 숙소를 겸영한다며 방을 주겠단다. 휴, 다행이다.

저녁 식사가 가능한지 물으니 소시지와 감자튀김뿐이라고 한다. 일단 맥주 먼저 달라고 했다. 어찌나 목이 말랐던지 한 잔을 단숨에 들이켜고 다시 한 잔을 시키니 맥주와 함께 엄청난 양의 감자튀김과 소시지 두 개가 나온다.

음식을 먹고 있으니 아까 공원에서 본, 처마 밑에서 자라 했던 프랑스인이 온다. 이름은 시릴, 양봉이 직업이고 드로잉을 하며 다닌다고 한다. 시릴도 산티아고에 가길 바란다고 말한다. 양봉은 봄까지 시간이 남는 일이라 왔단다. 겨울을 길에서 나야 하는데 숙소며 옷을 어떻게 해야 할지 걱정이란다. 시릴이 내일은 32킬로미터를 걸어 어느 마을로 간다고 해 나도 그쯤 갈 거라 하니, 그럼 서로 길에서 다시 만나자 하고 헤어진다.

열쇠를 받아 숙소에 올라오니 9시 반이다.

숙소 거실에 일본인 할배와 프랑스 할배가 머리를 맞대고 앉아 계신다.

어설픈 영어로, 게다가 프랑스 할배는 한잔 걸치신 듯한데 두 분이 지도를 펴놓고 이야기를 나누고 있다. 몇 마디 안 되는 짧은 영어로 소통하려 애쓰는 모습에서 외로움이 읽히는 건 내가 외롭기 때문일까.

할배들과 대화에 끼고 싶어 얼른 샤워하고 나와 보니 이미 들어가 주무신다.

이제 나는 프레디, 제할린보다 20킬로미터 앞에 있다. 내가 하루를 쉬지 않는 한 그들과는 만날 수 없다. 아쉽기도 하고. 인연이 닿으면 또 만나겠지.

여기는 일요일 밤, 한국은 월요일이겠구나.

1 이곳 역시 마을 끝자락에 아름드리 나무와 교회 그리고 공동묘지가 있다.

2 무아싸크 수도원 안에서 바라본 광장

3 물도, 먹은 것도 없이 오후 내내 걸었다. 7시 넘어 간신히 숙소를 잡고 바에 가서 받아든 오늘 저녁이다.

4 길 끝에 보이는 무아싸크 수도원

오빌라르Auvillar → 레크투르Lectoure

어제 약 40킬로미터쯤은 걸었을 거다. 무리했는지 발바닥과 어깨가 아파 잠을 제대로 못 잤다. 몇 번을 뒤척이다 인기척이 있어 일어나 보니 새벽 3시가 넘었다. 일본 할배가 화장실에 다녀왔나 보다.

새벽녘에야 간신히 잠들고 일어나니 7시 30분, 조금 늦게 일어났다.

프랑스 할배가 먼저 아침 식사도 안 하고 나가신다. "브랙퍼스트(Breakfast)?" 하니 "카페 노 프라블럼(Cafe no problem)" 하고 나가신다. 일본 할배는 뭐가 문제인지 다리 절뚝거리며 이리저리 서성대신다. 뭐가 필요한지 물으니 역시 노 프라블럼 하며 계속 왔다 갔다 하신다.

어제 옆방이 좀 소란스러웠는데 네덜란드 부부가 있었다. 아침 인사를 하고 일주일 휴가라 왔다며 이제 이틀 남았다고 아쉬워한다.

간단히 바게트 먹고 8시 30분 오늘도 혼자 출발한다.

날은 좋은데 갑자기 바람이 너무 세게 몰아친다. 뒤에서 밀어주면 좋으련만 옆에서 불어와 몇 번이고 도로 밖으로 밀려 나갔다가 다시 균형을 잡고 걷는다.

바람이 어찌나 센지 똑바로 걸을 수 없을 정도였다.

오늘도 아스팔트 길을 한 시간 넘게 걷는다. 숲길이 나오나 싶으면 금세 다시 아스팔트 길이다. 오가는 차량이 적어 걷기는 나쁘지 않은데 발바닥이 많이 아프다.

잠시 쉬려고 풀밭에 앉아 있으니 호주 아재가 지나가다 또 한참 얘기를 풀어놓는다. 어제 지트는 무척 오래된 장소이고 너무나 아름다웠고 그러다 문득 개는 어디 두었나 물어보고 아마 루니를 말하는 것 같다. 개가 이뻤다, 보고 싶다, 어쩌고저쩌고……. 그러고는 휙 하니 또 먼저 가버리신다.

12시, 배가 고파온다. 저 멀리 언덕 위에 성이 보이는 듯하니 마을이 있을 거고 식당이 있을 거다.

점심은 식당에서 좀 든든히 먹어야겠다고 생각하며 30분쯤 더 걸어 마을에 도착한다.

교회 앞 벤치에 어제 길에서 만나자고 했던 시릴이 보인다. 손을 흔들어 나를 부른다. 어쩔 수 없이 옆에 앉아 빵을 꺼내니 시릴이 차를 끓여준다.

오늘은 비가 안 오겠지만 비가 올 때는 교회에 가서 자는 게 좋단다. 어제 물 때문에 고생한 얘길 하니 물이 없으면 아무 집이나 두드려 물 좀 달라면 줄 거란다. 프랑스인들은 원래 대체로 말이 많은 건지, 시릴도 한참을 쉴 새 없이 떠들더니 굿럭 하고 먼저 출발한다.

바람은 잦아들지 않고 비까지 내린다. 가방에만 커버를 씌운다. 이 정도로 바람이 세면 판초 우의는 입으나 마나 소용이 없다.

다행히 비는 많이 내리진 않는다. 바람이 문제다.

작은 교회를 잠시 둘러보고 나오는데 뒤에서 시릴이 따라온다. 여기서 커피를 마셨단다. 의리 없긴, 같이 마시지. 시릴은 너무 빨리 걸어 맞추기가 힘들다. 먼저 가라 하고 천천히 내 속도로 걷는다.

3시 30분쯤 작은 마을이 나와 쉬어가려고 멈추니 시릴이 한 할아버지와 얘기를 하고 있다. 손짓해 날 오라 한다. 잠자리라도 얻으려나 하는 기대로 좀 앉아 있어 보니 할아버지, 말 엄청 많으시다. 먼저 일어서야겠다.

시릴과 할배를 뒤로하고 앞으로 조금 걸으니 지트에서 만났던 프랑스 할배가 반갑게 손을 흔든다.

여기서 쉬시나요?

그래, 난 여기서 쉰다. 넌 더 갈 거냐?

네.

열심히 가라.

넵.

간단히 인사하고 다시 출발하는데 '레크투르Lectoure 14킬로미터' 푯말이 반갑다. 부지런히 가면 6시쯤 도착할 수 있겠다.

바람은 잦아들었으나 멀리서 먹구름이 밀려온다.

비라도 오면 큰일이다, 속도가 빨라진다.

5시쯤 언덕 위에 큰 교회 탑이 있는 마을이 보인다. 저기가 오늘 머물 레크투르인가 보다.

산도 정상이 가까우면 더 힘들 듯 도착점이 보이니 더 힘이 든다. 발목도 아프고 어깨도 더 아파오고, 보이는 마을은 눈앞인데 길은 내려갔다 다시 올라가더니 다시 또 내려간다.

얼마나 돌아가는 건지 마지막 오르막은 이번 여행 중 제일 힘든 길이다. 마을을 왜 하필 언덕 위에 지었을까.

6시 반경 도착해 구글맵에서 본 지트로 갔으나 문이 닫혀 있다.

날은 어두워지고 비는 계속 내린다.

다시 돌아 나와 한참을 더 가다 보니 지트 푯말이 보이고 푯말을 따라가 지트의 초인종을 누르니 사람이 나온다. 침대가 딱 하나 남았단다. 다행이다.

녹초가 되어 숙소에 들어와 보니 호주 부부도 있고 호주 아재도 있고 오는 길에 한 번쯤 본 사람들이 다 와 있다.

식사 어떻게 할지 묻기에 근처에 레스토랑이 있는지 묻자 예약을 해야 한단다. 너무 지쳤고, 예약을 하고 기다릴 엄두가 나지 않는다. 마침 호주 아주머니가 파스타를 넉넉하게 만들었으니 용은 걱정 말고 와서 같이 먹자고 한다. 거의 눈물이 날 지경이었지만 2인분 양을 나눠 먹는 게 염치가 없어 몇 번을 사양하다 결국 얻어먹기로 하고 앉았다.

지트의 스태프인가 싶은 사람이 물까지 따라주고 식기도 가져다주는데 참 고맙다. 물 한잔 따라 마실 기운도 없이 지친 여행자의 사정을 헤아리는 것 같다. 이름은 크리스라고 한다.

약간 부족한 듯 허기만 달랜 파스타 양이었지만 고마움으로 기운이 나 설거지를 자청했다. 크리스가 늦게 도착한 내게 그냥 두고 가서 씻으라고 했지만 이 고마움에 설거지라도 하지 않으면 안 될 것 같다. 결국 크리스는 내 옆에 서서 설거지를 돕더니 뒷정리는 자기가 하겠다며 한사코 내게 가서 씻으라고 한다.

힘들다. 대충 샤워를 마치고 밖으로 나와 바에 앉는다. 맥주가 달다.

어제도 35킬로미터 이상, 오늘도 35킬로미터쯤 걸은 것 같다. 35킬로미터는 무리인가.

이 길에서 보통 사람들이 하루에 20에서 25킬로미터를 걷는다. '좀 걷는다' 하면 30~35킬로미터를 걷는다. 난 여기서 좀 걷는다는 축에도 못 들고 그냥 걷는 사람이구나 싶다. 한국에선 좀 걷는다고 했는데.

비바람이 거세진다. 추워지려나 보다.

마음이 심란해진다.

내일은 어디든 편한 숙소를 찾아 푹 쉬고 싶다.

1 갈림길에서는 언제나 망설여진다.
2 누구의 작품인지 허술해 보여도 색감이 정겹다. 길 중간중간에 마련된 이런 탁지는 순례자들에게 유용하다.
3 산티아고로 가는 순례길에 만나는 작고 아름다운 마을 오빌라르. 프랑스 순례길 안내 책자에도 소개된 마을로 순례자들에게는 중요하고 유명한 마을이다.

1 양봉을 한다는 프랑스인 시릴, 주로 비박을 하고 아주 가끔 숙소에 자면서 산티아고로 간다. 몇몇 순례자들이 들고 다니는 저 나무 지팡이의 용도가 뭔지 누구도 속 시원한 답을 해주지 않는다.
2 멀리 보이는 레크투르. 천 년 전에도 저 교회 첨탑을 보며 오늘은 저기서 쉴 수 있겠구나 안도했겠지.
3 종교는 죽음에 대한 두려움에서 생겼고, 순례는 살고자 하는 의지에서 생긴 것이 아닐까. 사람들의 삶 옆에는 언제나 교회와 공동묘지가 있다.

레크투르Lectoure → 콩동Condom

7시. 어느 지트는 잠자리가 편하고 어느 지트는 잠자리가 불편해 잠을 잘 못 자기도 한다. 기분 탓인지 자리 탓인지 모르겠다. 어제는 잠을 잘 잤다. 컨디션도 어제 아침보다 나아졌다.

창밖을 보니 비가 오고 바람이 분다. 기온도 많이 떨어져 춥다.

호주 부부는 오늘 19킬로미터를 가 작은 마을에서 쉰다 하고, 호주 아재는 35킬로미터쯤 되는 콘돔까지 간다고 한다. 콘돔이 어디인가 했는데 콩동Condom의 영어식 발음인가 보다. 19킬로미터는 하루가 너무 쉽고, 콩동까지 가자니 이틀 연속 35킬로미터를 걸어 오늘은 좀 버겁다. 콩동까지 가면 큰 도시라 지트 구하기는 편하겠지만 오늘 컨디션으로는 중간 지점을 찾아봐야겠다. 우선 호주 부부가 가는 지트로 예약을 하고 갈까 하다가 그냥 가보기로 한다. 어찌 될지 모르니.

한쪽에 사람들이 모여 주인아주머니와 뭔가를 상의하고 있다. 가서 들어보니 콩동으로 6킬로미터를 질러갈 수 있는 지름길이 있단다. 다만 라로미유La Romieu라는 아름다운 마을이 있는데 그 마을을 거쳐 가지 않는단다. 라로미유는 호주 부부가 오늘 쉬기로 예정되어 있는 마을이다.

하루에 35킬로미터씩 가는 사람들은 대부분 예쁜 마을이나 교회에는 관심이 없다. 그저 목적은 걸어서 산티아고에 닿는 것뿐이다. 어쩌면 나도 프레디를 만나지 않았다면 당연히 지름길을 택했을 거고, 하루 35킬로미터씩 부지런히 걸어 지금쯤 스페인에 들어갔을지도 모르겠다.

아니, 그런데 지름길이 있었다고?

모르겠다. 어제 늦게 도착해 못 본 성당을 보기 위해 나는 오늘도 길을 되돌아간다.

성당을 돌아보고 나와 샌드위치를 하나 사서 9시쯤 출발한다.

멀리 무지개가 떴다. 사진을 찍으려고 폰을 꺼내니 세차게 비가 퍼붓는다.

무지개만 찍고 얼른 우의를 꺼내 입는다.

비 피할 곳을 찾아 한참을 걸어도 피할 만한 곳이 없다. 신발이 금세 젖고 밑단부터 바지가 젖어온다. 더 추워지기 전에 다행히 어느 집 헛간을 찾아 비를 피한다.

10분쯤 기다리니 비가 그친다.

우의를 벗고 다시 출발. 비는 계속 오다 말다를 반복한다.

가는 방향의 서쪽 하늘이 푸르게 보이니 좀 더 가면 비는 그칠 것 같다.

11시 반쯤 작은 마을에 도착하니 어제 지트에서 내게 잘해줬던 프랑스인 크리스가 바 야외 테이블에서 커피를 마시고 있다. 어떻게 된 영문일까, 크리스는 지트의 스태프가 아니었던가. 어제 정말 고마웠다고 말하니 아주 작은 친절이라며 신경 쓰지 말란다. 좋은 사람이다.

잠시 동석해 커피를 마시고 있으니 호주 부부가 온다. 어제 파스타 나눠줘 고맙다고 인사하고 작은 기념품을 주니 고마워한다.

1시, 점심을 먹기 위해 풀밭에 앉는다. 비는 멎었고 햇살이 비치는데 바람은 차다.

아침에 사온 샌드위치를 먹는데 안에 고트치즈(goat cheese)가 들었다. 얼마 전 프레디가 아주 좋은 치즈라고 해서 먹었다가 냄새가 고약해 먹지 못한 그 치즈다. 한 입 베어 물자 역한 것을 참을 수 없었지만 버릴 수 없으니 먹는다. 배고픔은 위대하구나.

3시쯤 되어서 라로미유에 도착했다. 말 그대로 작은 마을인데 마을 중앙에 보기 드문 성과 오래된 교회가 멋지다. 역시 질러가는 길로 가지 않길 잘했다.

입장료 4유로에 교회 내부를 관람하고 나온다.

나와서 벤치에 앉아 지도를 검색하니 여기서 한 시간 거리에 지트가 있다. 4시 반쯤 도착하면 빨래도 좀 하고 쉬었다가 여유 있게 저녁 식사를 할 수 있겠다.

50여 분쯤 걸어 길에서 벗어나 한참을 들어간다.

4시 반쯤 지트에 도착해 초인종을 누르니 아무도 나오지 않는다. 전화를 해볼까 하다 건물이 별로 맘에 안 들어 그냥 돌아선다.

벌써 5시, 콩동으로 가는 게 나을 것 같아 다시 걷다가 30분쯤 걸으니 작은 마을과 지트 푯말이 나온다. 콩동까지는 12킬로미터 두 시간 반이라고 적혀 있다. 해가 지기 전에 갈 수는 있겠지만 빨리 쉬고 싶다. 방향을 바꿔 지트 푯말을 따라간다.

5시 반, 지트에 도착해 초인종을 누르니 이곳은 단체만 받는단다. 그러고는 다른 지트를 알려주는데 아까 갔던 지트다. 전화하지 않고 온 것을 후회한다.

유심을 바꾸고 전화하는데 통화가 되지 않는다.

다시 마을로 되돌아 나오니 시간은 6시를 넘어 어두워지려 한다. 이미 콩동까지 가기는 틀렸다. 급한 마음에 시릴 말이 생각나 교회 문을 밀어보니 잠겨 있다. 비가 곧 쏟아질 듯하고 난감하다. 구글맵을 켜보니 다행히 숙소가 두 곳 나온다.

맵에 나온 한 군데를 찾았는데 아무도 나오지 않는다.

마지막 기대를 갖고 나머지 한 군데 숙소를 찾았더니 주인아주머니가 나와 지금 화장실이 문제라 영업을 못 하고 있단다. 근처에 지트 몇 곳이 더 있으니 가보라고 알려주는데 다 가봤지만 영업을 안 한다고 난감해하고 있으니 원한다면 콩동까지 차로 태워주겠다는 거다. 염치 불구하고 오브코스, 원한다 했다. 두 시간 걸었어야 할 콩동에 차로 10분 만에 도착한다.

콩동 입구에서 가장 가까운 지트 앞에 차를 세우고 혹시 모르니 이곳이 영업을 하는지 확인할 동안 기다려주겠다며 아주머니가 차 안에서 기다린다. 지트 초인종을 눌러도 아무도 나오지 않는다. 여기까지도 정말 고마운데 더 시간을 뺏을 수는 없다. 이제 여기부터는 지트가 많고 지트 리스트도 가지고 있으니 걱정 마시라 하고 감사 인사를 한다. 맘씨 좋은 아주머니는 잠시 망설이다 좋은 여행하라며 손을 흔들고 간다.

막상 아주머니를 보내고 나니 막막하다. 낯선 도시, 이미 어두워 길 표시도 보이지 않고 어디로 가야 할지 일단 리스트를 꺼내 주소를 검색하는데 어디선가 "요옹~" 하고 나를 부르는 소리가 들린다. 돌아보니 크리스다. 어찌나 반갑던지 지트가 어디인지부터 물으니 따라오란다.

크리스를 따라 지트에 도착하니 7시 반이다. 지트 주인이 반갑게 맞아주고 빨래도 3유로에 건조까지 가능하단다. 빨래 양이 적으니 크리스와 나눠 내면 1.5유로에 가능하고 아침 저녁 포함 33유로이니 괜찮은 조건이다.

호주 아재가 여기에 또 있다. 무슨 인연인지 가는 곳마다 마주친다.

이곳에 온 사람들은 모두 지름길로 왔다. 나는 라로미유를 거쳐 왔다며 사진을 보여주니 예상외로 놀라고 감격하는 반응들을 보인다. 덕분에 숙소 찾느라 얼마나 맘고생 했는지는 짧은 영어로 다 설명할 수가 없다.

적당한 가격에 저녁도 훌륭했고 1층이 먼저 온 사람들로 다 차 2층을 혼자 쓰는 행운을 얻었다.

최악의 상황에서 우연의 연속으로 행운이 찾아왔다. 이제 신을 믿어야 하나, 아니면 앞으로도 이대로 내 운을 믿고 가야 하나.

콘돔(콩동)이라는 이 야릇한 이름이 궁금해서 잠깐 찾아보니 여기가 뒤마의 소설 『삼총사三銃士』의 배경이 되었던 도시란다.

떠나는 아침, 먹구름 가득한 막막한 하늘

1 걸은 지 한 시간 만에 맑게 갠 하늘
2 라로미유 수도원 첨탑에서 바라본 마을
3 라로미유 수도원

콩동Condom → 에오즈Éauze

7시 기상.

어디까지 가는지 누구에게도 물어보지 않기로 한다.

리스트를 보니 17킬로미터 지점에 지트가 있을 만한 마을이 있고 조금 큰 도시는 32킬로미터를 가야 한다. 아마 다들 큰 도시까지 갈 것이다. 이러면 하루에 35킬로미터씩 걸어 산티아고 도착만을 목표로 하는 것과 다를 바가 없다.

여행에서 많은 것들을 얻을 거라고는 기대하지 않지만 적어도 지나는 길 위에 있는 것들만큼은 그냥 지나치고 싶지 않다. 문득 지금 내 모습이 정처 없이 길에서 이리저리 방황만 하고 있는 것 같다.

오늘은 어디까지 가야 하나 아직도 결정하지 못한 채 8시쯤 크리스와 함께 출발한다. 누군가 놓고 간 잭나이프와 랜턴을 크리스가 챙긴다. 먼저 출발한 미국 할배나 프랑스인 알베르 둘 중 하나의 것일 테니 길에서 만나 줄 수 있겠지만 작은 무게도 부담인 곳에서, 역시 좋은 사람이다.

콩동을 떠나기 전 가장 큰 성당에 들렀는데 앞에 세워진 삼총사 동상이 근사하다. 많은 사람들이 머무는 기착지 도시들은 대부분 도시 경관이 멋있다.

콩동의 골목 끝. 아침 햇살이 머문 곳에 콩동 대성당이 보인다.

혼자 이리저리 도시 구경을 하다 보니 크리스가 없다. 도시를 돌아보지 않고 먼저 출발했나 보다.

날도 좋고 기분도 좋다. 가끔 오는 통증들도 이제 그러려니 한다.

도시를 벗어나 한참 걷다 보니 푯말에 레스토랑 테마파크라고 쓰여 있고 길을 벗어나 '10분 2km'라고 표기되어 있다. 뭐, 좀 돌아간들 어떠리.

커피라도 한잔 마실 겸 별 기대 없이 들어갔는데 의외로 멋진 성이 있다. 호주 부인에게서 받았던 스페셜 리스트에 도시 간 5킬로미터 지점에 지트 표기가 하나 있었는데 유독 거리 표기가 괄호로 묶여 있었다. 길을 벗어나 우회하는 거리 표기였던가 보다.

커피숍 앞에 크리스가 앉아 있다. 내가 이쪽 길을 택할 줄은 몰랐다는 듯이 길을 잃은 것이냐 묻는다.

아쉽게도 커피숍은 영업을 안 한다.

크리스와 성을 한 바퀴 돌고 나서 같이 길을 걷는다.

크리스가 프랑스어로 말을 잘해 당연히 프랑스인인 줄 알았다. 벨기에에서 왔다고 한다. 벨기에는 남부는 불어를 쓰고 북쪽은 독일어를 쓴단다. 언어가 달라 다툼도 많은데 요즘 젊은이들은 두 언어를 다 쓸 뿐 아니라 영어까지 잘하니 앞으로는 별문제 없을 거라고도 한다.

나이는 쉰네 살이고 두 자녀가 있고 두 달 전쯤 직장을 잃었다. 이번 주이면 걸은 지 한 달이 되고 토요일에 벨기에로 돌아가야 한다며 슬픈 한숨을 내쉰다.

이 길이 그에게 답을 주었는지는 모르겠다. 다만 길 위에 있는 동안 안식을 누렸던 것만은 분명해 보인다. 말은 잘 안 통해도 깊은 주름과 긴 한숨에서 애환이 묻어난다.

문득 어제 지트 주인 얘기를 들었냐고 묻는다. 7년 전 극심한 스트레스로 심상이 멈춰 거의 죽음 직전까지 갔었다고 한다. 지금은 지트를 운영하며 일을 즐기고 행복해한다고. 크리스도 벨기에로 돌아가면 지트 운영에 관해 알아보겠다고 한다.

한참을 가도 마을이 안 나오다가 겨우 나온 작은 마을에서 물을 얻었다. 조금 배가 고픈데 점심 어떻게 할까 크리스에게 물으니 한 시간이면 몽레알Montréal에 도착하니까 거기 가서 먹으면 된단다. 우선 간단히 있는 것으로 허기를 달래려고 빵을 꺼내 크리스에게 나눠주니 마다하지 않는다. 치즈와 살라미도 나누어 빵 사이에 넣어준다. 고맙다며 저녁에 숙소에 도착하면 맛있는 걸 해주겠다고 한다.

크리스 걸음은 너무 빨라 따라가기 힘들다. 간혹 날 의식해 조금 천천히 걷는 게 보인다.

크리스는 빨리 걷고 많이 쉬면서 다니고, 나는 천천히 쉬지 않고 오래 걷는 타입이다. 호주 아재는 무조건 빨리 걷다가 사람을 만나면 수다 떨며 시간을 보내는 스타일이다.

이렇게 서로 걷는 속도며 스타일이 다르니 오래 나란히 걸을 수가 없다. 누군가 한 명이 맞춰야만 같이 걸을 수 있는 거다.

몽레알에 도착하니 오늘 크리스는 여기서 쉬겠다고 한다.

에오즈Éauze까지는 16킬로미터가 남았고 안내소에 물어보니 지트가 있는 다음 마을까지는 9킬로미터란다.

아직 2시 반밖에 되지 않은 이른 시간이라 나는 좀 더 걷기로 하고 크리스와 아쉬운 이별 인사를 한다. 다음에 보자고, 언제가 될지 모르지만. 잘 가라 하지 않고 다음에 보자고 한다.

크리스가 챙겨온 누군가의 잭나이프와 랜턴을 내게 준다.

이 사람, 좋은 사람의 배려의 무게가 내 가방에 얹어진다.

나는 너로 인해 무척 고마웠고 많이 배웠다고 말한 뒤 기념품 하나를 건네고 돌아선다.

오후 3시, 다시 혼자 걷는다. 걷다가 마주치는 사람 하나, 쉬고 있어도 지나가는 사람 하나 없다.

끝도 없는 포도밭을 두 시간쯤 걸어 작은 마을이 나오고 지트가 있다. 영업을 하지 않는다.

개 짖는 소리에 나온 청년이 다음 지트까지는 7킬로미터 남았다며 길은 좋으니 한 시간 반이면 간다고 알려준다.

걷다 보면 시간은 가고 때가 되면 그곳에 도착한다. 지루하게 이어졌던 숲길이 한 시간여 만에 끝난다.

공원 벤치에 앉아 지트를 검색해 보니 에오즈 중심가에 몇 곳이 표시되어 있다. 도시로 진입하는 데만도 20여 분이 걸린다.

안내소라도 열려 있으면 지트 예약이라도 부탁할 텐데 안내소도 닫혀 있고 호주 부부에게서 얻은 숙소 리스트를 찾아 구글맵에 검색해봐도 맵에는 나오지 않는다. 구글맵에 나와 있는 숙소를 몇 군데 가봤지만 문이 닫혔다.

어쩐다. 사실 이건 다 내 잘못이다. 대부분의 사람들은 숙소를 예약하고 다닌다. 지트에 상주하는 사람이 거의 없다고 보면 된다. 공립 지트도 6시면 직원이 퇴근을 하고 손님들이 알아서 자고 주방과 욕실을 이용하고 알아서 정리하고 나간다. 그러니 사람들이 많이 찾는 유명한 지트 빼고는 예약 손님이 없으면 지키는 사람이 없는 게 당연하다.

나야 유명한 지트가 어디인지 알 턱이 있나. 지금까지는 운이 좋았고 오늘 이렇게 한 시간여를 이리저리 왔다 갔다 하고 있다. 오늘도 30킬로미터 이상을 걸었으니 만만찮게 힘든데. 사서 고생을 하고 있는 거다.

하는 수 없이 호텔을 찾아가는 도중 안경점에 작은 지트 간판이 보인다. 안경점 주인이 지트를 운영한단다.

이렇게 또 한 고비를 넘기는구나.

7시, 지트에는 아무도 없다. 15유로에 혼자 잔다.

저녁 먹을 겸 옛 시가지를 한 바퀴 돌다가 메뉴판에 익숙한 탄두리 치킨을 보고 들어간다.

주문하고 기다리니 치킨 피자가 나온다. 그러고 보니 피자집이다. 이런, 나는 햄버거나 피자, 케밥을 좋아하지 않는다.

퇴근하듯 숙소로 들어가는 길, 근처 바에 앉아 한잔한다.

내일도 나는 출근하듯 걸을 것이다.

1 순례자 이야기를 그린 벽화
2 삼총사 이야기를 그린 벽화
3 우연히 푯말을 보고 들어가 마주한 멋진 성이 있는 마을 라레씽글Larressingle
4 포도밭 옆길

1

2

3

1 지평선 너머까지 S 자로 휘어진 길
2 몽레알 성당의 스테인드글라스
3 한잔 마시고 숙소로 가는 길

에오즈Éauze → 노가로Nogaro

어제 먹다 남아 들고 온 피자를 전자레인지에 데워 먹는다.

리스트를 검색해보니 19킬로미터에 좀 큰 마을이 있고 다음부터는 계속 작은 마을들이다. 큰 도시까지는 45킬로미터. 오늘 19킬로미터 가서 일찍 쉬고 내일 26킬로미터를 가는 게 좋을 듯하다.

무리하지 말자, 4일 동안 130킬로미터쯤 걸었으니.

이제 프레디도 제할린도 호주 부부도 도리안과 페트라, 크리스까지 내가 하루 이틀을 어딘가에 정착해 쉬지 않는 한 다시 볼 수가 없다.

8시쯤 정리하고 나가려는데 한 할머니가 주방으로 들어온다. 인사를 해보니 영어를 못하신다. 카미노 콤포스텔라 어쩌고 하신다. 그러곤 타일랜드라고 한다. 나를 태국 사람으로 보는 건가. 코레라고 하니 아, 코레 하며 손으로 위아래를 가리킨다. 아래를 가리키니 굿!이란다.

그나저나 어제 주인이 분명 나 혼자 투숙할 거라 했고 7시에 퇴근한다고 했는데 이 할머니는 언제 들어오신 건지 모르겠다. 출발하려고 가방 둔 곳으로 와보니 할머니의 짐도 없다. 대부분 지트들은 베드벅스, 벼룩인지 빈대인지 옮길까 봐 가방과 신발, 스틱 두는 곳이 따로 있고 바구니에 갈아입을 옷만 챙겨 각자의 침대로 간다. 그러니 할머니가 투숙객이라면 당연히 있어야 할 가방도 신발도 스틱도 보이지 않으니 이상하다.

비가 온다. 쉽게 그칠 비가 아니다. 가방에 커버를 씌우고 판초 우의를 입고 출발한다. 다행히 바람은 불지 않는다.

판초 우의 끝자락이 무릎에 닿아 빗물이 흘러내리니 바지가 젖는다. 스틱으로 우의 앞을 들어 올리고 걷는다.

진흙이 신발 바닥에 붙어 신발은 무거워지고 비에 젖는 건지 땀에 젖는 건지 등이 젖어온다. 신발도 서서히 젖어온다.

춥지 않아 다행인데 땀이 많이 나 판초 우의를 벗고 싶어도 비에 젖어 추워질까 봐 그러지도 못한다.

진흙에 찍힌 발자국을 보니 앞서 지나간 사람이 몇 명 더 있나 보다.

10시 반, 비가 약간씩 잦아든다.

어디 따뜻한 커피라도 마실 데가 있으면 좋으련만 비가 오니 앉아서 쉴 곳조차 마땅치 않다.

지쳐갈 즈음 카페 하나가 보인다. 야외 테이블에서 의자를 정리하는 사람이 있어 반가운 마음으로 여기서 커피를 마실 수 있는지 물었더니 데리고 들어가 안쪽에 있는 보온 통을 가리키며 마음껏 마시란다. 가격을 물으니 '노 프라블럼'이라 하고 쿠키도 갖다준다.

몸도 마음도 지쳐가는 여행객에게 베푸는 이 작은 친절에 마음이 녹고 기분이 좋아진다.

커피를 마시고 1유로 놓고 나오니 비는 그쳤지만 바람이 불기 시작한다. 약간 춥다 싶기도 하고 바람에 말릴 겸 우의를 입고 출발한다. 서쪽 하늘부터 서서히 하늘이 열리는 걸 보니 이제 비는 더 오지 않겠다.

12시 반쯤 작은 마을에 도착해 식당을 찾아봤지만 없다.

사과 두 개, 바나나 하나 사서 공원에 앉아 남은 빵과 함께 먹는다.

앉아 빵을 먹는 동안에도 걷는 사람은 한 명도 지나가지 않는다.

지난 도시에서 최소 세 명 이상은 출발했을 텐데 전부 일찍 출발한 걸까, 아니면 비가 와서 다들 쉬는 걸까.

3시 반, 노가로Nogaro에 도착. 하늘은 맑게 개고 햇볕이 드는 어느 집 대문 앞에 앉아 젖은 양말과 신발을 말린다.

중심가는 제법 큰데 볼만한 게 없다. 성당도 그저 평범해 보인다.

안내소로 가 지트 정보를 달라고 하니 두 곳이 있는데 한 곳은 영업을 안 한단다. 앞으로는 안내소가 있는 도시를 목적지로 정하고 문을 닫기 전에 도착해 지트 정보를 얻는 게 가장 안전하겠다는 생각이 든다.

안내소에서 얻은 정보로 지트에 도착하니 손님이 꽤 있는 듯 비에 젖은 옷들과 신발들이 여기저기 널브러져 있다.

일찍 도착하니 마음이 편하다.

콩동에서 함께 묵었던 미국 할배 제임스가 있다. 내가 콩동에서 뭘 가지고 왔는데 혹시 당신 것인지 보라며 잭나이프와 랜턴을 꺼내 놓으니 무척 놀라며 고마워한다.

말 많은 호주 아재는 오늘 아마 45킬로미터를 걸어 큰 도시로 갔나 보다. 그 전에 지트는 여기 하나뿐인데 이곳으로 오지 않은 걸 보니.

프랑스 어린 여자아이와 처음 보는 미국인 부부 그리고 제임스와 나 이렇게만 오늘 노가로에 머무는 듯하다.

빨래를 하고 지트 옆에 까르푸가 있어 다녀왔다. 라면을 기대했지만 없어서 전자레인지에 데워 먹을 수 있는 오리고기 덮밥을 사와 데워 먹는다. 와인도 한 잔 곁들인다.

이제 혼자 먹는 밥에도 낯선 이들과 영어로 말하는 것에도 나를 보는 낯선 시선들에도 익숙해졌다.

가끔 급하면 튀어나오는 내 한국말과 하루에 한두 번 보는 거울 속의 동양인만 어색하다.

일찍 도착해서 쉬니 하루가 더 금방 가는 듯하다.

술만 더 마신다.

마당에 청둥오리를 키우는 농가

1 이 길을 지나간 순례자들의 사진을 전시하고 있다.
2 여행 안내소는 주로 그 지역의 중심에 위치한다.
3 노가로 지트 도착하니 먼저 온 분들이 벌써 빨래를 널어놓았다.
4 오늘의 저녁 식사. 레인지에 데워 먹는 오리고기와 밥 그리고 와인 한 잔과 바게트

노가로Nogaro → 에르쉬르 라두르Aire-sur-l'Adour

다른 사람들은 7시쯤 이미 식사를 하고 아직 밝지도 않은 8시에 출발을 한다. 나는 아직 식사하고 있는데, 그러니 마주칠 수가 없었던 건가.

미국 할배 제임스가 맥주 한 병을 가져와 먹을 거냐고 해서 "노"라고 했는데 내 옆에 두고 나간다. 주려면 어제 주시지 이걸 아침부터 먹을 수도 없고 들고 갈 수도 없는데, 참나. 제임스는 처음부터 나에게 호의적이지 않았다. 몇 번 말을 붙이더니 영어 못하는 걸 알고 나서는 거의 아는 척도 안 하는 수준이었다. 어제 잃어버린 물건을 가져다주고 나서 좀 호의적으로 대한다.

말도 제대로 못 하는 변방에서 온 이방인인 나를 대하는 태도들을 보면 사람들의 심성이 보인다. 누구는 몸짓까지 써가며 나와 대화를 하려 하고 뭐라도 도와주려 하는데 몇몇은 어디서 왔는지조차 묻지 않는다. 말이 통한들 사람 속마음을 다 알 수 있을까만.

밤에 비가 왔는지 길이 젖어 있다. 해는 이미 떴을 텐데 구름이 잔뜩 끼어 어둑어둑하다.

8시 반 지트에서 제일 마지막으로 출발한다. 도로를 벗어나 한참을 가다 인기척이 있어 돌아다 보니 누군가 온다. 미국 할배 제임스다. 길을 잘못 들어가다가 표시가 없어 돌아왔단다.

안경을 잃어버려 이런 날에는 표시가 잘 보이지 않는단다.

한 시간쯤 같이 걷다가 자기는 50분 걷고 10분 쉰다면서 먼저 가란다.

어젯밤 프레디에게 어디쯤인지 연락했었는데 지금에서야 답장이 왔다.

어제 콩동에 도착했고 제할린과 같이 있고 둘 다 몸 상태는 좋단다.

둘을 두고 떠나오길 잘한 듯하다.

10시 반, 마을의 한 지트 앞 작은 가게에서 음료와 비스킷을 먹는다. 한국에선 손도 안 대던 비스킷이 여기에선 달게 넘어간다.

숲길을 지나고 옥수수밭을 지나고 포도밭을 지나니 멀리 교회가 보인다. 배가 고파오는 걸 보니 정오가 넘은 듯하다.

12시 반. 멀리서 보이던 교회에 도착해 보니 어제 지트에서 같이 잤던 미국인 부부와 어린 프랑스 여자아이 그리고 언제 추월했는지 제임스가 와 있다.

약간 반가운 마음에 다가가 앉자마자 모두 일어서 가버린다. 일찍 도착해 이미 점심을 마친 거다.

모두 가버린 자리에 이슬비를 피해 나무 아래 혼자 앉아 있다. 어디선가 제법 큰 소리로 후두둑 하고 들려온다. 나무에 고여 있던 굵은 빗방울이 뚝뚝 가방에 떨어지고 있다.

교회 종이 1시를 알린다.

바람이 불어 추워졌다. 대충 빵 몇 조각과 치즈 몇 조각 먹고 바나나 물고 출발한다.

오늘은 세 시간만 더 가면 된다.

이쪽 길은 사람이 많이 지나다니지 않은 듯하다. 길에 풀이 눕지 않았다.

혼자 걸으면 몸의 작은 반응들이 하나하나 느껴진다.

오전에는 어깨가 아파와 이리저리 가방을 움직여보고 스틱으로 들어 올려 보기도 한다. 오후에는 다리가 아파오고 2시가 넘어가면 발바닥이 아파온다. 어떤 고통은 잠시 생겼다 없어지기도 하고, 어떤 고통은 몇 시간 지속되는 경우도 있고 다음 날까지 영향을 주기도 한다. 이제 스틱의 용도는 다리의 힘을 분산하는 데 쓰는 게 아니라 어깨를 스트레칭하는 용도로 많이 쓴다. 장기간 걸으니 다리보다는 어깨에 더 무리가 온다. 아직 몸 상태는 나쁘지 않다. 아침에 가뿐히 출발할 수 있으니.

이제 일주일만 가면 생장이다. 산티아고를 걷는 사람들 대부분이 시작하는 곳이다. 그곳부터는 한국 사람들도 더러 만날 거고 여러 나라 사람들이 많이 모여 분위기가 달라질 듯하다. 그곳에 도착하면 내가 출발한 곳에서부터 산티아고까지 딱 반이 된다.

3시, 마을에 도착해 다 왔구나 했는데 마을이 너무 작다. 오늘은 어제보다 큰 도시일 거라고 생각했는데 다시 지도를 보니 30분 더 가야 한다.

4시, 에르쉬르 라두르 도착.

우선 안내소를 찾으니 어제 같은 지트에 있었던 프랑스 여자아이가 있다. 숙소 찾는 중이냐고 하니 그렇단다. 함께 가기로 한다. 이 아이는 시즌마다 휴가를 일주일씩 내서 걷는단다. 이번 여정은 지난주 화요일부터 시작해 다음 주 월요일까지 걷는 거라고 한다.

내일 가는 길에는 도시가 없고 작은 마을들만 있어 지트를 찾기가 까다로운데 이 친구한테 부탁해봐야겠다.

시내를 한 바퀴 돌고 장을 본다.

7시, 장 봐온 쌀로 밥을 하고 스테이크를 구워 프랑스 아이와 함께 먹는다.

식사하며 이것저것 물어보니 이름은 델핀, 나이는 41세란다. 어쩐지 장을 보면서 아이는 아니겠다 싶었다. 외국인의 나이는 가늠을 못 하겠다. 사실 나는 어제 지트에서 만났을 때 미국인 부부의 딸인 줄 알았었다. 간혹 외국인들이 내 나이를 알고 놀라는 반응을 보이곤 하는데 이런 느낌인 건가. 아들이 벌써 열일곱 살이고 아들이 운전하는 차를 탈 때가 가장 나이 들었다고 느끼는 때라고 한다. 무척 어려 보인다 하니 염색을 한 거고 딸이 열다섯 살인데 어디 가면 다들 딸이 아니라 동생이라고 한다며 웃는다.

이 여행은 참 다양한 사람을 만나게 해주는구나.

일정을 물어보니 내일부터 하루에 30킬로미터씩 갈 거란다. 묵을 지트는 다 예약했다고 하니 이 친구와 같이 가면서 지트 정보를 얻으면 생장까지는 무리 없을 듯하다. 희한하게 필요할 때마다 적절한 사람을 만나 도움을 받는다.

참 재미있는 길이다.

순례자를 위한 길거리 카페

1
2
3

1 작은 마을, 작은 교회
2 옥수수밭 사잇길
3 에르쉬르 라두르에 도착

에르쉬르 라두르Aire-sur-l'Adour → 아르자크 아라지게Arzacq-Arraziguet

7시 반, 다시 아침. 춥지 않다.

오늘도 하늘은 구름으로 가득하다.

아르자크 아라지게Arzacq-Arraziguet까지 30킬로미터. 거기에는 공립 지트가 있다. 델핀이 예약한 곳이니 문도 닫지 않았겠고 5시 전에만 도착한다면 숙소는 문제없다.

델핀은 오늘도 아직 해가 떠오르지 않은 8시 전에 출발했다.

8시 반쯤 전투복을 입듯 땀에 젖은 옷을 입고 배낭을 메고 모자를 쓰고 스틱을 든다.

놓고 가는 게 없는지 둘러보고 또 보고 강박적으로 가방에 넣은 것들을 하나하나 되새기며 출발한다. 떠나면 되돌아올 수 없고 최소한의 생존에 필요한 것들만 가지고 다니니 잃어버릴 것에 대한 두려움으로 생긴 습관이다.

걷기 시작하니 동쪽 하늘 구름 사이로 해가 떠오른다.

큰 도시를 벗어나는 건 쉽지 않다. 갈림길도 많고 다른 표시들도 많아 헤매기 십상이다.

10분쯤 가는데도 순례길 표시가 안 보이면 되돌아가 표시가 있는 데서 다시 시작해야 한다.

오늘도 이 도시를 벗어나기 위해 한참을 헤매다 다시 길을 찾는다.

간신히 외곽으로 벗어나 좀 걷다 보니 누군가 "안녕하세요" 한다. 어느 지트에선가 만났던 미국인 아저씨다. 돌아다 보니 아저씨들 몇 명이 같이 손을 흔들어준다.

저분들도 이 도시에서 머물렀구나, 같은 길에 있었구나. 보지 못했다 해서 길에 없는 건 아니었다. 서로 걷는 시간대와 쉬는 시간이 달라 보지 못한 것뿐이었다. 가끔은 공중에서 이 길 전체를 내려다보고 싶다.

10시, 도시에서 완전히 벗어나 평야 지대를 한참 동안 걷는다.

사방이 산 하나 없이 평편하다.

길은 일직선으로 곧게 뻗어 있고 이런 길을 한참을 걷다 보니 문득 다람쥐 쳇바퀴 돌듯 나는 제자리걸음만 하고 지구가 돌고 있는 것 같은 느낌이 든다.

가끔 지나가는 트랙터에 손을 흔들면 그쪽에서도 웃으며 손을 흔들어준다.

며칠 혼자 걸어보니 내 속도를 알 듯하다.

25킬로미터는 오후 4시쯤, 30킬로미터는 5시쯤 도착한다.

오후 5시쯤 도착하는 게 여러모로 가장 적절하다. 도착해 조금 쉬고 샤워하고 마트에 가서 저녁거리 장을 봐오면 6시 반이나 7시쯤 먹게 되고, 맥주 한잔한 뒤 9시쯤 침대에 들고, 책 좀 보다가 10시쯤 잔다. 아침 7시에 일어나 8시 반이나 9시에 출발하면 빈틈없이 하루가 채워진다.

앞으로는 하루에 가는 거리를 30킬로미터 이내로 잡아야겠다. 관건은 적당한 거리에 적절한 지트가 있냐는 것이다.

오늘 길은 오전 내내 농사를 끝낸 허허벌판만 지나가고 작은 마을 하나 지나치지 않는다.

살살 부는 바람에 마른 옥수수 잎 부딪히는 소리, 도토리 떨어지는 소리가 정겹다.

들판을 지나 길은 숲길로 이어진다. 숲의 서늘한 기운이 몸에 젖어든다. 바닥에 널브러져 있는 밤을 몇 개 주워 주머니에 넣는다.

문득 걷는다는 것은 모든 이에게 평등한 일이라는 생각이 든다. 자동차의 비싼 부품이 성능을 높이는 것과는 달리 비싼 신발이나 배낭은 그다지 도움이 되지 않는다. 오히려 가진 게 많은 이가 욕심껏 배낭을 채우면 걷기 힘들어지는 게 이곳의 이치다.

12시 반, 마을이 나오고 벤치에 앉아 혼자 바게트 샌드위치를 먹는다. 거친 바게트를 먹기만 하면 입천장이 까지더니 이제 익숙해졌는지 아무렇지도 않다.

오후가 되어도 지나가는 사람 하나 없이 혼자 걷는 걸음이 계속된다.

혼자 있으면 누군가 곁에 있어줬으면 하고, 누가 옆에 있으면 혼자 있고 싶어진다.

며칠 혼자 있다 보면 적응이 되어 편하다 싶다가도 길을 걷다 멈추면 띵한 고독이 찾아온다.

문득 외로워지고, 외로워지면 그리움이 찾아온다. 그럼 바삐 길을 떠나야 한다. 그래서 맘 편히 쉬지를 못한다. 잠깐 배낭을 내려놓고 물 한 모금 마시고 바로 걷는다. 외로워지기 싫어서.

추우면 해 나길 바라고 해 뜨면 구름에 가려지길 바란다. 더워지면 땀이 나고 목이 마르고 그래서 물을 먹다 보면 물을 채워야 한다. 물 얻을 수 있는 곳이 나오면 좋은데 그렇지 않으면 어느 집이라도 문 두드려 물을 구걸해야 한다. 넉넉하게 들고 다니고 싶지만 배낭 무게 때문에 최소한의 물만 챙겨 다닌다.

결핍과 충족을 끊임없이 반복하며 걷고 있다.

3시 반 펭보Pimbo에 도착. 맥주 한 잔 마시고 바로 출발한다. 이제 6킬로미터 한 시간 반만 더 가면 된다.

이때쯤이 가장 힘들다. 시계도 계속 보게 되고 지나가는 사람이 웃으며 인사를 해도 밝게 웃어지지가 않는다.

5시, 예상한 시간에 아르자크 아라지게에 도착.

구글맵으로 지트 이름을 검색해 어렵지 않게 시립 지트에 도착한다. 영어 못하는 아주머니 직원과 한참을 몸짓 써가며 대화하고 있는데 델핀이 와서 통역을 해준다. 나와 실랑이하던 아주머니는 숙박비를 정산한 후 바로 델핀한테 나를 맡기고 퇴근해 버린다.

델핀은 이번 여정에서 오늘이 최고로 힘들었고 내일은 짧게 걷는 일정이라 다행이란다. 내일은 28킬로미터 간단다. 알고 보니 우린 오늘 34킬로미터나 온 거였다. 어쩐지 힘들더라.

저녁은 같은 방 쓰는 두 아주머니와 레스토랑에 가 먹기로 했단다.

7시 반 레스토랑에 와 순례자 메뉴라는 걸 주문했는데 14유로에 송아지고기가 나온다.

엄마 따라온 어린아이처럼 아주머니들 수다 사이에 앉아 물끄러미 밥을 먹는다.

순례자 메뉴는 맛있다. 나는 순례자였다.

1 끝없이 이어진 밭 옆으로 난 농로를 따라 산티아고로 간다.
2 옥수수밭 사잇길
3 개울가에 사람 한 명 건널 수 있는 작은 시멘트 다리
4 쓰러진 나무 아래로 길이 이어진다.

1 갈림길 사이 쉬어갈 수 있게 마련된 탁자와 의자
2 미라몽 셍사크Miramont-Sensacq의 피레네산맥을 조망할 수 있는 곳으로 산맥과 산의 이름들을 적어놓았다.
3 숙소에 함께 머문 프랑스 아주머니들 사이에 끼어 밥을 먹는다.

아르자크 아라지게Arzacq-Arraziguet → 아르테스 드 베아른Arthez-de-Béarn

아침 7시, 어젯밤 발바닥이 너무 아파 잠을 잘 잘 수가 없었다. 진통제를 먹고서야 겨우 잠이 들었다. 지금껏 살아오면서 이런 발바닥 고통은 처음 느껴본다. 사실 이렇게 오래 걷고 있는 것도 처음이니……. 그러고 보니 어느덧 4주가 지났다.

어제 저녁에 이어 또 프랑스인 여자 세 명의 수다를 들으며 아침으로 빵을 먹는다. 정말 무슨 할 말이 저렇게 많은지 아니면 불어라는 언어가 다른 언어에 비해 더 수다스럽게 들리는 걸까? 지금껏 외국인들을 만나온 짧은 경험의 결과로 프랑스인은 말을 많이 한다. 어제 저녁 식사 때도 한 시간 반 동안 대화가 끊임이 없었는데 이 아침에도 30분 동안 말이 단 한 번도 끊이질 않는다. 프레디나 제할린은 가끔 통역이라도 해줬는데 델핀은 대화에 끼어드느라 바쁘다.

간밤에도 비가 왔는지 바닥이 젖어 있다. 지금이 장마철인 건가, 요즘은 비가 안 오는 날이 없다. 바람이 차고 하늘은 우울하다.

8시, 오늘도 거의 정확하게 델핀이 먼저 출발한다.

어제는 도시를 벗어나는 데 많이 헤맸고, 오후에 급격히 컨디션이 떨어져 델핀을 따라잡을 의지가 없었지만 오늘은 꼭 따라잡아 봐야겠다.

어제와 비슷하게 30분 간격을 두고 출발한다.

10시쯤 되자 햇살이 비친다. 상쾌하고 기분도 좋아진다.

푸른 초원 지대가 있는 목장 지대를 지난다.

오늘 길은 띄엄띄엄 마을도 나오고 아주 가끔이지만 지나가는 현지인도 있다. 사람 사는 집들이 더러 보인다는 게 어제와 달리 마음에 안정을 준다.

12시 반쯤 적당한 자리를 찾아 점심을 먹는다.

델핀은 식사도 안 하고 걷는 건지 대부분 출발은 차이가 나도 점심때쯤엔 마주치기도 하는데 통 만나지지가 않는다. 어느 카페에서 커피 마시는 걸 못 보고 지나쳤나 싶기도 하고, 좀 더 속력을 내면 추월할 듯도 한데 오늘도 컨디션 난조로 그다지 의지가 생기지 않는다.

그나마 아침에 에어매트리스를 버렸더니 가방이 좀 가벼워졌다. 전체 가방 무게에서 크게 중량이 줄어든 건 아닌지 몰라도 기분은 무척 가뿐하고 홀가분하다.

간단히 점심을 마치고 출발하려니 바람이 많이 불어 춥다. 서둘러 옷을 꺼내 입는다.

조금 걸으니 땀이 나 껴입은 옷을 다시 벗는다.

옷을 입고 벗는 간단한 일도 길 위에서는 쉽지 않다. 배낭을 내려야 하고 무릎을 굽혀야 하고 다시 배낭을 메야 하니 힘이 든다. 허리를 굽혀 스틱을 주우려다 가끔 찌릿하는 허리 통증에 오싹하기도 하다.

만약 내가 이 글을 오후 서너 시쯤 정리했다면, 이 길은 고행의 길이고 순례는 힘들며 스스로에게 왜 걷고 있는지 질문하고 답을 쥐어짜고 어쩌고 했을 것이다. 반대로 아침 10시쯤 이 글을 정리했다면 죽기 전에는 꼭 와봐야 하며 이런 기쁨과 걷는 즐거움은 어디에도 비할 수 없다고 썼을 것이다. 순례란 이런 고통과 결핍 기쁨과 충만을 끊임없이 반복하는 일인 듯하다.

4시쯤 목적지 '아르테스 드 베아른Arthez-de-Béarn'이 표기된 푯말이 나온다. 다 왔구나 싶은데 마을이 기다랗게 형성되어 있어 중심가까지 가는 데만도 다시 20분을 더 걷는다.

바람이 차 쌀쌀하다. 중심가에 있는 어느 교회로 들어간다.

나그네를 아무 거리낌 없이 받아줄 곳은 교회뿐이다. 언 몸을 녹이며 '스페셜 리스트'에 있는 지트를 구글맵에 검색하니 역시 나오지 않는다. 지트에 도착해야 할 시간이 다가오니 약간 긴장이 된다. 마을이 크니 일단 나가서 사람들에게 물어보기로 한다.

교회를 나서자마자 아이 둘과 함께 한 남자가 지나간다. 근처에 지트가 있는지 물으니 따라오란다. 얼마 안 가 한 곳을 가리키며 지트라고 알려준다.

공립 지트 같다. 아무리 불러도 사람이 나오지 않는다.

10분쯤 의자에 앉아 쉬고 있는데 방금 샤워하고 나왔는지 머리가 젖은 채로 델핀이 나온다. 관리인은 5시에 온단다.

델핀이 벌써 샤워까지 하고 있다는 것에 은근히 약이 오른다. 내가 마흔한 살의 프랑스 아줌마보다 걸음이 느렸던 건가. 이제 따라잡는 건 포기하는 걸로.

5시, 프렌치 조르바 세헐즘 아재도 오고 이어 관리인도 왔다. 그리고 키가 2미터는 됨직한 덩치 큰 청년 올리브도 들어와 같이 체크인한다.

지트에 도착해 샤워를 하고 나오면 여기 오기까지 낮 동안 무슨 일이 있었는지 벌써 까마득해진다. 페북에 올리려고 쉴 때마다 해둔 메모를 봐야 기억이 되살아나곤 한다.

델핀은 저녁거리가 있어 숙소에서 해 먹는다고 하고 근처에 문 연 가게는 피자 가게뿐이란다.

6시 반쯤 피자 가게에 가니 테이크 아웃점이다. 피자를 사 가지고 지트 주방에 앉아 사람들에게 같이 먹자고 권했더니 다들 와 앉으면서 누구는 맥주도 가지고 왔으면서도 피자에는 손도 대지 않는다. 프랑스는 7시가 저녁 시간이라며 아직 이르다는 거다. 대신 치즈와 살라미 같은 안줏거리를 들고 와 내가 먹는 동안 같이 앉아 있어주겠다면서 이게 프랑스식 매너라고 설명해준다.

여럿이 함께 앉은 가운데 혼자만 천천히 먹고 있는데 드디어 7시다. 내가 시계를 가리키며 이제 먹어도 되지 않냐고 피자를 권하니 그제야 하나씩 집어 든다. 그리고 다들 그제야 저녁 준비를 시작한다. 세헐즘은 파스타를 만들고 올리브는 피자를 사러 간다.

이제 모두 각자의 음식을 갖고 앉아 술과 음식과 대화를 나눈다.

프랑스 조르바 세헐즘 아재는 여기까지 오는 동안 세 번쯤 만났다. 영어를 한마디도 못하지만 나만 보면 사람 좋은 웃음을 짓고 엄지를 치켜세우던 모습이 오늘도 여전하다.

올리브는 오늘 처음 보는데 10일 휴가를 받아 걷는다고 한다. 갈 곳을 정하지 않고 무작정 걷다가 숙소를 찾는다고 하는데 보통 하루에 45킬로미터씩 간단다. 다리는 길고 볼 일이다.

8시가 넘자 대화는 무르익고 밖에는 비가 내린다.

현재 기온은 8도. 앞으로 며칠 더 기온이 10도 이하로 유지되면 옷을 구입해야 한다.

내일도 혼자 걷겠구나.

제발 춥지 않기를.

1 작은 언덕을 올랐을 뿐인데 멀리 지평선이 시선 아래로 보인다.
2 시청사

1 28-04 오늘의 풍족한 점심. 바게트와 사과, 바나나, 치즈, 설탕에 절인 자두 그리고 환타
2 28-05 나무에 작게 표시된 GR 65길 표지

아르테스 드 베아른Arthez-de-Béarn → 나바랭스Navarrenx

7시, 별로 다를 것 없는 이제 일상이 되어버린 아침.

날은 오늘도 우울하다.

어제 남은 빵과 수프를 끓여 먹고 배낭을 정리하고 있는데 델핀이 와서 인사를 한다. 오늘까지 걷고 남편이 나바랭스Navarrenx로 데리러 온단다.

따라잡을 수 없게 열심히 걷던 그녀의 일주일간의 걸음도 오늘로 끝이구나.

올리브는 배낭이 작은 건지, 거구에 비해 작아 보이는 건지 등 반밖에 차지하지 않는다.

새헐즈은 어제 너무 힘들게 와 오늘 하루를 여기서 더 쉰단다.

8시 반 출발, 빵가게에 들렀으나 문이 닫혔다.

며칠 계속 빵과 치즈, 커피가 아침으로 제공되는 지트에 묵었더니 이번 지트도 당연히 아침이 있을 거라 생각하고 미리 확인하지 못했다. 점심으로 먹을 빵을 아침에 먹었으니 점심을 사야 한다.

다음 마을까지는 한 시간이라는 푯말이 나온다. 다음 마을에 빵집이 있을 확률이 낮다. 약간 조급해진다.

9시 반쯤 마을에 도착했지만 역시 마을이 작아 빵집이 없다. 작은 구멍가게도 없다. 지도를 검색해볼까 하다가 어차피 갈 길, 가다 보면 길이 해결해주려니 다시 걷는다.

가방 속에는 땅콩 약간과 납작한 초콜릿 반 개, 치즈볼 몇 개, 손가락만 하게 낱개로 포장된 살라미 몇 개, 사과 하나 이렇게가 전부다. 나바랭스까지 34킬로미터를 가야 하는데 부족한 양이다.

길바닥에 떨어져 있는 밤들을 주워 주머니에 담는다.

작은 마을들을 몇 곳 지나서 도로 옆으로 난 길을 따라가다가 샌드위치가 쓰여 있는 작은 푯말을 발견한다. 100미터라니 멀지 않다.

아주 작은 빵집이다. 4.5유로에 샌드위치를 하나 사서 출발한다. 다행이다.

정오가 조금 넘어 점심으로 샌드위치를 먹고 나니 춥다. 손도 시리고 추위에 대비할 때가 된 듯하다.

나바랭스까지 16킬로미터 남았다는 표시가 나온다. 5시까지 도착할 수 있겠다.

이제 가을옷을 입을 때가 된 듯하다.

짐을 아무리 최소화한다고 해도 사실 당장 필요하지 않은 것들을 계속 들고 다녀야 한다.

여름 바지 하나, 가을 바지 하나 들고 왔다. 지금까지는 여름 바지로 충분했지만 가을 바지를 갖고 다녔고, 이제 가을 바지를 꺼내 입어도 어차피 바지가 하나뿐이니 여름 바지도 여벌로 계속 갖고 다녀야 한다.

윗옷은 반팔에 팔 토시를 하고 추우면 남방을 위에 입고 버텼는데 가을용 점퍼도 꺼낼 때가 된 듯하다.

양말은 등산 양말과 일반 양말을 놓고 고민하다가 자주 빨고 쉽게 말릴 수 있는 일반 양말을 네 켤레 가져왔다. 그런대로 잘 선택한 것 같다. 등산 양말이 발바닥은 덜 아프겠지만 쉽게 마르지 않아 이렇게 장마철 같은 날씨가 지속되는 곳에서는 네 켤레로도 부족했을 것이다.

약은 환절기라 감기에 잘 걸리니 감기약과 요즘 알레르기 때문에 고생을 좀 해서 알레르기 약을 좀 챙겼다. 그런데 지금까지 감기 증상 하나 없었고 알레르기도 생기지 않았다. 그리고 며칠 전 발바닥 통증으로 잠 못 이룬 날 먹은 소염진통제와 르퓌에서 케밥 먹고 탈이 난 건지 그날 먹은 소화제(그때는 프레디도 안 좋았다고 했다. 그 후 케밥은 먹지 않는다)가 전부다. 근육이완제는 지금까지 먹어보지 않아 챙기지 않았는데 페북에 달린 댓글을 보니 효과가 있다면 챙기는 게 좋을 듯하다. 날은 점점 추워지고 대부분 지트에선 난방을 하지 않을뿐더러 얇은 담요 하나밖에 주지 않으니 가장 무거운 침낭을 버릴 수도 없다.

5시 나바랭스에 도착. 안내소에 가니 한 바를 소개해준다.

바에 오니 숙박비를 받고 오래된 성 같은 건물로 안내한다.

숙소에 들어오니 어제 만난 올리브, 말 많은 호주 아재, 빨리 걷던 퀘벡 아재에 미국인 부부까지 몇 번씩 본 듯한 사람들로 가득하다.

동양인 부부가 있어 한국인인가 싶어 말을 걸어보니 대만에서 왔단다. 자기들도 아시아인은 처음 봤다며 같이 사진을 찍는다.

근처 마트에 가 와인 한 병과 전자레인지에 데워 먹을 수 있는 음식을 사온다.

호주 아재와 프랑스인 알베르가 있는 저녁 식탁에 앉는다.

여기부터 생장까지 70킬로미터 이상인데 중간에 생팔레Saint-Palais를 거쳐 돌아가면 75킬로미터가 된다. 이틀로 나눌까 사흘로 나눌까 고민하던 중 저쪽 테이블에서 누군가 여기서 10킬로미터를 질러갈 수 있는 지름길이 있다는 말을 한다.

아! 이들은 지금까지도 이런 지름길을 찾아서 왔다고 한다. 어쩐지 마주치지도 않고 가끔 사라졌다가도 숙소에 오면 보이는 게 이상했다.

호주 아재는 지름길을 따라 35킬로미터 지점의 오스타바Ostabat에서 쉰다 하고, 올리브는 지름길을 거치지 않고 37킬로미터 지점의 생팔레로 가려고 하는데 비가 온다면 하루 더 여기서 쉴지도 모르겠다고 한다. 생팔레는 들어갈 때 높은 언덕을 넘어야 하니 컨디션 조절이 필요하기 때문이란다.

프랑스인 알베르는 15킬로미터 가서 쉰다고 하는데 지도를 보면 15킬로미터 지나고 나면 큰 마을이 아예 없다. 지금까지 온 방식으로 이대로 가다가는 더 이상의 행운은 기대 못 하고 야외 취침을 하게 될 가능성이 높다. 어제 에어매트리스를 버렸으니 야외 취침은 불가능하다고 봐야 한다. 고민이 된다.

10시, 잠자리에 든다. 내일 일정을 어떻게 해야 할지 아직도 모르겠다. 밤사이 꿈속에서 묘안이라도 나오려나.

모르겠다, 내일은 내일이다.

1
2
3

1 갈색 양 떼
2 걷다가 잠시 멈춰 길을 바라본다.
3 마슬라크Maslacq를 걷다가 마주한 대저택

1 갈림길에 세워진 간이 푯말들. 오는 동안 달리 빠지는 길이 없었어도 푯말을 보면 반갑고 불안감이 덜하다.
2 왈왈, 넌 누구니?
3 목장길을 걷다.
4 소가 나가지 못하게 약한 전기가 흐르는 철삿줄이 가로질러 있다.

나바랭스Navarrenx → 아루 이토로 올아이비Aroue-Ithorots-Olhaïby

7시, 다시 어두운 아침.

저녁엔 다들 술 한잔에 하나가 된 것 같지만, 아침에는 어색한 각자가 된다.

홀로 밥을 먹고 홀로 정리하고 각자 알아서 같은 길로 간다.

오늘 일정을 결정하기 위해 올리브에게 가이드 책을 빌려서 보는 중 놀라운 사실을 발견한다.

이런 프랑스 첩첩산중에 한국어가 되는 지트가 있다는 것이다. 궁금해졌다. 한국 사람이 있는 건지 한국어를 하는 프랑스인이 있는 건지. 생장까지 이틀은 아무리 생각해도 무리라 판단하고 사흘에 걸쳐 가기로 정한다. 그리고 17킬로미터 지점에 있는 한국어가 가능한 지트에 가봐야겠다.

그러고 나서 내일과 모레 20킬로미터씩만 걸으면 생장이다.

오늘도 8시 반 출발. 서서히 안개가 밀려온다. 하늘은 벌써 안개로 가득하다.

마을에서 벗어나 작은 마을을 지나고 숲길에 접어들어 한참을 걷는다.

바닥은 질퍽하고 차가운 숲의 기운에 몸이 서늘해진다. 콧물이 떨어진다.

그래도 기분은 좋다. 오늘은 17킬로미터이니 부담도 없고 3시 전에는 도착할 것이다.

한참을 가다 보니 어제 식탁에 함께 앉았던 프랑스인 알베르가 지팡이로 쓸 나무를 손질하고 있다.

알베르와는 한두 번 지트에서 같이 잤는데 서로 영어를 잘 못해 인사만 하던 사이다. 호주 아재와 몇 번 같이 있는 걸 봤고 간혹 내게 별 관심을 보이지 않고 지나치는 사람들 중 한 명이다. 그는 콩동에서부터 죽 호주 아재와 같이 왔다 한다. 호주 아재는 하루에 너무 많은 거리를 걸어 힘들다며 오늘부터는 각자 따로 걷기로 했단다. 직장을 그만두었고 내년엔 다른 직장으로 옮길 거라 한다.

나는 오늘 17킬로미터 지점의 지트에서 잔다고 하니 자기도 거기일 거라고 한다.

잘되었다. 새로운 길동무가 되어 함께 걷는다.

12시, 비가 내린다. 비도 피할 겸 교회에 들어가 알베르와 함께 점심을 먹는다.

비가 그칠 듯하더니 다시 제법 거세져 판초 우의를 꺼내 입고 걷는다. 판초를 입으면 어깨 스트레칭을 못 하니 어깨가 아파오다 나중에는 등까지 아파온다.

다리 앞쪽이 젖어오니 판초 자락을 들어 올려야 하고 바람이 안 통하니 땀은 나고, 몇 배 더 힘이 든다.

이제 30분쯤 더 가면 된다.

지트는 3시에 문을 연다고 알베르가 앞마을에서 좀 쉬었다 가자 한다. 그 마을에 카페가 있을까 하니 자기도 바라는 바란다.

카페는 없었다. 버스 정류장 같은 곳에서 잠시 쉬었다가 출발한다.

알베르는 지금까지도 힘들게 왔는데 오늘도 쉬운 날이 아니란다. 비가 오면 다들 더 힘들어하는 것 같다. 원래 여기가 지금쯤 우기냐고 물어보니 그렇단다. 오히려 요즘 비가 적게 내리는 거라며 우리는 행운이라고 한다.

사실 잘 알아보지도 않고 나는 이곳 가을에 한국의 맑은 가을 날씨를 기대했다.

그나저나 지트는 길에서도 한참을 벗어난다. 혼자 왔으면 절대 찾지 못했을 곳이다. 푯말도 지트란 말이 없고 생소한 글자가 쓰여 있다. 외딴곳에 집 한 채만 달랑 있다.

비는 내내 잦아들지 않는다.

3시경 지트에 도착한다.

지트 주인이 우리를 맞이하며 한참 동안 이곳 룰에 대해 설명한다. 여기는 화이트존이라 인터넷 사용이 안 되며 화장실은 물이 없고…… 여러 가지를 한참 설명한다.

도네이션이라 해서 수용소처럼 간이 시설에 바닥에 펼쳐진 침상을 상상했는데 내 상상과 완전히 다르다. 실제 가족이 살고 있는 가정집이고 식사 제공에 빨래도 된다. 게다가 엄청 친절하다. 도네이션, 자발적으로 대체 얼마를 내야 하는 건지 은근히 걱정이다.

한국말을 하는 사람은 주인의 딸이란다. 나이는 21세 케이팝을 4년째 좋아하는데 언제부턴가 한국말을 한다고 한다. 한번은 한국인이 왔었는데 그 한국인도 깜짝 놀랄 정도로 정확한 발음으로 대화를 했다고. 아쉽게도 지금은 집에 없고 원하면 통화를 시켜주겠다는데 괜찮다고 했다.

지트에 고양이 세 마리가 있다. 한 놈은 내 무릎 위에 앉아 한참을 졸다가 다른 데로 가고 다른 녀석은 소파에서 눈길 한 번 안 주고 제 몸 손질에 열중한다. 나머지 한 놈은 야옹거리며 이리저리 돌아다닌다.

손님은 알베르와 나 둘뿐이다. 6시 반이 식사 시간이라며 주인은 음식 준비 중이고 배는 고픈데 한 시간이나 남았다.

창밖의 비는 그칠 줄 모르고 계속 내린다.

정확히 6시 반. 주인이 나와 음악을 조용히 켜더니 음식을 차리기 시작한다. 와인과 빵과 이것저것 이게 전부가 아니다. 이건 전식이고 여기서 많이 먹으면 본식을 못 먹는다는 걸 이제 나도 안다.

음식을 차려놓고 또 한참 동안 설명을 한다. 이것은 본인이 직접 재배해서 방금 만든 거고, 저 생선 요리는 친구가 물가에서 잡은 걸 집에서 훈증을 했고, 저쪽에 있는 것은 이 지역에서 재배되는 토산품이고, 포도주는 어디서 만든 거며……. 암튼 배는 고픈데 10분 넘게 설명하고 와인 한 잔씩 따른 뒤 "상테Santé(건배)" 하고 먹기 시작한다.

자기들끼리 끝도 없이 불어로 얘기하다가 미안한지 한국어 하는 딸에게 전화를 하는데 통화가 안 된다.

잠시 후 딸에게서 전화가 왔다. 말을 잘한다. 발음도 좋고 오랜만에 한국말로 대화를 하니 반갑다.

한국 예능 프로며 드라마와 영화를 보고 독학했단다. 한국말 하는 친구들이 많이 있냐고 물으니 혼자만 좋아한단다. 말하는 게 학원에서 책으로 배운 게 아니라 실제 대화로 배웠다는 걸 알 수 있다. 언어란 이렇게 배웠어야 한다는 생각이 든다.

호박 수프에 이어 치킨커리도 나오고 디저트가 나온 시각이 무려 9시가 다 되어간다.

벽난로에 불을 지핀다. 와인은 떨어지지 않게 계속 나오고 창밖은 빗소리, 안에서는 나무 타는 소리. 따뜻하니 너무 좋다.

식사가 끝나고 봉투를 나눠준다. 이런 건 처음이다. 참 어렵다, 도네이션. 얼마를 넣어야 하나.

1 나바랭스 마을을 떠나며
2 내리막길에 드넓은 초원이 펼쳐져 있다.

1 교회 앞 알베르
2 나바스Nabas 마을
3 나바스 도네이션 지트로 공식 지트가 아닌 일반 가정집에서 손님을 받는 숙소다. 밖에는 비가 내리고 벽난로의 온기가 따뜻하다.

아루 이토로 올아이비Aroue-Ithrorots-Olhaïby → 오스타바Ostabat

8시, 평소보다 느지막이 아침을 먹는다.

이제 며칠 별다를 것 없는 풍경들을 지나와서인지 알베르도 지트 주인에게 지름길을 물어본다.

오스타바Ostabat까지는 22킬로미터 정도, 지름길은 18킬로미터 정도라 한다.

비가 오면 지름길로 가고 비가 오지 않으면 원래 길로 가기로 합의한다.

밤새도록 비가 오더니 다행히 아침엔 그쳤다.

9시, 안개 자욱한 목장 사잇길을 걷는다.

안개 때문에 아무것도 보이지 않는데 멀리 소 방울 소리가 들린다.

한 걸음 한 걸음 걷다 보면 방울 소리가 커지고, 한 걸음 한 걸음 걷다 보면 방울 소리가 작아진다.

또 한 걸음 한 걸음 걷다 보면 물소리가 점점 가까워졌다 멀어지곤 한다.

알베르와 나는 길에서 처음 만나 할 줄 아는 영어는 서로 다한 듯 말없이 걷는다.

나보다 알베르 걸음이 빠르다. 따라가기 힘들 땐 사진 찍는 척하면 좀 기다려준다.

한 시간쯤 걸으니 서서히 안개가 걷히고 간간이 햇빛이 비치기 시작한다.

좀 빨리 걸으니 사람들을 많이 지나쳐 간다. 어제 비가 와서 대부분의 사람들이 우리와 같은 지점에서 쉬었나 보다. 몇 번 본 사람도 있고 처음 보는 사람들도 있다.

11시 반, 갈림길이 나온다. 여기서 방향을 틀면 지름길이다.

날씨도 좋고 시간도 충분하다. 원래 길로 계속 가자 하니 알베르도 좋다고 한다.

알베르는 지팡이가 하나 더 필요하다며 이리저리 나무를 찾는다. 저 무거운 나무 지팡이도 거추장스러울 듯한데 하나가 더 필요하다니. 이해를 못 하겠다.

기어이 하나를 더 찾아 무거운 나무 두 개를 들고 다닌다.

12시 반쯤 작은 마을 벤치에서 간단히 점심을 먹고 다시 걷는다.

'10km 2h'라고 표기된 푯말이 나온다.

오늘 여기까지는 매우 쉬웠고 남은 두 시간도 쉬울 거라 하니 그러다 비 올지 모른다며 농담을 한다.

한참 오르막을 올라 정상에 서니 피에르산맥이 병풍처럼 펼쳐진다.

이제 며칠 후면 저 산맥을 넘을 거고 저기를 넘으면 스페인이다.

높은 곳에서 아래를 내려다보는 기분은 다 같은가 보다. 알베르도 나도 기분이 좋아져 농담을 하고 장난도 치고 어느새 길벗이 되어 있다.

2시쯤 오늘 목적지인 오스타바가 멀리 보이기 시작한다.

몇 번 봤던 아저씨 부대와 미국인 부부도 같이 걷는다.

3시 도착.

지트로 가는 길에 바가 있다. 길을 걷는 사람들이 앉아 맥주를 마시고 있다.

알베르와 나도 앉아 맥주를 주문한다. 모두들 친한 사이처럼 인사를 건네고 이런저런 이야기를 나눈다.

4시경, 알베르가 예약한 지트에 도착한다. 일찍 도착해 쉬니 몸도 편하고 좋긴 좋다.

내일은 22킬로미터만 가면 대부분의 사람들이 산티아고 길을 시작하는 지점 생장이다. 기대가 된다.

식사 포함이 아닌 지트는 배고프면 알아서 먹고 일찍 잘 수 있는데 식사가 제공되는 곳은 아무리 배가 고파도 식사 시간까지 기다려야 한다.

7시가 되어 식사 시간을 알리는 노크 소리에 나간다.

역시나 주인아저씨의 공식적인 인사와 음식 설명이 한참 이어지더니 아니 이런, 노래를 부르기 시작한다. 성악가인지 전문적인 발성으로 한 곡이 아니라 서너 곡을 연달아 부른다. 샹송인 듯하다.

노래가 끝나고 나서야 야채수프가 나오고 이어 달걀부침과 고기볶음 요리가 나온다.

옆에 앉은 여자아이가 내게 계속 말을 건다. 열다섯 살 소녀인데 한국은 뭐가 좋으냐 왜 왔냐 여기는 한국과 뭐가 다르냐 등등. 배고프고 영어도 안 되는데 귀찮다고 대답을 안 해줄 수도 없고. 먹는 데 집중할 수가 없다.

디저트가 나오고 주인아저씨도 나오더니 또 노래를 시작한다. 이제 돌아가며 마이크를 넘긴다. 내 차례가 돌아올까 봐 정말 조마조마 속으로 진땀을 빼고 있다가 다행히 내 차례까지 돌아오진 않고 9시가 넘어서야 다 같이 석별의 정을 합창하는 것으로 식사가 끝난다.

어린 친구들과 다닐 때는 거의 잠만 자는 싼 지트로 다녔는데 알베르는 나이가 나와 비슷해 비용을 좀 치르더라도 식사가 제공되는 곳으로 다닌다.

별이 많다. 내일은 비가 오지 않으려나 보다.

안개 낀 아침, 새로운 도반이 된 알베르

1 완만하게 경사진 곳에서 한가로이 풀을 뜯는 양 떼와 저 멀리 집들이 보인다.
2 언덕을 넘어가는 길에 멀리 아스라이 보이는 피레네산맥
3 언덕 위에 있는 샤펠(작은 교회)은 잠시 들러 기도드리고 가는 곳이라고 한다.
4 저 피레네산맥을 넘으면 스페인이다.

1 오스타바Ostabat-Asme 숙소까지 1킬로미터도 남지 않아 카페에 앉아 쉬는데 유치원생으로 보이는 아이들 대여섯이 말을 타고 지나간다.
2 역시나 마을 끝자락에 오래된 교회와 공동묘지가 있다. 알베르는 무거운 지팡이를 두 개나 만들어 들고 다닌다.
3 숙소 주인아저씨가 식사 나오기 20분 전부터 샹송을 불러주신다.

오스타바Ostabat → 생장 피에드 포르St.-Jean-Pied-de-Port

8시, 아직 어둡다.

며칠 후면 서머타임이 끝나 지금 시간이 9시가 될 거란다. 그럼 9시에도 해가 뜨지 않는다는 건가.

오늘도 하늘은 어두운 구름으로 가득하다. 바닥은 젖어 있고 금방이라도 비가 내릴 것 같다.

어제 저녁 테이블에서 옆에 앉았던 여자아이는 오늘도 또 무슨 질문을 하고 싶은지 내 옆자리에 앉는다. 말을 건네고 싶은지 가끔 내 쪽을 바라보다 말다 한다. 어제 내심 귀찮아한 것이 맘에 걸려 먼저 말을 걸어볼까 하다 그만둔다.

8시 반 출발.

길이 발 디딜 곳 없이 진흙으로 가득하다. 이리저리 피하며 걷는데도 신발에 진흙이 잔뜩 묻는다.

마을을 벗어나 다시 작은 마을을 지나자 길은 가파른 산길로 이어진다.

길은 내내 젖어 있고 질퍽하고 미끄럽다.

한참을 올라가다 보니 대만 부부가 앞서 천천히 올라가고 있다. 인사를 하고 추월해 다시 한참을 오른다.

비가 오기 시작한다.

멀리 양 떼들이 방울 소리를 내며 도망간다.

산 정상에 거의 다 올라왔을 즈음 주위를 살피니 표시가 없다. 알베르도 난감한 표정이다. 혼자 왔으면 되돌아 내려가 길을 찾으려 했을 텐데 둘이니 거칠 것이 없다. 생장이 서쪽이니, 서쪽 방향으로 가자 하고 산을 더 오른다.

점점 더 길이 아닌 숲속으로 들어간다. 안 되겠다 싶어 멈추고 지도를 펴 보니 이쪽이 아니다. 오르지 말았어야 될 산에 올라와 있다.

되돌아가는 길은 너무 한참을 지나와 버렸으니 일단 남쪽으로 내려가 보자 하고 길이 아닌 곳에 길을 내며 내려간다.

앞의 양 떼를 따라가다가 길을 잘못 들었다.

비는 계속 내리고 젖은 풀들을 밟고 다니니 신발이 어느새 젖어 발이 차다. 발가락 끝부분부터 젖어오기 시작했던 양말이 이젠 발바닥 전체가 다 젖어 축축하다.

가시덤불을 몇 번이나 헤치며 지나자 팔다리 곳곳이 가시에 긁혀 따갑다.

그래도 둘이라서 서로 얼굴 마주 보고 역시 오늘도 쉽지 않다며 웃는다.

한참을 내려오니 집 몇 채가 보인다.

집들이 있는 쪽으로 방향을 틀어 풀을 헤치며 내려가 어느 집 뒤쪽으로 내려왔더니 겨우 길이 나온다.

지도를 찾아보니 2킬로미터를 벗어나 있다.

알베르가 무조건 남쪽으로 가면 된다고 자신한다.

내가 서쪽으로 가자 해서 잘못 갔으니 이번엔 말없이 따라가 준다.

11시 반, 드디어 생장 퓻말을 발견한다.

비는 그칠 줄 모르고 구름 뒤로 해는 흔적만 흐릿하다.

멀리서 교회 종이 정오를 알린다.

앉아 점심 할 적당한 곳이 없다. 길은 다시 한참을 올라가고 계속 오르막이다.

알베르가 내일을 위해 트레이닝 하는 거라고 생각하란다. 내일은 10킬로미터가 오르막이라고 한다.

1시, 버스 정류장 벤치에 앉아 점심을 먹는다. 가방에 매달아 놓은 셔츠가 젖었다. 가방 커버도 씌우고 판초 우의도 입었는데 빗물이 어디로 들어왔는지 모르겠다.

식사를 마치고 출발하려는데 장시간 시리던 발의 감각이 둔해졌다.

한참을 걷고 나서야 발에 열이 나며 감각이 조금 돌아온다.

3시, 작은 마을을 몇 곳 지나고 성문을 통과하니 마침내 생장이다.

길들은 넓지 않고 멋지다.

곳곳에 기념품점이며 식당이며 지트들이 즐비하다.

가끔 동양인들도 보이고 배낭 멘 사람들과 관광객이 넘쳐난다.

약간의 흥분감, 다시 시작하는 설렘과 함께 내일이면 도착하는 스페인에 대한 기대감으로 가슴이 뛴다.

누구에게는 시작이겠고 누구에게는 끝이겠고 누구에게는 거쳐 가는 도시겠지.

그러고 보니 어디든 마찬가지다.

방향에 따라 어디든 시작도 되고 끝도 되는 거였다.

마을로 들어서자마자 10유로짜리 지트가 있다. 알베르가 무척 싸다며 여기서 쉬잔다.

어디든 어떠리. 체크인하고 짐을 풀고 내려와 보니 10유로짜리 지트가 많다.

지트 근처 바에서 맥주 한잔하고 알베르가 먼저 쉬고 싶다며 지트로 들어간다.

안내소에 가서 마을 지도를 받아와 마을을 한 바퀴 돈다.

한국말이 간간이 들린다. 못 만날 땐 그렇게 그립더니 막상 보자 말 붙이기가 어색하다.

이슬비가 내린다. 춥다. 교회에 들어가 시간을 보낸다.

양말이 젖어 발이 차가운 상태 그대로다. 양말을 갈아 신을까? 어제 빤 양말도 안 말랐는데. 갈아 신으면 여분의 양말은 하나뿐이다. 갈아 신어 봤자 또 젖을 텐데 그냥 버티자.

지트로 돌아오니 한국 사람 네다섯 명이 있다. 프랑스 사람은 한두 명뿐이다. 이제 알베르와 입장이 바뀐 거다. 내일 만일 스페인 국경을 넘으면 우리는 둘 다 이방인이다.

샤워를 하고 양말을 빨고 맨발에 실내화 슬리퍼를 신고 나간다.

알베르가 스페인은 물가가 싸지만 음식이 맛이 없을 거라며 프랑스에서의 마지막 식사를 하자고 레스토랑으로 가잔다.

지트와 가까운 식당에서 제법 비싼 스테이크 하나 시키고 알베르는 음식을 두 개나 주문한다. 스테이크에 곁들여 나온 한 점의 푸아그라가 입에서 녹는다! 다섯 번 구워서 나온 푸아그라라고 하는데 지난번에 일본인과 먹었던 그 푸아그라는 제대로 된 푸아그라가 아니었고 음식이라고도 할 수 없다. 구수한 간 특유의 맛이 텁텁하지 않고, 불향과 어우러져 담백한 맛이 최고다. 30일을 넘게 프랑스를 여행하며 이 요리를 모르고 지금까지 뭘 먹었나 싶다. 만약 내가 프랑스에 다시 간다면 이 푸아그라 때문일 것이다.

프랑스에서의 마지막 날을 위해 한 잔씩 더 하고 지트로 돌아오니 한국인들 몇몇이 모여 술을 마시고 있다. 좀 망설이다 자연스럽게 합석해 한 잔 얻어먹고 10시쯤 내일의 새로운 시작을 위해 잠을 청한다.

일단 내일은 생장을 벗어나 국경을 넘어 론세스바예스Roncesvalles로 알베르와 함께 가기로 한다.

1 생장의 신시가지가 내려다보인다.
2 이곳이 바로 유명한 스페인 산티아고 순례길의 출발점 생장이다.
3 생장 대성당의 스테인드글라스
4 생장 구시가지로 들어가는 성문

1 생장 도심으로 흐르는 운하 옆으로 레스토랑들이 즐비하다.
2 예쁘장한 생장의 집들
3 괜히 푸아그라를 세계 3대 요리로 꼽는 것이 아니었다.

생장 피에드포르St.-Jean-Pied-de-Port → 스페인 론세스바예스Roncesvalles

일찍부터 누군가 침대 불을 켠다. 요란하다. 지금까지 느껴보지 못한 어수선함이다.

시간을 보니 6시. 대체 벌써부터 뭘 하는지 모르겠다.

억지로 다시 눈을 붙이고 일어나 7시 반쯤 식당으로 와보니 몇 명의 외국인만 남아 있고 한국인들은 벌써 다 출발했다. 알베르가 그 많던 한국인들은 다 어디 간 거냐며 웃는다.

생장에서 시작하는 대부분의 사람들은 오늘이 순례길의 첫날이라 조급한 걸까. 아직 어두운 시각에 출발해서 뭘 보고 어떻게 길을 찾아가려는 것일까. 마라톤 선수처럼 골인 지점만 보고 달리는 것인가.

초승달도 채 사라지지 않은 8시. 지트에 알베르와 둘만 남았다.

화장실은 지저분하고 샤워장은 곳곳에 물이 튀고 바닥은 온통 젖어 있다.

지금까지 봐왔던 욕실과는 사뭇 다르다. 다음 사람이 들어가도 청소된 처음 상태처럼 물기 하나 없이 정돈된 느낌은 전부 그간 프랑스인들의 조심하고 남을 배려하는 습관이었던 거구나 싶다.

생장에서 출발하여 피레네산맥을 넘어가는 중에 해가 떠오른다.

8시 반 출발.

생장부터는 걷는 사람들이 길에 넘쳐날 줄 알았다. 하지만 한산하다. 몇 사람이 앞으로 지나가고 한가한 여느 아침과 다를 바 없다.

빵집에만 빵을 사려는 사람들이 길게 줄을 서 있다.

생장을 뒤로하고 오늘도 알베르와 나란히 걷는다. 길은 생장을 벗어나자마자 오르막이다. 한참을 올라 내려다보니 운해에 싸인 생장이 보일 듯 말 듯하다.

오르막길 중간에 지쳐 쉬는 사람들이 많다.

한국, 일본, 중국, 미국, 브라질 다양한 국적의 사람들이 한데 모였다.

한참을 더 오르니 프랑스에서 만났던 호주 부부가 날 보고 반갑게 인사한다. 내가 준 기념품을 흔들어 보이며 다시 고맙다고 한다.

끝이 있을 것 같지 않은 오르막을 오르고 또 올라 해발 천 미터는 올랐을 듯한데 아직도 더 올라가야 한단다.

산에는 나무 하나 없이 바닥에 풀만 무성하고 그늘이 없다.

멀리 양 떼가 보이고 하늘은 어제와 달리 파랗다. 오랜만에 태양을 본다.

올라오니 힘든 만큼 경치가 좋고 기분도 좋다.

혼자 걷던 길에 사람이 많아지니 재미있기도 하고 관광지 분위기가 나는 것도 같아 뭔가 어색하기도 하다.

몸은 가벼워진 배낭에는 쉽게 적응을 하는데 무거워진 배낭에는 적응을 잘 못한다. 어제 비상식량이 떨어져 까르푸에서 이것저것 채웠더니 배낭이 많이 무거워졌다. 출발할 때 시작된 어깨 통증이 한참 동안 가실 줄을 모른다.

저기만 가면 끝이겠지 하고 오르면 또 오르막으로 이어지고, 이번엔 끝이겠지 하고 알베르를 보면 절대 아닐 거라며 웃는다.

11시 반, 아침이 부실해 이른 점심을 먹는 중에도 사람들은 계속 올라와 지나간다. 점심을 마치고 출발하려니 발길이 뜸해진다.

천천히 또 오른다.

길 중간마다 쉬는 사람, 밥 먹는 사람들이 앉아 있다. 여기저기 흩어져 자유롭게 쉬는 사람들 모습이 마치 유원지에 놀러 나온 사람들을 보는 것같이 낯설다.

프랑스에서 몇 번 봤던 프랑스 아저씨 부대도 있다. 이분들은 이제 여기만 넘어가면 이번 여행의 끝이라며 들떠 있다.

이제 드디어 오르막은 끝이겠지 하며 마지막 숨을 다해 올라왔는데 찻길을 벗어나자마자 또 오른다. 1300미터 높이는 오른 듯하다.

진흙과 낙엽이 섞여 질편한 산길을 한참 가다가 맞은편에서 배낭도 메지 않은 산책 나온 듯한 차림의 할아버지가 오는 걸 보고 알베르가 다가간다. 길이 안 좋다고 말해주려는 것이었으나 알베르의 말을 알아듣지 못한다. 스페인 사람이다.

아마도 이제부터 스페인인가 보다.

2시 반, 이제 길은 내리막이다. 두 갈래 길이 있는데 알베르가 왼쪽을 택한다. 다른 사람들은 다 오른쪽으로 갔다고 하니 그냥 믿고 따라오란다. 이쪽이 1킬로미터 정도 짧단다.

가파른 울창한 숲길을 지나고 한참을 내려가니 성이 하나 보인다.

1킬로미터를 단축한 건지 알 길은 없다. 다만 많이 돌지 않은 것만은 분명한 느낌이다.

저기 성처럼 보이는 건물이 알베르게(albergue)란다. 이제 스페인에서는 여행자 숙소를 지트가 아닌 알베르게라 한다.

마을이 형성되지도 않은 이곳에 커다란 성 같은 알베르게 하나, 호텔 하나 그리고 바 겸 레스토랑 세 곳이 전부다. 생장에서 오는 여행객들을 맞이하는 거점지로 지은 게 아닌가 싶다.

알베르게에 도착하니 교회와 붙어 있는 엄청 큰 숙소다. 교회에서 운영하는 걸로 보인다.

몇백 명은 수용 가능한 규모에 자원봉사자가 여러 명 있고 시설은 리모델링을 했는지 깨끗하다.

아마 오늘 아침 생장부터 걸은 사람들 대부분이 이곳으로 온 듯하다.

여러 나라 말들이 뒤섞인 어수선한 분위기 속에서 영어만 간간이 들려온다. 나머지는 그냥 소란스러운 소리다.

샤워하고 내려와 한국 사람들과 동석해 맥주를 마신다.

이제 알베르는 프랑스가 아닌 스페인이라 언어가 안 통해서인지 나에게 의지하는 듯하다. 체크인 후 나를 찾아다녔다며 반갑게 옆자리에 앉는다.

숙박비를 지불할 때 받은 저녁 티켓은 알베르게 안의 식당이 아니라 들어올 때 보았던 밖에 있는 레스토랑 세 곳에서 사용한다.

숙소에서 준 티켓으로 교환한 식사에 와인을 곁들여 마시고 근처에 한 곳 있는 바에서 2차로 맥주 한 잔을 더 마신다. 숙소로 들어가는 길에 역시 딱 한 곳 있는 호텔로 들어가 내부를 구경하고 호텔 바에서 한 잔을 더 한다.

그럭저럭 9시. 취기가 올라 글이 정리가 안 된다.
암튼 오늘은 단체 해외 패키지를 온 기분이다.
앞으로도 계속 이대로라면 음……, 좀 다른 길을 알아봐야 할 듯하다.
알베르는 41세이고 뮤지션이었다.

1 피레네산맥을 넘다가 바라본 생장이 안개에 갇혀 있다.
2 피레네산맥을 넘는다.

1 지팡이 두 개의 신공 알베르
2 나폴레옹 루트를 넘는 중 바라본 전경
3 피레네산맥 나폴레옹 루트
4 론세스바예스 옛 수도원 내부를 재건축한 알베르게. 순례길에서 규모가 가장 큰 숙소라고 한다.

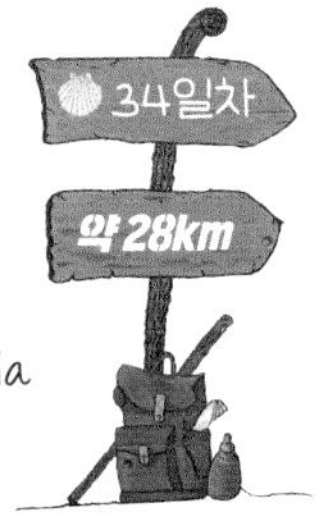

론세스바예스Roncesvalles → 라라소아냐Larrasoaña

6시 반, 하나씩 불이 켜지더니 어디선가 팝송이 흘러나온다.

가장 먼저 한국말이 들리기 시작한다.

알베르가 잠에서 깨어나 아직 새벽이라며 '크레이지'를 연발한다.

일어나 화장실에 가니 누군가 세면대에서 머리를 감고 있다. 한국 사람이다.

한국 사람들은 한국 사람하고만 인사를 하지 않는다.

빨리빨리란 말이 들린다.

누군가의 가방에 달린 태극기가 반갑지가 않다.

7시, 하늘에 별이 가득한 아침이다.

어제 받은 두 장의 식사 쿠폰 중 나머지 한 장을 들고 식당으로 간다. 열 명 정도의 인원이 둘러앉은 식탁이 여러 개 있다.

호주 부부가 있는 테이블로 가 앉는다.

보통 그룹 안에 르퓌에서 출발한 사람이 있으면 그 사람이 이야기를 주도한다. 생장에서 시작하는 사람들은 한 달가량 먼저 여정을 시작한 사람의 이야기를 경청한다. 하루에 얼마나 걷는 것이 적당한지부터 이것저것. 내가 한국 사람들을 만났던 자리에서도 이런 역할을 했던 것 같다. 지금은 호주 부부가 그 역할을 하고 있다.

그런데 문득 호주 부부와 나란히 앉아 생각해보니 이상하다. 이들의 걸음으론 내 걸음을 따라잡기 힘들고 나는 분명히 쉬지 않고 매일 걸었으며 하루에 30킬로미터 넘게 온 날도 많았는데 어떻게 여기서 만나게 된 걸까. 물어보니 비도 오고 부인이 컨디션이 좋지 않아 생장까지 버스를 타고 왔단다. 걸으면 3~4일 걸릴 길을 버스로 반나절 만에 왔던 거다.

8시 조금 지나자 서서히 날이 밝아온다.

다시 출발. 오늘도 하늘은 푸르다.

날이 밝아왔지만 빛이 아직 침범하지 못한 어두운 숲길을 걷는다.

산책 나온 사람이 인사를 하며 지나간다.

알베르에게 저 사람들이 뭐라고 하는 거냐고 물으니 모른다고 한다. 이제 알베르도 외국인이다. 사실 생장부터는 프랑스인보다 한국인이 더 많다. 이제 프랑스말보다 한국말이 종종 더 유용하다.

서쪽 산꼭대기부터 은은한 빛이 비치기 시작하더니 9시가 넘어서야 동쪽 산에 해가 떠오르기 시작하고 이제야 밝아졌다. 9시 반이다.

숲길을 지나니 제법 큰 마을이 나오고 마을을 지나는 찻길을 따라 걷다가 목장 길을 걷는다.

서리가 내렸는지 풀이 은색으로 빛난다.

다른 듯 비슷한 듯 언어만 바뀌었을 뿐이다.

사람들도 집들도 동물들도 변한 건 없어 보이는데 여기가 스페인이란다.

자주 쓰거나 듣는 말이 봉주르, 봉슈망, 메르시에서 이제 올라, 부엔 카미노, 그라시아스로 바뀌었다.

알베르에게 프랑스와 뭐가 다르냐고 물으니 뾰족한 삼각형 지붕에서 넓적

길가 담장에 그려진 벽화가 인상적이다.

한 지붕 모양으로 변했다고 한다. 이쪽은 눈이 안 오기 때문인 것 같단다.

숲에서 마을로 마을에서 숲으로 목장 길로.
만났던 사람 다시 만나고 헤어지고 또 만나고 인사하며 계속 걷는다.
12시, 가방에서 바게트와 치즈를 꺼내 점심을 먹는다.

2시쯤 숲을 빠져나오니 수비리Zubiri다. 아침에 출발해서 20킬로미터쯤 온 지점이다.

말 많은 호주 아재가 알베르에게 연락을 해왔다. 팜플로나Pamplona에서 한잔하자고 기다린단다. 호주 아재는 거기서 며칠 머물다가 호주로 간다고 한다. 여기서 팜플로나까지는 22킬로미터. 오늘 가기에는 무리다. 아직 좀 더 가고 싶지만 어차피 내일 팜플로나에서 쉬어야 하니 오늘은 여기서 숙소를 구하기로 한다.

알베르를 처음 봤을 땐 말이 없어 과묵한 친구이구나 했는데 친해지고 나니 장난도 잘 치고 농담도 좋아한다. 말이 많아졌다. 처음에는 그 흔한 '웨어 알 유 프롬'조차 묻지 않던 그가 이제는 웬만하면 '노 퀘스천'이라며 내 의견을 따른다. 오늘 어디까지 갈 거냐 물으면 여긴 프랑스가 아니니

널 따라간다고, 네가 원하는 만큼 가란다.

3시, 수비리에서 맥주 두 잔 마시고 알베르게를 찾기 시작했는데 두 곳은 문을 닫고 한 곳은 다 찼다 하고 마지막으로 간 곳은 마음에 안 든다. 다음 마을로 가자 하니 좋단다.

9킬로미터이고 두 시간이라 하니 "이지(easy)"라며 웃는다.

수비리를 벗어나는 다리에서 한국인들을 만나서 들은 정보에 따르면 다음 마을에 알베르게가 있는데 거기를 넘어가려면 팜플로나까지 가야 한단다.

4시 반쯤 한국인들이 알려준 알베르게를 찾아 체크인한다.

저녁 식사는 7시 반이라고 하니 배가 고파 비스킷을 좀 먹고 기다린다.

거의 정확히 예정된 시간에 와인과 함께 야채수프와 돈가스 비슷한 음식이 차려진다.

알베르와 한국인 한 명, 남아공 아주머니 한 명, 나까지 넷이서 밥을 먹는다.

남아공 아주머니가 자기 여행한 곳들을 연신 자랑한다. 카미노는 이미 몇 번 왔었고 네팔도 갔고 프랑스는 어떻고 아주 조용한 분위기에서 아주머니 자랑을 들으며 밥을 먹는다.

내일부터는 서머타임이 끝난단다. 한 시간 앞당겨 가는 줄 알았더니 한 시간 늦춰진다.

이제 아침이 되면 7시가 6시가 된다. 한 시간 더 잘 수 있다. 해는 7시 10분쯤이면 뜨게 될 거다. 그럼 해가 지는 시간은 한 시간 앞당겨지게 된다.

복잡하다. 이 또한 적응하겠지.

1 론세스바예스에서 마을을 지나는 길
2 마을을 벗어나 목장 길로 이어진다.
3 멀리 보이는 한적한 마을

1 덴마크 친구들
2 고즈넉한 숲길을 따라 걷는다.
3 수비리 입구에서 아빠와 아들(아니면 딸?)

라라소아냐Larrasoaña → 팜플로나Pamplona

시간이 바뀌었다. 이상하다. 7시에 일어났고 한 시간을 더 잤는데도 몸은 더 피곤하다.

어제까지와 달리 7시가 좀 넘으니 주변이 밝아온다. 해는 이제 8시가 되면 완전히 떠오를 것이다.

미국인들이 머문 옆방에서 음악 소리가 들린다. 영어로 떠드는 소리가 약간 소란한 아침이다.

한국 사람들은 아침도 안 먹고 이미 출발한 듯하다.

주방에서는 뭘 만드는지 시끌벅적 복잡하다.

아침으로 델핀이 줘서 갖고 다니던 즉석 파스타를 먹자고 했는데 알베르가 4킬로미터 가면 먹을 데가 있다며 그냥 나가자고 한다.

프랑스에서는 프랑스 사람들이 대부분이었다. 그들이 이끌어 갔던 지트는 프랑스 문화를 이해하고 그들의 방식을 접할 수 있는 기회였다면, 이곳 알베르게는 스페인에 있는 스페인 사람이 운영하는 것일 뿐 이용자들은 각기 다른 나라에서 왔고 각자가 해온 방식과 습관대로 행동하는 걸 본다. 뭔가 각자 편하게 행동하는 느낌이다.

알베르도 지금껏 실내에서 통화하는 모습을 본 적이 없었는데 달라진

아침. 푸른 풀에 은빛 서리가 맺혔다.

분위기를 따라가는지 실내에서 큰 소리로 말하고 전화 통화도 한다. 지트에서는 모두가 주변 정리를 하고 퇴실할 때는 매트리스 커버와 베갯잇 모두 벗겨 바구니에 넣지만 알베르게에서는 모두 그냥 나간다.

틀린 건지는 모르겠다. 뭔가 좀 달라졌을 뿐이다.

그리고 희한한 건 프랑스 사람들끼리 있을 때 그들은 마치 동양의 일본인 같은 배려의 아이콘으로 느껴지곤 했는데 다양한 국적의 사람들 사이에서 일명 프렌치는 자유분방한 사람으로 통한다. 심지어 알베르 자신도 그 말의 뉘앙스를 익히 알고 있었다. 한 번은 횡단보도에서 신호등 옆에 별도로 빨간 신호에는 건너지 말라는 표지판까지 있었음에도 알베르가 무시하고 건너면서 자기는 프렌치라고 말하는 거다. 저 표지판은 프렌치 피플 보라고 만든 것 같다고 하니 이그잭틀리(exactly), 맞단다.

8시 반, 춥다. 기침이 난다. 손도 시리다. 기온이 좀 떨어진 듯하다.

알베르가 말한 4킬로미터 지점의 식당은 문이 닫혔다.

알베르가 사과를 반으로 쪼개 나눠준다. 문득 뭉클함이 전해져 온다.

처음에는 자기 것만 먹고 내 것을 나눠줘도 절대 안 받아먹더니 이제 모든 것을 나누고 챙겨준다. 식당에서도 처음엔 각자 먹은 걸 지불하다가 이제는 서로 나눠 먹고 번갈아 지불한다.

스쳐 지나가던 길벗에서 어느덧 도반이 된 듯하다.

10시, 조금 큰 마을에 도착한다.

프랑스와는 많이 다르게 보인다. 건물도 교회도 사람들도 가로수까지도 다르다.

진짜 프랑스가 아닌 스페인에 와 있는 느낌이다.

마을 한가운데 바에서 커피 한잔에 간단한 식사를 하는 중 익숙하게 아는 사람들이 지나가고 한국 사람들도 지나가며 인사를 한다.

이곳 바에서 알게 된 중요한 사실은 스페인의 전혀 다른 식사 시간이다.

아침 식사가 9시에시 10시 사이, 점심이 2시에서 3시, 저녁은 9시가 넘어야 먹는단다.

마을 길을 따라 좀 걸으니 팜플로나로 이어진다.

큰 성이 보이고 성을 따라 올라 성문을 지나니 오래된 건물들과 오래된 도시 정경이 펼쳐진다. 여기가 또 하나의 거점 도시 팜플로나다.

11시, 성당 앞으로 가니 바로 앞 바에서 호주 아재가 사람들과 앉아 술을 마시고 있다.

가볍게 인사한 뒤 알베르는 술자리에 동석하고 나는 근처 알베르게에 체크인한다.

샤워를 하고 빨래를 할까 하다가 그만두고 밖으로 나간다.

안내소에서 투어맵을 받아 들고 도시를 돌아볼 겸 교회에 들어가니 누군가 파이프오르간 연주를 한다.

정식 연주가 아니라 연습 중인 듯한데 그 깊은 울림소리에 빠져들어 한참 동안 교회 안을 서성이다가 알베르를 발견한다. 알베르도 연주를 듣고 있었다고 한다.

교회에서 나와 알베르와 함께 지도를 보며 옛 시가지를 돌아본다.

일요일은 원래 이런 건지, 무슨 축제라도 있는지 바와 레스토랑이 사람들로 가득하다. 술병을 들고 거리에 앉아 있는 사람들도 많고 도시는 사람과 술로 넘쳐난다.

알베르가 배가 고프다고 해 간단한 요깃거리와 술을 가지고 우리도 길바닥에 앉는다. 호주 아재와 네덜란드인 둘, 아이슬란드에서 온 마틴도 함께 앉는다.

여행자가 지나가면 모두 서로 반갑게 인사를 한다. 각자 자기 나라 사람이 지나가면 일어나서 반갑게 자기 나라 말로 인사한 후 "부엔 카미노(Buen Camino)!" 하며 포옹한다.

한국 사람들은 모두 어디로 갔는지, 나도 일어서서 한국말로 인사하고 싶은데 통 보이질 않는다.

교회 종이 3시를 알리고 술과 사람들은 점점 사라지는데 우리는 아직도 길바닥에 앉아 있다. 청소차가 지나가자 일어나 옆으로 피했다가 다시 그대로 앉는다.

교회 종이 4시를 알리고 주위를 보니 길바닥에 앉아 술을 먹는 사람들은 우리뿐이다. 다들 취한 듯 자기 말들만 한다.

술 떨어진 사람이 돌아가며 술을 사와 돌린다.

술은 술을 부른다.

5시가 되어서야 술자리가 끝나려나 했더니 햄숍으로 가잔다. 햄숍이 뭐지 하고 따라갔더니 말 그대로 햄이며 살라미 등을 파는 가게다. 얇은 햄을 넣은 바게트 하나씩 입에 물고 동네 한 바퀴 돌다가 마틴이 길에서 아일랜드 여자들을 데려와 합류시킨다.

다 함께 바로 몰려가 또 맥주를 마신다.

이 아일랜드인 여자들은 말이 너무 빨라 영어를 하는 건지조차 도통 알아들을 수가 없다. 다들 알아듣는 건지 서로 웃는데 나만 멍하니 앉아 있다가 알베르에게 알아듣는 거냐고 물으니 반만 알아듣는단다.

알베르는 우리가 생장 오기 전에 산을 헤맨 이야기를, 호주 아재는 예전에 내게 했던 말들을 늘어놓는다.

한 번씩 돌아가며 술을 산다.

아일랜드 여지 한 명이 한국에 한 달을 여행했는데 채식주의자여서 비빔밥만 먹었다고 한다. 내가 보통은 비빔밥에 고기가 약간 들어간다고 하니 깜짝 놀란다. 호주 아재가 그 여자가 먹은 밥엔 없었을 거라고 하라며 내게 눈짓을 한다.

낮 2시부터 시작되어 밤 10시까지 술이 끊기지 않는다.

말도 안 통하는데 여덟 시간이나 이어진 오늘 술자리. 실수한 만큼, 부끄러워한 만큼 배운다.

언어는 내게 너무 어렵다.

술은 또 술을 부른다.

취한다. 모르겠다. 오늘은 오늘이고 내일은 내일이다.

오늘 여기서 글을 마치려 했는데 내가 술 마신 이곳이 헤밍웨이가 마셨던 자리란다.

이야! 스페인의 취한 밤은 이렇게 지칠 줄 모르고 무르익는다.

1 팜플로나 옛 시가지 바로 옆에 있는 오래된 석조다리
2 성곽길을 지나 오르막으로 오르면 팜플로나 옛 시가지와 연결된다.
3 팜플로나 대성당
4 적의 침입을 막던 성벽을 따라 걷는 알베르

1 팜플로나 축제를 형상화한 동상. 달리는 소 떼를 피하는 축제로 이 도시의 가장 큰 축제라고 한다.

2 해가 지기 전에도 술집이며 식당 골목에 사람들이 넘쳐난다.

3 왼쪽부터 호주인 마크, 프랑스인 알베르, 아일랜드인 마틴, 아일랜드인 자매

36일차

약 24km

팜플로나Pamplona → 푸엔테 라 레이나Puente la Reina

7시, 아무도 일어나지 않는다.

이상한 일이다. 어젯밤 10시 좀 넘어 들어왔을 땐 방에 아무도 없었으니 당연한 일인가. 다른 방도 다 그런가 아니면 우리 방만 술꾼들이 모였나. 방에 있는 일곱 명이 모두 일어날 기미도 보이질 않는다.

식당에 오니 호주 아재와 몇몇이 시리얼을 먹고 있다.

호주 아재가 아침부터 맥주 한잔하겠냐면서 농을 건넨다.

8시가 다 되었는데도 아직 출발하는 사람도 없고 우리 방의 몇 명은 일어나지도 않는다.

알베르는 핸드폰에 문제가 생겨 여기서 하루 더 머물기로 한다.

9시 출발, 다시 혼자 걷는다.

갑자기 혼자 길을 찾으려니 어색하다. 뭐부터 해야 할지 잠시 멍해진다.

우선 지도를 보고 길을 대략 파악한 후 빵집에 들러 점심 샌드위치를 산다.

길은 비가 내렸는지, 물청소를 한 건지 젖어 있다. 길바닥엔 휴지 하나 없이 깨끗하다. 곳곳에 담배꽁초며 술병이 널브러져 있던 밤과는 완벽히 다른 아침이다.

이틀 좋던 날씨가 다시 흐려진다. 다행히 아직 춥지는 않다.

옛 시가지를 벗어나니 현대식 건물들과 빠른 걸음으로 출근하는 사람들이 많다. 팜플로나는 생각했던 것보다 큰 도시다.

한 시간을 걸어서야 도시와 집들을 벗어나 평야 지대가 나타난다. 수확이 끝나 땅을 파헤쳐 놓은 들판이다.

알베르와 둘이 걷는 게 많이 익숙해졌는지 생각보다 많이 심심하다.

지나가는 한국 사람들은 모두 어린 친구들이거나 일행이 있어 말 붙이기가 멋쩍다. 외국인 중에는 함께 걷고 싶은 생각이 드는 마땅한 사람이 없다.

혼자 걷는 사람들은 빠르게 걷고 일행이 있으면 말하며 천천히 걷는다.

오랜만에 혼자 걸으니 천천히 걸어도 힘이 안 나고 빨리 걷자니 힘이 든다.

12시, 밭 사잇길을 한참 동안 걷다가 오르막을 오른다. 능선 정상에는 줄지어 늘어선 풍력 발전기가 돌아간다.

간간이 멀리 보이는 마을과 밭들. 한국과는 많이 다르고 프랑스와는 비슷한 듯 조금씩 다르다.

언덕을 올라보니 산티아고 사진에서 많이 봤던 바람의 언덕이다. 용서의 언덕이라고도 한다.

오르막을 올라와서인지 사람들이 많이 쉬고 있다. 한국인 아저씨가 아는 척을 하며 사진을 찍어준단다.

사진 몇 장 찍고 있는데 알베르가 올라온다.

핸드폰 고친 거냐고 물으니 뭐가 어떻게 문제였다고 하는데 다는 못 알아듣는다.

다시 우리는 둘이 되어 걷는다.

같이 걸으니 속도는 빨라졌는데도 덜 힘들다.

힘들었다는 건 마음의 문제가 더 큰 것이었지 싶다.

한참 동안 내리막을 내려오니 작은 마을이 나온다.

교회에 들러봤지만 문이 닫혀 있다.

프랑스의 교회들은 대부분 문이 열려 있었는데 스페인에서는 거의 잠겨 있다. 알베르도 이유를 모르겠단다. 교회는 사람들을 향해 열려 있어야 하는 게 아닌가 의문을 가져본다.

1시, 아침에 산 샌드위치를 먹는다. 숙취 때문인지 알베르는 오늘 적게 먹어야겠다며 비스킷 몇 개 먹고는 점심으로 충분하단다.

다시 걸어 2시쯤 좀 큰 마을에 도착하니 오는 길에 몇 번 마주친 한국인 친구들이 알베르게 앞에 있다. 아직 2시밖에 되지 않아 더 걷고 싶지만 다음 마을 알베르게도 그다음 마을 알베르게도 지금 시즌엔 운영을 안 한다는 정보를 들었다고 한다. 그다음은 20킬로미터를 가야 하니 어찌할지 고민하고 있다.

알베르에게 말해 몇 군데 알베르게에 전화를 돌려보고 문이 닫힌 걸 확인한다.

이 마을에서 머물기로 결정하고 알아보니 앞의 알베르게는 5유로에 식사를 제공하지 않는다. 알베르가 점심도 부실했기 때문에 식사가 제공되는 곳을 찾아가는 중 호주 아재가 마트에서 뭘 잔뜩 사가지고 나온다. 이상하다. 팜플로나에서 머물다 귀국한다고 하지 않으셨나.

우릴 보더니 5유로짜리 지트 좋은데 어딜 가냐며 장 본 것들을 들어 올려 같이 밥 해 먹고 술이나 마시자고 한다.

호주 아재를 따라 되돌아가는 길에 한국인 친구들과 다시 마주친다. 어떻게 하기로 했냐고 묻기에 이 호주 아재는 산티아고 길을 여러 번 걸었고 하루에 35킬로미터 걷는 사람인데 여기서 쉰다는 건 그만한 이유가 있을 거라고 했더니 모두 따라온다.

알베르게는 사람들로 가득하다. 같이 출발한 거의 모든 사람이 이 알베르게로 온 듯하다.

오자마자 호주 아재는 맥주부터 따른다. 술꾼들과 다니는 건 참 쉽지 않다. 어제도 과음했는데 오늘은 또 얼마나 마시려나?

5시, 짐을 풀고 샤워를 마친 후 식당에 오니 호주 아재가 뭔가 요리를 하고 알베르가 샐러드를 만든다.

맥주를 12캔 사왔는데 요리하면서 벌써 다 마셨다.

장 봐온 것은 이것저것 많았는데 음식은 달랑 요리 하나와 샐러드가 전부다. 호주 아재가 한 요리는 사온 것 전부 넣고 한꺼번에 끓인 거다. 이게 음식이라고 할 수 있는 건지도 모르게 재료가 퍼진 죽 같다. 무슨 요리냐고 물으니 그냥 스페셜 요리라고 한다. 한국 요리를 한다고 했더니 매운 건 싫다고 손을 저어 만류하는 것을 보고 그냥 맡긴 게 후회된다.

와인과 함께 먹으니 못 먹을 맛은 아니다. 한국 친구들이 요리한 두루치기도 좀 얻어먹는다. 한국말로 수다도 떨고 좋다.

8시, 오늘 20킬로미터 좀 넘게 온 듯하고 내일도 22킬로미터 정도만 가면 된다. 22킬로미터 지점의 마을을 지나면 또 문을 연 알베르게가 없기 때문이다.

내일도 쉽겠다고 하니 알베르는 좋단다. 편하고 사람 많고 재미있단다.

다국적 사람들로 시끌벅적한 알베르게가 내일도 이어질 듯하다.

1 2
3

1 팜플로나를 뒤로하고 언덕을 오른다.
2 팜플로나 거리의 아침, 어젯밤 혼돈에 가까울 정도로 지저분했던 거리가 어느새 깨끗해졌다.
3 멀리 풍력발전기가 보이는 곳이 바람의 언덕이다.

1 바람의 언덕에 설치된 유명한 조형물
2 오바노스Obanos 광장
3 오바노스의 노을

푸엔테 라 레이나Puente la Reina → 에스테야Estella

7시, 역시나 한국 사람들은 이미 출발했거나 출발 준비를 마쳤고 외국인들은 거의 지금 일어난다.

아직 일어나지 않은 사람이 있어 누군가 불을 켰다가 다시 꺼줘야 하나 잠시 고민한다. 아마 침낭을 뒤집어쓰고 욕하고 있을 거다.

어제 술자리에서 한국 친구들이, "우리는 잘하고 다니는데 왜 어글리 코리안이라 하지?"라며 의문을 토로했다.

뭐가 문제일까? 나도 한국인인데 모르겠다.

음, 다른 점을 생각해보면 큰 국기를 가방에 달고 다니는 사람은 한국인뿐이라는 사실 정도?

9시 반, 알베르는 발이 좀 아프다며 천천히 걷자고 한다.

속도를 줄인다. 우리는 거의 추월하며 다녔는데 오늘은 추월당하면서 걷는다.

이제 많이들 친해졌는지 대여섯 명씩 뭉친 팀들이 우리를 추월해 간다.

오랜만에 뒤에서 들려오는 대화가 한국어다. 어제는 뭘 먹었고 오늘 저녁엔 뭘 먹을지 먹는 얘기뿐이다. 그동안 내가 알아들을 수 없었던 외국인들의 대화도 이런 류의 얘기들이었을까.

이제 스페인이 좀 익숙해지니 서양인들 중에서 스페인 사람을 구별할 수 있게 되었다. 꽤 많이 있었다. 한국인과 수가 비슷하려나. 한국 사람이 좀 더 많은 듯도 하고.

길에서 만나면 제일 처음 묻는 말 "웨어 아 유 프롬"에 한국이라고 답하면 이 길에 한국 사람들이 엄청 많다는 말을 꼭 듣는다.

이제 걸은 지 며칠 되었는지 몇 킬로미터쯤 걸었는지 몇 킬로미터 남았는지 등에 대해 무뎌졌다. 일어나면 그냥 걷고 걷다 보면 쉴 곳이 나오고, 그럼 쉬었다 다시 걷는다. 힘들어서 단순해진 건가, 이게 적응이 되는 정상적인 과정인가.

생장에서부터는 대체로 하루에 20킬로미터 정도를 걷는 것 같다. 그 정도 위치에 쉴 만한 도시가 하나씩 있고 알베르게도 구할 수 있으니 다들 그 정도를 걷는다. 몸은 편해졌는데 마음이 좀 불편해진 듯도 하고. 이만큼씩만 걸어도 산티아고까지 갈 수는 있는 건지 모르겠다.

조금 생각을 하다가 또 멈춘다. 원래 별 정보 없이 시작했으니 그냥 걸을 뿐이다. 언젠간 도착하겠지.

한 시간쯤 언덕을 넘어 작은 마을에 도착한다. 커피나 마시자며 길을 벗어난다.

얼마 안 가 바를 찾아 오믈렛과 커피를 먹는다. 여기서는 토르티야(tortilla)라고 하는 스페인식 오믈렛이 작은 진열장에 항상 비치되어 있어 주문하면 그냥 내주거나 데워주기도 한다.

커피를 마시고 나오니 걷는 사람이 아무도 없다. 걷는 여행에서 내가 느끼는 즐거움은 이런 한적함이었나, 둘이 걸으니 여유롭고 좋다.

멀리 언덕 사이로 신기루처럼 마을이 보인다.

언덕 위에 집을 지은 것인지 집이 지어져 언덕을 이룬 건지.

왜 이토록 멋지게 보일까. 익숙하게 보지 못했던 것에서 신기함을 느끼는 건가. 모르고 봐도 아름답다면 이런 게 원초적 미일까. 미를 형성하는 요소는 뭔가.

모르겠다. 이런 생각이 들 만큼 멋진 광경이다.

12시, 가게도 있고 해서 알베르에게 점심 먹고 가자고 하니 점심 생각이 없다며 먼저 가고 있겠다고 한다.

혼자 간단히 점심을 먹고 천천히 출발한다.

다시 혼자가 되어 빨리 걷다 천천히 걷다 둘러보면 날은 오늘도 좋다.

가끔 만나는 한국 사람들과 몇 마디 하다가 먼저 출발하기도 하고, 이제 만나는 사람들은 대부분 안면이 있는 익숙한 얼굴들이다.

2시, 에스테야Estella에 도착. 길을 따라가다 보면 알베르와 마주칠 줄 알았는데 작은 마을이 아니다. 제법 크고 도시가 형성된 곳이다. 알베르게도 많아 알베르를 찾는 건 쉽지 않겠다. 약간 감기 기운도 있고 오늘은 혼자 쉬어야겠다.

안내소에 가서 조용하고 깨끗하고 저렴한 숙소를 추천해 달라고 하니 한 곳을 알려준다. 요청이 다 반영된 건지는 모르겠지만 일단 도네이션 알베르게란다.

도착하니 어제 같은 알베르게에 있던 독일인 여자가 반갑게 맞아준다. 주인아저씨는 스페인어밖에 못 하신다. 독일 여자가 통역을 해준다.

배고팠는데 밥도 주고 빨래도 공짜란다. 빨래는 어제 했는데 아쉽다.

저녁 메뉴를 선택할 수도 있는지 뭘 좋아하냐고 묻기에 뭐든 상관없이 잘 먹는다고 답하고 나니 왜 한국 사람이 이렇게 많은 거냐고 또 묻는다. 한국 방송에 나와 이 길이 유명해졌다고 하니 그렇구나 하는 표정이 썩 좋아 보이지는 않는다. 나는 방송과 무관한 결정으로 왔지만 그 대열에 끼어 있는 현실이 약간 민망하고 창피한 기분이 든다. 한국 사람이라곤 찾아볼 수 없었던 프랑스에서 생장까지 오는 길에 거의 유일한 동양인이라는 것이 외국인들에게 호기심을 불러일으켰다는 걸 상기하면 지금 상황은 영 유쾌하지가 않다.

또 다른 안면이 있는 친구가 들어온다. 이제 손님은 셋이다.

저녁은 어차피 7시는 넘어야 한다. 옛 도심지 산책을 할까 하고 나오는데 미국인 여사도 들어온다. 40명 이상은 잘 수 있는 숙소에 이제 네 명이다.

5시, 혼자 성당을 둘러보고 이곳저곳 구경하고 과일도 좀 사고 저녁 시간에 맞춰 알베르게로 들어온다.

감기는 술이 문제였나 싶다.

그저께 좀 과음하고 나서 어제부터 안 좋기 시작하더니 오늘은 상태가 더 나쁘다.

내일은 상태를 봐서 오늘보다 더 나쁘면 펜션이든 호텔이든 잡아 쉬어야겠다.

8시, 저녁 식사 테이블.

말이 너무 빠르다고 천천히 해달랬더니 더 빨리 말하는 미국인 올리비아를 포함 네 명이 식사한다. 르퓌에서 나와 같은 날 출발했다고 하는데 본 적이 없는 독일인 프란츠, 르퓌에서 우리보다 일주일 후에 출발한 한두 번 안면이 있는 프랑스인 피엑 이렇게 넷이다.

나이 지긋하신 알베르게 관리인이 한국인에 관해 이야기한다. 다른 건 다 좋았는데 한 달 전인가 네 명이 와서 주방을 너무 오래 썼다는 내용이다. 그들 때문에 다른 사람들이 주방을 사용하지 못했다고 한다. 나를 직접 보고 말하기 미안한 듯 피엑에게 통역을 시켜 말하는데 마음이 많이 상했단 표정이다. 꼭 한국 사람이어서가 아니라 사람이 많아지면 그중 불편을 끼치는 사람이 나올 확률이 높을 거다. 어쨌거나 한국인 비율이 압도적으로 많은 이 길에서 한국 사람 보는 눈은 프랑스에서와는 많이 다르다. 말이라도 통해야 변명이든 사과든 할 텐데 참 어렵다.

9시 반, 잠자리에 들면서도 저녁 식사 자리가 떠올라 마음이 편치 않다. 여기서 이런 마음으로 잠드는 건 미처 예상하지 못한 일이다.

1 작은 마을 시라우키Cirauqui
2 멀리 신기루처럼 언덕 위에 시라우키 마을이 보인다.

1 시라우키 길목의 아주 오래된 비석
2 에스테야 성당
3 에스테야 성문
4 에스테야 성에서 바라본 에스테야 시가지

에스테야Estella → 토레스 델 리오Torres del Rio

7시, 예상대로 감기가 왔다. 목이 아프고 체력이 급격히 떨어져 좋지 않다.

여기서 하루를 더 쉴까 생각해봤는데 마음 편치 않은 곳에서 쉬느니 좀 참으며 떠나는 게 낫다.

가다가 영 회복이 안 되면 일찍 숙소를 구해 쉬어야겠다.

한국 사람이 없으니 다들 7시 반쯤 일어나 8시에 식사를 하고 9시가 다 되어 출발한다. 다시 혼자 걷는 아침. 시내를 한 바퀴 돌고 지도에서 길을 찾고 빵을 사서 도시를 벗어난다.

이제 숙소에서 만나 서넛씩 모여 다니는 그룹이 많아졌다. 혼자 다니는 사람이 귀하다.

감기는 어젯밤 열이 많이 오르더니 고비는 일단 넘긴 듯, 목만 간간이 아프고 이대로 일주일은 갈 듯싶다.

뭔지 모르게 사람들이 모여 있다. 와인에 대한 얘기가 나오는 걸 보니 언젠가 호주 아재가 얘기했던 수도꼭지에서 와인이 나온다는 곳인가 보다. 수도원에서 무상으로 와인을 받아가게 하고 판매도 하는 모양이다.

약간 궁금하기도 하지만 사람이 너무 많아 슬쩍 빠져나간다.

도시를 벗어날 즈음 푯말이 나온다. 로스아르코스Los Arcos까지 왼쪽 길은 16.8킬로미터, 오른쪽 길은 17.9킬로미터로 표기되어 있다.

앞에 지나간 몇 팀이 짧은 코스로 간 것을 보고 긴 코스를 택한다.

어차피 오늘도 20킬로미터 조금 넘는 길이라 1킬로미터 늘어난다 해도 아무런 부담이 없다. 좀 한적하게 걷고 싶다.

숲길 따라 한참 가다 보니 아일랜드 친구 마틴이 있다. 팜플로나에서 길바닥에 앉아 함께 술을 마신 친구다. 어제 알베르 봤냐고 물으니 못 봤단다.

몇 번 본 적 있는 한국 사람들이 있어서 그중 한 명과 나란히 걷는다.

수의사인 권은 자신의 직업이 수입은 괜찮지만 적성에 안 맞아 다른 일을 하고 싶다고 한다. 지금은 실업급여로 이백만 원이 채 안 나오는데 혼자 살기에 충분하다며 코이카나 동물보호단체에 가고 싶다고 한다.

권이 창피하다고 아무에게도 말하지 말아 달라며 한 얘기가 있는데 어젯밤 숙소에서 자기 전 잠깐 밖에 나갔다가 문이 잠겨 못 들어왔단다. 3층 높이의 숙소 창에 조약돌을 던져보고 출입문도 두드려봤지만 아무도 반응이 없어 직원이 출근하는 아침 6시까지 밖에서 밤을 샜단다. 6시에 숙소로 들어오다 만난 한국인이 "일찍 일어나셨네요" 해서 "네, 그리되었네요" 했단다.

세상의 많고 많은 사람들 중에 어떤 사람들이 이 길을 걷고 싶어 하는 걸까.

세상의 많고 많은 사람들 중에 어떤 사람들이 이 길을 찾아와 걷고 있는 걸까.

한 달여의 긴 여정을 아무 생각 없이 TV에 나왔다고 호기심으로 이 길을 선택한 사람은 없을 거란 생각이 문득 든다. 이 길을 택한 사람들은 어떤 성향이고 무엇을 좋아하는지 분명히 어떤 공통점이 있을 듯하다. 한 사람 한 사람 만나다 보면 알 수 있을까. 언어가 통하면 대화가 이어진다. 대화하며 걷고 있다는 게 새삼 낯설다.

혼자 걸었다면 지루했을 길이 끝도 없이 이어진다.

끝없는 밭 사잇길을 몇 시간이고 걷다가 멀리 성처럼 우뚝 솟은 로스아르코스가 보인다.

마을에 도착하니 시간은 2시를 넘어가고 있다.

같이 걸어온 한국인 친구 중 한 명이 여기서 6.8킬로미터 더 가면 평이 좋은 알베르게가 있단다. 두 시간도 안 되는 거리라 출발하려는데 권이 잠시 망설이다 따라온다.

길은 다시 줄로 그은 듯한 일직선의 평야 지대다.

서쪽을 향해 우리는 걷는다.

쓸데없는 농담들이지만 다리와 어깨의 무리를 잊게 한다. 말을 하며 걷다 보니 멀리 가려거든 동행이 필요하다는 말이 이해가 되려 한다.

3시 반쯤 첨탑이 높다란 교회가 있는 마을을 돌아서 내려가니 비탈진 언덕에 크진 않지만 오래된 집들이 마을을 이루고 있다. 그 한가운데 산안드레스 알베르게가 있다.

알베르게 정문을 열자 수영장이 있다.

직원이 한국말을 몇 마디 하며 농담을 한다. 방을 배정받아 들어오니 한 명 빼고 다 한국인이다.

샤워하고 나오니 배는 고프고, 춥고, 코가 막혀 콧물이 흘러나온다. 저녁 식사 시간 7시까지는 아직 두 시간이나 남았다.

카운터 직원이 방으로 들어와 뭔가를 체크하고 나간다. 한국인 중 한 명이 돈을 잃어버렸단다. 300유로가 없어졌다며 외국인을 의심한다. 한국인들 사이에서 유일한 외국인은 다수와 다르다는 이유로 졸지에 유력한 용의자가 되었다. 남의 가방을 뒤질 수도 없는 노릇. 그냥 잊으라 하고 싶은데 그냥 잊기엔 젊은 친구에게 작은 돈도 아니다.

식당에 가서 뜨거운 물을 마시면 좀 좋아졌다가 바로 다시 콧물이 나오고 코가 막힌다. 목은 심하게 붓진 않아 코막힘만 해결하면 될 듯한데 심해지지나 않을지 좀 걱정이다.

7시에 제공된 식사를 하고 내려와 약 먹고 9시쯤 일찍 침대에 든다.

알베르에게서 메일이 왔다. 다음 마을로 앞서가 있고 로그로뇨Logroño의 숙소에서 나를 기다리겠다는 내용이다.

일기예보에 내일 비 소식이 있다고 다들 걱정한다. 외국인들과 다니며 다져진 멘탈로 별 걱정 다 한다고 말하고 싶은데 나도 감기가 걱정이다.

벌써부터 비가 내린다며 왔다 갔다 아우성이다.

모르겠다, 난. 비가 오든지 말든지.

일단 자자.

1 로스아르코스로 가는 두 갈래 길
2 양옆으로 자란 나무들이 맞대어 터널을 이루다.
3 멀리 메세타고원이 보인다.
4 각종 밭들이 무늬를 이루고 있다. 계절이 바뀌면 또 다른 풍경이 펼쳐지겠지.

1 가을의 스페인 평야를 걷는다.
2 멀리 보이는 곳이 토레스 델 리오다.
3 토레스 델 리오
4 로스아르코스 골목 끝에서 만난 산타마리아 성당 첨탑과 광장

토레스 델 리오Torres del Rio → 로그로뇨Logroño

6시 반, 역시나 우리나라 사람들은 벌써 일어나 움직인다. 7시 출발 예정이란다. 오늘도 다들 20킬로미터 정도만 걸어서 나오는 큰 도시에서 머문다고 한다.

여름이라 일찍부터 걷고 빨리 쉬는 게 낫다거나 늦게 가면 숙소가 부족하다거나 또는 오늘 가야 할 길이 멀기라도 하다면 충분한 이유가 될 텐데, 아무 이유가 없는데도 다들 일찍 출발한다. 조급함, 부지런함, 불안감 아니면 성취에 대한 욕심인가. 이른 새벽부터 눈을 떠서 떠나는 한국인만 가진 유전자는 뭔가, 대체.

어젯밤 비가 내렸는지 바닥이 젖어 있다. 많이 추워질 줄 알았는데 다행히 춥진 않다. 날은 나쁘지 않은데 어디선가 비 냄새가 나는 듯하다. 서쪽 하늘 멀리 비구름이 몰려오는 것 같다. 약간의 보슬비를 뿌리는 듯하다가 날이 금세 좋아진다.

7시에 한국 사람 셋과 함께 출발한다. 동네를 벗어나기 전에 간단한 아침을 사 먹는다. 한국인들 사이에 끼어 이 시간에 출발하는 건 처음이다. 다들 나이가 사십대 언저리라 합류하기로 한다.

삼십대 후반의 한 친구가 증권회사에 다니다가 돈만 밝히는 직업이 싫어 그만두고 길을 나섰다고 한다. 돈은 부족하지 않게 써봤다고 한다. 어제 함께 걸은 권이 옆에서 거든다. 돈은 아무것도 아니었다고 살기 위한 작은 필요이고, 중요한 건 자기가 좋아하는 일을 찾는 거라고 자신 있게 말한다. 인생의 작은 성취를 이뤄본 30~40대의 대화다.

이곳에 오는 20대들 가운데 TV에서 본 새로운 여행의 트렌드를 경험해 보려고 온 친구들도 있었다. 60대는 이제 웬만한 곳은 다 가봤고 좀 난이도 높은 여행을 찾아온 듯 보이기도 했다. 30~40대는 이 나이를 인생의 전환기로 여기고 숙제를 가지고 온 듯하다. 이 길에서 가장 진지한 그룹이다.

원래 포도나무가 단풍잎처럼 색이 변했었나? 어릴 때 집이 포도 과수원을 했었는데도 기억이 나질 않는다. 이곳의 포도나무 잎사귀들이 전부 노랗고 빨갛게 물들어 있다.

돌탑도 보인다. 돌을 쌓는 것은 인간의 본능인가, 여기도 정성스럽게 돌을 쌓아 올린 탑들이 곳곳에 있다.

기후는 다르고 사람의 본성은 같다.

기후는 문화와 연관이 있고 문화는 나라마다 다르다. 그제 밤 저녁 식사 자리가 문득 떠오른다. 한국 사람들과 함께 얘기하며 걷다 보니 문화가 다른 거지 사람 마음은 다 같은 거 아닌가 싶어진다. 한국인이 뭐가 문제일까. 프랑스에서 만났던 까칠한 빈센트 말대로 우린 정당한 값을 지불했고 주방과 화장실 샤워 시설들을 쓸 수 있는 권리가 있는데 주방 좀 오래 사용했다는 게 큰 문제인가. 샤워실에 물 좀 흥건하게 했다 해서 크게 비난받을 일인가. 우리가 반드시 그들 문화를 배워서 그들의 방식대로 배려해야만 했던가. 프랑스에서 프랑스인들과 달리 당당히 설거지를 하지 않던 빈센트의 마인드와는 어떻게 차이가 있을까.

그저께 밤 주인장과 함께 식탁에 있던 사람들이 만일 우리나라에 온다면 우리 문화를 모두 배워 그대로 해줄 수 있을까. 불편부당함을 표현할 때 그것이 문화의 차이일 수 있다는 걸 한 번쯤 고려해줄 수 있었던 건 아닐까. 생각이 이즈음에 이르니 그저께 밤 식탁에서 한국인을 부끄러워했던 마음이 미안하고, 함께 걷고 있는 이들에게 애착이 생기는 건 내가 어쩔 수 없는 한국 사람이라는 증거이지 싶다.

40일이 넘으니 비슷비슷한 자연과 교회 마을 풍경들은 이제 그저 지나가는 것들이다. 달라지지 않는 것은 길과 그 길을 한 발 한 발 걷는다는 사실이고, 새로운 것은 새롭게 만나는 사람들과 가끔 낯선 이들 사이에서 있는 나를 바라보는 것이다.

이 길은 워낙 유명한 길이라 숙소 걱정을 안 해도 되어 한결 수월해졌다. 저렴한 알베르게를 찾으려면 좀 고민할 시간이 필요하기도 하지만 15에서 20유로면 잘 수 있는 펜션이며 호스텔이 많고 점심도 굳이 챙겨 다닐 필요가 없을 듯하다. 거의 한두 시간 걸으면 마을이 있고 간단한 음식을 파는 바와 레스토랑들이 있다. 이제부터는 그냥 걷기만 하면 된다.

1시쯤 점심도 한 마을의 바에서 먹는다.

2시, 로그로뇨에 도착해 어제 알베르가 메일로 보내준 숙소를 찾아간다. 숙소 앞에 있는 중국마트에서 라면을 사서 호주 아재와 알베르와 함께 먹는다.

호주 아재는 여기서 마침내 여행을 끝내고 내일 마드리드를 거쳐 호주로 돌아가신다고 한다.

알베르는 내일부터 나와 함께 다시 길을 걷기로 했다.

새벽부터 출발했던 이십대 한국인 네 명은 오늘 닭볶음탕을 해 먹는다고 이것저것 재료를 이미 사다 놨다.

호주 아재와 알베르는 또 술을 시작한다.

맥주 한 잔 받아 마시고 옛 시가지를 돌아보고 싶어 밖으로 나온다.

이 나라가 이렇게 가난한 나라였던가. 이십여 년 전 동유럽의 뒷골목들과 비슷한 느낌이다. 낡고 퇴색된 건물들이 곳곳에 방치되어 있고 교회도 수리되지 않은 채 그대로 남아 있는 경우가 많다. 이 도시의 상징이라던 교회도 지금 수리 중이다.

도시를 구경하고 알베르게로 돌아오니 젊은 친구들이 닭볶음탕을 만든다. 세 구 있는 인덕션 화구에 하나는 닭을 삶고 하나는 밥을 한다. 노는 사람 없이 네 명이 들어가 주방이 꽉 찼다.

이랬었겠구나, 며칠 전 알베르게 주인이 말했던 상황이. 다행히 오늘 주방을 쓰는 사람은 우리뿐이다. 밥하고 탕을 끓이는 한국 음식은 시간이 오래 걸린다. 어쩔 수 없다. 누구는 이해하겠고 누구는 욕을 할 테다.

와인 한 병 사와 오랜만에 닭볶음탕을 얻어먹는다. 꿀맛이다.

식사 후 밖으로 나오니 알베르와 마틴 그리고 호주 아재 마크가 술을 마시고 있다. 한국 사람들도 한데 어울려 다 같이 유명한 술집 거리가 있다는 곳으로 몰려간다.

핼러윈데이(Halloween day)라서 그런지, 늘 이 거리는 이런 건지 거리에 술 마시는 사람들로 넘쳐난다.

이런 날 감기는 모르겠다. 오늘은 오늘이고 내일은 모르겠다.

1 포도밭 길
2 정성 들여 쌓은 돌탑들
3 멀리 로그로뇨가 보인다.

1 로그로뇨 대성당 벽의 섬세한 조각 장식들
2 로그로뇨 도심
3 로그로뇨 밤거리
4 핼러윈데이 소녀의 분장이 귀엽다.

40일차

약 28km

로그로뇨Logroño → 나헤라Najera

7시, 조용히 사람들이 움직인다. 배낭의 지퍼 소리, 신발 끄는 소리, 담요 개는 소리, 속삭이는 소리. 잠결이 아니라 깨어서 귀 기울여 듣고 있자니 다들 나름 자는 사람들을 배려하는 낮은 소리라고 생각하고 있는데 랜턴 불빛이 내 눈 위로 지나간다. 이건 좀 아니다.

밖은 밤부터 새벽까지 내내 시끄럽더니 지금도 간혹 소리가 들려온다. 밤이 이어진 소리는 아닌 것 같고 다시 아침이 시작된다.

8시가 안 되어 일어나 어둠 속에서 손 감각으로 더듬어 정리를 하고 있는데 옆에 자고 있던 스페인 아재가 일어나더니 커튼을 열어젖힌다. 방 안은 순식간에 밝아졌다. 아, 이래도 되는 거였나, 내가 너무 소심했나? 당최 모르겠다.

씻고 짐 정리하고 내려가니 알베르와 호주 아재가 아침을 먹고 있다. 나는 체크인할 때 아침 식사를 지불하지 않아 그냥 밖으로 나간다.

숙소 앞 카페에서 커피와 스페인식 오믈렛 토르티야를 먹는다. 옆에 프랑스인 피엑이 앉는다. 여러 번 봤는데도 그다지 호의적이지 않은 피엑은 불어 외에 영어, 스페인어, 독일어까지도 잘한다.

어젯밤 술꾼들로 가득 찼던 거리는 일찌감치 물청소를 끝내고 무슨 장이 열리는지 가판대를 설치하는 사람들이 바쁘게 움직인다.

도시는 쉴 틈이 없구나.

아침 식사를 다 끝내고 기다려도 알베르가 나오지 않아 먼저 걷다가 어제는 닫혀 있던 교회가 열려 있어 둘러보고 나오니 앞에 알베르가 바쁘게 가고 있다. 피엑에게서 내가 방금 갔다는 말을 듣고 서둘러 따라오던 중이었단다.

9시, 알베르와 나란히 출발한다.

도시를 지나고 공원을 한참 동안 지나간다. 휴일이라 자전거 탄 사람, 개와 산책 나온 사람, 조깅하는 사람, 날씨마저 한가롭다.

오늘 길에는 가벼운 배낭을 멘 스페인 중년 여성들과 가족들이 많이 합류한다.

알베르와는 이제 걷는 보폭도 속도도 땅에 발 딛는 소리까지도 같다. 군대 행군하듯 의식하지 않고도 발맞춰 걷는다.

함께 걷고 있는 다른 사람들을 봐도 다 발맞춰 걷고 있다. 함께 걷는다는 것은 보폭도 속도도 맞춰야 가능한 것이었다.

얼마쯤 걷다가 마을이 나오고 11시쯤 바를 찾아 빵과 함께 커피를 마신다.

이제 아침, 점심 시간 기준이 없어졌다. 바가 나오면 쉴 겸 앉아 차를 마시고 마을이 안 나오면 과일 꺼내 먹으며 걷는다.

며칠 못 봤던 호주 부부가 지나가다가 동석해 함께 커피를 마신다.

오늘도 어제와 비슷하게 28킬로미터쯤 걸을 거다. 나헤라Najera 마을에서 이 길 위 대부분의 사람들이 쉴 걸로 예상된다. 지금 만나는 이 사람들과는 큰 맘먹고 하루에 40킬로미터 이상을 걷지 않는 한 산티아고까지 같이 갈 듯하다. 혼자 한적하게 걷기는 틀렸지 싶다. 이렇게 앉아 있으면 지나가는 사람들도 많고 대부분 아는 사람들이다.

한국에서 출발할 때 구입하여 신고 온 신발이 찢어졌다. 양말도 뒤꿈치가 다 구멍 났다. 신발이 저렴해서 그런 건가, 한 달을 넘게 걸었으니 당연한 건가. 이만큼 걸어본 일이 없으니 모르겠다.

길은 포도밭을 한참 지나간다. 아직 포도가 많이 남아 있다. 많은 사람이 지나갔을 텐데 따먹은 흔적은 거의 없다.

쉬다, 간단히 먹다, 걷다. 그렇게 계속 간다.

4시 무렵 3킬로미터 남았는데 비가 온다. 오랜만에 우의를 꺼내 입고 걷는다.

4시 반쯤 나헤라에 도착하니 알베르가 오늘 여기서 어떤 여자를 만나기로 했단다. 뭐지, 나 모르는 사이에 여자가 생긴 건가? 어쩐지 올 때부터 기분이 들뜬 것 같더라니. 이제 알베르와도 헤어질 때가 된 건가.

알베르와 헤어져 한국인 한 명과 함께 도네이션 알베르게를 찾아 들어간다.

여기는 스페인 사람들이 많다. 한국인도 몇 명 있긴 한데 그 많던 한국인들이 다 어디로 갔는지 보이지 않는다.

11월부터는 문 닫는 알베르게가 많다고 한다. 시기를 잘못 택한 건지 숙소 걱정 없겠다 한 지 며칠 되었다고. 뭐, 또 어떻게 되겠지.

용서의 언덕에서 내 사진을 찍어줬던 한국인 아저씨를 만났다. 나를 먼저 알아보시고 숙소에 있는 다른 친구 두 명과 함께 식당에 가자고 한다. 이 아저씨는 그때 내가 바람의 언덕이라고 하자 용서의 언덕이라고도 한다며 자기는 평생 단 한 명, 아내에게 용서를 빌어야 한다고 했던 분이다.

7시, 한국 아저씨가 말한 대로 다른 한국 친구 두 명을 더해 넷이 함께 식당으로 간다.

한 명이 스페인어가 가능해 12유로에 순례자 메뉴를 시킨다. 여기 와서 메뉴를 보고 손가락질 없이 말로 정확히 메뉴를 주문한 게 처음인 것 같다.

아니, 그런데 메뉴 하나가 잘못 나왔다. 말보다 손가락이 정확했던 건가.

식사 후 강가의 바에 앉아 여행 이야기를 주고받으며 맥주를 마신다.
이런 자유로운 술자리도 내가 여행에서 좋아하는 것 중 하나다.
프랑스는 모험이었다면 이제 그저 유랑이 된 듯하다.
또 하루 이 길은 인연을 만들고 즐거움을 준다.

로그로뇨 일요일 아침, 노점상들이 장사 준비로 분주하다.

1 포도밭이 펼쳐지는 나바레테 Navarrete
2 우리는 같은 방향으로 간다. 그래서 서로 뒷모습만 담을 수 있다.
3 나헤라
4 스페인어를 좀 한다는 성민이 주문한 건데 대체 뭘 주문한 건지. 스페인어가 아니라 한국말 소통이 안 됐나?
5 나바라테 성당 내부 금장식

나헤라Najera → 그라뇽Grañón

6시 반, 불이 켜진다.

알베르게마다 운영 방식이 조금씩 차이가 있는 모양이다. 6시 반에 전체 불을 켜는 숙소는 처음이다.

씻고 짐 정리하고 대충 아침을 먹었는데도 아직 어둡다. 그래도 사람들은 출발한다.

기다리다가 조금 밝아온다 싶어 7시 반쯤 길을 나선다. 가로등도 꺼지지 않은 골목을 지나 마을을 벗어난다.

태극기 달고 다니는 이십대 한국 친구들을 만나 같이 걷는다.

하늘엔 구름이 듬성듬성 깔려 있다. 동쪽 하늘 멀리에는 비가 오는 듯하다. 저 구름이 이쪽으로 올 것 같기도 하고 지금 여길 봐선 안 올 것 같기도 하다.

알베르가 없으니 이제 한국인에 흡수되어 같이 걷는다. 알베르는 다른 숙소에서 어떤 여자와 있는 걸 봤다는 얘기만 들었다. 기다려 같이 갈까 하다가 동행이 있다니 알아서 오겠지 하고 그냥 간다.

편안한 것에 익숙해지는 건 금방이다.

한국 사람들과 같이 걷고 한국말로 이야기하고 같이 밥을 먹고 같이 술을 먹는 것에 며칠 익숙해지고 나니 외국인들과 만나면 인사만 하지 말은 걸지 않는다. 이제 이런 것들이 편해졌다.

젊은 친구들은 아침을 먹지 않는다고 한다.

청춘은 아침에 배가 고프지 않은 건가, 나도 저 나이 때 그랬던가.

이 시간에 대부분의 사람들이 출발하는지 길에 사람들로 가득하다.

알베르와 9시쯤 출발해 다닐 때는 이미 사람들이 다 출발한 후라 길이 한적했던가 보다.

한참 가다 보니 비구름이 몰려온다. 바람도 세게 분다.

얼굴에 빗방울이 따갑게 내리친다. 바지는 젖어 차갑게 느껴지고 평야지대라 비 피할 나무도 건물도 없다. 할 수 있는 건 빨리 걷는 것뿐이다.

비가 그치고 바람에 판초 우의가 마를 만하니 또 비가 온다. 다시 또 젖고 다리는 춥고 등엔 땀이 나고, 더운 건지 추운 건지 여전히 비를 피해 쉴 곳 하나 없어 힘들어도 걸음을 멈출 수가 없다.

다행히 산토도밍고 데 라 칼사다Santo Domingo de la Calzada에 도착하니 비가 멎는다.

도중에 만난 권과 함께 어제 누군가 추천해준 햄버거집으로 간다. 햄버거집에 한국인들이 우르르 몰려와 있다.

가장 큰 햄버거를 주문하고 햄버거가 나오고 나서야 알았다. 난 햄버거를 좋아하지 않았다는 걸. 맛집이라는 데도 맛이 없다. 거의 맥주로 넘기며 억지로 먹는다.

프랑스에서는 길에 있는 게 좋았고 걷는 게 좋았다. 어쩌면 숙소를 찾는 게 힘이 들어 그나마 길을 찾아 걷는 게 편했던 건가 싶다. 이제 기착 도시로만 가면 숙소 걱정 없고 걷기만 하면 되니 걷는 게 제일 힘들게 느껴진다. 어려운 게 사라지니 쉽던 게 어려워지다니. 그렇다면 쉽고 어려운 것은 다 상대적인 건가.

이 도시도 하루를 쉬어 가는 기착지인데 한 바퀴 돌아보니 도시가 그다지 크진 않다. 거기에다 교회 들어가는 입장료를 4유로나 받는다.

마침 어제 만났던 스페인어 하는 친구 성민이 다음 마을까지 가는 게 내일 일정을 짜는 데 좋을 것 같다고 하니 더 가보기로 한다.

그라뇽Grañón에 도착, 알베르게를 찾는다. 이곳도 도네이션이다.

스페인어 하는 성민과 권을 포함해 셋이 팀을 이룬다. 이제 나도 팀으로 움직인다.

성민이 먼저 가서 바 정보와 알베르게 정보를 카톡으로 주면 우린 그 정보를 보고 알베르게에서 합류하기로 한다. 나는 맥주만 사면 된다. 우헤헤, 이제 정말 어려울 게 없다. 걷는 것만 즐길 수 있으면 된다.

날씨 예보를 보니 내일부터 계속 비 오고, 기온도 많이 떨어진단다. 어려울 것 없다고 좋아했지만 비와 추위는 가장 어려운 문제가 될 듯하다.

7시, 한국인 세 명과 일본, 대만, 스페인, 프랑스에서 각각 온 네 명을 포함해 일곱 명이 함께 알베르게에서 제공하는 식사를 한다.

환갑쯤 되어 보이는 프랑스인은 하루에 40킬로미터 이상을 뛰어서 간단다. 3킬로그램 배낭을 메고 리옹에서부터 산티아고까지 1600킬로미터를 뛴다는 말에 다들 무척 놀란다.

이 길에는 정말 별난 사람들이 다 있다.

바람이 많이 불고 벌써 추워졌다. 내일은 모르겠다. 일단 자자.

1 지평선이 멀면 하늘이 낮다.
2 한국 여행객들 사이에서 유명한 햄버거라는데 원래 햄버거에 대한 기대도 없었지만 역시나 그냥 햄버거다. 양은 푸짐하다.
4 산토도밍고
3 산토도밍고 광장의 순례자를 모티브로 한 조형물

그라뇽Grañón → 비야프랑카 몬테 데 오카Villafranca Montes de Oca

6시 반쯤 성민이 일어나 가방을 챙겨 먼저 내려간다.

조금 지나 내려가 보니 하루 40킬로미터를 뛰어간다는 프랑스인은 벌써 떠날 준비를 하고 있고 일본인과 성민은 아침 식사를 거의 끝낸 상태다.

밖으로 나와 보니 비가 온다. 지금까지 느껴보지 못한 차가운 비가 내린다. 추위에 몸이 오싹해진다.

7시 좀 넘어 비가 그치고 성민과 일본인이 출발한다.

8시, 아침으로 빵을 대충 먹고 권과 같이 출발한다.

춥다. 손도 시리고 귀도 시리고. 귀까지 시린 건 오늘이 처음이다. 버프를 올려 귀를 덮는다. 바람이 참을 수 없을 만큼 차다. 춥지 않을 만큼 부지런히 걸어야 한다.

한참을 걸어도 춥다. 하늘은 맑아 해가 비치는데 찬바람 때문에 햇볕의 따스함은 느껴지지 않는다. 귀를 스치는 바람은 옆 사람의 말을 못 알아들을 정도로 요란하다.

지금까지 입지 않았던 점퍼를 꺼내 입는다. 이제 더 추워지면 입을 게 없다.

좀 더 걸으니 다행히 추위는 약간 가셨지만 정면에서 불어오는 바람이 걸음을 더 힘들게 한다.

프레디와 알베르는 바람만 불면 계절이 바뀌는 거라며 이러쿵저러쿵했는데 그때는 온도 변화가 거의 없어 그러려니 했다. 오늘은 다르다. 어제와는 온도 차도 크고 겨울이 온 듯한 추위가 온몸을 파고든다. 계절이 바뀌고 있다.

많은 여행자들이 전 도시인 도밍고에서 대부분 쉬고 출발하는지 길에 걷는 사람이 거의 없다.

이제 친해진 태극기 달고 다니는 한국인 20대 네 명만 멀리서 쉬고 있다.

이들은 알고 있는 모든 정보를 한국말로 정확히 말해준다.

누구는 버스 타고 어디까지 갔으며, 누구는 어느 도시에서 하루를 쉬고, 같이 출발한 여행자 중에 우리가 제일 빨리 걷고 있으며, 멕시코인 누구는 무엇을 하는 사람이고, 이탈리아인 누구는 경찰특공대이고…….

프랑스에서 프랑스 사람들끼리도 내가 알아듣지 못하는 이런 이야기들을 나누며 다녔겠구나 싶다.

12시쯤 점심이나 먹을까 하고 도착한 마을은 돌아봐도 먹을 만한 데가 없다. 스페인은 3시가 점심시간이란 걸 언제나 잊는다. 바만 몇 곳 있고 식당은 영업을 안 한다. 이제부터 스페인의 식사 시간에 맞춰 9시에 아침을, 3시에 점심, 8시에 저녁을 먹는 게 편하지 싶다.

다음 마을까지 가보기로 하고 다시 출발한다.

1시쯤 다음 마을에 도착했으나 마을이 너무 작아 식당이 없다. 팀을 꾸려 순조로울 듯하더니 여행도, 사는 것도 맘대로 되는 건 없다.

다음 마을을 검색해보니 오늘 목적지인 비야프랑카 몬테 데 오카

Villafranca Montes de Oca다. 한 시간 반은 가야 한다. 어쩔 수 없이 비상 식량으로 남겨놓은 바나나를 나눠 먹고 출발한다. 성민은 벌써 도착해 알베르게 정보를 보내왔고 다음 마을까지 더 가본다고 출발했다.

3시쯤 오카에 도착. 어느 정도 규모가 있는 마을일 거라 생각했는데 마을이 작다. 3성급 호텔 하나가 전부다. 그 호텔에서 알베르게도 운영하고 있고 레스토랑과 바도 있다.

늦은 점심, 아니 여기서는 이른 점심을 시켜 먹는다. 추운 데 있다가 따뜻한 밥과 함께 와인을 한잔했더니 취기가 금세 올라온다.

우리가 출발한 그라뇽의 전 도시 산토도밍고에서 여기까지는 28킬로미터. 웬만하면 충분히 올 수 있는 거리인데 날씨 탓인지 도밍고에서 출발한 사람들이 몇 명밖에 도착하지 못했다.

이번 주 계속 날씨가 안 좋고 다음 주는 눈 소식까지 있다.

이제 쉽겠구나 하다가 낭패를 본 기분이다. 변수는 언제, 어디에나 있다.

나무 막대에 표시해서 세운 산티아고 푯말.
걷다 보면 갖가지 방식으로 표시한 산티아고 방향 표지를 만난다.

1
2
3

1 하늘과 들녘과 바람과 길
2 추수가 끝난 광활한 들녘
3 비얌비스티아Villambistia 수도원

비야프랑카 몬테 데 오카Villafranca Montes de Oca → 아타푸에르카Atapuerca

6시, 누군가의 핸드폰 알람이 울린다.

알람은 1초도 되지 않아 꺼지고 핸드폰 불빛에 의지해 한 명이 밖으로 나간다.

휙한 바람 소리가 들린다. 오늘도 만만찮은 하루가 될 듯하다.

배가 고프다. 생각해보니 어제 3시에 점심을 먹고 저녁에 맥주 몇 잔 마시고 저녁 식사를 하지 않았다. 배가 속에 아무것도 들어 있지 않다고 소리를 낸다.

사람들의 기침 소리가 많이 들린다. 추위는 모든 사람이 같이 느낀다.

부르고스Burgos까지는 38킬로미터다. 날씨만 좋으면 충분히 갈 수 있는 거리인데 다들 이틀을 잡는다.

성민은 오늘 부르고스로 들어갈 거고 2시쯤 도착해 알베르게 정보를 카톡으로 보내줄 거다.

알베르에게 연락이 왔다. 함께 있다던 여자와는 헤어졌는지 내일 부르고스에서 보기로 한다.

바에서 크루아상과 커피로 간단히 아침을 하고 가랑비 맞으며 오르막으로 향한다.

길은 30분쯤 오르더니 소나무 숲으로 이어진다. 하늘은 우중충하고 바람은 을씨년스럽다. 나무에 바람 드는 소리가 파도 소리 같다.

소나무가 바람을 막아주는지 바람 소리는 큰데 몸에 바람이 크게 느껴지지 않는다.

소나무 길은 두 시간 넘게 지루하게 이어지더니 11시쯤 드디어 작은 마을이 보인다.

마을 초입에 피자 가게가 있어 몸도 녹일 겸 들어간다.

태극기 달고 다니는 20대 네 명도 피자를 먹고 있다. 이 친구들은 행복하려고 왔는데 하나도 행복하지 않다며 내일 부르고스에서 며칠 쉬고 버스로 이동할 거란다. 20대에게 이 길은 고통 외에 아무것도 주지 못한 듯하다.

피자 한 판 시켜 권과 나눠 먹고 있으니 사람들이 들어온다. 다들 배낭 커버가 젖었다. 비 오냐고 물으니 많이 온다고 한다.

출발을 잠시 망설이던 중 비가 좀 잦아들어 판초 우의를 입고 출발한다.

언덕 정상에 오르자 각 나라의 국기와 방향을 표시한 조형물이 있다. 태극기도 보인다.

어제의 그 거센 바람에 이어 비까지 내린다. 바지가 금방 젖고 바지를 타고 내려간 빗물은 신발 속으로 들어가 물이 흥건하다. 신발과 바지는 물속에 잠겨 있는 것 같다.

권이 이대로는 안 되겠다며 6킬로미터 지점 마을에서 쉬자고 한다.

젖은 옷은 금방 추위를 몰고 온다. 바람이 어찌나 센지 판초 우의를 날린다. 한 손으로 판초 우의를 잡고 다른 한 손은 스틱을 들고, 흘러내린 콧물이 바람에 날린다.

이제 어디까지 젖어오는지 감도 없다. 걷지 않으면 춥다. 권이 잘 따라오는지도 모르겠다. 빠른 걸음으로 앞만 보고 앞으로만 간다.

나무 하나, 집 한 채 없는 평야 지대라 바람 피할 곳도, 비 피할 곳도 없다.

내일도 이렇다면 걷는 걸 포기해야 할 것 같다.

2시쯤 알베르게에 도착. 벽난로가 있어 종이로 불을 지피고 몸을 녹인다.

춥다. 안 되겠다 싶어 옆의 40유로짜리 호텔로 간다.

빨래를 했으면 좋겠는데 호텔은 빨래가 안 된다.

젖은 신발을 드라이기로 말리다 포기한다.

호텔 방에 젖은 옷들을 널어놓고 내려와 와인 한잔한다.

내일 부르고스에 도착하면 방수 바지와 윗옷을 좀 사야겠다. 앞으로 이런 날이 며칠이나 더 될지 모르겠지만 오늘 같은 날이 하루라도 더 온다면 버티지 못할 듯싶다. 문제는 내일이다. 부르고스까지 24킬로미터 남았는데 내일도 이런 비가 온다면 어찌해야 하나.

성민은 오늘 우리가 올 줄 알고 기다렸는데 하루가 늦어지니 내일 다른 곳으로 출발한다고 연락이 왔다. 아까운 팀원을 비 때문에 잃었다.

1 오카에서 벗어나는 길목
2 바람이 세차게 부는 들녘
3 길게 뻗은 소나무 사잇길

1 흙길에 비가 내려 질퍽하다. 황량한 길에서 마주한 산티아고 표지판이 반갑다.
2 바리오스 데 콜리나Barrios de Colina의 알베르게와 교회
3 아를란손Arlanzón을 지날 때 시야를 가릴 만큼 비가 세차게 퍼붓는다.

44일차

약 24km

아타푸에르카Atapuerca → 부르고스Burgos

역시 돈이 좋구나. 호텔 방은 편하다. 오랜만에 포근한 이불에서 숙면을 취했다.

일어나자마자 폰을 열어 날씨를 본다.

"영상 5도, 체감온도 영하 3도. 오늘은 오전부터 오후까지 가랑비를 흩뿌리겠습니다"라고 나온다.

창문을 열어본다. 어둠 속에서 나무가 바람에 세차게 흔들린다. 바람소리가 무섭다. 많이 춥다. 있는 옷을 다 껴입고 나가면 웬만큼 버틸 수 있을지도 모르겠다.

다시 침대 속으로. 좀 느지막이 출발하는 게 나을 것 같다.

7시 반, 침대에서 나와 준비를 하고 8시, 아침을 먹는다.

신발은 마르지 않았다. 발이 차다.

갖고 있는 모든 옷을 꺼내 입는다.

가자, 또 걷자. 어쩔 수 없다.

바람은 험하지만 비는 오지 않는다. 다행이다.

8시 40분쯤 출발한다. 생각했던 것보다도 더 바람이 차다. 손수건으로 코와 입을 가린다.

30분쯤 언덕을 오른다. 추운데 등에 땀이 난다. 옷이 땀에 젖으면 내리막일 때 등이 차가워지기 때문에 속도를 조절한다. 천천히 땀 안 날 만큼 걷는다.

언덕에 오르니 넓은 평야 지대가 펼쳐진다.

빗발은 보이지 않는데 모자에 떨어지는 빗소리가 들린다. 어제처럼 비가 내리면 끝이다. 기도하는 마음으로 제발 비가 오지 않기를 바란다.

걸음이 빨라진다. 언덕을 내려와 길은 아스팔트 길로 이어진다.

이 길만 따라가면 부르고스까지 이어질 것 같다.

이제 걷는 사람들의 복장이 달라졌다. 다들 걷기 편해 보이는 복장이 아니라 아래위로 우의를 입어 둔하게 보인다.

비는 오는 듯 마는 듯 불안하게 아슬아슬하게 내린다. 추위도 버틸 만한 듯하다. 부르고스까지 12킬로미터, 세 시간이면 충분하다.

카페에서 커피를 마시며 몸을 녹인다.

비가 좀 거세진다. 판초 우의를 입고 걸어야 하나 뭘 더 시켜 먹으며 시간을 때워야 하나, 좀 기다려본다.

빨리 가서 쉬는 게 낫겠다. 일어난다.

비는 약간 잦아들었으나 언제 또 비가 올지 모르니 판초 우의를 꺼내 입고 출발한다.

바람이 세차다. 판초 우의가 날린다. 다행히 비는 많이 내리지 않는다.

어제의 비로 인한 고통으로 오늘도 내내 불안감 속에 걷는다.

30분쯤 왔을까, 도시가 나온다. 벌써 다 온 건가 했는데 아직 7킬로미터가 더 남았다.

양옆으로 공장인지 큰 회사 건물들인지 한참 동안 이어진다. 꼭 이런 길에 만들어야 했을까, 이렇게 세계적으로 많은 사람이 오는 길을 이쪽으로 낼 수밖에 없었을까. 아쉽다.

건물이 늘어선 길이 끝나갈 즈음 맥도날드와 버거킹이 있다.

잠깐 앉아 간단히 몇 가지를 시켜 먹고 다시 걷는다.

도시다. 지금까지 거쳐온 도시 중 가장 규모가 크다.

유럽의 중심 도시들과는 달리 멋 부리지 않은 건물들이 즐비하다. 사람들은 다들 겨울옷을 입고 있다. 어느덧 겨울이 되었다.

2시쯤 신도시들을 지나 옛 시가지로. 옛 시가지는 오래전 일찍이 발달한 도시라는 걸 확실히 보여준다. 멋진 교회며 오래된 건축물들이 길 어디에나 즐비하다.

알베르게 도착. 오늘의 알베르게는 120석 규모의 공립 알베르게다.

하나둘씩 낯익은 사람들이 모여든다. 처음 보는 몇몇은 악수를 하고 익숙한 얼굴이면 손을 흔들어 반갑게 인사를 해준다.

샤워를 하고 빨래를 부탁하고 시내로 나가 겨울옷과 방수 바지를 산다.

이제 비가 와도, 추워도 조금은 걱정을 덜 수 있다.

쇼핑을 마치고 숙소로 돌아가려는데 알베르에게서 연락이 온다. 도착해서 기다리고 있단다.

서둘러 알베르게에 도착하니 프랑스에서 봤던 세헐즘이 있다. 너무 반갑게 나를 맞아준다. 이제부터는 아내와 함께 걷는다며 아내와 나를 소개시켜준다. 프랑스에서는 하루에 거의 40킬로씩 걷던 양반인데 이제 아내와 가니 내일부터는 20킬로미터씩만 걸을 거라고 한다.

알베르에게 세헐즘을 아는지 물으니 그저 몇 번 본 사람이라고만 한다.

같은 말을 하는 같은 나라 사람들끼리는 길에서 만나 다 친할 줄 알았는데 그것도 아니다.

그러고 보니 나도 몇 번 본 한국 사람보다 10일 넘게 같이 있던 알베르와 더 친하군.

알베르는 또 몇 명의 술꾼들을 그새 사귀었는지 숙소에 있는 몇을 데리고 날 만나자마자 술집으로 향한다.

맥주 회사에 다닌다는 독일인 요한슨과 브라질인 네두. 인사도 하기 전에 한 잔 마시고 시작한다.

알베르는 열흘 전쯤인가 봤던 남아공 여자와 어떤 인연이 있었는지 뭐라고 얘길 하는데 잘 모르겠다. 넷이 식사하던 자리에서 모두 조용한데 혼자 자기 여행 자랑을 하던 아주머니다. 내일 출발할 거면 같이 가자고 했더니 오전엔 남아공 여자를 봐야 한단다. 오후에는 출발하고 싶은데 어떻게 될지 확실히 모르겠단다. 일단 내가 먼저 출발하고 연락하기로 한다.

이 알베르게는 10시에 문을 닫는다. 5분 전 간신히 문을 통과하고 침대에 도착하니 불이 꺼진다.

짐 정리를 해야 하는데 모르겠다. 일단 자자.

1 초기 인류의 화석이 발견된 시에라 데 아타푸에르카Sierra de Atapuerca 고고 유적지. 유네스코 세계유산에 등재되었다.
2 아타푸에르카를 지나 언덕 위 십자가
3 멋진 길도 날씨가 안 좋은 날엔 고행길이다.

1 2 3

1 운행하지 않는 버스에 그림을 그려 알베르게(숙소) 홍보를 하고 있다.
2 부르고스 대성당
3 부르고스 공립 도서관

부르고스Burgos → 오르니요스 델 카미노Hornillos del Camino

7시, 불이 켜진다.

또 여행자의 하루가 시작된다.

누구는 아직 자고 있고 누구는 출발하고 누구는 배낭을 싸고 있다.

며칠간 추워진 후 도착한 큰 도시라 옷을 사고 정비를 위해 하루를 이곳에서 머무는 사람들이 많다.

알베르게는 9시까지 무조건 퇴실해야 하고, 옷이나 기타 상점들은 10시에 문을 여니 다들 카페에 앉아 커피와 간단한 아침 식사를 하며 시간을 보내고 있다.

권과 나는 일찍 식사를 끝내고 함께 출발한다. 오늘 권은 30킬로미터 지점 온타나스Hontanas로 간다고 한다. 거기서 중국인 친구 웨이웨이를 만나기로 했단다.

가다 보니 앞에 알베르가 걸어간다. 10시경 상점이 문을 열면 바지 하나 사고 11시쯤 출발할 거라고 한다. 함께 가자 하고 권과는 여기서 헤어진다.

알베르와 둘이 매장 문 열 때까지 도시를 한 바퀴 돈다.

부르고스는 보면 볼수록 괜찮은 도시다. 옛 시가지일 뿐만 아니라 근래에 발달된 도시라도 크고 멋진 교회가 있어 볼만하다.

매장 앞 바에 와 커피를 주문하고 문 열기를 기다린다.

스페인의 도시는 9시부터 바가 붐빈다. 10시까지 바에서 커피와 간단한 식사를 한 후 10시쯤 일을 시작하고, 3시에 문을 닫고 점심 식사를 한다. 5시부터 다시 영업을 시작해 퇴근은 7시쯤 하는 듯하다. 저녁 식당은 8시부터 붐빈다.

그 나라에 머문다는 건 그들의 삶의 방식을 따르는 거다. 그래야 편하다. 로마에 가면 로마의 법을 따르라는 말이 이런 의미였던가.

상점이 문을 열어 알베르의 옷을 사고 부르고스 대성당으로 간다.

성당 입장료 4.5유로를 내고 들어간다. 혼자였으면 안 들어갔을 텐데 알베르의 권유로 들어가 본다.

안 봤으면 후회할 정도로 볼 게 많다.

성당인지 무덤인지 박물관인지, 기둥이며 천장이며 모든 방과 벽들에 뭐 하나 빠짐없이 완벽하게 조각들과 그림으로 가득 차 있다. 같은 게 하나 없이 모두 제각각 감탄할 정도로 멋지다.

시간 가는 줄 모르고 한 시간을 홀린 듯 돌아보고 성당을 나온다.

성당을 나와 어제 같이 술을 마셨던 브라질 친구를 만난다. 지금 출발한 거냐고 물어보니 약간 망설인다. 우릴 따라오는가 싶다가 잠시 후 뒤돌아보니 안 보인다.

이제 1100킬로미터 정도를 걸어온 우리한테는 22킬로미터 정도는 빠른 걸음으로 네 시간이면 갈 수 있다는 자신감이 있는데 브라질 친구에겐 부담이 된 모양이다.

말없이 우리는 속보로 두 시간을 걸어 작은 마을에 도착한다.

간단하게 식사를 하고 10킬로미터 남았다며 두 시간이면 충분하겠지, 다시 서로 자신하며 출발한다.

길은 좋다. 약간 춥기는 하지만 날씨도 이 정도면 며칠 전에 비해서는 나쁘지 않다. 끝도 없는 평야 지대를 가로질러 가다가 약간의 언덕을 오른다. 우리가 제일 늦게 출발한 듯 따라오는 사람도 앞에 가는 사람도 없다.

4시쯤 오르니요스Hornillos에 도착, 알베르게를 찾아간다.

알베르게에는 독일 맥주회사 다니는 요한슨, 세 살 아이를 유모차에 태워 다니는 스페인 부부, 프랑스 할배와 세헐즘 부부가 있고 한 번인가 본 한국 아주머니가 있다.

그런데 오늘 권과 만나기로 했다는 중국인 웨이웨이도 있다. 권과 다음 도시에서 만나기로 하지 않았냐고 물으니 점심에 여기서 닭고기 무슨 요리를 시켰는데 남겨 와서 그걸 들고 갈 수가 없어 여기서 머물기로 했단다. 흠, 권이 닭고기에 밀린 건가.

추워지니 사람들이 알베르게 밖을 나가지 않는다. 다들 다이닝룸에 앉아 술을 마시거나 음식을 해 먹고, 샤워도 추워서 안 하는 듯 방에 땀 냄새가 많이 난다. 문도 이제 잘 안 열어놓고 침대에 이불 덮고 누워 있는 사람이 많다.

한국 아주머니는 어제 한 밥을 락앤락에 싸와서 전자레인지에 데우고 김에 볶음김치와 함께 싸먹는다. 역시 한국 '줌마 파워'는 짱인 듯. 몇 개 얻어먹는데 이 맛에 녹는다.

이 아주머니, 라면스프 들고 다니며 밀가루 사다가 수제비를 해 먹고 돼지고기 안심 사다가 두루치기도 해 먹는다는데 내일은 아주머니를 따라가고 싶을 정도다. 여행 기술은 서툴러도, 도구도 재료도 마땅치 않은 낯선 곳에서 한식을 만들어내는 기술은 한국 아줌마를 못 따라갈 듯. 솔직히 말이 좀 많으셔서 멀리하려 했는데 내일은 따라가련다.

어제 만나 같이 온 술꾼들 따라 나왔더니 바게트에 말린 고기 넣은 것으로 맥주를 마신다. 아까 몇 점 얻어먹은 한국 음식에 비해 이건 음식도 아니다.

이 술꾼들은 다시 다른 바로 옮겨 이번엔 각자 악기를 다루며 노래까지 부른다.

알베르는 뮤지션이었다.

걷는 건 길지만 잠깐 같고, 술자리는 짧지만 즐거움이 길다.

1 2

1 부르고스 대성당 내부
2 부르고스 대성당

1 아득한 지평선
2 오르니오스 델 카미노 마을을 이리저리 다니며 알베르가 알베르게를 찾고 있다.
3 고산지대라 그런지 집들이 낮고 단조롭다.
4 꽤 긴 시간 동안 완만한 경사를 걸어올라 메시타고원 평야 지대에 오른다.

오르니요스 델 카미노Hornillos del Camino → 카스트로헤리스Castrojeriz

6시 반쯤 아이가 엄마를 부른다. 쉿! 금세 조용해지더니 잠시 후 엄마가 아이를 데리고 화장실에 가는 듯하다.

아이도 엄마도 이 불편한 일을 왜 할까 싶다가도 나는 왜 할까라는 질문으로 다시 돌아온다.

교회 종이 일곱 번 울린다. 아무도 일어나지 않는다.

한국 아주머니가 제일 먼저 일어나 준비를 한다.

8시 반쯤 알베르, 요한슨, 스웨덴 친구, 프랑스 할배, 나까지 다섯이 함께 출발한다.

누군가 말한다. 저 언덕에 십자가가 있다. 가볼까. 망설이는 사람 하나 없다.

알베르가 앞서 길을 만들며 오른다. 15분쯤 올랐을까. 정상에 올라 다 같이 만세를 부르고 즐거워한다. 이런 소소한 즐거움이 있는 게 이 길이다.

정상에서 다른 길을 찾아봤지만 길이 없었다. 올랐던 길로 되돌아 내려와 다시 걷는다.

끝도 없는 메세타고원의 평야 지대를 걷는다. 멀리 풍력 발전기가 돌아갈 뿐 농사를 끝낸 평원에는 아무것도 없다.

누구 하나 망설임 없이 무작정 언덕을 올라 마주한 십자가

한국 사람들이 가진 정보 중에는 부르고스에서 레온León까지는 아무것도 볼 것이 없으니 버스를 타고 건너뛰는 게 좋을 거라는 얘기가 있다고 한다. 그래서인지 20대 네 명 외에 몇 명의 한국인들도 버스를 타 길에 한국 사람이 보이지 않는다.

과연 볼 게 없을까? 이 광활한 평원은 그 자체로 내 눈엔 엄청나다. 멀리 보이는 지평선만 봐도 그렇고. 지평선 끝까지 흐르듯 펴져나간 구름과 그 아래로 끝도 없이 직선으로 뻗은 길. 어디에서도 결코 흔하게 볼 수 있는 광경이 아니다.

게다가 넓은 평원을 걷다 보면 넓게 파인 분지 속에 마을이 불쑥 나타난다. 지도에는 마을이 표시되어 있지만 사방이 평원인 이곳 어디에 마을이 있다는 건지 도무지 보이지 않다가 걷다 보면 갑자기 지붕들이 보이고, 마을로 향하는 내리막길로 들어서면 바람이 잦아들어 온화하고 평온한 분지 속 마을이다.

이런 것들을 볼 게 없다고 말해도 되는 걸까. 그 정보를 최초로 나눈 사람의 기준에는 어떤 것들이 볼만한 것이었을지 궁금해진다.

이 길은 산티아고로 가는 길이 아니라 산티아고 길이다. 힘들면 쉬어가고 더 힘들면 다음에 멈춘 곳에서 다시 시작하면 될 텐데. 산티아고에 가고 싶으면 버스 타고 가면 되고, 여기보다 멋진 곳은 유럽에 얼마든지 있을 텐데. 지금 걷고 있는 길이 산티아고 길인데 어디로 가려고 여기를 건너뛰는 걸까. 이 길은 걷는 게 전부 아니었나. 무엇을 더 바라고 정보를 나누는 건지 모르겠다.

온타나스에 11시 반쯤 도착, 바에 들르니 어제 같은 알베르게에 묵었던 사람들이 거의 다 있다.

다들 간단한 음식과 음료를 마시고 서로 이야기하며 즐거움을 나눈다.

마을을 지나자 내리막으로 길이 이어지고 다시 아스팔트 길로 접어든다.

차는 거의 다니지 않아 다들 자유롭게 걷는다.

폐허 같은 교회가 나오고 조금 돌아가니 멀리 산 정상에 성이 있고 그 아래로 마을이 보인다. 오늘 도착하려는 카스트로헤리스Castrojeriz다.

2시쯤 마을에 도착, 한국 아주머니가 예약한 숙소로 가 한국 음식이나 얻어먹을까 싶어 알베르에게 물어보니 매운 음식을 먹으면 속이 안 좋다며 안 가겠단다. 하는 수 없이 알베르와 다른 친구들과 함께 호텔에 딸려 있는 알베르게로 간다.

20명 정도가 이 알베르게에 머무는데 다 친한 사람들이다. 사람들의 국적이 15개국은 족히 되는 듯하다.

호텔 바에 와 간단한 요깃거리에 와인을 한 잔 마신다. 저녁이 7시부터라는데 다들 한 잔씩 마시고 들어가 잔다. 지금 자면 밤에 어쩔까 싶어 커피 한 잔 시켜놓고 시간을 보낸다. 그나저나 하루에 20여 킬로미터씩 걷는 것에 적응이 되었는데도 오늘 22킬로미터 온 게 힘들다.

춥다. 이 추위에는 언제 적응하려나. 방도 춥고 바도 춥고 방에 돌아가 갈아입었던 옷을 다시 꺼내 입는다.

5시 반쯤 씻거나 쉬고 나온 사람들이 다시 바에 모인다. 추운데 다들 맥주를 마신다.

맥주가 내키지 않아 슬쩍 빠져나와 구석에 혼자 앉아 있는 일본 아저씨와 이런저런 얘기를 나누며 시간을 때우는데 일본 아저씨 하는 말이 한국 사람이 일본 사람을 싫어하는 것 같아 한국 사람들을 피해 다녔단다. 내가 친절하게 대해주니 고맙다고까지 한다. 뭐가 문제랴, 우린 국적을 떠나 같은 길을 가는 사람들인데.

다 같이 모여 11유로짜리 순례자 메뉴로 저녁 식사를 한다.

프랑스 할배 프레데리크는 생장에서부터 한국 아주머니를 봤는데 가방은 엄청 크고 말을 못하는 사람으로 기억하고 있었다. 스페인어도 영어도 못하니 번역기를 들이대고 말을 붙이는데 별별 사적인 질문을 다 하니 무척 난감했단다. 나에 관해서도 이런 식으로 어디선가 누군가는 말하겠구나 싶어 왠지 부끄러워진다.

식사 후 다시 바에 모여 맥주를 마신다. 오늘은 독일인 요한슨의 마지막 날이라 그냥 들어갈 순 없단다. 술을 마시는 이유는 어디나 같다. 술을 마시기 위해 이유를 만든다.

1 메세타고원이 펼쳐진다. 메세타는 테이블이라는 뜻이라고 한다. 고원지대에 테이블처럼 평평한 평야가 넓게 분포된 지역이다.
2 끝없이 펼쳐지는 지평선
3 온타나스 마을 입구. 끝이 보이지 않는 지평선만 보고 걷기 때문에 멀리에서는 이 지점에 마을이 있을 거라고 예상할 수 없다. 넓은 평지 한가운데 갑자기 나타난 경사 길을 따라 내려가자 온타나스 마을로 이어진다.
4 용도나 의미를 알 수 없는 돌무더기 옆에 산티아고 푯말

1 젖먹이 아이를 유모차에 태워 산티아고로 가는 스페인 부부
2 카스트로헤리스로 가던 도중 만난 성 유적
3 숙소 식구들이 다 같이 모여 순례자 메뉴로 식사한다. 왼쪽부터 브라질 네투, 스페인 세레나, 독일 요한슨, 프랑스 프레데리크, 나, 프랑스 알베르, 남아공 조세핀, 일본 혼다

카스트로헤리스Castrojeriz → 프로미스타Frómista

7시 반쯤 불이 켜진다.

요한슨은 이제 일주일간의 휴가가 끝났다며 전역하듯 사람들에게 인사를 하고 8시도 되기 전에 떠난다.

남은 우리는 같은 곳에서 자고 일어나 같은 곳에서 식사하고 같은 곳으로 같은 길을 떠난다.

오늘은 알베르, 프레데리크와 함께 셋이 출발한다.

바람이 없어 다들 좋아했는데 마을을 벗어나자마자 바람이 불기 시작한다.

다들 귀를 감싸고 코와 입을 가리고 장갑이 없는 사람들은 주머니에 손을 넣고 걷는다.

평야를 걷고 언덕을 오르고 언덕 위의 평야를 걷고 언덕을 내려와 또 평야를 걷고 매번 만났던 사람들을 만나고 그렇게 오늘도 걷는다.

한국 아주머니가 벤치에 앉아 쉬고 계신다. 그제 밤 숙소에서 얻어먹은 밥이 맛있었다고 했더니 어제 묵은 숙소에 쌀이 있어서 밥을 새로 해 남은 김을 다 드셨다고 한다. 어제 따라갔어야 했다. 이제 만나지 맙시다, 농을 하고 먼저 일어선다.

11시, 마을에 도착해 차를 마신다.

알베르가 화장실 간 사이 따라오겠지 하고 프레데리크와 먼저 출발한다.

하늘도 구름도 땅도 평편하다. 잡풀들이 자란 너른 평야에 구름 그림자가 물결치듯 흘러간다.

사방 부딪힐 것 없는 바람이 야속하게 차고 거세다.

옷 속으로 파고드는 바람은 그나마 버틸 만해졌는데 손수건으로 코를 가렸는데도 콧물이 흘러 손수건을 적신다.

다리는 매일 걷는 게 익숙해진 듯 알아서 걷고 어깨는 아팠다 안 아팠다 한다.

천천히 가며 뒤를 봐도 알베르는 오지 않는다.

1시 반쯤 지나가는 브라질 친구 네투에게 알베르 봤냐고 물어보니 뒤에서 어떤 여자와 얘기하고 있는 걸 봤다고 한다.

또 뭔 짓을 하느라 안 오는 건지, 이넘은!

작은 마을에 도착, 작은 교회 앞 정원이 예쁜 레스토랑에서 프레데리크와 치킨수프를 시켜 먹는다.

점심을 다 먹을 때까지 알베르는 오지 않는다.

프레데리크는 열네 살 딸이 요즘 문제가 많다고 시도 때도 없이 통화를 한다. 치킨수프를 빨리 먹어 치우고 나가더니 밖에서 딸과 한참 동안 통화하고 있다.

통화가 길어지는 프레데리크에게 먼저 간다 하고 혼자 출발한다.

도시를 벗어나 작은 운하 길을 따라 좀 걸으니 멀리 알베르가 말 많은 남아공 아주머니 피오나와 걷고 있다. 나를 보고 멈춰 기다린다. 점심 했는지 물으니 차 마신 곳에서 피오나를 만나 같이 먹었단다. 이 아주머니는 알베르와 무슨 관계인지 사라졌다 나타나고, 간다 했다가 다시 오고 한다. 물어보기도 그렇고 모르겠다.

운하가 끝나는 길에서 오늘의 목적지인 프로미스타Frómista로 들어선다.

마을은 그다지 크지 않아 조금 걸으니 마을 중심가에 닿는다.

숙소 정보가 마땅치 않은데 마침 어제 호텔 바에서 만난 일본인 아저씨가 지나간다. 숙소가 어디냐 물으니 10유로에 침대만 주는 곳인데 어떠냐 하니 좋다는 말을 안 한다. 알베르와 상의하고 있는데 한국 아주머니가 지나간다. 어디에서 주무시냐 하니 가까운 곳에 도네이션 알베르게로 간단다. 어떠냐 하니 한국 사람들 평이 좋단다. 아주머니를 따라가기로 한다.

방 하나에 거실과 화장실 있는 아파트다. 방에 침대가 네 개 있다.

벌써 몇 번 봤던 '프랑스령 아프리카 섬에 사는' 할아버지가 먼저 와 있다.

방은 이제 다 찼다. 아니다, 다 찬 줄 알았더니 위층에 방이 또 있다.

두 명이 더 오고 프레데리크와 피오나도 불러 총 여덟 명이 함께 저녁거리 장을 보러 나간다.

오늘 메뉴는 한국 음식이다.

한국 아주머니는 웬만한 양념을 다 갖고 다녀 뭐든 다 하신다. 알베르가 매운 걸 못 먹는다고 하니 불고기와 돈가스, 부침개를 단숨에 만들어 차려냈다. 돈가스 튀기는데 빵가루가 없으니 바게트를 칼로 긁어 만들고 소고기 질기다며 이것저것 넣어서 연하게 만들고. 암튼 한국 '아줌마 저력' 최고다.

6유로씩 걷어 저렴하지만 푸짐하게 8명이 저녁 식사를 하고 내일 아침거리까지 만들어 놓으셨다.

이런 저력이 있는 아주머니는 여기서 만난 사람 중 가장 영어를 못하신다. 영어는 못하시지만 여기 모인 사람들에 대해 나보다 훨씬 많이 아신다. 프레데리크의 딸이 몇 살이고 지금 무슨 문제가 있는지는 물론, 누구는 직업이 뭐고 가족이 몇 명이며 성격은 어떻고 각각 무슨 음식을 싫어하는지까지. 이게 다 어제 프레데리크가 말한 번역기의 힘이었던 거다.

이 길은 용기 있는 사람을 부르는 듯하다.

1	2
3	

1 언덕 위로 난 길을 오르면 다시 고지대 평야가 이어진다.
2 언덕 위에 이름 모를 이의 돌무덤과 돌탑이 있다.
3 끝이 보이지 않는 메세타고원

1 여기부터는 'Itero de la Vega(평야가 이어지다)'가 아니라는 푯말과 함께 가정집으로 보이는 집 담벼락에 순례자 길을 안내하는 벽화가 그려져 있다.
2 보아디야 델 카미노Boadilla del Camino에 도착해 찾아 들어간 식당 벽에 예사롭지 않은 벽화가 있다. 뒤로는 성당이 보인다.
3 운하를 따라가는 길
4 프로미스타 마을 공원

프로미스타Frómista → 카리온 데 로스 콘데스Carrión de los Condes

깨우는 알람 소리가 없어도 6시 반쯤이면 눈이 떠진다.

날씨를 검색하고 온도를 확인한 뒤 오늘은 어디쯤 갈 수 있는지 대략 생각을 해둔다. 분명 오늘도 몇 명인가는 내게 어디까지 가는지 물어볼 테지.

내 침대 아래 칸에서 주무신 아주머니는 일어나자마자 말을 시킨다. 잠을 잘 잤다느니 한국 사람은 밥을 먹어야 된다느니 오늘은 어디서 잘 거라느니.

아주머니가 갖고 있는 산티아고 한국어 가이드 책이 눈에 띈다. 이런 것도 있었구나 하고 책을 보고 있으니, 이 책이 왜 좋은 줄 아냐고 또 말을 붙이신다. 길 안내나 도시 설명이 잘 되어 있나 하고 기대한 나는 맥이 빠진다. 가벼워서 좋다 하신다. 들고만 다니시는지, 허허.

출발하려니 내리기 시작한 비가 이내 세차게 퍼붓는다. 마음이 심란해진다.

알베르가 좀 기다렸다 가자고 해서 기다리는데 아주머니는 비옷을 꺼내 입더니 망설이지도 않고 출발하신다. 비 그치면 가시지요, 언제 그칠 줄 알고, 난 걸음이 느려서 빨리 가야 해 하며 가신다.

비는 10분 정도 세차게 내리더니 곧 그친다.

8시 40분쯤 알베르와 둘이 출발한다.

멀리서 프레데리크가 손을 흔든다. 여기서 아침을 먹고 출발할 거라며 먼저 가라고 한다.

둘 다 생각 없이 앞으로만 걷고 있는데 맞은편 주유소에서 일하시는 분이 이 길이 아니란다. 되돌아가서 왼쪽 길로 빠져야 한단다. 가끔 이렇게 길을 잃으면 사람들이 알아서 길을 알려주곤 한다.

마을을 벗어날 즈음 다시 비가 온다.

판초 우의와 새로 산 방수 바지를 꺼내 입는다.

비는 잦아들었지만 바람이 많이 불어 춥다. 우의를 벗을 엄두가 나지 않는다.

두 갈래 길이 나온다. 하나는 찻길 따라가는 빠른 길이고 다른 하나는 2킬로미터를 돌아가는 강변길이다. 동전을 던져 찻길이 나왔지만 우린 강변길을 택해 간다.

이 길이 찻길보다 지루하지 않을 거라 생각했는데 그다지 특별한 게 없다. 커피 마실 곳도 없고.

다시 지도를 보고 찻길로 나와 4킬로미터를 걸으니 마을이 나온다. 교회 앞 바에서 커피를 마신다.

오늘 갈 마을은 이제 6킬로미터 남았다. 아직 12시도 되지 않아 알베르가 여기에서 좀 더 쉬다 늦게 출발하는 게 좋지 않겠냐고 한다.

1유로 내고 교회에 들어간다. 이 정도 교회를 보는 데도 돈을 받는 건 좀 너무하단 생각이 든다. 알베르도 같이 온 프랑스인들도 못마땅해한다.

교회를 보고 나오니 바람이 더 분다. 겨울 냄새가 난다.

춥다. 지금보다 조금이라도 더 추우면 견디기 어려울 것 같다.

걸음이 빨라진다. 고개 숙이고 알베르 뒤만 보고 따라간다. 한국인들이 "부엔 카미노" 하고 인사한다. "안녕하세요" 하니 놀라며 웃는다. 날 외국인으로 봤다고 한다.

걷는 게 최선이다. 걷지 않으면 춥다. 이제 한 시간만 걸으면 된다.

2시 조금 넘어 콘데스Carrión de los Condes에 도착한다. 가까운 알베르게로 왔는데 썩 내키지 않는다. 돌로 된 오래된 건물이라 찬기가 느껴진다. 알베르는 어제 잠을 못 자서 25유로에 독실을 쓰겠다고 한다. 그럼 굳이 내키지 않는 숙소에 같이 있을 필요는 없겠다.

다른 숙소를 찾아보려고 밖으로 나오니 아까 길에서 만난 한국 친구들이 지나간다. 성당에서 운영한다는 알베르게로 간단다.

아무래도 한국 사람이 그리웠나 보다. 한국 사람들과 밥을 먹고 한국 사람들과 술을 마시는 게 이렇게도 즐거울 줄이야.

숙소에 도착하자 한 친구가 통조림 김치를 꺼내 한국 음식을 해 먹자고 한다. 한솔이라는 이 친구는 여기 와서 통 음식이 입에 맞지 않아 고생하고 있단다. 알고 보니 생장 지나고부터 몇 번 마주쳤던 친구인데 불과 열흘 남짓 사이에 체중이 너무 줄어 알아보지 못할 정도가 되어 있었던 거다.

안타까운 마음에 아는 거라곤 하나, 무작정 김치볶음밥을 했더니 한솔은 물론 한국인 세 친구가 순식간에 먹어 치우면서 감탄을 연발한다. 사실 여기 와서 가장 맛있게 먹은 음식이란다. 자기들도 해봤지만 이 맛이 안 났다면서 비법이 뭐냐고 묻는데 차마 라면스프라고 말해주지 못한다.

김치와 볶으면 김치볶음밥인 줄 알았더니만 영 맛이 안 나서 갖고 있던 라면스프를 살짝 첨가한 순간 맛이 확 살아나는 게 아닌가. 아, 이 끓을 수 없는 MSG의 감칠맛이라니. 남은 밥으로 누룽지까지 끓여주니 이 친구들 잘하면 충성이라도 맹세할 기세다.

모르겠다. 내가 진정 바랐던 여행이 어떤 것이었는지. 마음 가는 대로 걷고 마음 가는 대로 하련다.

걷다 보면 시간이 잡힐 줄 알았다. 눈 깜짝할 사이에 지나간 사십대의 나이가 힘들게 걷다 보면 조금은 늦게 갈 줄 알았던가 보다. 하지만 지금 눈만 뜨면 하루가 간다. 시간은 상대적인 게 아니었다. 알다시피 하루는 달라질 것 없는 온전한 하루다.

모르겠다. 다를 것 없는 하루가 갔고, 내일은 그래도 또 다른 하루다.

프로미스타Frómista 로마네스크 교회와 역사 깊은 광장

1 도로 갓길로 걷는 코스가 의외로 많다.
2 성당에서 운영하는 알베르게
3 알베르, 프레데리크, 피엑과 함께 거처를 정하지 못해 의논 중이다. 이 마을을 넘어 가면 20km까지는 숙소가 없다고 하고, 시간은 아직 오후 2시밖에 되지 않았다.

카리온 데 로스 콘데스Carrión de los Condes → 사아군Sahagún

누군가의 알람 소리에 일어난다. 6시인가, 6시 반인가.

옆에 자던 한솔은 7시가 되기도 전에 떠났다.

침낭이 겨울 침낭이라 자다가 땀이 나면 건물이 난방이 되는 거고 땀이 안 나면 난방 가동이 안 된 거다. 어젯밤에는 많이 추웠던지 침낭이 몸에 말려 있다.

7시, 사람들이 움직이기 시작한다.

누군가 움직이는 소리에 옆 사람도 깨고 깬 사람도 같이 움직인다. 다들 눈 뜨면 움직인다. 모두가 오늘 걸을 사람들이기에 오늘은 날이 밝기도 전인데 사람들이 움직인다.

오늘은 어제보다 7킬로미터를 더 보태 26킬로미터를 가야 한다. 17킬로미터 지점까지는 마을도 없으니 불안감에 조급해진 건가. 7시 반밖에 되지 않았는데 침대가 거의 비었다.

다수의 움직임은 별생각 없던 내게도 불안을 일으킨다. 나 역시 마음이 급해져 해 뜨기 전에 알베르게를 나선다.

기온은 어제보다 더 떨어졌는데 바람이 불지 않아 춥지는 않다.

바에서 토스트와 커피를 시켜 아침 식사를 한다.

8시가 되기도 전에 걷기 시작한다. 혼자 걷는다.

파란 하늘, 동쪽 하늘에 오랜만에 붉게 떠오르는 해를 본다.

마을을 벗어나니 여지없이 바람이 분다. 그나마 적응이 되었는지 그렇게 많이 춥게 느껴지지 않는다.

열 손가락 중 여섯 손가락이 장갑에서 삐져나온다. 삐져나온 손가락들이 시리다. 장갑을 사고 싶은데 마땅한 두께의 장갑이 없다. 상점에서 파는 것들은 겨울용 방한 장갑들이라 좀 걸으면 손에 땀이 나니 벗었다 다시 끼고 하는 게 불편할 거다.

오늘도 일직선의 평야를 걷는다. 지평선을 한 바퀴 돌아보면 정확히 원이다. 하늘도 원이고 마치 둥근 구슬 속에 내가 들어 있는 듯하다. 오래전에 땅이 네모라고 생각했던 사람들은 무척 창의적인 생각을 했던 것 같다. 누가 봐도 어딜 봐도 땅도 하늘도 둥글다.

아침에 잠깐 푸른 하늘이 보이더니 점점 구름이 몰려온다. 비가 올 것 같지는 않다.

오랜만에 혼자 걸으니 기분이 좋다. 걷는 것은 기분 좋은 일이다.

한참을 걷다 보니 어제 함께 술자리를 했던 한국 친구들이 걷고 있다. 합류해 이런저런 이야기를 하며 11시 반쯤 카사디야 데 라 쿠에사 Calzadilla de la Cueza에 도착한다.

17킬로미터 만에 처음 나온 마을이라 쉬는 사람이 많을 줄 알았는데 몇 명 되지 않는다. 생각해보니 오늘은 내가 빨리 출발했으니 뒤에 오는 사람이 더 많겠다.

한국 사람들 틈에 끼어 수프를 먹고 와인을 마시고 있으니 식당 안에 사람들이 점점 늘어난다.

이제 다들 9킬로미터만 더 가면 있는 다음 마을 테라디요스 데 로스 템플라리오스Terradillos de los Templarios에서 오늘 밤을 머물 거라고 한다. 두 시간 정도만 더 가면 되니 다들 한 잔씩 더 주문한다.

아는 외국인 친구들도 한둘 늘어나고 한국인들끼리 일찍부터 떠들며 술 마시고 있는 게 그들 보기에 어쩐지 마땅치가 않을 것 같다. 술도 더 고프지 않고 나는 오늘 도착지로 했던 테라디요스를 넘어갈 예정이라며 먼저 일어나 배낭을 메고 나선다.

어디까지 갈지는 모르겠다. 일단 여기부터는 거의 3킬로미터 지점마다 마을이 있으니 가는 데까지 가서 쉬면 될 테다.

나오자마자 비가 내린다. 괜히 먼저 나왔나. 우의를 입는다. 비는 점점 굵어진다. 돌아갈 수도 멈출 수도 없다. 무조건 또 걷는 수밖에.

이제 방수 바지를 입어 바지까지는 젖지 않는데 신발 젖는 건 어쩔 수 없다.

오늘 같은 곳에서 출발한 사람 중에는 내가 제일 앞서가고 있는 모양이다. 허허벌판 멀리 앞에도 뒤에도 아무도 없다.

혼자 이 광활한 길을 다 차지한다.

비바람이 정면에서 불어와 고개를 들면 얼굴에 빗줄기가 내리친다. 고개를 숙이고 땅만 보며 걷는다.

간간이 마을이 나오는데 마을 안으로 지나는 게 아니라 마을로 가까이 접어들었다가 다시 평야로 이어진다. 마을로 들어가면 바나 레스토랑이 있을까 싶다가도 푯말이 없으니 발길이 옮겨지지 않는다.

평야는 비 피할 나무 하나 없다.

배낭을 내리고 우의를 벗어야 하니 소변 한 번 보기도 어렵다.

배는 고파오고 할 수 있는 건 그냥 걷는 것뿐이다.

2시 반쯤 팔렌시아Palencia의 모라티노스Moratinos 마을에 도착.

뭐 좀 먹을까 하고 레스토랑에 들어가 오늘의 요리를 시켰더니 정말 푸짐하게 나온다. 배가 너무 부르다.

지도를 확인하니 사아군Sahagún까지 8킬로미터. 두 시간이면 넉넉히 가겠다.

비는 멎었는데 배가 불러 걸음이 느리다.

마음은 급한데 빨리 걸으면 배가 아프고 어쩔 수 없이 천천히 걷는다.

5시쯤 멀리 제법 큰 마을이 보인다. 저기구나, 다 온 듯했는데 길을 한참 돌아서 간다.

권이 알려준 알베르게로 가보니 내년 3월에 보자는 안내 문구가 붙어 있다. 권이 나를 골탕 먹이려 했나.

앞에 있던 할머니가 알베르게 코미네날 뭐라 하시며 손가락으로 온 길을 가리키신다.

오다가 뭔가 푯말을 본 것 같아 가보기로 한다.

6시 전까지는 가야 안전하다. 공립 알베르게는 6시면 직원들이 퇴근하는 곳도 있으니.

6시 다 될 무렵 알베르게에 도착한다.

문 앞에 '프랑스령 아프리카 섬에 사는' 할아버지가 담배를 피우고 계신다. 몇 명 있냐고 물으니 안에 다섯 명 있다고 하신다. 다행히 마감은 7시라고 한다.

6시 반 마틴과 몇 명이 더 들어온다. 백 명은 수용할 수 있는 곳에 열 명 정도가 채워졌다.

샤워하고 나왔는데 속이 안 좋다. 아마 점심을 너무 거하게 먹고 곧바로 걸어서 소화에 문제가 생긴 듯하다.

밖으로 나와 바에서 맥주를 시킨다.

할아버지들 사랑방인 양 이쪽저쪽 테이블에서 내기 카드를 치는 모습이 정겹다.

오늘 오랜만에 40킬로미터 가까이 걸었다. 내일은 33킬로미터 정도만 가려 했는데 거기는 렐리에고스Reliegos라고 베드벅스로 유명한 곳이란다. 그럼 내일도 40킬로미터는 가야 할 텐데 어찌 될지 모르겠다.

여행은 항상 새로운 상황들이 발생하니 완벽한 계획은 있을 수 없다. 계획은 어긋나는 게 맞이다. 그냥 하루를 즐길 뿐.

1

2

1 카리온 데 로스 콘데스
2 칼사다 데 로스 몰리노스Calzada de los Molinos

1 지평선까지 이어지는 일직선 길이 가장 힘들다.
2 사아군 초입의 공원인지 유적인지 푯말도 없고 벤치만 여러 개 놓여 있다. 마을 입구로 짐작되는 구조물의 수문 조각상이 제법 정교하다.
3 동네 어르신들 카드놀이 하시는 바

사아군Sahagún → 만시야 데 라스 물라스Mansilla de las Mulas

큰 도시 레온León까지는 50킬로미터 남았다.

어차피 하루에 갈 수는 없고 모레 도착으로 예상하면 오늘 엘 부르고 라네로El Burgo Ranero까지 20킬로미터 정도 가도 충분하다. 30킬로미터 정도에 있는 숙소가 베드벅스로 유명하다니 40킬로미터까지 갈 필요는 없다.

누구는 아직 자고 있고 몇몇은 이미 출발했다.

8시쯤 길을 나선다.

옅은 안개가 끼었다. 안 그래도 칙칙한 마을이 을씨년스럽다.

바를 찾아 뭐라도 먹고 출발하면 좋겠는데 지나가는 사람 하나, 불 켜진 간판 하나 없다.

가다 보면 있겠지 하고 길을 따라 걸어보지만 마을을 벗어날 때까지 먹을 만한 데가 없다.

바람이 불지 않는다. 귀도 시리지 않다.

날씨가 이 정도만 된다면 산티아고까지 가는 건 어려울 게 없을 텐데.

9시가 넘으니 배가 고파온다.

다음 마을까지는 4킬로미터로 나온다. 비상식량을 꺼내 먹을까 하다 참고 간다.

10시쯤 마을이 나온다. 바가 표시된 푯말을 보고 찾아 들어가니 밥 딜런 노래가 흘러나온다. 미국의 어느 도시에 와 있는 기분이 든다.

손님은 나뿐이다. 중년의 아주머니가 인사하며 반갑게 맞아준다.

토스트와 커피를 시킨다. 이 맛이 나중에 오랫동안 기억이 나려나, 그리워지려나.

안개가 걷히니 바람이 불기 시작한다.

어느샌가 듬성듬성 파란 하늘이 보이기 시작하고 가끔 햇살이 비친다.

지평선 저 멀리 신기루처럼 설산이 보인다. 아마 저곳으로 가게 되나 보다. 레온을 지나면 고산지대로 접어들고 거기엔 지금 눈이 왔다고 한다. 얼마나 더 추워지려나, 뭘 더 준비해야 하는 걸까.

12시가 되기도 전에 엘 부르고 라네로에 도착한다.

마을은 딱히 볼 게 없다. 만일 오늘 여기서 묵지 않는다면 베드벅스가 많다는 렐리에고스를 지나 다음 마을인 만시야Mansilla까지 22킬로미터를 가야 한다.

어쩐다? 망설여진다. 아침에 단톡방에서 권이 만시야까지 간다고 했던 게 기억난다.

권에게 연락을 해보니 만시야에 거의 다 와간다고 해서 숙소에 도착하면 내 자리를 예약해 달라고 부탁한다. 날씨가 좋으니 22킬로미터를 네 시간 반이면 갈 수 있다. 가자, 멈추기엔 너무 이른 시간이다.

길은 2차선 차도 옆으로 지루하게 이어진다.

사람 하나 없다. 가끔 붕 소리를 내며 지나가는 차량뿐 막막한 평원이다.

멀리 누군가 걸어간다. 가까워지려고 하면 멀어지고, 쉬는 듯하다가도 내가 다가가면 모른 척 먼저 출발하곤 한다. 어제 같은 숙소에서 잤던 한국인 친구다.

어젯밤 8시 반쯤 맥주 한잔 마시고 알베르게에 들어와 보니 마틴과 젊은 친구들은 맥주 마시러 나갔는지 보이지 않고 '프랑스령 아프리카 섬에 사는' 할아버지 마코트와 한국인 그 친구 그리고 폴란드 여자 이렇게 셋이 있었다. 금방 솥에 뭔가를 끓였는지 마코트가 내게 먹어보라고 했지만 나는 사양했다. 폴란드 여자가 접시에 조금 덜어 맛만 보고는 맛있다고 뭘로 만들었는지 묻고 얘기하는 동안 그 친구는 몇 번을 떠다 먹고 있었다.

마코트는 구걸을 하며 여행을 한다. 구걸이라는 표현이 좀 그런가. 암튼 큰 도시가 나오면 돈통을 앞에 두고 앉아 있는 걸 몇 번이나 봤다. 숙소도 도네이션이나 저렴한 공립으로만 다닌다. 차림이나 뭐나 누가 봐도 가난한 여행자다. 마코트가 먹는 음식은 쌀을 넣고 카레나 여타 향신료를 넣어 죽으로 만든 거다.

눈치도 없이 마구 먹는 한국인 그 친구를 보고는 폴란드 여자가 민망했던지 남는 건 어떻게 하냐고 물어보기까지 했다. 마코트는 아침에 먹고 플라스틱 백에 싸서 점심으로 먹는다는 대답을 하는데도 녀석은 계속 먹고 있었다. 맛보라는 그 한마디에 결국 마코트는 아침과 점심을 잃었다. 마코트는 먹지 말라고는 말도 못 하고 못마땅한 듯 녀석을 쳐다보다가 "너는 나 밥 언제 해줄 거냐?"고 물었다. 그 녀석이 한국인 식품점이 나오면 한국 식품을 사서 해주겠다는 말에 마코트가 허허 웃었다. 아마 다음부터는 한국인에게 먹어보란 말 안 하실 듯싶다.

중간에 나까지 눈치 주며 거들었는데도 그 친구는 그런 녀석이었다. 무슨 이유에서인지 다가가면 피하는 눈치다.

점심 먹을 마땅한 데도 없어 지루한 길을 사과 하나 깨물어 먹으며 걷고 걸어 4시쯤 만시야에 도착한다.

권이 1층으로 침대를 예약해 놨다고 하는 가이아 알베르게로 간다.

이틀 연속 40킬로미터 정도를 걸었다.

알베르게에 아는 사람이 없다는 사실이 낯설다. 함께 걷고 있는 사람들을 지나 더 앞으로 가면 혼자 조용히 걸을 거라 생각했다니, 얼마나 어리석었던가. 그저 한 그룹을 지나 또 다른 그룹으로 오기 위해 40킬로미터씩 이틀을 온 셈이 되었다. 사람들이 바뀌니 분위기가 달라진다. 이곳에서 나 혼자만 어색함을 느끼는 듯하다.

잠시 후 마코트, 한국인 녀석이 오고 6시가 넘어 마틴과 주당 세 명이 함께 들어온다. 침대가 없어 마틴은 다른 곳으로 간다.

알베르는 연락이 없다.

오랜만에 권과 밀린 이야기를 나누며 바에서 맥주를 마신다. 같은 걸 보며 같은 길을 가도 만나는 사람이 다르면 다른 여행이다.

서로 그렇게 다른 여행을 하다가 다시 길에서 만난다.

1	1 한적한 마을 엘 부르고 라네로
2	2 개 한 마리, 양치기 한 명 그리고 수도 없이 많은 양들
3	3 지나가는 화물열차 칸마다 그려진 그라피티graffiti

1 종일 40킬로미터를 걸어 드디어 만시야에 도착하니 탈출한 당나귀가 웃음을 준다.
2 가이아 알베르게
3 만시야 교회로 앞의 석상은 산티아고 사도
4 스페인에서 유명한 문어 요리 '폴포polpo'

만시야 데 라스 물라스Mansilla de las Mulas → 레온León

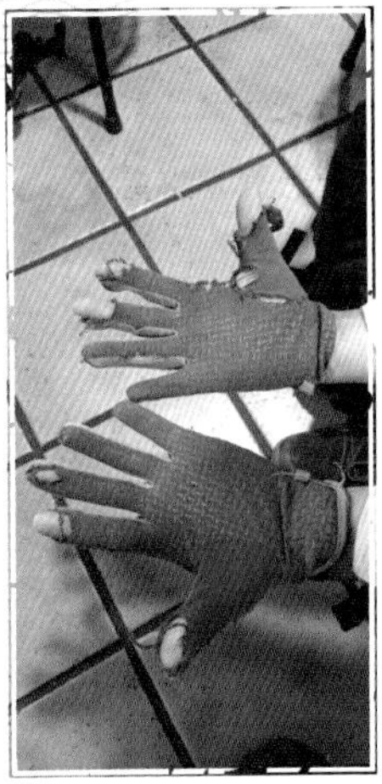

사람들 움직임 소리에 일어나 보니 7시 반이다.

아직 한 명도 출발하지 않는다.

레온까지는 얼마 안 남았으니 다들 출발이 느긋하다.

10킬로미터 내외, 오늘은 서너 시간만 걸으면 된다.

천천히 준비하고 9시쯤에나 출발하려고 했는데 8시 반에 모두 퇴실해야 한단다.

프레디에게 연락이 왔다. 프레디는 내가 걷고 있는 이 길 프렌치 로드가 아니라 대서양을 따라 스페인 북쪽 길을 걷고 있다고 한다. 생장에서 피에르산맥을 넘어온 직후 그 길이 폭설로 차단되었다는 소식을 듣고 뒤에 오는 프레디가 어떻게 올지 궁금했는데 북쪽 길을 택해 산티아고로 가고 있었다.

혹시 연결된 길이 있나 찾아보니 바로 여기 만시야에서 북쪽 길로 이어지는 길이 있다. 만약 그 길로 내가 오늘 출발한다면 일주일 늦게 오는 프레디와 갈림길에서 거의 비슷하게 만날 듯하다. 프레디를 만나기 위해 일주일을 돌아갈 수는 있겠는데 문제는 피에르산맥을 넘어야 한다. 눈 쌓인 저곳을. 잠시 고민해보고 바로 포기한다. 인연이 되면 만나지겠지.

바람 한 점 없이 날은 좋다.

오랜만에 권과 한국말로 수다를 떨며 걷는다. 그나마 만난 한국인들 가운데 걷는 속도도 비슷하고 말벗이 되는 친구라 다행이다.

마을이 나오고 바에서 케이크와 함께 커피를 한 잔 마시고 다시 천천히 걷고 성당에서 좀 쉬다가 또 걷는다.

걷다 만나는 사람들은 다 권에게만 인사를 한다. 이 그룹에 새로 합류했으니 나도, 그들도 서로 어색하다. 며칠 보고 얼굴 익히면 또 금세 친해지겠지, 그러다 또 모두 익숙한 사람들이 되겠지. 그럴 거다.

12시쯤 멀리 큰 도시가 보인다.

멀리 보이던 도시가 점점 가까워지고 도시 속으로 걸어 들어간다.

차도 사람도 건물들도 많다. 줄곧 작은 마을들만 지나왔더니 이런 대도시에서 걷는 게 익숙지 않다. 숙소를 검색하니 40분 정도 더 가야 한다.

도시 사람들 틈에 끼어 신호등을 기다려 건너고, 사람들과 함께 골목길을 누빈다.

한참을 걷다 보니 성곽의 흔적이 남아 있는 오래된 마을로 들어선다. 옛 시가지인 듯하다.

작은 틈 하나 없이 하나의 건물인 듯 건물들이 서로 붙어 있다. 같은 색과 외장재를 썼다면 기다란 하나의 건물로 보였을 것이다.

들어서는 골목마다 마치 기차가 휘어져 돌아가는 듯하다.

특색 있는 건물들도 곳곳에 보인다. 이 도시는 멋지다!

사진 찍는 관광객, 단체 여행객들, 순례자들, 도시인들이 뒤섞여 있는 이곳이 바로 레온이다.

호스텔에 도착하니 비가 오기 시작한다.

잠시 쉬었다 2시쯤 권과 함께 나간다. 권은 은행을 찾아 100유로 지폐를 20유로짜리로 바꾼다. 사실 이곳에서 100유로는 큰돈이다. 식당이나 상점에서 100유로 지폐를 내밀면 난감해하는 주인들도 많다.

식당으로 와 15유로에 오늘의 메뉴를 주문한다. 랍스타 수프가 나오고 송아지 볼살 찜이 나온다. 여기는 우리 한국 기준으로 1인분의 양이 두 개씩 나온다고 생각하면 된다. 배가 너무 부르는 양이다.

이제 높은 지대로 가야 하니 추위에 대비해 옷을 좀 사야 한다. 까르푸로 천천히 걸음을 옮긴다.

비가 제법 내린다.

기능성 상의 내의를 사고 내일 먹을 과일도 좀 사고 나오니 비가 더 많이 내린다. 택시를 타려고 기다린다. 택시는 없고 버스는 뭘 타야 하는지 모르겠고 다행히 비가 좀 멎는 듯해 다시 걷는다.

걸어오는 길에 1유로 상점에 들러 장갑을 사고 5유로짜리 두꺼운 티셔츠를 또 산다. 두려움으로 배낭을 채운다는데 내가 제일 두려운 건 추위인가.

7시가 넘었는데도 비는 멎을 줄 모르고 배도 꺼질 줄을 모른다.

밤길을 걸어 야경을 좀 보다가 맥주 사서 들어와 내일 관광할 곳을 검색한다. 관광지를 알아보다 놀라운 사실을 발견한다. 내가 머무는 이 호스텔 바로 앞에 가우디가 설계한 건물이 있다. 저 창밖으로 보이는 바로 저 건물이 가우디가 설계한 건물이란다.

내일 오전에 레온 성당과 도시를 둘러보고 12시쯤 레온을 떠나기로 계획하고 잠든다.

1
2
3

1 길은 마을과 마을을 잇고 도시로 이어진다.
2 눈앞에 펼쳐진 오랜만에 보는 대도시 레온
3 레온 옛 시가지로 가는 길목

1 숙소에서 바라본 골목길
2 가우디가 설계한 건축물
3 레온 시가지
4 레온 대성당 야경

레온León
→ 비야당고스 델 파라모Villadangos del Páramo

15유로는 프랑스에서는 일반적인 숙소 가격이고, 스페인에서는 조금 좋은 숙소에서 잘 수 있는 가격이다. 한 방에 침대는 네 개뿐이고 중심가에 있으며 이렇게 가우디 건물이 보이는 창이 있는 행운을 얻을 수도 있다.

오래된 건물이라 나무로 깐 복도를 걸을 때마다 삐그덕삐그덕 소리가 나긴 해도 고풍스러운 인테리어에 미로 같은 내부 구조가 인상적이다. 10유로짜리 공립에 머물렀으면 또 사오십 명 넘게 자는 커다란 방에서 어수선하게 자고 어수선하게 일어났을 거다. 그러고 보니 우리나라 게스트하우스 가격이 거의 프랑스 수준이다.

8시쯤 느지막이 일어난다.

날이 오늘도 우중충한지 창밖이 어둡다. 아니다, 아직 해가 뜨지 않았다.

매일 같은 날, 같으면서도 아침은 항상 새롭다.

매번 숙소가 바뀌어서 그런지 눈 뜨면 낯설다. 그러고 보니 거의 오십여 일 동안 같은 곳에서 자고 일어난 날이 하루밖에 없다.

하늘은 구름 한 점 없이 파랗다.

생각지도 않았는데 아침 식사가 나온다. 아침 식사도 괜찮다.

한국인 한 명과 합석한다. 이 친구는 북쪽 길을 걷다 숙소 잡기가 어려워 이쪽 길로 왔다고 한다. 숙소가 없어서 많이 걸을 땐 저녁 9시까지 50킬로미터를 걸어봤다고 한다. 감기에 잔뜩 걸려 오늘 하루를 더 쉬고 내일 출발한단다. 북쪽 길로 안 가길 잘한 듯하다.

9시 넘어 숙소를 나온다.

배낭 여행으로 왔으면 3일 정도는 있을 만한 도시인데 걷는 여행이라 그런지 편하게 오래 쉬어지지 않는다.

오전 관광을 위해 교회로 가던 중 4개 국어 하는 프랑스인 피엑도 만나고 한국 아주머니도 다시 마주친다. 도저히 아주머니 걸음으론 올 수 없는 거리인데 버스 타신 거냐고 물으니 버스는 어떻게 타는 줄도 모른다며 발뺌을 하시다가 몇 번 더 이어진 추궁에 버스가 아니라 사아군에서부터 기차를 타고 오셨단다.

어떻게 생각하면 별것 아닌 일인데 버스를 탔던 누군가에게 어떤 외국인이 하는 말을 들어 선뜻 말씀을 못 하셨단다. 다른 여행자들에게 부끄럽지 않냐고 했단다. 하루도 빠짐없이 걸었다는 것이 이 길을 걷는 사람들에게 그리도 중요한 일인가, 유일한 자부심인가? 모르겠다. 어디에 목적을 두고 걷고 있는지.

레온 대성당은 부르고스 대성당에 비해 크지 않고 그림이나 조각들이 많이 없는 데 반해 창마다 빼곡한 스테인드글라스는 지금까지 본 것 중 최고가 아닌가 싶다.

성당을 둘러보고 나와 성당 앞 카페에서 커피를 마시는데 전에 만났던 한국 사람들과 중국인 웨이웨이도 만난다. 이틀에 걸쳐 40킬로미터씩 강행군을 해서 왔는데 어떻게 이 사람들을 다시 만나게 되는지 이해가 잘

되지 않는다. 내가 어제 정오 전에 일찍 도착했으니 저녁 늦게 도착한 사람들은 3일에 걸쳐 왔다고 봐야 하는 건가.

권은 웨이웨이를 보자 치킨 때문에 자기를 버린 거냐고 티격태격한다.

도시를 벗어나기 전 중국 마트가 있어 들른다. 라면을 두 개 사서 가방에 넣는다.

오늘 저녁은 라면이다. 별것 아닌 라면 하나에도 기분이 좋아진다.

12시쯤 도시를 떠난다. 한 시간이나 넘게 걸어도 도시는 끝이 보이지 않는다.

1시쯤 레온과 이어진 다른 마을에 도착해 간단한 음식을 먹는다. 차림 사진을 보아 참치, 달걀, 채소가 한데 으깨져 먹음직스러운 죽 같은 걸 시켰는데 사진과 달리 건더기가 별로 없고 맛이 없다.

갈림길이 나온다. 빠른 도로 옆길과 5킬로미터를 우회하는 길 둘로 나뉜다. 오늘은 늦게 출발했으므로 어쩔 수 없이 빠른 길을 택한다.

길은 도로 옆을 따라 지루하게 몇 시간이고 이어진다.

마을이 4킬로미터 정도 남은 지점에서 한 한국인이 지나간다. 며칠 전 숙소에서 내 김치볶음밥을 맛있게 먹었던 친구들 중 하나인 철준이다. 이제 권과 철준, 나 셋이 나란히 걷는다.

5시쯤 오늘의 목적지 비야당고스 델 파라모Villadangos del Páramo에 도착한다.

라면을 끓여 먹기 위해 취사가 되는 알베르게를 찾았다. 5유로 하는 좀 허름한 곳이다. 주인 할아버지가 우리를 맞는다. 손님은 하나도 없다. 벽난로가 지펴져 있어 아늑하긴 해도 오래된 집 냄새가 모닥불 타는 냄새와 섞여 매캐하다.

맥주 한잔하자 하니 철준은 목감기에 걸렸다며 먼저 들어간다. 밖에서 권과 맥주를 마신다.

한잔 마시고 안으로 들어오니 철준이 밥을 안쳐놓고 김치를 볶고 있다. 중국 마트에서 캔에 든 김치를 사왔단다.

라면을 끓여 김치볶음밥과 먹는다. 철준이 내가 해줬던 맛이 생각나 시도했다지만 역시 라면스프의 비법 없이는 그 맛을 낼 수 없다. 고춧가루를 너무 넣어 맵기만 하다.

여기는 스페인인데 한국 음악을 틀어놓고 한국 사람들과 한국 음식을 먹으며 한국말로 얘기하고 있으니 내가 스페인에 와 있는 건지, 한국 어딘가에 와 있는 건지 모르겠다.

철준은 발에 물집이 생겨 다리를 절뚝거린다. 지금껏 어떻게 걸어왔냐고 물으니 좀 걷다 보면 아픈 줄 모르고 걷는단다. 왜 걷냐고 물으니 역시 모른단다. 어쩌다 보니 왔고 걷다 보니 산티아고까지 가야 할 것 같아 간다고 한다.

대체 왜 여기에 왔고, 다들 걷는 걸 힘들어하면서도 왜 꼭 산티아고까지 걸어서 가야 하는 걸까? 질문은 다시 내게로 돌아온다. 나는 왜 왔을까?

모르겠다. 왜 이러고 있는지 이해가 될 것 같다가도 다시 또 대체 왜 이러고 있나 싶어지니…….

프랑스에서부터 산티아고까지 천 킬로미터가 넘는 길. 걸어도 걸어도 거리 숫자가 줄어들지 않아 지루하더니 어느새 290여 킬로미터밖에 남지 않았다. 도착하면 허무하려나, 뿌듯하려나?

모르겠다. 가자, 가보자.

1 2 3
4
5

1 레온 대성당 내부
2 레온 대성당 앞 광장에서. 언제부턴가 커피에 설탕을 타서 마시고 있다.
3 레온 대성당을 보느라 좀 늦게 출발했더니 해는 지는데 숙소는 나오지 않고, 가도 가도 끝이 없는 찻길 옆 갓길이 지루하다.
4 대학교 캠퍼스 그리고 알폰소 9세 동상이다.
5 큰 도시에는 대형 조형물이 많다.

1
2
3

1 레온의 유명한 국영 호텔이라고 한다.
2 버리고 간 신발들을 긴 줄에 매달아 놓았다. 산티아고 길의 상징이 되었다.
3 이제 298km밖에 남지 않았다.

비야당고스 델 파라모Villadangos del Páramo → 아스토르가Astorga

새벽 몇 시쯤엔가는 더워서 땀이 났던 것 같은데 추워서 일어나 보니 7시 40분이다.

난로가 꺼지면서 추워진 듯하다.

입김이 난다. 옷을 입는다.

핸드폰을 켜고 현재 날씨를 보니 영상 1도에 체감온도 영하 6도, 강한 바람이라고 나온다. 그런데 여기가 해발고도 860미터란다. 오르막 없이 계속 평지로 걸어와서 몰랐다. 산티아고 길은 평균 고도 600에서 800미터 사이에 형성된 길이었다. 며칠 후면 해발 1500미터까지 올라갈 거고, 가다가 어느 지역은 눈이 와서 못 간다는 말이 들리곤 했었다. 일기예보에도 며칠 후에 눈 소식이 있다. 앞으로 10여 일 산티아고까지 쉽지 않겠다.

9시쯤 출발한다.

철준은 천천히 걷겠다고 먼저 가라며 뒤처지고 권은 빨리 걸어도 늦게 걸어도 잘 따라온다.

서쪽 하늘 멀리 눈이 오는 듯 뿌옇게 흐려져 있고 하늘엔 듬성듬성 구름이 떠다니는 좋은 날씨다. 햇빛이 얼굴에 닿는데 선크림 바를 생각은 들지 않는다. 이제 얼굴 타는 건 신경 쓰이는 일이 아니다.

도로 옆길을 한참 따라가니 마을이 나오고 11시쯤 커피를 마신다.

11시 반쯤 출발하려는데 어느새 눈구름이 이쪽으로 몰려와 있다.

눈발이 날리기 시작한다. 당황스럽다. 벌써 눈이 오다니. 이 산티아고 길을 마음먹고 준비할 때만 해도 눈은 전혀 예상에 없었다. 예상했다면 최소한이라도 방한 장비를 준비해왔을 텐데.

잠시 출발을 망설이고 있는데 미국인 두 명이 들어온다. 옷이 젖어 있다. 비옷을 입는 게 좋겠다.

권이 술이나 한잔하자며 와인을 시킨다. 모르겠다. 일단 한 잔 마시고 좀 기다려본다.

눈이 그치고 빛이 보이기 시작해 12시쯤 다시 출발한다.

눈에 대비하라는 진조 신호인가. 새로 산 장갑과 티셔츠 정도로는 안 될 것 같다. 심란해진다.

눈이 그쳐 다행이라 여기며 길을 나섰는데 서서히 구름이 몰려오더니 다시 눈발이 날리기 시작한다. 우의를 꺼내 입는다.

바람은 정면에서 불어오고 눈발은 점점 거세지기 시작한다. 고개 숙이고 발만 보며 걷는다. 누구를 신경 쓸 겨를이 없다. 권이 따라오는지 마는지 신경 쓸 수가 없다. 흙바닥에 눈이 떨어지자마자 녹는다. 땅이 비 내린 듯 질퍽해지고 길가 풀밭에 떨어지는 눈들은 쌓이기 시작한다.

불과 30분도 채 눈이 내리지 않았는데 나무도 풀도 들도 하얗게 변했다. 신발에 내린 눈은 신발을 적신다. 양말이 젖어온다. 발에 차가운 느낌이 들기 시작한다.

한 시간여 넘게 고개를 숙이고 걷는다. 판초 우의 후드에도 눈이 쌓여 길 표시를 보려고 고개를 들면 눈이 얼굴로 떨어진다. 다시 고개를 숙인다.

약간의 오르막 벌판을 지나고 양옆으로 나무 우거진 길을 지나 눈 쌓인 들판이 나오니 멀리 가건물이 보이기 시작한다.

가까이 가보니 사막의 오아시스처럼 허허벌판에 간이 휴게소에서 과일과 차를 팔고 있다. 아니, 준비되어 있다. 알아서 먹고 기부하는 시스템이다.

마코트도 있고 프랑스 친구도 있고 몇 번 봤던 친구들이 차를 마시고 있다. 우리가 오니 자리를 피해주려는지 인사하고 바로 일어서 나간다.

주인이 한국말로 안녕하세요, 인사를 한 뒤 여기 지오디GOD가 왔었다고 말한다. 지오디가 누군가 잠시 생각한다.

따뜻한 우유 한 잔과 비스킷 몇 개 먹고 5유로 기부한 후 다시 출발한다.

눈 내리는 벌판을 향해 또 걷는다.

얼마 안 가 길은 내리막으로 이어지더니 마을이 나온다. 권에게 오늘 갈 곳이 저긴가 하니 다음 마을이란다.

마을을 지나쳐 눈발을 뚫고 바닥에 고인 물을 피하며 계속 걷는다. 멀리 교회가 보이기 시작한다. 드디어 아스토르가Astorga에 다다랐다. 눈이 비로 바뀌더니 서서히 잦아든다.

철길을 건너고 언덕을 오르자마자 알베르게가 있다.

가수 지오디(GOD)가 다녀갔다는 쉼터

힘들었고 추웠다. 안도의 한숨이 나온다.

먼저 도착한 철준이 짜파구리를 끓여준다며 10분 후에 내려오란다.

철준은 매운 걸 좋아해서 음식에 고춧가루를 많이 푼다. 어제도 너무 매워 속이 아프고 아침에 설사까지 했는데 귀한 한국 음식을 안 먹을 수도 없고. 먹고 나니 속이 또 얼얼하다.

이 알베르게에는 한국인 자원봉사자가 있다. 못 보던 한국인도 많다. 한참 앞질러 오면 한국인 수가 좀 덜할까 싶었는데 마찬가지다.

권과 철준과 셋이 나와 광장 옆 바에서 와인 한잔한다. 창밖으로 보이는 돌 깔린 바닥으로 비가 내리고 가로등 불빛을 따라 눈이 내린다.

바의 TV에서 눈이 많이 왔다는 뉴스가 흘러나온다. 때아닌 폭설로 폰세바돈Foncebadón이 통제되었고 내일부터 라바날Rabanal del Camino로 가는 길을 통제한다는 내용이다. 라바날은 내일 우리가 가려는 마을이고, 라바날을 지나 바로 다음이 폰세바돈이다.

내일부터 오르막에 1500고지를 넘고, 1400고지 하나를 더 넘어가면 산티아고다. 앞으로 일주일, 가장 힘든 코스가 될 것 같다. 내일도 당장 눈 소식인데 고지대로 가니 온도도 더 떨어질 테고 쉽지 않을 거다. 모르겠다. 하루씩 버티다 보면 산티아고겠지.

내일도 눈을 뚫고 걸어야 하나, 하루를 쉬어야 하나 마음이 복잡해진다. 이틀 앞서간 성민은 얼마나 힘들게 산을 넘었는지 저체온증이 와서 체온 회복이 안 된다고 우리한테도 조심하라고 연락이 왔다. 이 길은 편했다 힘들었다 쉬웠다 어려웠다 할 만했다가 다시 막막해진다.

오늘 결정할 수 있는 건 아무것도 없다. 내일 봐야 한다. 자야겠다.

1
2
3

1 푸엔테 파소 온로소Puente Paso Honroso 다리. 로마 시대에 만들어졌다고 한다.
2 와인 한잔한 뒤 잠깐 빛이 보이기 시작하여 길을 나선다.
3 휘날리는 눈이 녹아 땅이 질퍽해졌다.

1
2
3

1 눈발이 점점 거세진다.
2 아스트로가에 도착
3 권과 철준과 셋이 맥주 한잔하러 나 온 마을 중심가에 눈비가 내린다.

54일차
약 20km

아스토르가Astorga → 라바날 델 카미노Rabanal del Camino

옆방의 한국 사람들은 어제 밤늦게까지 떠들더니 오늘도 아침 6시부터 시끌시끌하다. 한국말만 들린다. 알고 보니 옆방에 베드벅스가 나왔단다. 다들 배낭을 밖으로 빼고 법석이다. 지금껏 다른 사람들은 사용하는 걸 본 적이 없는 일회용 침대 커버를 사서 씌우는 걸 봤는데 그런 노력도 베드벅스를 막을 수 없었나 보다. 그런 노력을 하지 않은 우리 방은 다행히 베드벅스가 나오지 않았다.

잠시 후 또다시 소란스럽다. 이번엔 밖에 눈이 내린다고 법석들이다. 안 그래도 오늘 일정을 어떻게 해야 하나 갈피를 못 잡고 있는데 정신마저 어수선해진다.

철준이 어제 남은 밥으로 쌀죽을 끓여 셋이 아침으로 먹었다.

8시 퇴실이라 7시 55분에 쫓겨나듯 가로등도 달도 사라지지 않은 길로 나온다.

잠깐 눈이 오더니 하늘에 구름 한 점 없다. 언제 또 어떻게 바뀔지는 모르지만 어제보다 더 춥긴 해도 일단 날씨는 좋다.

오늘은 20킬로미터만 가기로 한다. 내일 1500고지를 넘어야 하니 오늘은 짧게 걷기로. 게다가 이곳에 가우디 건물이 있다니 안 보고 갈 수도 없다.

가우디가 설계한 건물은 지금 카미노 박물관으로 쓰고 있다고 한다. 10시 반에 문을 연다니 맞은편 카페테리아에서 시간을 보내려는데 철준은 그냥 먼저 출발해 간다. 권과 나는 20킬로미터쯤이야 12시에 출발해도 4시면 도착할 수 있다고 자신하며 남는다.

가끔 눈 쌓인 차들이 지나간다. 어딘가는 지금 눈이 오고 있는 건지, 아니면 어젯밤에 쌓인 눈이 안 녹은 건지 맘이 편치 않다.

카미노 박물관 안에 전시된 작품과 전시품들이 눈에 들어오지 않는다. 건축물 자체의 화려함과 디테일은 정말 볼만하다. 스테인드글라스나 아치형의 천장과 기둥 등 여느 성당에서는 잘 볼 수 없었던 것들이다. 가우디는 이름값을 하는구나.

11시 반쯤 길을 찾아 출발했지만 얼마 안 가 춥다. 어제보다 바람이 차게 느껴진다.

걸음이 빨라진다. 4시쯤엔 도착하겠지만 앞으로 길이 어떨지 몰라 약간 조급해진다. 두 시간 정도는 빨리 걸어 10킬로미터 남은 지점까지는 가둬야 좀 안심이 될 거다.

마을이 나왔지만 그냥 지나쳐 걷는다.

서쪽 먼 산에 눈이 오는 것 같아 다급해진다.

차도를 따라 옆으로 이어진 흙길을 걷는다. 약간 오르막이다.

사람들의 발자국마다 물골이 생겨 어디서부터 흘러오는지 알 수 없는 물이 끊임없이 흐른다. 물길을 피하며 걸으니 속도가 나지 않는다.

갈수록 점점 더 주변의 눈이 녹지 않았다. 물은 더 많이 흐르고 웅덩이도 많아 물을 피하면서 걷는 게 점점 더 쉽지 않다.

어제 젖은 신발이 채 마르지 않아 발이 차다.

도저히 이쪽 길로는 걷기 힘들 것 같아 차도로 오른다.

처음에는 차도에 눈이 없었는데 갈수록 쌓인 눈이 보이기 시작해 이제는 차바퀴 지나간 자리만 눈이 없고 사방이 온통 하얗다.

서쪽 산에 내리는 눈이 바람 타고 날리는지, 나무에 쌓였던 눈이 날리는지 햇빛은 환한데 눈이 얼굴에 닿는다.

오후 2시 반쯤 작은 마을 교회 앞에서 잠시 쉬었다가 다시 출발한다. 응달진 곳에는 눈이 얼었다. 건물 지붕 위에도 눈이 덮여 있고, 도로 위 바퀴가 지나간 자리 외엔 온통 눈으로 덮였다.

3시 넘어 라바날에 도착, 알베르게를 찾는다.

이층 침대가 20여 개 있는 방이 거의 꽉 차 이층 자리 세 개만 남아 있다.

철준은 다음 마을로 갔는지 보이지 않는다.

많은 이들이 식당에 앉아 술을 마시거나 기타치고 노래를 부르며 시간을 보내고 있다.

실내도 추워 꼼짝하기가 싫어진다. 레온을 벗어날 때 샀던 일본 라면을 끓여 추위와 허기를 달랜다.

벽난로 앞에서 좀 쉬었다가 샤워를 하려니 온수가 나오지 않는다. 전기로 데우는 온수는 이렇게 사람이 많은 곳에서는 감당이 안 될 테지. 한 시간 전까지 잘 나오던 온수가 방금 전에 동났다.

밖에 눈이 내리기 시작한다. 다들 무슨 마음인지, 걱정하는 사람 하나 없다.

아마 내일부터는 눈 덮인 길을 걸어야 할 거다. 현재 해발 1200미터. 내일 8킬로미터 정도 오르막을 오르면 1500미터까지 올라간다. 그다음부터는 다시 내리막길을 한참 동안 내려가야 한다. 총 32킬로미터를 오르내리면 폰페라다Ponferrada에 닿는다.

철준은 눈길을 걸어 여기서 6킬로미터 더 간 폰세바돈에서 멈췄다고 연락이 왔다. 그곳은 어제 보도된 대로 오늘부터 통제가 시작되었다고 한다. 내일 통제가 풀릴지는 장담을 못 한다.

통제를 뚫고 넘었다는 소리도 들리고 누구는 택시로 우회해서 갔다고 하고. 암튼 여기저기서 여러 가지 정보가 들려오고 있다.

저녁을 먹으며 장교 출신 제헌과 은비를 팀에 합류시켰다. 험난한 여정이 예상되니 팀으로 움직이는 게 안전할 거다.

내일 최대한 1500고지를 넘어가기로 한다. 철준이 상황을 보고 아침 8시쯤 연락을 주면 바로 출발해 1500고지에 있는 '철의 십자가'를 넘어 큰 도시 폰페라다까지 가는 것을 목표로 삼는다.

눈발은 아직도 날리는데 술 취한 스페인 사람은 걱정하지 말라 하고 어떻게 될지 나도 궁금해진다. 이 여행 중 가장 큰 두려움 속으로 내일 들어간다.

가장 재미있으려나, 가장 고통스러우려나? 가장 허무하게 교통수단을 이용하거나 돌아서 갈 것인가.

유랑은 다시 모험이 된다.

1 카미노(순례자) 박물관으로 사용되고 있는 건물은 원래 가우디가 주교를 위해 설계했다고 한다.
2 여기에 왜 태극기가?
3 산타 콜롬바 데 소모사Santa Colomba de Somoza에 도착하니 눈이 무릎까지 쌓였다.
4 가우디 건물을 구경하느라 좀 늦게 도착했더니 알베르게 침대가 꽉 찼다. 구석 침대 이층에 자리가 하나 남아 있다. 눈길을 걸어오느라 발은 젖고 노곤한데 온수조차 나오지 않고, 휴게실에도 사람이 꽉 차서 마땅히 앉을 곳조차 없었던 심난하고 열악했던 숙소였다.

라바날 델 카미노Rabanal del Camino → 몰리나세카Molinaseca

7시, 조용한 가운데 움직임 소리가 부산하다.

누군가 불을 켠다. 일제히 스위치를 올린 사람에게로 시선을 보낸다. 스페인 할아버지가 씩 웃으신다.

한숨과 웃음과 인사가 여기저기서 교차하고 그렇게 하루가 시작된다.

다들 일어나 옷을 입고 침낭을 개고 배낭을 싸기 시작한다. 눈 내린 고지를 오르기 위해 모두 어딘가 결의에 찬 움직임이다.

기온 영하 3도, 체감온도 영하 3도. 바람이 많이 불진 않겠다.

양말도 두 켤레 겹쳐 신고 가진 옷을 다 꺼내 입는다. 하의도 방수 바지를 덧입는다.

8시, 어제 새로 꾸려진 팀원 넷이 함께 알베르게를 나선다.

다행히 바람이 많이 불지 않아 크게 춥지는 않다.

어제 저녁 식사를 했던 레스토랑에서 토스트와 커피로 아침 식사를 하며 의논을 한다.

철준에게서는 연락이 없다. 일단 바람도 불지 않고 눈도 오지 않으니 웬만하면 고지를 넘자고 의견을 모은다.

8시 45분 출발. 밤사이 눈이 계속 내려 인도와 도로까지 30센티미터는 족히 쌓인 것 같다. 멀리 산들도 마을의 지붕들도 하얗게 눈으로 덮였다.

찻길 따라 차바퀴 자국 따라 걸어 오른다.

같은 숙소에 있던 사람들이 거의 다 비슷한 시간에 출발한 모양이다. 하나둘씩 마주치고 지나가고 한다.

멀리서 볼 때는 뿌옇게 눈이 오나 싶었는데 가까이 오니 안개다. 눈 덮인 곳에 안개까지 끼어 하얗고 뿌옇게 한 치 앞이 보이지 않는다.

제설차가 눈길에 미끄러져 바퀴가 고랑에 빠져 있다. 도로 한가운데 가로로 세워져 있는 것을 보니 차는 더 이상 갈 수 없나 보다. 제설차 바퀴 자국 난 곳을 밟아 오다가 이제 바퀴 자국이 없으니 앞서간 사람 발자국의 움푹 파인 곳을 밟으며 걷는다.

올라갈수록 눈은 더 많이 쌓여 있고 안개는 더 짙게 깔린다. 앞서 지나간 사람 발자국이 보이지 않을 정도다.

10시쯤 눈 덮인 폰세바돈에 도착한다. 바가 열려 있어 들어가니 같은 숙소에 있던 사람들이 거의 다 와 있다. 누구는 산을 못 넘을 거라 하고 누구는 갈 수 있을 거라 하고. 통제는 어디부터 하는지조차 확실한 정보가 없다.

다시 의견을 모아본다. 한 가지 방법은 어제 떠나온 마을 아스토르가 쪽으로 26킬로미터를 되돌아가 버스를 타고 폰페라다로 갈 수 있다. 다른 한 가지는 그냥 눈을 뚫고 고지를 넘어 철의 십자가를 지나 폰페라다로 가는 방법이다. 두 가지 다 26킬로미터를 걷는 건 같다. 다들 되돌아가기 싫다는 데 합의한다.

바를 나서서 길을 보니 마을 뒤로 넘어가는 길은 눈이 너무 많이 쌓여 인적도 발자국도 전혀 없어 가기 힘들 것 같다. 아래로 내려가면 찻길이 있을 거라고 하니 일단 내려가 보기로 한다.

조금 내려가다 보니 사람이 지나간 흔적 있는 길이 있다. 이 길을 따라 앞서간 발자국 밟으며 걷는다. 눈 위의 발자국 하나를 여러 명이 밟은 흔적이 있긴 해도 몇 명이나 지나갔는지는 가늠이 안 된다. 아직 낙엽도 지지 않은 활엽수에 눈이 쌓여 가지는 휘어지고 부러지고. 눈 내린다고 좋아했던 제헌마저 이제 눈이 지겹다고 한다.

속도는 좀처럼 나지 않고 오늘 중으로 폰페라다까지 가는 게 목적인데 가능할지 모르겠다.

은비는 뒤처지다가 결국 우리 먼저 가라고 한다. 일단 길은 하나이니 쉬지 말고 천천히 다음 마을까지 오라고 한 뒤 앞서 걷기 시작한다.

걸은 지 한 시간쯤 되었을까. 온통 하얀 세상에 뭔가 봉분처럼 둥글고 봉긋한 게 올라와 있고 높고 기다랗게 세워진 기둥 끝에 작은 십자가가 희미하게 달려 있다. 뭔가 하고 올라서서 풍경을 찍고 있는데 뒤따라온 제헌이 "이게 혹시 철의 십자가인가요?" 한다.

이곳이 바로 시름을 돌에 써서 던져 놓으면 잊게 해준다는 철의 십자가였다. 사람들이 던져 놓은 돌들이 쌓여 봉분처럼 둔덕을 이루고 있다.

앞서간 권은 발만 보고 걷다가 놓치고 그냥 지나간다. 아무리 불러도 듣지 못한다. 산티아고 길의 몇 안 되는 상징 중의 하나인 철의 십자가가 이렇듯 작고 아무런 표지판 하나 없을 줄 몰랐던 거다.

12시 반쯤 간식을 먹자 하고 잠시 쉬는데 제헌이 몸살기가 있다는 사실을 알았다. 이번에 도착하는 마을에서 쉬는 게 좋겠다고 한다. 지도를

철의 십자가. 이곳에 사람들은 시름을 버리고 간다.

확인해보니 2시 정도면 도착할 듯하다. 서둘러 다시 눈에 찍힌 발자국을 밟기 시작한다. 처음 이 발자국을 낸 이가 누구였을까. 헤맨 흔적 없이 발자국은 길을 정확히 안내하고 있다.

2시 반쯤 마을이 보이기 시작한다. 안도의 한숨이 나온다. 미끄러짐과 깊이 파인 발자국을 따라 걷다 보니 지금까지 쓰지 않은 근육들을 쓴 탓인지 다리 어딘가가 아파온다. 종아리인지 발목인지 뭔가 불편하다.

마을에 도착해 가까운 바를 찾아 와인 한 잔과 머핀으로 배고픔을 달래고 다시 출발 준비를 하고 있자니 은비가 곧 도착한다. 다행이다. 제헌이 몸살기로 여기 남기로 했으니 마음의 빚 없이 은비를 제헌에게 맡기고 권과 나는 다시 폰페라다로 출발한다. 17킬로미터 남았다.

눈이 내리다가 비가 되고, 눈 덮인 마을을 지나 얼마나 걸었을까. 지천으로 덮었던 눈이 어디에도 보이지 않는다. 더 걸으니 이제 푸른 산이 보인다. 내리는 비가 약간 시원하다.

춥지 않아서 온도를 보니 7도. 해발 600미터 아래까지 내려왔다. 차도를 걷다가 더 이상 젖은 눈길이 아니라서 다시 산티아고 길을 찾아 걷는다. 비는 와도 우의도 있고 방수 바지도 있고 신발은 원래 젖어 있는 것이니 더 이상 나쁠 건 없다. 언덕을 내려가니 아래로 마을이 보인다. 권에게 저기가 폰페라다일까 하니 아닐 거란다.

마을 초입의 다리도 멋지고 다리를 건너 들어가니 골목길도 이쁘다.

4시 반, 다리도 아파오고 폰페라다까지는 아직 7킬로미터가 남았다. 이 마을에서 쉬는 게 어떠냐 물어보니 권도 주저하지 않고 동의한다.

저렴한 알베르게를 찾아서 가보니 관리인이 없다. 알아서 자리를 잡고 지불은 나중에 하라는 문구가 쓰여 있다. 짐 풀고 정리하는데 관리인이 와서 돈을 지불하니 온기가 없던 방에 불을 지펴준다. 샤워를 하고 빨래를 널고 난로 앞에 신발을 말리며 쉬고 있으니 사람들이 들어오기 시작한다. 둘뿐이던 곳에 여덟 명이 더 들어왔다.

폰세바돈 바에서 만났을 때 어떻게 할지 고민하던 사람들이다. 늦게 출발해 우리처럼 산을 넘어 도착한 듯하다.

7시쯤 마을 중심가에서 저녁을 먹고 나오는데 거리에서 음악 소리가 들린다. 이 길은 주말이면 어느 도시에서나 마을 축제라도 열듯 대체로 소란하고 북적거린다. 그 속에 섞여 맥주를 한 잔 더 마신다.

알베르게에 돌아오니 사람들이 더 들어왔다. 20여 명은 될 듯하다. 처음 여길 찾아왔을 땐 여기까지 올 사람은 없겠거니 오늘은 조용히 자겠구나 싶었는데 순식간에 시끄러워진다.

아무튼 큰 산을 하나 넘었다. 앞으로 1400고지 하나만 넘으면 순탄하게 산티아고가 잡힐 듯하다.

가자, 가보자, 산티아고로.

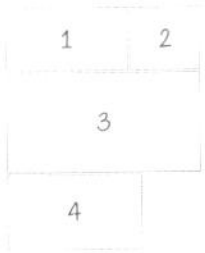

1 폰세바돈으로 넘어가는 길
2 제설차가 눈길에 미끄러져 꼼짝 못 하고 있다.
3 아무리 폭설이 쏟아져도 되돌아갈 순 없다, 무조건 앞으로 앞으로.
4 눈 때문에 길을 포기하려고 했던 것이 부끄럽게 자전거를 끌고 폰세바돈을 넘는 팀과 마주쳤다.

1 안개가 끼어 길조차 분간이 어렵다.
2 리에고 데 암브로스Riego de Ambros 마을까지 내려오니 눈이 적게 쌓였다.
3 몰리나세카. 7km를 더 가는 폰페라다가 목적지였으나 마을이 예뻐서 여기서 쉬기로 한다.

몰리나세카Molinaseca → 폰페라다Ponferrada

7시 반, 빗소리가 들린다. 비가 많이 오는 듯하다.

빗물 밟고 지나가는 차 소리가 요란하다.

난로 옆에 널어놓은 신발이 간신히 말랐지만 의미가 없어졌다.

다들 일어나지 않는다. 어제의 피곤함과 큰 산을 넘었다는 성취감, 거기에 또 하나의 기착 도시 폰페라다도 7킬로미터 가까이에 있고 길도 평길이라 다들 여유가 생겼을 거다.

발목이 아프다. 이런 적이 없었는데……. 어제 좀 불편했는데 걸으면 나아지려나 모르겠다.

비 그치길 기다려서 가야 하나, 빗속을 걸어야 하나 잠시 망설인다.

나이 드신 할머니가 한쪽 구석에 앉아 홀로 빵을 드신다. 어제 산을 넘다 잠깐 인사했던 분인데 어떤 말을 해도 잘 통하지 않는다. 숙박 리스트를 보니 러시아 분이다. 여기에 있는 누구하고도 대화가 되지 않는 듯하다. 어제도 혼자였고 오늘도 혼자 조용히 나가신다. 어떻게 다니시는 걸까, 얼마만큼의 인고가 필요한 일일까, 왜 오셨을까.

8시 반, 어수선해진다. 다들 출발 준비를 한다. 누군가 다 같이 사진을 찍자 해서 모두 모여 사진을 찍는다. 사진을 찍고 권과 내가 제일 먼저 출발한다.

비구름이 산 중턱까지 걸쳐 있다. 쉽게 그칠 비가 아니다. 우의를 입는다.

춥지는 않은데 눅눅함과 불편함은 어떻게 할 수가 없다. 스틱마저 불편해 가방 속에 넣는다.

길은 별다른 특별함이 없다. 그저 길일 뿐이다.

얼마 안 왔는데 멀리 큰 도시가 보인다. 저기가 어제 목표로 삼았던 폰페라다다.

비는 멎었다 내렸다를 반복한다.

오른쪽 다리 아픈 게 한 시간 반을 걸었는데도 나아질 줄을 모른다. 계단을 오를 때는 고통이 느껴져 절뚝거리며 오르게 되고 힘이 든다. 다리가 불편하니 눅눅함도 짜증스럽고 걷고 움직이는 자체가 힘들어진다.

11시쯤 폰페라다 옛 시가지 광장에서 커피를 마신다.

다리도 아프고 몸 상태가 별로 좋지 않아 20킬로미터 이상 가기는 힘들 것 같다. 난 여기서 하루를 쉬고 싶어 먼저 가라 하니 권도 함께 쉬겠단다.

그렇게 합의를 본 후 우리는 음식점을 찾아 나선다. 국물 음식 좀 먹자며 일본 식당을 찾아갔으나 문이 닫혔다. 권이 중국식 뷔페식당 WOK이 근처에 있다고 해서 가본다.

12시 30분 전에 도착해 문 열기를 기다려 밥을 먹는다. 오랜만에 먹는 조미료의 감칠맛이라고 해야 하나 입에 달라붙는 맛이 좋다. 기분이 좋아진다.

이제 다시 20킬로미터는 거뜬히 갈 수 있을 것 같다. 그런데 권이 가지 않겠단다. 나 힘들다 해서 쉬어줬는데 나 편해졌다고 혼자 갈 수도 없고. 모르겠다, 하루 쉬는 걸로 한다.

1시간 반 동안 먹었는데도 배가 부르지 않다. 이거 뭐지? 30분을 더해 우리는 두 시간 동안 나가지 않고 계속 먹었다.

2시 반, 걷기조차 힘들게 먹었다. 아주 천천히 2킬로미터 거리를 한 시간을 들여 걷는다.

알베르게에 들어오니 오랜만에 여유롭다. 도시도 나쁘지 않다.

해가 비치더니 다시 먹구름이 밀려온다. 바람이 다시 차갑게 느껴지기 시작한다.

권이 스틱을 식당에 놓고 와 찾으러 간다. 스틱 찾아 돌아오는 길에 성당에 들어가 내부도 구경하고 오랜만에 여유로운 시간을 보낸다.

점심을 넉넉히 먹어 저녁은 간단히 와인 한잔으로 대신하기로 하고 와인과 안주 좀 사서 들어오니 사람들이 많다.

다들 음식 냄새를 풍기며 요리를 하고 있다.

이제 알베르게에 있는 사람들이 뒤죽박죽 섞인 듯하다. 못 본 사람도 많고 몇 번 본 사람, 아는 사람이 뒤섞여 분위기가 낯설다.

낯선 한국 사람들을 만나는 건 어딘가 더 어렵다. 서로 경계하듯 편하지 않다. 나도 그런가. 나도 한국 사람들을 만나면 경계하듯 편하지 않게 대하고 있는 걸까. 오히려 낯선 프랑스 사람들 사이에 끼어 혼자 있었던 게 더 편했던 것 같다.

모레 마지막 넘을 1400고지를 한국 사람들만 고민하고 상의한다. 다른 외국인들은 노래 부르며 이 밤을 즐긴다. 그들의 여유는 어디에서 오는 걸까. 어차피 내일 도착할 마을에 가면 해결될 고민들인가? 별것 아닌 일로 어쩌면 오늘도 내내 고민하느라 즐기지 못하는 것인지도 모르겠다.

마음을 비우는 일이 쉽지 않다.

1 로마 시대부터 번성했던 폰페라다
2 폰페라다 산안드레스 성당
3 폰페라다 중앙 광장

1 강 옆으로 난 산책길
2 폰페라다 템플라리오 성
3 어제 멀리 보이는 저 눈 덮인 산을 넘어왔다!

폰페라다Ponferrad → 트라바델로Trabadelo

6시 50분쯤 누군가 방마다 문을 두드리며 다닌다. 8시 퇴실 시간 한 시간 전에 깨우러 다니는 모양이다.

앞에 덴마크에서 온 녀석 둘이 일어나자마자 시끄럽게 떠든다.

최근 며칠 동안 몇 번 마주쳤는데 볼 때마다 늘 둘이 장난치고 짓궂게 농담을 한다.

이렇듯 힘들고 오랜 여행을 즐겁게 같이 다닐 수 있는 친구가 있다는 게 부럽기도 하다.

8시도 안 되어 또 쫓겨나듯 알베르게에서 나온다.

춥지 않게 출발하는 게 얼마 만인지 귀도 손도 시리지 않다.

어제 늦은 밤까지 이슬비가 내려 바닥이 질펀할 줄 알았는데 아침에 보니 바닥도 말랐고 비도 오지 않는다. 파란 하늘에 듬성듬성 구름이 보이고 동쪽 하늘로 붉은 해가 떠오른다. 오랜만에 좋은 날씨다.

이제 거의 아침은 카페에서 해결한다.

오늘도 짐만 챙겨 나와 걷다가 문을 연 카페에 들러 커피와 토스트를 먹는다. 가격은 둘을 합해 3유로가 되지 않는다.

어제 가려던 20킬로미터 지점의 비야프랑카 델 비에르소Villafranca del Bierzo에서 더 갈지는 그곳에 가서 결정하기로 한다.

오랜만에 햇빛이 비치니 만나는 사람마다 날씨 좋다며 인사를 한다. 다들 날씨 덕에 기분이 좋아진 듯하다.

권이 부식을 사러 간 사이 바에 앉아 커피를 마시며 기다리는데 지난밤 같은 방에서 잤던 덴마크인 두 친구가 와서 앉는다. 서로 통성명을 하고 이런저런 얘기를 나눈다. 이름은 아모듣과 시몬. 둘은 대학 친구 사이이며 12월 크리스마스 시즌이 되면 바에서 일을 한단다.

넷이 같이 걷는다.

덴마크 친구들이 길가에 있는 버섯을 따려는 것 같다. 저걸 따서 저녁에 뭘 해 먹는다나. 정말 먹으려는 건지 농담인지. 이 녀석들은 일상이 농담이라 잘 구별이 안 된다. 식용 버섯인지 확인했는지 모르겠다. 일단 우리 먼저 간다 하고 출발한다.

12시쯤 카카벨로스Cacabelos에 도착, 길이 마을 중심가와 죽 이어져 있다. 교회도 볼만하고 이색적인 벽화들이 눈길을 끈다.

사진을 찍으며 가던 중 라면을 판다는 한글을 발견한다. 라면, 밥, 김치까지 5유로. 비싸지도 않다. 별로 배는 고프지 않은데 라면이라는 말에 몸은 먹어야 한다는 반응을 보인다.

나는 신라면을, 권은 해물라면을 시킨다. 주인아저씨는 한국인 여자 친구가 있어 몇 번 서울을 다녀왔다고 한다. 달걀까지 넣어주니 한 젓가락, 한 젓가락에 면이 사라지는 게 아깝다.

어느 나라에 가건 뭐든 잘 먹는다고 생각하는 나도 어쩔 수 없는 한국인인가 보다. 신라면에 밥까지 말아 먹으니 속이 든든하고 기분도 좋아진

산티아고 길에 있는 라면집이다. 5유로에 라면, 김치, 밥까지 먹을 수 있다.

다. 권은 얼마나 기분이 좋은지 팁까지 줬단다.

출발하려 하니 한국 아저씨들 두 분이 지나간다. 여기 라면 있다고 하니 망설이지도 않고 들어온다.

한 아저씨는 여기까지 오며 두 번이나 죽을 고비를 넘겼다고 하소연하신다. 피에르산맥 넘을 때 비는 오는데 피할 곳도 없어 간신히 넘었다 하고, 몇 시간을 가도 허허벌판에 식당 하나 쉴 곳 하나 없었다며 이런 세계적인 길이 이래도 되는 거냐고 성토하신다. 어제 오는 길에 산티아고 길에 관한 설문 조사하는 사람을 만나 한참 설교까지 하셨단다.

젊은 친구들은 그런 일들을 재미있는 양 무용담처럼 이야기하던데 나이에 따라 같은 경험도 차이를 만든다. 나이를 먹으면 세상에 할 말을 할 수 있게 되는 건가. 젊음은 뭐든 수긍해야 하는 나이인가. 나는 어디쯤에 와 있을까.

2시 반쯤 언덕을 내려가 비야프랑카 델 비에르소에 도착한다.

도착하자마자 초입에 오래된 성당이 보이고 건물들도 특색 있게 줄지어 있다.

바에 앉아 와인 한잔하며 지도를 보고 상의를 한다. 더 갈까 말까, 7킬로미터 지점에 알베르게 두 곳이 있으니 거기까지 가면 숙소는 해결되겠다 하니 권도 동의한다.

바람이 약간 차가워지기 시작한다.

지금까지 괜찮던 다리는 발목 윗부분이 아파온다. 스틱으로 의지하며 걷는다. 속도를 줄이면 언제 도착할지 모르니 고통을 참으며 걷는다.

4시쯤 작은 마을에 도착한다. 앞으로 한 시간 정도만 더 가면 된다.

힘들다는 소리 한마디 안 하던 권이 힘들다고 속도를 늦추자고 한다. 다행이다. 천천히 걸으니 발목이 좀 덜 아프다.

5시 트라바델로에 도착, 맥주 한 잔으로 오늘의 끝을 즐긴다.

발이 아프다. 내일 마지막 1400고지를 올라야 하는데 걱정이 된다.

스페인 TV에서는 연일 눈 소식만 흘러나온다.

내일도 비 소식이 있으니 1400고지를 오르면 분명 눈이 될 것이다.

산티아고까지 일주일도 안 남은 듯한데 길은 마지막까지 쉽지 않다.

1

2 3 4

1 실제로 보면 문어 벽화가 무척 크고 선명하다.
2 카카벨로스 골목길
3 곳곳의 벽화들과 조각품이 인상적인 도시다.

1

2

3

1 비야프랑카 데 비에르소
2 비야프랑카 데 비에르소 의 오래된 성당
3 비야프랑카 데 비에르소

트라바델로Trabadelo → 파도르넬로Padornelo

권의 알람 소리였을까. 작은 소리에 눈을 뜨니 7시다. 아마 그 소리 아니었으면 8시도 넘어 창이 밝아온 다음에야 일어났을 듯하다.

발목이 신경 쓰인다. 좀 불편하다.

어제 권이 바르라고 꺼내 놓은 호랑이연고를 바른다.

절박함일까 간절함일까. 산티아고 길의 마지막 남은 고비는 어쩌면 인생 전체에서 별것 아닐 수도 있겠지만 오늘만은 이 길을 꼭 무사히 넘고 싶다.

어제는 별말 없던 권이 호랑이연고를 바르고 있는 내가 불쌍해 보였는지 발목 보호대를 준다.

내가 더 안 좋아지면 버리고 가라 했다. 이 녀석이 의리 없이 알았단다.

타이머를 맞춰 놓은 듯 8시가 넘으면 창밖이 서서히 밝아온다.

산 중턱까지 안개가 내려왔다.

따깍따깍 마지막 배낭을 잠그는 버클 소리가 오늘 따라 유난히 크다.

8시 40분 길로 나선다.

어제보다 추워졌다. 다행히 바람은 불지 않는다.

차도 옆길을 따라 걷는다.

작은 마을이 나오고 앞에 낯익은 뒷모습이 보인다. 호주 부부다. 이들은 걸음이 느린 대신 한 번씩 버스를 타서 가끔 마주친다. 인사를 하고 지나오니 한국 아저씨들이 보이고, 안 보였던 브라질 친구 네투도 보이곤 한다.

깔끔하게 정돈된 스위스 정경 같은 마을이 나온다. 마을 옆으로 물이 세차게 흘러 물소리가 시끄럽기까지 하다. 뒤편에는 눈 덮인 산이 있고 마을 안쪽으로 골짜기를 따라 길이 이어진다. 자전거길인지 일차선 도로인지 한참을 따라간다. 자전거 타고 지나가는 사람이 뒤에서 "부엔 카미노" 하며 인사를 한다.

산은 가을이 절정인 듯 나뭇잎들이 온통 가을 색이다.

길은 이제 숲속으로 들어간다. 낙엽과 진흙과 물이 흘러 질퍽한 길이다. 신발을 적시지 않으려고 돌을 밟으며 조심조심 걷는데도 어느새 물이 들어와 발이 차다.

어머니와 아들인 듯 두 분이 걷고 있다. 모자가 걷는 건 처음 본다. 어머니가 앞에 가고 아들은 큰 배낭을 메고 뒤따라간다.

11시쯤 산골 마을이 나오고 차츰 눈이 곳곳에 보이기 시작한다.

점점 눈이 많아져 걷고 있는 길에도 눈이 쌓여 있다. 밟지 않으려고 피해 걷는다.

계속 오르막을 오르니 등에 땀이 나서 축축하다.

잠시 쉬자 하고 배낭을 내려놓으니 등에 닿아 있던 배낭에서 김이 난다.

4킬로미터 남았다. 생각보다 덜 힘들게 빨리 올라왔다. 사흘 전 철의 십자가를 오르던 것에 비해 눈도 많이 녹아 거의 밟지 않고 쉽게 올라왔다. 기우가 컸구나 싶다.

40분을 올라 푯말은 눈길로 이어져 있지만 눈길 대신 제설작업한 차도를 따라 올라간다. 순례길을 온전히 걷고 싶은 사람인지, 길을 몰라 잘못 든 건지 눈길 걷는 사람이 보인다.

빗방울이 떨어지기 시작한다. 약간 불안감이 다가온다. 우의를 꺼내 입는다. 바람도 거세지기 시작한다. 덥던 몸이 금세 움츠러든다.

1시 반경 다행히 빗발이 거세지기 전에, 추워지기 전에 오세브레이로O Cebreiro에 도착한다. 이제 비가 많이 오면 여기서 쉬면 되고 비가 안 오면 더 가도 된다.

식당을 찾아 마카로니를 시켜 먹는다.

식사를 하고 나오니 다행히 비는 멎었으나 바람이 차다.

갈 수 있을 것 같다. 다음 마을이 어디든 일단 여기보다는 나을 것 같다고 판단해 출발한다.

표시를 따라가니 눈길로 접어든다. 오전에 봤던 사람들도 이렇게 표시만 따라가다가 눈길로 접어들었겠구나 싶다. 길 없는 곳에 길을 만들어 찻길로 나간다. 찻길로 나오니 걸음이 이토록 편할 수가 없다.

파도르넬로Padornelo에 도착해 20킬로미터를 더 가면 큰 도시가 나오는데 갈 수 있을까. 몇 번이고 권과 상의한다.

4시, 알베르게가 나오고 여기서 쉬지 않으면 15킬로미터를 더 가야 한다.

서쪽 하늘에 어둡게 비구름이 밀려오는 듯하다. 쉬자, 여기서 무리하지 말자고 결정한다.

맥주 한잔하고 숙소로 들어와 보니 춥다. 전기난로를 켜 주었는데도 춥다. 샤워나 하자 했는데 샤워하는 중간에 미지근하던 온수마저 끊긴다. 춥다.

해발 1300미터에서 이 정도면 최악은 아닌 건가? 그렇게 생각하자. 내일 600미터까지 내려가면 이런 추위는 끝일 거다.

밖에 나오니 브라질 친구 네투와 어제 같은 숙소에 있던 이탈리아인 주세페(요셉)가 맥주를 마시고 있다. 이들도 더 이상 가기 힘들어 여기서 묵을 거라고 한다. 숙소가 어떠냐고 묻는다. 모른다, 들어가 봐라 하며 웃으니 같이 웃는다. 어느 나라 사람이건 이 정도 뉘앙스는 다 알아듣는다.

식사를 하고 나니 8시, 비가 많이 내린다.

이 나라도 일기예보가 잘 맞지 않는다.

내일도 비 예보가 있던데 맞지 않기를 소망한다.

나뭇잎도 떨어지지 않았는데 산에는 많은 눈이 쌓여 있다.

1 산티아고가 190km 남았다.
2 서리 내린 들판
3 질퍽한 눈길을 피해 아스팔트 길을 따라 걷는다.
4 산로케San Roque 언덕에 세워진 순례자 동상

1 어느새 단풍으로 물든 산길
2 산티아고 길의 마지막 고비 피에드라피타Piedrafita를 넘어가는 중이다. 다시 눈이 보이기 시작한다.
3 오세브레이로에서 내려다본 풍경

파도르넬로Padornelo → 사리아Sarria

한국 시각 3시, 여기는 7시.

간밤에 몇 번이나 깨어 잠을 편하게 자지 못했다. 눈이 쉽게 떠지지 않는다.

아침을 먹으러 일어나 바로 나온다.

가로등 불빛 주위로 안개가 자욱하다. 바닥은 얼지 않았다. 안개 뒤로 구름은 없는 듯 달이 희미하게 비친다. 비는 오지 않겠구나.

네투는 코를 골며 아직 자고 있는 걸 봤고 주세페는 먼저 나와 커피를 마시다가 내가 오자 바로 일어서서 인사를 건네고 출발한다. 다리가 아파 빨리 걷기 힘들어 서둘러 출발한단다. 방에서 파스 냄새가 났었는데 다리가 많이 안 좋았던가 보다.

어제 크게 아프지 않았던 내 다리는 아침에 아직 붓기가 좀 남아 있고 발목을 움직이는 데 약간의 불편함이 있다. 발목 보호대가 효과가 있었나 보다.

다시 발목 보호대를 찬다. 오늘도 어디까지 간다는 계획은 없다. 일단 고도 낮은 곳으로 내려가면 큰 오르막은 없으니 수월할 것이란 기대를 한다. 5시까지 걸어봐서 가는 데까지 가보자 하고 출발한다.

8시 40분쯤 늦게 나온 네투와 인사를 하고 안개 자욱한 찻길을 따라 걷기 시작한다.

산 아래서부터 바람이 불어와 안개가 도로를 타고 흘러간다.

안개는 이제 먼 산에만 남아 있고 시야가 좋아진다. 다행히 차가 많이 다니지 않아 차도를 따라 걷기에 나쁘지 않다.

길은 굴곡 없는 도로를 한 시간쯤 가다가 눈이 조금 쌓인 흙길로 이어진다. 계속 차도를 따라갈까 망설이다 이후로는 점점 눈이 없을 것으로 예상되어 산티아고 길로 접어든다.

눈길을 조금 걷다 보니 어느새 바닥에 눈이 없어졌다. 소똥 냄새가 진동하는 작은 산골 마을을 지나고 나니 눈은 그늘진 곳에나 조금씩 남아 있고 지붕 어디에도 보이지 않는다.

너른 초원에 푸른빛 풀들이 가득하다. 먼 산 정상에만 드문드문 흰색이 보일 뿐이다.

기분이 좋아진다. 귀를 감쌌던 모자를 벗어버려도 귀가 시리지 않다. 이제 참을 수 없던 추위는 끝난 듯하다. 어제 만약 무리해서 왔다면 이런 편안한 기분을 느끼지 못하고 힘들게, 빠르게 이 길을 지나갔을 것이다. 누군가는 이 길을 눈을 맞으며 갔을 테고 누구는 비를 맞고 누구는 날씨 좋을 때 지나갔겠지. 같은 길을 가도 다 같은 것을 보고 지나간 건 아닐 테다.

옷이 젖지 않을 만큼의 가랑비가 내린다. 길은 비탈 심하게 아래로 아래로 내려간다. 어제 와서 쉬려고 했던 트리아카스텔라Triacastela에 11시쯤 도착한다. 마을은 그다지 볼만한 것이 없다. 어제 무리해서 여기까지 오지 않은 건 참 잘한 일이라는 생각을 거듭한다.

비가 온다. 우의를 입는다.

다 내려왔나 싶었는데 다시 오르막이다. 땀이 나기 시작한다.

길은 마을을 지나 마을 골짜기로 계곡 따라 이어진다. 눈 녹은 물이 세찬 소리를 내며 흐른다. 바닥은 다시 낙엽 쌓인 질퍽한 길이다. 신발엔 또 물이 차고 발이 젖는다.

그래도 기분은 나쁘지 않다. 숲길을 걷고 작은 마을을 지나고 큰 나무가 울창한 숲을 지나고. 비가 멎고 구름 사이로 해가 보인다. 햇살이 얼굴에 닿는다. 햇볕의 따뜻한 느낌이 좋다.

해는 다시 사라지고 구름이 낀다.

멀리 큰 도시가 보인다. 저기가 사리아Sarria일 것이다. 사리아까지만 가기로 한다.

시간이 3시가 다 되어가니 배가 고파온다.

작은 바가 있어 들어서니 어제 봤던 아일랜드 아재가 커피를 마시고 있다. 크루아상과 커피를 시켜 먹으며 지도를 보니 한 시간 정도만 가면 될 듯하다.

출발하려 하니 다시 비가 내리기 시작한다. 우의를 입는다. 비는 거의 매일 오니 이제 일상이다. 짜증도 잠시뿐 그저 비가 오는구나 한다.

4시 넘어 알베르게를 찾아 들어오니 은비, 한솔이와 레온에서 북부 길로 갔었다는 친구도 있고 아저씨 둘도 있고 한국 사람들이 알베르게를 거의 차지하고 있다. 이 알베르게는 한국 사람이 많다 하니 권이 여기가 많은 게 아니라 이 길에 한국 사람이 많은 거란다. 맞는 말이다.

이제 100킬로미터 정도 남았으려나. 아쉬운가 후련한가 뿌듯한가, 모르겠다. 아직 끝을 논하긴 이르다.

내일 다시 새로운 아침이 오면 또 새롭게 걸을 뿐이다.

1

2

3

1 눈길을 따라 한 시간쯤 내려오니 눈이 듬성듬성 보이기 시작하고 멀리 푸른 초원이 보인다.
2 곡물 보관 창고라고 한다.
3 눈은 오간 데 없고 푸른 풀밭이 이어진다.

1 이처럼 나선형으로 돌들을 늘어놓은 걸 가끔 본다.
2 길에 마련된 쉼터. 걷다가 잠시 머물러 자유롭게 쉬어가는 곳이다.
3 트리아카스텔라에 순례자 조형물이 기다란 지팡이를 들고 있다.
4 쉼터 한쪽에는 간단한 먹거리가 마련되어 있다. 알아서 먹고 알아서 돈을 내는 도네이션이다.

60일차

약 22km

사리아Sarria → 포르토마린Portomarín

옆 사람 코 고는 소리의 데시벨이 이번 여행 중 최고치다. 깜짝 놀라 눈을 뜨면 취침등이 눈에 들어와 반대편으로 눕고, 뜬눈으로 멍하니 있다가 5시 넘어서야 조금 잔 것 같다.

7시, 사람들이 일어나기 시작한다. 숙면하지 못한 묵직한 몸을 일으킨다. 또 가야 한다.

9유로의 이 숙소는 시설도 좋고 난방도 잘되어 한국 커뮤니티에서 평이 좋단다. 그래서 한국 사람들이 많이 모였나 보다. 자주 보던 외국인들은 보이지 않는다. 상대적으로 숙소에 별로 신경을 쓰지 않는 그들은 다들 5유로짜리 알베르게로 갔을 거다.

기온 6도, 체감온도 6도. 일기예보에 비 소식은 없는데 비가 내리고 있다.

맞지도 않는 예보는 왜 항상 보고 있는지 모르겠다.

8시 30분이 넘어 출발한다.

도시를 가로질러 걷다가 비가 와서 잠시 피하고 다시 도시를 벗어난다.

먹구름이 가시더니 햇빛이 비치기 시작한다.

반바지 차림으로 걷는 사람이 보이고 초록색 풀들이 무성해 여름 같기도 하다.

어제 그 눈길을 걸었다는 게 믿기지 않는다.

가장 짧게 산티아고 길을 택하는 사람들은 여기 사리아부터 걷는다고 한다. 그래서인지 배낭 가벼운 낯선 사람들이 더러 보인다.

길은 30분 정도 간격으로 마을이 나오고 다시 길로 이어지곤 한다.

지도를 보면서 마을이 많아 숙소도, 식사와 커피를 해결할 바도 많겠구나 했는데 그건 아니다. 목축업을 하는 마을이라 그런지 소똥 냄새가 많이 나고 마을들도 작아 쉴 곳이나 바조차 찾을 수가 없다.

11시 반쯤 햇볕을 쬐며 잠시 앉아 쉬면서 사과 하나를 나눠 먹는다.

권은 철의 십자가를 지나친 바람에 돌을 못 버렸다고 궁시렁거린다. 그러게 왜 불러도 돌아보지 않았냐고 하니, 눈길을 헤치고 가는 것만도 힘든데 불러 세울 이유가 없다고 생각했단다. 예상한 대로 거기 철의 십자가가 있을 거라고 상상도 못 한 거다. 돌에 뭘 써놨는지 버릴 게 뭔지는 모르지만 그냥 어디든 교회가 나오면 버리라고 해도 그럴 수 없단다. 도대체 알 수가 없는 녀석이다.

12시가 넘어 바를 하나 찾았는데 사람이 많다. 아직 배가 많이 고프지 않으니 더 가서 먹자 하고 다시 출발한다.

이 길은 오래전부터 이어져 온 듯 나무들이 각각 한 아름이 넘고 돌로 쌓은 담에는 이끼가 가득하다.

길은 다시 마을로 이어지고 마을은 또 길로 또다시 마을로 이어진다.

2시쯤 기념품 상점이 나온다.

사발면을 판다. 2.8유로다. 햇반은 2.5유로. 한국 사람이 얼마나 많이 지나다녔는지 한글도 흔하고 라면 파는 곳도 몇 군데나 있다. 사발면에 햇반을 먹고 있으니 하나둘 한국 사람들이 사발면 하나씩 들고 들어온다. 집에서는 라면을 잘 먹지도 않는데 여기서는 보는 순간 입맛이 돌고 도저히 그냥 지나칠 수 없다.

천천히 걸어 3시 좀 넘으니 큰 강 긴 다리 너머로 흰색 건물에 검은 지붕들이 색깔을 맞춘 듯 늘어서 있는 마을이 눈에 들어온다. 포르토마린 Portomarín이란다.

마을에 들어서기 전 잠시 망설인다. 이 마을에서 쉴까, 8킬로미터 떨어진 다음 마을로 갈까. 일기예보를 보니 내일 오전에 비가 온다는데 내일은 38킬로미터를 가야 하니 지금 8킬로미터를 더 가서 쉬는 게 좋긴 하겠는데 몸은 간절히 쉬라는 신호를 보내오고 있다.

마을로 들어서니 흰색의 건물들이 마치 진열된 듯 예쁘게 늘어서 있다. 쉬어야 할 핑계가 하나 더 생긴 듯하다.

어려운 코스를 다 넘어서 긴장이 풀린 건지 몸이 더 이상 힘들게 가길 바라지 않는다. 권에게 물으니 권도 그리 애써 가고 싶은 마음은 없는 듯하다. 그래, 내일은 내일이다. 38킬로미터, 어떻게든 가겠지. 지금껏 그렇게 왔으니 오늘은 여기서 그만 일찍 쉬기로 한다.

저렴한 숙소에 오면 외국인 친구들이 많다. 오늘도 오랜만에 프랑스 친구 피엑과 네투가 오고 주세페도 들어온다.

피엑에게 알베르 소식 아는지 물어보니 10일 전에 보고 못 봤단다. 10일 전에는 나도 같이 있었다, 이넘아.

권과 밖으로 나와 저녁을 먹는다.

먹고 나왔는데 누군가 허겁지겁 따라와서 핸드폰 두고 오지 않았냐고 한다. 내 것은 있는데 권이 놓고 온 거다. 이 녀석 스틱에 이어 두 번째다.

운 좋은 줄 알아야 할 텐데 아는지 모르겠다. 속없이 맥주만 신나게 마셔대고 있다. 뭔 인연인지. 여기서 이제 각자 가자 할 수도 없고 업보려니 해야 하나. 산티아고까지 같이 갈 날도 3일 남았다.

1 사리아 언덕 위에 있는 십자가상
2 오래되어 보이는 돌다리
3 이 주변은 목축업이 주업이라 소똥 냄새가 나고 산책시키는 소들도 만난다.

1 온통 푸른색에 햇살마저 따사롭다.
2 포르트마린으로 이어지는 다리
3 포르토마린 광장
4 다리를 건너니 포르트마린으로 들어서는 문이 나타난다.
5 시청사 옆 포르토마린 성당. 포르토마린은 댐 건설을 위해 미뇨강을 막으면서 수몰된 마을을 옮겨 복원했다. 특히, 수몰 전 마을의 교회를 분해해 다시 이곳에 세웠다고 한다.

포르토마린Portomarín → 팔라스 데 레이Palas de Rei

7시, 몇 군데서 알람 소리가 울린다.

사람들이 일어났다는 표시라도 하듯 누워 있는 얼굴에 핸드폰 불빛을 비춘다. 여기저기 불빛이 왔다 갔다 한다.

바람이 부는지 밖에서는 웅웅 소리가 들린다.

오늘도 역시 폰을 열어 제일 먼저 날씨를 본다. 바람, 황색경보, 비는 오락가락.

비는 피할 수 없겠다. 오늘은 바람이 더 문제일 듯. 창밖으로 보이지 않는 바람이 우렁찬 소리를 내며 지나간다.

7시 55분, 찬송가가 흘러나온다. 이런 숙소는 처음이라 사람들이 웃는다.

아니다, 숙소에서 튼 게 아니었다. 어제 처음 나타난 브라질 친구 할벳이 틀었던 거다.

8시쯤 숙소를 나온다.

비가 약하게 내리고 있다가 아침을 먹으러 바에 들어서자마자 여름 소나기처럼 퍼붓는다.

이 길은 내게 뭘 가르쳐 주려고 며칠 안 남은 길까지 험난하게 하는지. 우의 입고 완전무장한 뒤 다시 길을 나선다.

비가 세차게 내린다. 여름철 장맛비처럼 퍼붓다가 이내 잦아들기를 반복한다.

비만 내릴 때가 좋았고 바람만 불 때가 좋았다. 비도 보통 비가 아니고 바람도 보통 바람이 아니다. 앞에서 부는 바람은 앞으로 가는 걸음을 힘들게 하고 뒤에서 부는 바람은 판초 우의를 벗긴다. 옆에서 바람이 불면 바람 부는 쪽으로 몸을 세게 밀어붙여 길에서 벗어나기도 한다.

그나마 바람도 비도 추위를 동반하지는 않는다.

땀에 젖은 건지 비가 스며든 건지 등과 다리가 젖은 느낌이다. 신발 젖는 건 피할 수 없다. 그러려니 한다.

판초 우의를 날리지 않으려고 두 손으로 잡으며 걷는다. 젖은 앞 머리카락은 눈을 자꾸 찌르는데 머리카락을 올릴 손이 없다. 빗물이 눈썹을 지나 눈으로 들어간다.

이제 신발에 물이 가득 차 발을 디디면 구멍 난 곳으로 물이 빠져나온다.

12시쯤 바가 나오니 권이 점심을 먹고 가자고 한다.

바에 자리를 잡고 비옷과 점퍼를 벗으니 김이 난다. 땀인지 빗물인지 눅눅함, 꿉꿉함, 찝찝함. 어떻게 할 수가 없다.

간단히 오렌지주스와 바게트를 시켜 먹는다.

12시 반쯤 다시 출발.

젖은 옷을 다시 입었다. 달리 방법이 없다. 비는 멎은 듯하더니 다시 바람을 동반해 세차게 내린다. 길은 험상궂다. 쉽게 산티아고를 보여주지 않는다.

이 길이 집으로 가는 길이라면 즐길 수 있으리라. 조금만 견디면 따뜻하고 상쾌한 샤워와 안락한 쉼이 기다리고 있을 테니까. 하지만 이 길 끝에는 오늘도 어색한 사람들 틈바구니 낯선 숙소로 들어가야 한다.

사람들이 다 바에서 쉬고 있는지 길에서 마주치는 사람이 거의 없다.

한참을 걸으니 할벳이 지나간다. 짧게 인사하고 바로 다시 출발한다.

갈 길이 멀다.

2시 반쯤 제법 큰 마을이 나온다.

권이 오늘 갈 마을 멜리데Melide를 검색해 보더니 20킬로미터 남았다고 한다. 10킬로미터 정도 남았을 거라 예상했는데 비가 와서 속도가 붙지 않았던지 생각보다 많이 오지 않았다. 지금 출발해도 7시가 넘어 도착할 텐데 쉽지 않을 듯하다.

비는 멎을 줄 모르고 빗물과 함께 이물질이 들어갔는지 눈에 이물감이 있다가 결국 충혈되어 잘 떠지지 않는다. 다리도 아파온다.

멜리데까지 가는 건 포기해야겠다. 다 왔다, 무리하지 말자. 하루 더 늘어난다고 변하는 건 없다.

성민과 25일에 산티아고에서 보기로 한 것만 약간 걸린다.

권이 추천한 한국 사람들의 평이 좋다는 알베르게로 간다. 캡슐 베드란다.

역시 한국 사람들이 많다. 몇 번 보니 이제 다들 반갑고 친절하다. 한국 사람들은 여러 차례 보고, 익숙해지면 웃으며 인사를 한다. 외국인은 처음 봐도 웃으며 인사하는데 무슨 차이일까.

마트에서 통닭을 사와 와인과 먹는다.

라면을 끓여 한국 사람들이 옆자리에 합류한다.

주방에는 한국 사람들뿐이다. 옆에서 혼자 빵을 먹는 브라질 네투만 어색하다.

이제 다시 3일 남았다.

3일 후면 정말 산티아고로 갈 수 있겠지. 거기에 산티아고가 있기는 한 걸까.

내일도 비가 온다는데. 비야 오면 오나 보다 하지만.

순례자가 술례자 된 듯 매일 술이다.

권은 취해서 먼저 들어갔고, 취해 글도 정리도 안 되고. 또 이렇게 카미노의 밤은 간다.

1 아침부터 비가 오락가락, 잠시 멈춘 비, 잠깐 비친 무지개
2 걷는 사람들이 모두 우의를 입었다.

1

2

3

1 걷다가 만난 작은 마을의 예쁜 집
2 계속되는 비에 길이 물에 잠겼다.
3 산티아고 길의 마을들은 대부분 산티아고나 순례자를 주제로 한 작품들과 순례자 동상이 있다. 어쩌면 스페인의 가장 큰 관광 상품이 아닐까 싶다.

팔라스 데 레이Palas de Rei → 아르수아Arzúa

아침 6시, 일찍 눈을 뜬다. 캡슐 침대라 해서 뭔가 했다. 침대에 커튼이 달린 거였다. 지금껏 주로 개방된 곳에서 자다가 오랜만에 개인적인 공간이 생겨 숙면을 취한 듯하다. 다른 때 같았으면 일찍 눈을 떠도 핸드폰 보는 것조차 눈치 보였는데 침대에서 불을 켜고 책도 본다. 커튼 하나가 고작 침대만큼이지만 개인적인 공간을 보장해주니 이렇게도 편하다.

7시인데도 움직이는 사람이 몇 되지 않는다. 산티아고가 며칠 안 남았다고 다들 늑장을 부리는지.

비가 또 억수로 온다. 그러려니 한다.

어제 남은 빵으로 대충 아침을 때우고 8시 반쯤 또 길을 나선다. 오늘은 약 29킬로미터, 아르수아Arzúa까지 가기로 하고 출발한다.

세차게 내리던 비가 잦아든다. 모두들 비 그치길 기다렸는지 길에 걷는 사람들이 많다.

마을을 벗어나고 숲길로 접어드니 땅은 질다 못해 물이 가득하다. 물을 밟지 않고는 갈 수가 없어 잠시 망설이는데 스페인 아재들은 그냥 물에 빠지면서 지나간다. 저 막무가내는 뭐지, 하고 잠시 바라보다가 어차피 젖

산타 모자를 쓰고 산티아고 길을 걷는 멕시코 아저씨

을 신발인데 내가 소심했나 싶다.

비는 세차게 내리다 잦아들다 다시 내린다. 다행히 바람은 불지 않는다.

어제 이미 최악을 경험하고 나니 비만 오는 건 이제 즐길 만하다.

비가 오니 숲길이 운치 있게 다가온다. 숲에 떨어지는 빗소리도 듣기 좋다.

12시쯤 어제 오려고 했던 멜리데에 도착했다.

비가 그치고 햇빛이 비치기 시작한다.

식당을 찾아 스파게티를 시켜 먹는다. 생장에서부턴가 몇 번 인상 깊게 봤던 산타 모자 쓰고 다니는 멕시코 할아버지가 반갑게 인사한다. 한동안 안 보이시더니 그동안 어떻게 왔고 어딜 갔으며 주절주절 말씀하신다.

출발하려 하니 또다시 비가 온다. 판초 우의가 겨우 말라서 배낭에 넣으려고 접었는데 다시 펼쳐 입는다. 하루 종일 해가 떴다가 비가 내리고 우의를 벗었다 입었다 통 감을 잡을 수 없는 날씨다.

산티아고에 다 와가니 문득 많은 것이 단순해졌다는 생각이 든다. 걷고 먹고 자고 또 걷고, 할 일이라고는 걷는 것뿐이다. 눈 뜨면 복잡하게 생각할 것도 없다. 그저 길 따라가면 되고 배고프면 먹고 힘들면 적당한 숙소 찾아가서 쉬면 된다. 이러다 보면 상처 받았던 마음이 잊은 듯 치유될 법도 하다. 걷는다는 것은 몸 대신 머리를 쉬게 해줄 수 있는 것이었나 보다.

어쩌면 뇌를 쉬게 하고 싶어 걷는 여행을 꿈꿨는지도 모르겠다. 내 뇌가 쉬고 싶어 나도 모르게 이 길로 몸을 이끌었는지도 모르겠다.

다시 해가 뜨더니 또 비가 오고 이제는 해가 뜬 상태에서 비가 오기까지 한다. 마치 하늘이 내가 어쩌는지 보려고 장난치는 것 같다.

4시쯤 돌다리를 건너 이쁘장한 마을이 나온다. 여기인가 싶었는데 2.5킬로미터 더 가야 한단다.

체력이 고갈된 건지 긴장이 풀어져서인지 4시면 28킬로미터는 가고도 남았어야 하는데 아직도 못 갔다니. 하루에 38킬로씩 어떻게 걸었던 건가.

4시 반쯤 아르수아에 도착한다.

도시는 밋밋하고 특색이 없다. 알베르게를 찾아간다.

침대 배정을 받았는데 저번에 코 골며 자던 두 녀석이 양옆으로 있다. 오늘 밤 잠은 다 잤다. 숙박비를 이미 지불해버려 다른 곳으로 갈 수도 없고. 이런 세상에, 난감하다.

코골이 녀석들과 식당으로 나와 숯불로 구운 이것저것을 시켜 먹는다. 아재 두 분도 오시고. 다들 관심 분야가 다르니 이야깃거리도 다 다르다. 같은 곳을 같이 걸어도 보고 느끼는 것이 이렇게나 많이 다르다는 걸 알게 된다.

1
2
3

1 돌다리 건너 멜리데Melide 마을
2 돌다리는 바닥이 당연히 돌일 거라는 고정관념이 있었던 모양이다.
흙을 깔아 놓은 것이 특이하다.
3 오 레보레이로O Leboreiro 마을과 교회

1

2

4

1 비가 많이 내려 길이 물길이 되었다.
2 멜리데 끝자락의 교회와 공동묘지
3 수채화 같은 풍경이지만 하늘은 줄곧 우중충하다.

아르수아Arzúa → 페드로우소Pedrouzo

숙소가 춥지 않아 비치된 담요 하나 덮고 잤는데 새벽에 추워 담요 하나를 더 가져다 덮는다.

이곳도 역시 난방 가동이 되었다 안 되었다 하는 모양이다.

어제 코 골지 말라고 농담 한마디 했더니 이 녀석들 자면서도 신경을 썼는지 자는 데 방해될 정도는 아니었다.

산티아고까지 38킬로미터 정도 남았다. 맘먹고 하루에 갈 수도 있는 거리인데 어제 상태로 보아 25킬로미터만 가고 내일 13킬로미터, 하루를 더 잡는 게 나을 것 같다.

여기 있는 사람들 중 누구에게도 하루에 간다는 얘기는 듣지 못했다.

성민은 피스테라Fisterra와 묵시아Muxia를 돌고 오늘 다시 산티아고로 들어온다고 했다. 알베르는 하루 늦게 오더니 몸이 안 좋아 하루를 더 쉬고 이제 이틀 전에 지나온 포르토마린에 있다고 연락이 왔다.

다들 이제부터는 산티아고 이후의 여행을 계획한다.

누구는 스페인 최서단 피스테라까지 걸어갈 거라 하고, 누구는 버스로 피스테라를 다녀올 거고, 권은 바르셀로나로 갈 거란다.

나는 아직 어디로 갈지 정하지 못했다.

8시 30분에 출발한다. 아직 날은 밝지 않았다. 하늘엔 먹구름으로 가득하다. 지금은 비가 내리지 않는데 언제라도 비가 쏟아질 날씨다.

마을을 벗어나 어두운 숲길로 들어간다.

여행이 끝나가니 여유가 생기는 걸까. 새소리가 들리고 닭 우는 소리, 멀리 차 소리 하며 많은 소리들이 들린다. 끝이라 생각하니 이런 작은 것들도 아쉬워지는 건지 길에서 보고 들리는 하나하나가 사뭇 새롭다.

어깨 아프고 다리 아픈 것만은 그대로다.

오늘도 길은 좋다. 땅이 적당히 마른 듯하다. 여기서 아주 조금이라도 물기가 더 있었으면 신발이 젖었을 테다. 내내 아슬아슬하게 신발을 적시지 않는다.

10시 반쯤 빗방울이 떨어진다. 급하게 우의를 꺼내 입는다.

커피 한잔하며 쉬고 싶은데 마땅한 곳이 없다.

30분쯤 더 걸어서 마주한 작은 카페에는 길 걷는 사람들, 동네 사람들이 한데 모여 북적인다.

커피와 토스트를 주문해 먹는다. 더 이상 앉을 자리도 마땅치 않은데 사람들이 계속 들어온다.

밖으로 나와 차 한 잔을 더 마시고 출발한다.

이슬비가 바람에 날린다. 우의는 입지 않아도 될 듯해 그냥 걷자니 금세 앞으로 멘 가방이 젖어온다. 방수 바지는 입지 않고 우선 판초 우의만 입는다.

아저씨 두 분이 비스킷을 드시면서 쉬고 계신다. 다음 마을에서 쉴 거냐고 묻더니 오늘 저녁 어딘가에서 다 같이 모이자고 한다. 그러고 보니 오늘이 산티아고 가기 전 마지막 밤이다. 이 밤을 기념하자는 뜻일 거다.

이슬비가 굵어졌는지 바지가 축축이 젖어온다. 그만 가자. 비도 오고 내일 좀 더 걷자 하고 쉬기로 한다.

오후 2시쯤 페드로우소Pedrouzo에 도착. 너무 빨리 알베르게에 들어가면 할 일이 없다. 밖으로 나와 바에 앉아 피자와 함께 와인을 마시며 시간을 보낸다. 빗줄기가 더 굵어진다.

3시쯤 알베르게로 들어온다.

최근에 만난 한국인들이 다 모여 있다. 이제 다 반갑고 호칭도 편해졌다. 농담도 하고 서로 친한 사이처럼 군다.

샤워를 하고 빨래를 맡기고 침대에서 한가롭게 여유를 부린다. 밖에는 여전히 이슬비가 하염없이 내리고 있다. 내일이면 산티아고에 도착한다. 아쉬운가, 뿌듯한가, 속시원한가. 나는 어디로 가야 하나. 끝이 다가오는데 마음은 오히려 무거워지는 것 같다.

어제 함께 식사한 팀이 다시 모인다. 맛있는 스테이크집이 있다고 해서 가니 일요일은 4시까지밖에 영업을 안 한단다.

마을을 한 바퀴 돌다가 문 연 가게를 찾아 둘러앉는다.

어제처럼 각자의 이야기들이 시작된다.

이제 각자 산티아고를 가고 각자의 여행을 마치겠지. 길의 마지막 밤이 이렇게 가는구나.

저녁 식사를 마치고 숙소로 돌아가는 길. 또다시 비가 내린다.

인생은 문득 반복의 연속이다 싶다.

1
2
3

1 아르수아Arzua
2 길인데 벌목 작업을 하며 길을 막았다. 별수 없이 쓰러져 있는 나무들을 넘어간다.
3 왼쪽에 보이는 곳이 스테이크 맛집이라는데 일요일에는 4시까지밖에 영업을 안 한단다.

페드로우소Pedrouzo
→ 산티아고 데 콤포스텔라Santiago de Compostela

5시였을까. 알람이 울리더니 두 명이 조용히 나간다. 이제 19킬로미터밖에 남지 않았는데 뭐가 급해서 벌써 나갔을까. 혹시 산티아고에서 선착순 10명에게 제공한다는 점심 때문인가. 성민도 그 점심을 먹었다고 들었다.

7시, 산티아고를 목전에 두고 망설이기라도 하듯 사람들이 움직이지 않는다. 산티아고는 이 길을 걷는 거의 대부분 사람들의 끝이다. 아니, 이 길에 있던 모든 사람의 끝일 거다. 출발점은 각각 다르지만 끝은 산티아고니까.

어제 누구는 설레는지 잠이 안 올 것 같다고 했고, 누구는 눈물이 날 것 같다고도 했다. 누구는 오늘만 생각하며 참고 참고 여기까지 왔다며 그간 길 위에서의 고생을 토로했다. 어려운 일을 해낸 성취감이겠지. 지금까지 이렇게 긴 길을 걸은 적이 없었으니 생장에서 산티아고까지, 서울과 부산을 왕복하는 거리를 걸었다는 것이 흔한 일은 아닐 거다.

우리는 각자 무엇을 생각했을까, 무엇을 얻었을까, 답을 찾았을까, 걷게 된 이유를 알았을까.

하지만 어제 여기 길의 마지막 밤은 의미 따위는 뒤로하고 자축하며 즐기는 밤이었다.

비에 젖고 마르기를 반복한, 완전히 마르지 않은 신발에서는 지금까지 맡아보지 못한 역한 냄새가 난다. 그래도 발을 억지로 구겨 넣는다.

좀처럼 가벼워지지 않은 기분으로 8시에 알베르게를 나선다.

카페에 들러 커피와 토스트를 먹는다.

비는 올 듯 말 듯 답답하게 화창한 하늘을 보여주지도 시원하게 쏟아지지도 않는다.

마을을 지나 어두운 숲길을 지난다. 언덕을 한 시간 정도 오른다.

땀이 난다. 내의 윗도리를 벗을 걸 그랬나 싶다. 기온도 좀 오른 듯하다.

사람들은 지나가고, 마주치고 또 걷는다.

이슬비가 내려 우의를 입고 걷다가 산티아고 전 마지막 마을에 다다르자 비가 세차게 내린다.

우의 바지를 입을까 하다가 카페가 나오면 들어가야지 하고 걷는데 한참을 가도 나오지 않는다. 결국 바지는 젖어버렸다.

마을에 도착할 즈음 비가 잦아든다.

카페에서 와인과 샌드위치를 먹는다.

이제 5킬로미터 남았다.

나는 왜 기분이 들뜨지 않고 착잡한 걸까.

누군가는 이 길을 걷고 편안함을 느꼈다고 한다. 많은 걸 생각하고 얻었다고도 한다. 나는 무엇을 찾았을까, 왜 걷기 시작했을까, 아직도 답을 모르겠다.

다시 30분쯤 걸으니 오래된 도시에서만 느낄 수 있는 골목이며 성당들이 눈에 들어온다.

멀리 보이는 저 첨탑이 산티아고 대성당인 듯하다.

드디어 도착하는구나!

골목길을 따라가다가 음악 소리가 들려오는 성문을 통과하니 시야가 탁 트이는 광장이다.

광장 주변은 산티아고 대성당을 비롯해 화려한 옛 건축물들로 둘러싸여 있다. 여기가 바로 여행자들이 그토록 도착을 열망했던 산티아고 광장, 산타아고 길의 끝, 산티아고 데 콤포스텔라 대성당이다.

광장에서 성당을 구경하고 있는데 산타 모자 쓰고 다니시던 멕시코 할아버지가 반갑게 맞아주며 완주증 받는 곳을 안내해준다.

번호표를 받고 줄을 서서 한참을 기다렸다가 종이 한 장을 받아든다. 모르겠다, 이 기분. 기분이 그다지 좋다고 할 순 없을 것 같다. 이 종이 한 장 받으러 온 것도 아니지만. 이제 정말 끝인가 하는 아쉬움인지, 무슨 서운함인지 기분이 살아나지 않는 이유를 도통 모르겠다.

도시는 생각했던 것보다 멋지다. 골목마다 사람들이 넘쳐나고 골목을 돌면 오래된 성당들이 나오고 낡고 정리되지 않은 느낌이 좋다.

드디어 신발을 버리고 새로 산다.

1개월짜리 유심도 다시 사고 새롭게 시작될 여행을 준비한다.

내가 기차를 타고 어느 도시에 가서 한적하게 관광한다면 아직 충족되지 못한 이 기분을 채울 수 있을지는 미지수다.

해가 저문 광장으로 나오니 성당과 건축물마다 은은한 조명이 밝혀져 낮과는 다른 운치를 보인다. 옛 시가지를 한 바퀴 돌고 권과의 마지막 만찬을 위해 식당을 찾는다.

파에야(paella)를 시켜 먹는 중 옆 테이블에서 누군가 인사를 한다. 길에서 만난 적이 있는 스페인 친구인데 내일 드디어 집으로 돌아간다며 즐거워한다.

1 산티아고 길의 끝 시청사 앞 산티아고 광장
2 산티아고 데 콤포스텔라 대성당

식당에서 나오니 길이 시끄럽다. 무슨 시위를 하는 듯 사람들이 구호를 외치며 지나간다. 마음이 더 심란해진다.

길가에 앉아 맥주를 마신다.

권과 연락을 주고받던 중국인 웨이웨이가 아일랜드인 남자와 함께 와 옆에 앉는다.

드디어 해냈다는 자축의 축배는 짧다. 축배는 언제나 끝에 이루어지고 끝은 곧장 이별로 이어진다.

웨이웨이는 영국으로 가 친구를 만난 후 본국으로 귀국한다 하고, 아일랜드 친구는 내일 바로 귀국한다고 한다. 권은 여기서 하루를 더 쉬고 바르셀로나로 간다고 한다. 나는 리스본까지 가볼까 한다고 말해본다. 걸어갈 거라고 하자 모두들 아직도 더 걷고 싶냐며 '크레이지'를 연발한다.

고민이 많다. 내일부터 어디로 가서 뭘 해야 하는지. 원래 처음에 계획했던 리스본으로 걸어가야겠다. 일정은 충분치 않지만 갈 수 있을 만큼 걸어볼까 한다. 다시 혼자가 되면 뭔가 또 다른 생각들이 들겠지. 지금 이 주체할 수 없는 허탈한 마음을 풀고 작은 족함이라도 얻을 수 있지 않을까. 그래, 또 가자. 계속 걸어보자.

내일의 일기예보를 본다. 하루 종일 비다. 비 올 확률 80퍼센트.

모르겠다, 오든지 말든지. 간다, 리스본으로.

1 아이들은 무엇이 부끄러울까, 아니면 부끄러운 세상에 눈을 가린 걸까?
2 산티아고로 접어들다.
3 멀리 산티아고 대성당 첨탑이 보인다.

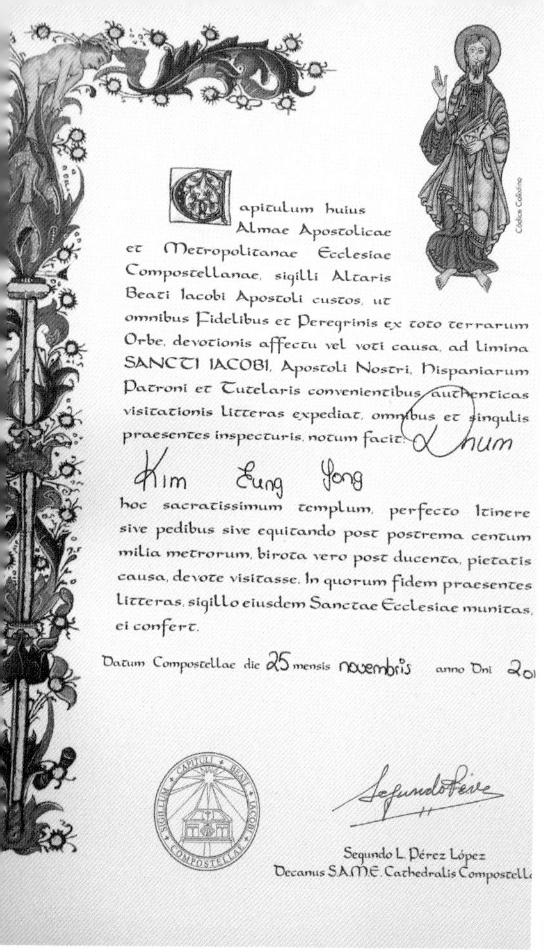

Capitulum huius Almae Apostolicae et Metropolitanae Ecclesiae Compostellanae, sigilli Altaris Beati Iacobi Apostoli custos, ut omnibus Fidelibus et Peregrinis ex toto terrarum Orbe, devotionis affectu vel voti causa, ad limina SANCTI IACOBI, Apostoli Nostri, Hispaniarum Patroni et Tutelaris convenientibus, authenticas visitationis litteras expediat, omnibus et singulis praesentes inspecturis, notum facit: Dnum

Kim Eung Yong

hoc sacratissimum templum, perfecto Itinere sive pedibus sive equitando post postrema centum milia metrorum, birota vero post ducenta, pietatis causa, devote visitasse. In quorum fidem praesentes litteras, sigillo eiusdem Sanctae Ecclesiae munitas, ei confert.

Datum Compostellae die 25 mensis novembris anno Dni 20

Segundo L. Pérez López
Decanus S.A.M.E. Cathedralis Compostell

1 산티아고 순례 인증서
2 산타 모자를 쓰고 이 길을 걸어온
멕시코 아저씨를 길의 끝에서 다시 만나다.
3 스페인 철판 볶음밥 파에야

산티아고 데 콤포스텔라Santiago de Compostela → 마가리뇨스Magariños

다시 아침 7시.

창밖을 본다. 먹구름인지 흰 구름인지 하늘은 구름으로 가득하다. 역시 비가 내릴 날씨다.

일기예보는 바람이 다소 강한 것으로 나온다. 비 소식은 자주 틀려도 바람은 잘 맞는 편이다. 바람은 피할 수 없겠다.

아직 날이 밝지 않은 8시 10분쯤 권과 인사를 하고 길로 나온다.

다시 산티아고 광장으로 간다. 끝이었던 곳에서 다시 시작이다.

시작부터 비가 온다.

폰을 켜 지도를 보며 길을 찾아간다.

출근하는 사람들, 등교하는 학생들로 길이 가득하다. 그 속에서 나도 빠른 걸음으로 길을 찾아간다.

빗물이 핸드폰에 떨어져 오작동을 하는지 위치가 안 맞아 몇 번을 돌고 돌아 9시가 넘어서야 겨우 산티아고에서 벗어난다.

길은 한적한 마을 길로 이어진다.

지금까지는 노란색 화살표를 따라왔으므로 화살표를 찾아 반대로 가면 되겠거니 했는데 가다 보니 보이지 않던 파란색 화살표가 보이기 시작한다. 아마도 반대 방향 표시인 듯하다. 이걸 따라가면 거꾸로 가는 것도 별 어려움 없이 찾아갈 수 있겠다.

비는 세차게 오다 그친다. 바람도 불다 안 불다 한다.

거리가 표시된 표지석에서 어제까지는 숫자가 줄어드는 것을 보며 왔는데 이제 숫자가 점점 늘어나는 것을 본다.

10시쯤 토스트라도 먹을 겸 길을 벗어나 마을로 들어선다.

바를 찾아 들어가니 점잖게 보이는 중년의 주인아저씨가 와이파이 뭐 어쩌고 하신다. 영어를 못해 미안하다 하신다. 미안해할 것 없는데, 내가 더 미안하다. 나도 여기까지 오면서 가끔 영어로 말하다가 막힐 때면 미안하다고 했는데 그때 함께 있던 사람들 반응도 지금의 내 마음과 같았겠구나 싶다.

그런 말 말라며 딱 잘라 아니라고 말했는데 그게 좀 무안하곤 했다. 이제 그들의 태도가 무슨 뜻이었는지 알 것 같다. 절대 미안해할 일이 아니라는 뜻이었다.

미안해 마세요, 저도 미안합니다 하고 말씀드리니 아저씨는 거듭 미안하다며 웃으시는데 낯선 땅 이국인으로서 괜스레 마음이 찡해진다.

토스트와 함께 커피를 마시고 나와 의심 없이 이쪽 길이 맞겠지 하며 가고 있는데 길 가던 할아버지가 어디로 가냐 묻는다. 포르투갈로 간다 하니 이 길이 아니란다. 되돌아 다시 길을 찾아간다.

11시쯤 산티아고로 가는 사람들과 많이 마주친다. 이들은 포르투갈에서 출발했을 테니 포르투갈의 숙소 정보를 물어본다. 포르투Porto에서 출발했다는 한국 사람들에 따르면 오는 길 숙소 구하는 건 어렵지 않았다고 한다. 포르투까지는 한숨 놔도 되겠다.

반대 방향으로 가는 사람은 나밖에 없는 듯 날 지나쳐 가는 사람도 내가 지나치는 사람도 없다.

갑자기 바람이 세차게 불더니 비가 온다. 판초 우의를 입으려 하는데 바람 때문에 쉽지 않다. 금세 옷이 젖고 신발도 젖는다. 세차게 내리던 비는 10분쯤 오다 멎었으나 바람이 태풍처럼 몰아친다. 언제 비가 올지 모르니 판초 우의를 벗을 수도 없고 두 손으로 움켜쥐고 걷는다.

길은 작은 마을 길 골목골목으로 이어진다.

태풍 한가운데 있는 듯 나무에 부딪히는 바람 소리가 매섭다.

화장실이 급해 바에 들러 커피를 시키니 머핀을 함께 내줘 약간의 배고픔을 달랜다.

2시 반쯤 파드론Padrón에 도착. 바람이 너무 많이 불어 여기서 멈추고 싶은데 하루에 30킬로미터는 가야 한다. 무비자 체류 기간 90일 중 이제 남은 기간은 20여 일, 리스본까지는 약 600킬로미터이니 하루도 빠짐없이 30킬로미터씩은 가야 도착할 수 있다. 여기까지 25킬로미터. 적어도 다음 마을까지는 가야 한다.

강을 따라 강 옆으로 걷는데 몸이 바람에 밀려 강으로 빠질 듯이 바람이 거세다.

겁이 나 강에서 좀 떨어져 걷는다. 강바람에 물결이 크게 출렁인다.

바람은 몸을 가누기 힘들 정도이고 낙엽이 바람을 타고 하늘로 올라간다.

바에 들러 커피를 시키고 오전에 바에서 먹다 싸 가지고 온 머핀을 꺼내 같이 먹는다. 지도를 보니 6킬로미터만 가면 숙소가 있다고 나온다. 도로를 따라가면 1킬로미터는 단축할 수 있다.

도로를 따라 걷다가 도착하기 10분 전쯤인데 비가 앞이 보이지 않을 정도로 쏟아진다.

신발에는 물이 차고, 마르려 했던 우의는 금세 다시 젖는다.

비를 피할 겸 도로 옆 건물 처마 밑에서 검색을 해보니 지나쳤다.

급히 되돌아 알베르게를 찾았는데 불이 꺼져 있다. 불안하다.

혹시나 문을 열고 들어가 보니 사람이 있다. 안도의 한숨이 나온다.

손님은 나 외에 아무도 없다. 식사할 만한 곳을 주인에게 물으니 레스토랑이 어딘가 있다고 하는데 이 비바람을 뚫고 갈 엄두가 안 난다.

혹시 주방에 누군가 남기고 간 음식이라도 있나 찾아보니 다 말라비틀어진 빵 조각 하나뿐이다. 다른 데는 쌀도 있고 술도 우유도 있곤 했는데.

어쩐다. 비 그치길 기도나 할 수밖에.

샤워를 하고 나오니 비가 멎었다. 언제 비가 올지 몰라 얼른 옷을 입고 레스토랑을 찾아간다.

동네 어르신들 전부 모여 있는 바 겸 식당이다.

음식은 맛이 없다. 와인을 시켰는데 맛이 좀 이상하다고 하니 쿨한 주인은 그 와인을 버리고 포도주스를 준다. 이건 뭔 경우인지.

참 이상하다. 다시 먼 길을 걷는다 생각하니 마음이 편해진다.

1 같은 길은 없다. 모든 길은 만들어진 이유가 있고 의미가 있다.
2 노란색은 산티아고, 파란색이 파티마 방향 표시다.
3 저 인형들이 대체 뭐라는 건지…
4 오래된 샘터이자 빨래터

1 순례길을 걷다 보니 종교와 관계없이 성당에 눈길이 간다.
2 돌담 사이의 골목길에 물이 흥건하다.
3 가로수를 정리하는 모양도 나라마다 다르다.
4 동네 어르신들의 사랑방 같은 동네 바

마가리뇨스Magariños → 폰테베드라Pontevedra

알베르게에 손님은 나 하나뿐이라 조용히 자겠구나 했다.

세탁기 소리인지 발전기 소리인지 꺼졌다 켜졌다. 분명히 이 숙소에서 나는 소린데. 분명히 아무도 없는데. 밤새 끊이지 않은 소음 때문에 잠을 잘 못 잤다. 코 고는 소리는 여기에 비하면 오히려 친숙하고 잠들기 편한 소리였다.

게다가 잠을 못 잔 건 소음 때문만이 아니다. 며칠 전부터 팔다리 몇 군데가 모기 물린 것처럼 붓고 가렵다. 베드벅스에 물린 건가. 베드벅스는 혈관을 따라 문다던데 그럼 그건 아닌 것 같고. 암튼 소음과 가려움 때문에 통 잠을 못 잤더니 아침인데 침낭에서 나가기가 싫다. 이 숙소도 8시에 퇴실해야 한다.

억지로 일어나 어둠이 채 가시지 않은 밖으로 나온다.

배가 고파온다. 길 건너편 바에 출근하려는 사람들인지 대여섯 명이 앉아 떠들썩하게 커피를 마시고 있다. 이젠 익숙하게 "토스트 카페콘레체" 하면 커피와 토스트를 준다.

버터는 빵이 식기 전에 발라야 잘 발라지고, 커피는 설탕을 반만 넣어야 내 입맛에 맞다.

어제 좀 무리해서 35킬로미터를 왔더니 오늘 가려는 폰테베드라Pontevedra까지는 약 31킬로미터다. 4시쯤이면 도착할 듯하다.

9시쯤 길을 찾아 다시 걷는다.

스틱 하나가 몇 번을 해봐도 고정이 되지 않는다. 고쳐보려고 뽑았더니 들어가지도 않고. 하는 수 없이 버린다. 언덕을 오를 때나 다리 아플 때 의지가 많이 되었는데 이제 한 개를 지팡이 삼아 걷는다. 스틱이 하나가 되니 한 손이 편해졌다. 금방 적응이 될 듯하다. 남은 하나는 이 상태로 길이를 줄이지 말아야겠다. 이것마저 고장 나면 의지할 게 없어진다.

길을 또 잘못 들었다. 이번엔 할머니가 이 길이 아니라고 알려준다. 반대 방향으로 가는 길은 파란색 표시라 그런지 어두워 눈에 잘 띄지도 않고 화살표 수도 현저히 적어 길 찾기가 쉽지 않다. 산티아고 길 어플을 깔았지만 동작이 잘되지 않는다.

찻길에서는 찻길 푯말을 의지해 가다 보면 산티아고 길과 이어지곤 하는데 푯말 하나 없는 길에서는 온 길을 되돌아가야 한다. 오늘만도 몇 번이나 길을 잃고 다시 찾아가곤 한다.

비는 오다 말다, 우의를 입었다 벗었다 한다. 다행히 바람은 불지 않는다.

걷는 건 기분이 좋다. 지금만 같으면 집까지 걸어갈 수 있을 것 같다.

혼자 걸으니 잘 쉬게 되질 않는다. 점심도 거의 건너뛰고 비스킷이나 사과로 배고픔을 달래며 걷는다.

포르투갈에서 산티아고로 가는 이 길은 프랑스 길에 비해 한국 사람도 걷는 사람도 적다. 12시가 넘어가니 산티아고로 가는 사람들과 마주친다. 지금 인사하고 헤어지면 다시는 못 볼 사람들. 반갑게 웃으며 인사를 해도 국적을 물어보거나 이름을 물어보는 사람은 없다. 만났다가 헤어지고 다시 만나곤 하던 길이었는데 이제 이 길에는 스쳐가는 사람들만 있다. 오늘도 반대 방향으로 가는 사람은 나뿐이다. 이렇게 혼자 리스본까지 가게 되려나.

산티아고로 가는 중년의 한국인 부부를 만난다. 리스본에서 시작했다고 하는데 여기까지 숙소는 어렵지 않게 구했으나 길이 나쁘단다. 어떻게 나쁜 건지 언덕이 많은지 진흙 길인지 모르겠다. 가다 보면 알겠지.

비가 한 차례 세차게 내린다. 길이 흥건해진다.

폰테베드라 순례자 광장

폰테베드라의 카펠라 다 페레그리나Capela da Peregrina 성당 야경

지붕에서 내리는 빗물이 폭포수 떨어지듯 흘러내린다. 그러다 멈추고. 이런 상황이 몇 번이고 되풀이된다.

2시가 넘으면 여지없이 발바닥이 아파온다. 오늘은 좀 더 심하다. 신발을 잘못 산 건지 어제는 발가락에 물집까지 생기고, 모르겠다. 이렇게 가다 보면 발이 적응하겠지.

4시쯤 폰테베드라에 들어선다. 지금까지는 도시 초입에 대부분 숙소가 있었는데 여기는 도시를 거의 벗어날 즈음에 있다. 도시도 꽤 커서 도심을 관통하는 데만 30분이 걸린다.

숙소에 들어오니 온몸이 뻐근하다. 무거운 몸을 억지로 일으켜 샤워를 하니 좀 나아지고 배가 고파온다.

젖은 우의를 다시 입고 나와 식당 찾아 걷다 보니 시내로 들어선다.

비누와 샴푸를 사서 나오니 6시 반. 배는 고픈데 문을 연 식당이 없다.

앱으로 검색해서 10분 거리의 식당을 찾았는데 저녁은 8시부터란다. 파에야만 된단다. 파에야를 시켜 먹고 양이 안 차 숙소로 돌아가는 길에 바에 들러 크루아상 하나를 더 먹는다. 와인도 한잔하면서.

멈췄던 비가 또 내리기 시작한다. 사람들의 발걸음이 빨라진다.

저들의 하루도, 하루 종일 걸었던 나의 하루도, 지금 이 순간도 다 함께 저물어 간다.

폰테베드라Pontevedra → 모스Mos

30명 넘게 잘 수 있는 방에 대여섯 명이 자고 있다.

알베르게에 처음 본 사람이 들어오면 서로 웃으며 눈인사를 하거나 올라, 헬로, 하이 하며 가볍게 인사를 한다. 처음 본 사람에게 이름을 물어보거나 악수를 청하는 사람은 거의 없다. 몇 차례 만나 얼굴이 익숙해져야 이름을 물어보고 이것저것 물어보기도 한다.

그러나 나는 오늘 함께 자고 일어난 여기 모든 사람에게 관심이 없다. 어차피 가는 방향이 다르니 다시 보지 못할 사람들이다. 여기서 한두 명쯤은 처음 보는 동양인을 궁금해할지도 모른다. 잠시 그러다 잊힐 거다.

7시, 아무도 일어날 기미가 보이지 않는다.

이들도 산티아고를 목전에 둔 여유를 보이는 건가, 아니면 이쪽 길은 원래 그런지. 아침이면 조용하고 부산한 움직임이 들리던 프랑스 길의 알베르게와 너무 다르다. 모르겠다. 나도 급할 것 없다. 지금 일어나서 혼자 부산떠느니 다른 사람들이 일어날 때까지 기다려본다.

8시가 다 되어서야 하나둘 일어나더니 준비를 한다.

바닥이 젖어 있다. 이슬비가 내린다.

하늘 가득 안개가 꼈는지 하늘도 구름 한 점도 보이지 않는다.

사과를 물고 찬 아침 공기를 맞으며 8시 반쯤 길을 나선다.

차도를 따라 30분쯤 걷다가 마을 길로 들어선다. 안개가 자욱하다. 스프레이 뿌리는 것처럼 비가 내린다.

길에는 아무도 없다.

마을을 벗어나 길은 숲으로 이어진다.

산을 하나 넘는다.

내리막길에 들어서니 사람 다닌 길은 물길이 되어 계곡처럼 물이 흐른다.

산을 내려가니 산골 마을치곤 제법 큰 마을이 나온다. 골목골목으로 내려갔다 올라갔다 한다. 개들은 짖고 사람 사는 소리가 들린다.

다 내려오니 큰 강이 흐르고 그 옆으로 잘 정리된 집들이 늘어서 있다. 오래된 다리도 근사해 보인다.

강가 카페에 앉아 늦은 아침을 먹는다.

프랑스에서는 사람이 적어 만나면 반갑고 같이 걸으며 친해지는 게 즐거웠다. 스페인부터는 사람이 많아져 그다지 편치 않았던 것 같다. 걷다 쉬면 사람들이 지나쳐 가고 또 걷다 보면 쉬는 사람들을 지나쳐 가고. 숙소에서 다시 만나고……. 자주 만나 인사하고 가까워지는 게 즐겁기도 번잡스럽기도 했다.

이 길은 아주 가끔 마주치는 사람을 만나 인사라도 하는 게 반갑고 혼자 한적하게 걸을 수 있어 좋기도 하다. 이런 한적함도 걷다 보면 지루해질지, 아직은 모르겠다.

또 비가 온다. 다음 주부터는 일기예보에 비 소식이 없으니 며칠만 참으면 될 듯하다. 아니다, 비를 즐길 날이 며칠 안 남았다고 생각하자.

1시가 넘어 레돈델라Redondela에 도착한다.

도시가 생각했던 것보다 크다. 사람도 많고 길도 많고. 길 표지판을 찾으며 가는데 정신이 없다.

도시 관광은 이제 별로 흥미가 없어졌다. 그냥 빨리 벗어나고 싶을 뿐이다. 그래도 왔으니 바에 앉아 간단한 요깃거리를 시키고 커피를 한 잔 마신다.

오늘 목적지까지는 13킬로미터. 3시간 남짓 더 걸으면 된다.

도시를 벗어나자마자 비가 주룩주룩 내린다.

고개를 숙이고 걷다가 표지판을 놓쳐 되돌아가 다시 길을 찾아 걷는다.

아, 이런. 또다시 길을 놓쳐 몇 킬로미터는 더 돌아가는 듯하다.

두 시간여 동안 비는 그칠 줄을 모른다. 판초 우의가 젖어 점퍼를 적시고 방수 바지가 젖어 바지를 적신다. 바지가 젖어 다리는 차갑고 상의는 땀에 젖어 잠깐이라도 쉴라치면 추위가 찾아든다. 앞으로 7킬로미터는 더 가야 하는데 이대로는 무리다.

구글맵을 켜 가까운 숙소를 검색해봤더니 2킬로미터 앞에 있다.

비 오고 힘들수록 마주치는 사람들은 더욱 반갑게 인사를 해준다. 한 명은 하이 파이브까지 해주고 지나간다.

4시쯤 한 마을에 도착해 숙소를 찾아갔지만 문이 닫혔다.

비는 그칠 줄 모르고 언제 젖은 옷이 추위를 몰고 올지 몰라 난감해진다.

다른 숙소를 검색하다가 혹시나 하고 근처 바에 들어가 물어보니 닫혀 있던 알베르게를 여기서 관리한단다. 휴, 다행이다.

8유로를 지불하고 입실한다.

세탁기가 있어 빨래를 하려는데 세제가 없다. 모르겠다. 오늘 밤이 지나면 마르겠지. 내일까지 버텨보기로 한다.

샤워를 하고 나니 대여섯 명이 더 들어온다. 조용하던 숙소가 떠들썩해진다. 다들 아는 사이인 듯 같이 이야기하며 웃고 떠든다. 나만 조용하다. 어쩌면 지나온 산티아고까지의 길에서도 조용한 한둘의 사람들은 반대 방향으로 가고 있었을지도 모르겠다는 생각이 든다.

젖은 우의를 다시 입고 식당에 갔더니 또 8시부터다.

숙소 앞 바에 들어가 간단한 음식을 시켜 먹는다.

바 안에 난로가 있는 걸 보고 숙소에 널어두었던 젖은 점퍼를 들고 와 말린다.

외로운가, 편안한가. 감정은 한 가지로 표현할 수가 없다.

편안하지만 외롭다. 외로우면서 편안하다.

내일이면 국경을 넘어 포르투갈로 들어간다.

걷다가 스쳐 지나가는 스페인 시골 마을

1 오래된 아르카데Arcade 다리
2 꽉 채워진 골목길이 좋다.

모스Mos → 포르투갈 발렌사Valença

며칠 동안 괴롭혔던 가려움증은 베드벅스에 물린 게 맞는 것 같다. 모기는 요즘 없고 노출된 팔이나 발목만 모기 물린 것처럼 가렵기 때문이다. 여행 초반에는 침대를 배정받으면 베드벅스 스프레이를 꼼꼼히 뿌리곤 했는데 언젠가 외국인들은 뿌리지도 않는다는 걸 알았다.

뭐 하냐고 물어서 베드벅스 모르냐고 하면 베드'박스'라고 하던 친구도 있었다. 그러고 나서 언제부터인가 크게 신경을 안 썼더니 일주일 전쯤 어딘가에서 물린 게 확실하다. 이럴 때 바르려고 들고 온 연고는 어디 갔는지 보이지도 않고 꿩이 버린 듯 놓고 간 호랑이연고를 바르며 버티고 있다.

어쩐 일인지 사람들이 6시 반부터 움직이기 시작한다.

나는 오늘 별로 급할 게 없다. 포르투에서 출발한 성민을 10킬로미터 지점에서 점심때쯤 만나기로 했고, 오늘은 총 24킬로미터만 가면 된다. 천천히 움직여도 충분한 거리다.

성민은 일찌감치 산티아고를 찍고 바로 버스로 포르투로 가서 다시 산티아고 길을 시작하고 있다.

오늘도 일기예보에는 비가 온다는데 맞지 않았으면 하고 기대해본다.

일기예보가 오차 없이 맞는 날이 언제쯤 오려나. 그러면 좀 생활이 편해지려나. 비가 온다는 게 확실해지면 걷지 않으려나. 지긋지긋한 비 안 맞고 다닐 수 있으려나.

8시도 되기 전에 모두 나가버린다. 여기도 8시가 퇴실 시간인가? 모르겠다. 아무도 없으니 좀 밝아지면 천천히 나가야겠다.

8시 반쯤 어둠이 좀 가셔 밖으로 나온다.

비는 오지 않고 안개만 자욱하다.

안개 자욱한 마을들을 지나고 한 시간을 걸어 어제 목적지로 삼았던 오 포리뇨O Porriño에 도착한다.

광장에 앉아 커피 한 잔에 머핀을 먹는데 배낭 멘 동양인으로 보이는 친구가 기타를 치며 그룹 캔사스의 '더스트 인 더 윈드Dust in the wind'를 부르기 시작한다. 지나가는 사람들은 거의 반응이 없다. 노래를 그리 잘하지는 못한다. 커피를 다 마시고 일어서면서 주머니에 있는 동전 몇 개를 주니 인사를 하며 나를 쳐다보는데 한국 사람 같다. 말을 붙여볼까. 시간도 별로 없어 그냥 지나친다.

성민이 보내온 식당 주소를 구글맵에 찍고 따라간다.

공장들이 즐비하게 늘어선 길이 끝도 없이 이어진다. 컨테이너 차량들이 빠르게 지나다닌다. 이 녀석은 뭐 이런 데로 잡았는지.

11시 반쯤 식당에 먼저 도착해 좀 기다리니 12시 다 되어서 성민이 나타난다.

메로(대구) 튀김인가, 암튼 그렇다 하니 그런가 보다 한다. 성민이 시켜준 음식을 먹으며 서로의 여행 이야기를 한다.

어차피 같은 길인데 왜 굳이 버스를 타고 갔다가 되돌아오는 거냐 물으니 산티아고에 가서 완주증을 또 받으려고 한단다. 글쎄다. 그게 그렇게 필요한 건지 성민 자신도 모르겠단다.

와인을 두 병이나 나눠 마시고 거나해져서 2시쯤 일어선다.

밖으로 나와 서로 다른 방향으로 출발한다.

해가 구름 뒤로 가냘프게 비치는 걸 보니 이제 비는 끝나려나 보다.

햇빛을 오랜만에 보아서 그런지 눈을 뜰 수 없을 정도로 시리다. 얼굴에 닿는 햇볕이 따갑다.

남쪽을 향해 가고 있으니 태양 고도가 가장 높을 정오쯤에는 햇빛을 마주 보며 걷게 된다.

공장 지대를 벗어나자 잘 정리된 숲길로 이어진다.

세차게 요란스레 흐르던 냇물은 이제 조용히 흐르고 빗방울 떨어지던 숲속에는 작은 새소리만 들린다. 비 그친 숲속의 냄새가 상쾌하다.

와인 한 병에 취기가 약간 올라온다. 취한 상태에서 걸으니 시간은 빨리 가는데 거리는 좁혀지지 않는다.

4시면 국경을 넘을 줄 알았더니 4시가 좀 넘어 스페인 마지막 도시 투이Tui 초입이다. 한 시간은 더 남은 듯하다.

투이부터 길은 올라갔다 내려갔다 왔다 갔다. 질러가면 금방이겠는데. 원래 카미노는 거의 도시의 명소들을 다 거쳐 가도록 닦여 있어 이렇다.

5시가 다 되어서야 다리를 건넌다. 누구 하나 제재하는 사람 없이 국경을 넘는다.

이제 포르투갈이다. 오후 5시가 4시가 된다.

해는 똑같이 지는데 한 시간을 번 건지 잃은 건지 모르겠다.

알베르게에 도착하니 비가 오기 시작한다.

포르투갈에 오니 숙소 입구에 비치된 숙박계에 이름을 적고 입실한다. 숙박계를 쓰는데 바로 위 국적란에 코리안이 눈에 띈다. 안에 한국인이 있냐고 물어보니 지금 안에는 아무도 없고 오늘 내가 이곳의 첫 방문자라고 한다. 방명록에 표기된 이 사람은 누구인가 했더니 어제 온 사람이란다. 자세히 보니 날짜는 어제이고 이름이 성민이다. 그러니까 어제 성민이 가장 늦게 체크인했고 내가 오늘 첫 방문자라 나란히 이름을 적게 된 거다.

숙소 근처에 큰 마트가 있다.

레인지에 데워 먹는 해물볶음밥 비슷한 것과 달걀 6개와 맥주를 사와 먹는다.

먹으며 글 좀 정리하려는데 옆에 있는 체코 여자 둘이 귀찮게 자꾸 말을 건다. 체코 와봤냐 가봤다, 체코의 뭐가 좋았냐 어쩌고저쩌고. 어디로 가냐 리스본으로 간다, 리스본은 또 어쩌고저쩌고. 한참 떠들더니 방으로 들어간다.

내일은 20킬로미터 지점에 숙소가 있고, 거기를 지나치면 20킬로미터를 더 가야 숙소가 있다. 아침부터 비가 예보되어 있는데 40킬로를 갈 수 있을지 모르겠다.

내일이면 포르투갈에 왔다는 걸 실감하게 될까? 달라진 게 느껴지려나.

그러고 보니 내일 아침부터는 7시 반이면 환해지겠구나. 6시에 일어나 7시 반에는 나가야 할 것 같다.

1 안개 낀 마을 정경
2 다시 만난 성민과 헤어지기 전에
3 물 그림자
4 오랜만에 비친 햇빛에 기분이 상쾌해진다.
5 다리를 놓는 방식은 생각보다 다양하다.

1	
2	
3	4

1 순례자 상징물
2 투이Tui의 산타마리아 대성당. 계단에 여행자들이 누워서 휴식을 취하고 있다.
3 스페인과 포르투갈 국경을 잇는 다리. 강을 건너면 포르투갈이다.
4 포르투갈 아라오Arao 성벽

포르투갈 발렌사Valença → 폰트 드 리마Ponte de Lima

포르투갈의 아침.

6시 반에 눈을 떠 잠시 망설인다. 이 시간이 지금 맞는 건가. 밖은 아직 한밤중이다.

어제 손빨래한 내의 윗도리가 아직 마르지 않았다. 젖은 상태로 입을 수도 없고. 라디에이터 옆에 널어두면 마를 줄 알았는데 아침부터 고민이다.

매일 걷기를 시작한 지 두 달을 넘긴 몸은 점점 문제가 생긴다. 가려운 부위에 물집까지 생기고 오른쪽 새끼발톱이 검은색으로 죽어가고 있다.

어제까지 종일 비였던 일기예보가 오늘 아침은 바뀌어 종일 흐리겠다고만 나온다.

먹구름은 동쪽으로 동쪽으로 흘러간다.

덜 마른 내의를 가방 속에 넣고 속에 반팔 티셔츠를 입는다.

춥거나 말거나 어쩌겠나. 버텨내야지.

아침으로 어제 남긴 달걀 두 개와 요거트를 먹는다.

지도에서 길을 찾아 8시가 다 된 시각. 다시 길 위에 선다.

이곳은 표지석도 없고 반대로 가는 표시는 더 잘 안 되어 있어 길 찾기가 쉽지 않다. 갈림길이 나오면 폰을 켜서 지도를 보며 찾는다. 오늘은 40

킬로미터를 가야 하니 조금이라도 헤매면 도착이 많이 늦어질 거다.

30분쯤 왔을까, 비가 내린다.

바로 앞에 바가 있어 들어가 커피를 주문했는데 1유로도 안 한다. 싸구나 싶어 물도 하나 샀더니 물이 더 비싸다. 앞으로도 수돗물을 마셔야겠다.

커피를 마시며 비가 멎기를 기다린다. 구름이 빠르게 지나가는 걸 보니 곧 그칠 듯하다.

15분쯤 세차게 내리던 비가 잦아든다.

서쪽 하늘에서 먹구름이 오긴 하는데 지체할 순 없다. 오늘 일정이 길다.

아직 약간의 비가 흩뿌리지만 출발한다.

걷다 보니 서서히 구름이 걷히고 햇빛이 비치기 시작한다.

기분이 좋아진다. 오랜만에 선크림을 바른다.

길은 대부분 마을 길이고 마을을 벗어난 길들도 바닥이 부정형의 깨진 대리석이다. 아스팔트 길보다는 발이 덜 아프지만 오래 걸을수록 편하지는 않다. 이래서 며칠 전에 만났던 분이 길이 안 좋다고 했던 건가 싶다.

스페인을 보고 난 후라 포르투갈 역시 좀 더 낡고 칙칙한 집들과 거친 야생 그대로의 길일 거라고 나름 짐작했다. 그런데 뜻밖이다. 집들은 페인트칠이 깔끔하게 되어 있고 마을마다 길 정비가 잘되어 있다. 좀 더 깊숙이 들어가 봐야 정확하겠지만 오늘 본 인상은 스페인보다 나으면 나았지, 못해 보이지 않는다.

마을 길을 가다 언덕을 하나 넘고 다시 마을로 들어간다. 비도 오지 않고 걷기 좋은 날씨다.

배가 고파오면 비스킷을 꺼내 먹고, 목마르면 사과를 입에 물고 걷는다.

마을 길이다 보니 바는 자주 나오는데 먹을 거라곤 크루아상이나 머핀

또는 달달한 케이크 조각밖에 없다.

어제 성민이 말하길, 오늘 가는 길에 산을 하나 넘을 거라고 했는데 오전에 언덕을 넘어오며 이건 언덕인데 산이라 했나 싶었다. 1시쯤 산이 나온다. 한참을 오른다.

숲은 장마철처럼 습기를 잔뜩 먹어 습한 기운이 느껴지고 곳곳에 물길이 만들어져 물 흐르는 소리가 요란하다. 기다랗게 치솟은 소나무나 잡목들이 빽빽한 게 마치 동남아 정글에 들어온 듯한 기분이다.

내리막길은 비탈이 심하다. 게다가 곳곳에 흘러내리는 물길로 이리저리 피해 다녀야만 신발을 적시지 않는다.

2시가 다 되어가는데도 아직 10킬로미터나 남았다. 한 시간을 더 빨리 출발한 것에 비해 많이 오지 못했다. 아닌가, 40킬로미터면 5시쯤 도착하는 게 맞는 건가. 헷갈린다. 이제 스페인 시간을 잊어야 계산이 될 테다.

4시 반쯤 폰트 드 리마에 도착. 강변길을 가려니 물이 넘쳐서 갈 수 없을 정도다. 산을 넘을 때 잠깐 만난 사람이 폰트 드 리마 도착하기 전에 길이 안 좋으니 다른 길로 가라고 했던 게 여길 말한 듯하다.

지도를 검색해 찻길을 따라가다가 기다란 다리 앞을 지난다. 이 다리를 건너면 폰트 드 리마의 중심가다. 다리 앞 벤치에 앉아 알베르게를 검색하니 바로 앞에 있다. 검색 안 하고 지나갔으면 되돌아올 뻔했다.

숙소에 오니 숙박객은 나뿐이다.

온수가 잘 나오지 않아 힘들게 샤워를 마친다.

6시쯤 다리를 건너 중심가로 나오니 비가 온다.

식당을 찾아 지금 식사 되냐고 물으니 된단다. 스페인과 달리 브레이크 타임이 없나 보다. 가깝게 국경을 두고도 문화가 다르다.

오랜만에 이른 저녁 식사를 한다.

7시쯤 나오니 비가 멎는다.

숙소에 돌아와 보니 가방만 몇 개 침내에 던져져 있고 사람은 없다.

일기예보에는 내일 오전에만 비가 잠깐 내리고 이후로는 비 소식이 없다.

앞으로는 큰 무리 없이 여행이 마무리되려나. 내일은 30킬로미터쯤만 가면 되고 모레는 해안 길을 걸어 대서양에서 하루 쉬어야겠다.

아침은 새롭고, 술 취한 저녁은 즐겁다.

나머지는 힘들었던가. 모르겠다, 지금 즐거우니.

1 동남아 정글처럼 길게 뻗은 나무들
2 폰토라Fontoura를 지나는 길에 마주한 공동 묘지

1

2

3

1 아무도 없는 산길에서 만난 반가운 산티아고 표시. 표시가 나오면 반대 방향으로 가면 된다.
2 다리 건너 리마 시가지 야경
3 리마 시가지 강변 광장에 있는 조형물

폰트 드 리마Ponte de Lima → 바르셀루스Barcelos

6시 반, 눈을 떠 일기예보를 본다. 아침저녁으로 맑겠으나 오후에 비가 온단다. 12도에 체감온도 6도.

오늘 목적지인 바르셀루스Barcelos까지의 거리는 33.67킬로미터.

내일부터는 비 소식이 없다. 오늘만 잘 넘기면 될 듯하다.

항상 이런 생각으로 걸어오긴 했다. 이제부터는 큰 어려움 없을 거라고. 내일은 모르겠고 오늘만 잘 버텨보자는 마음으로 그렇게 하루하루를 걸어왔다.

창문을 열어보니 간밤에 비가 많이 온 듯 축축하고 지금도 이슬비가 내린다.

같이 자고 일어난 카미노 친구들에게 길이 좋지 않으니 돌아가라고 정보를 준다. 어제 만난 카미노 친구가 내게 그랬듯이.

8시쯤 이슬비를 맞으며 다리를 건너 폰트 드 리마의 중심가로 길을 찾아간다.

북쪽으로 올라가는 사람들은 산티아고로, 내려가는 사람들은 대부분 파티마Fátima로 가나 보다. 만나는 사람들마다 아래쪽으로 간다고 하면 파티마? 한다. 파티마는 1917년에 성모마리아가 나타나 성지가 된 곳이란다. 이 길은 성지를 보고자 순례를 목적으로 걷는 사람들이 많은가 보다. 아무 생각 없이 그저 길 따라 방황하는 사람은 나뿐인 듯. 뭐 하고 있나 싶다.

카페에 들러 토스트와 함께 커피를 마시고 한국에서 처방받아 가져온 염증약을 먹는다.

나오니 하늘이 화창하다. 배낭 커버를 벗긴다.

강변을 따라 다시 길이 시작된다.

나를 걷게 하는 이유는 뭘까. 신앙은 아니고, 시작했으니 끝을 보겠다는 고집인가. 아니면 미지에 대한 호기심? 마음만 먹으면 오늘이라도 비행기를 타고 한국으로 돌아가 편한 음식에 잠자리를 보장받는데 이 길을 떠나지 못하게 하는 것은 뭘까. 뭘 찾고 싶은 걸까. 뭘 얻고 싶은 걸까. 혼자 있으면 꼭 이런 질문에 막힌다. 지금의 이 모든 불편함을 감수하고도 걷는 게 재미있나? 모르겠다. 오늘도 일단 걸어본다.

이 길은 길게 이어진 마을을 지나는 듯하다. 집들과 집들 사이를 지나고 포도밭 길로, 올리브나무 길로, 레몬나무 오렌지나무 귤나무 야자수 간혹 바나나나무도 지난다.

성당에서 11시를 알리는 종이 울린다.

성당 앞에는 주차된 차들이 많고 거리엔 인적이 없다. 오늘이 주일이었구나. 또다시 일요일이 왔구나.

11시 반쯤 되니 오늘 내 목적지인 바르셀루스에서 출발한 사람들이 지나간다. 사람이 많이 줄어든 듯 몇 명 되지 않는다.

햇살이 비치니 봄날 같다. 살살 바람이 불기 시작한다.

12시가 넘어서 서서히 바람이 세지기 시작하더니 견디기 애매한 바람이 분다.

배가 고파온다. 1유로에 수제 쿠키를 파는 가판대 앞에서 잠시 쉬며 점심을 때운다.

12시 반쯤 한국인 아저씨 한 분과 마주친다. 몇 년 전에 산티아고 길을 걸으며 고생한 얘기를 10분 넘게 하시더니 인사하고 가신다. 숙소에서 만났으면 밤새 그 이야기를 들을 뻔했다.

계속 비슷한 마을들을 지난다. 마을들은 각각의 특색 없이 그저 약간 깔끔하고 목가적인 시골 마을들이다. 교회도 그다지 특색이 없다. 걷기는 좋은데 볼거리가 없어 심심하다.

1시 반쯤 쉴 겸 카페에 들러 콜라를 마신다. 햇빛이 비치니 탄산음료가 당긴다.

이제 8킬로미터 남았다. 3시 반이면 도착하겠다.

바람은 불다 안 불다 하고 햇빛은 피하기 싫을 만큼 따사롭다.

전에는 시간당 5킬로미터는 걸은 것 같은데 이제 4킬로미터 정도밖에 못 가는 듯하다. 걸음에 속도도 나지 않고 속도를 내면 금방 힘들어진다.

멀리 큰 도시가 보이기 시작한다. 바르셀루스에 다 와가는 것 같다.

길은 차도 옆 인도로 이어진다. 차들이 많아지고 사정없이 빨리 달리곤 하는데 인도는 좁아서 걷는 게 편하지 않다.

점점 길 안내 표지판이 많아지더니 이제 노란색, 파란색뿐만 아니라 검은색, 흰색 화살표도 나온다.

도시에 다 와서 화살표를 잘못 따라가 한참을 되돌아 나오고, 발은 아파오는데 대체 중심가가 어디인지 가도 가도 도시 외곽만 돌고 있는 듯하다. 도시는 약간 칙칙하고 멋없이 그냥 사각으로만 지어진 건물들이 즐비하다.

멈춰 서서 알베르게를 검색하니 다행히 얼마 멀지 않은 곳에 있다.

알베르게에는 사람이 없다. 숙박계를 알아서 쓰고 도네이션 박스에 돈을 넣고 어쩌고 쓰여 있는데 어쩌란 건지. 일단 침대나 확인할 겸 2층에 올라가 보니 정리되지 않은 담요들 하며 눅눅한 냄새가 풍기고 천장에는 합판이 노출되어 있다. 영 내키지 않는다.

내려와 다른 숙소를 검색하는데 1층에서 사람이 나온다. 숙박객이냐 물으니 그렇단다. 여기서 자려면 옆 바에 가서 말하고 오면 된다고 일러준다. 2층 말고 1층에도 방이 있구나 싶어 바에 가서 말하고 오니 1층에는 사람이 다 찼고 2층이나 별반 다를 것도 없었다.

숙박계를 썼으니 어쩔 수 없다. 견딜 만큼의 미지근한 물로 간신히 샤워를 마치고 세탁기도 없어 빨래도 못 한다. 몸은 쉬라고 신호를 보내오는데 바람이 매서워져 다른 곳으로 갈 엄두도 나지 않는다.

포르투갈 알베르게의 숙박비는 5유로로 싸긴 해도 일회용 침대 커버도 안 준다. 결과적으로 싼 게 아니다. 어제는 그나마 참을 만했는데 오늘은 도네이션에 5유로도 기부하고 싶지 않을 정도로 최악이다. 내일부터는 돈을 더 내더라도 호스텔로 가는 걸 고려해봐야겠다.

발전되지 않은 동유럽 도시 같던 이곳은 시내로 나가니 분위기가 달라진다. 강가의 오래된 성이며 강 맞은편 도시는 전혀 다르다. 그곳 중심가와 광장은 유럽의 어느 도시보다 화려하고 깨끗하다. 사람들이 광장 곳곳에서 아코디언을 연주하며 노래를 부른다.

1유로에 군밤을 사 먹고 이리저리 구경하는데 바람이 점점 더 차져 춥다.

숙소 옆 식당에서 스테이크를 시켜 먹는다. 와인까지 주며 6유로에, 괜찮은 가격이다.

식사를 하고 들어오니 또 심란하다. 오늘만 잘 자자. 내일은 육로에서 벗어나 해안 길로 가서 대서양을 바라보며 맥주 한잔하고 편안한 숙소에서 빨래를 할 거다.

1 오늘도 다시 출발하며 건너온 다리를 되돌아 본다.
2 염소를 몰고 산책 나온 아저씨
3 이끼 낀 오래된 돌담에 표시된 산티아고 길

1 햇빛을 받아 더욱 빛나는 푸르름
2 올리브나무 가로수
3 빌라 보아Vila Boa 옛 시가지에서 내려다본 신 시가지
4 순례자 메뉴는 와인 포함 6유로다.
5 빌라 보아 광장 야경

71일차

약 32km

바르셀루스Barcelos → 빌라 두 콘드Vila do Conde

어젯밤 9시쯤 세 친구가 들어왔다. 그 시간이면 포르투Porto에서 출발해 50킬로미터를 걸어왔다는 얘기인데 아직 쌩쌩한 걸로 봐선 오늘이 첫날이지 않을까 싶다.

그 녀석들의 알람이 울린다. 5시 57분에 일어나 정리하더니 6시 반도 안 되어 나가버린다. 오늘도 그들은 50킬로미터쯤 가려는지 숙소는 다시 조용해진다.

화장실에 휴지가 없는 숙소는 이번이 처음이다. 관리가 전혀 안 되는 숙소다.

7시 반, 숙소를 나온다. 하늘에 구름 한 점 없다.

기온이 좀 떨어졌는지 약간 쌀쌀한 느낌이 든다. 점퍼 지퍼를 올린다.

카페에서 커피와 토스트를 주문하고 지도를 확인한다. 15킬로미터 지점에서 산티아고 길 경로에서 벗어나는 곁길로 빠져야 한다. 거기서 빠지지 않으면 한참을 돌아가거나 아니면 오늘 대서양에서의 휴식을 포기해야 한다.

포르투갈에 오니 토스트가 달라졌다. 스페인에서는 구운 바게트에 버터와 잼을 줬는데 여기는 토스트를 주문하면 햄 또는 치즈를 물어본 뒤

그것을 식빵에 끼워 구워준다.

8시 해가 떠오른다. 폰을 켜 맵을 열고 길을 찾아 카페를 나선다.
길은 장사를 준비하는 사람들의 손길로 바쁘다.
이 도시를 퇴근 시간에 들어와 출근 시간에 나가는구나.
매연 냄새 풍기는 차들이 많아지기 시작한다.

걷기를 시작한 이유도 모르겠지만 멈춰야 하는 이유도 모르겠다……. 프랑스 민박집에서 만났던 한 친구가 떠오른다. 오토바이로 시베리아를 넘었다던 그 친구는 이제 그만 여행을 끝내고 싶은데 끝내야 할 이유가 안 생긴다는 말을 했었다. 그때만 해도 그게 무슨 의미인지 몰랐다. '포레스트 검프'는 왜 멈췄더라?

몸이라도 안 좋으면 멈출 이유가 될 텐데 이놈의 몸은 걷기에 타고났는지 물집 하나 심하게 생기지도 않고 생겼다가도 자고 일어나면 말짱하다. 새끼발가락도 이틀 아프다가 발톱이 빠지려나 했는데 금세 멀쩡해졌고. 오른쪽 발바닥도 오후쯤 좀 아프다가 자고 일어나면 아무렇지도 않다. 한국에서는 자도 자도 피곤이 가시지 않은 날들이 많았는데 여기서는 아침에 일어나면 피곤한 기색 없이 상쾌하다.

산티아고에 도착했을 때 너무 힘들었거나 다리라도 절뚝거리며 도착했다면 드디어 끝이다 하고 멈췄을지도 모르겠다. 그러나 몸은 참 너무 멀쩡했다. 그러니 끝이라는 생각도 들지 않았고. 보통 어떤 일의 끝에 찾아오는 충족감이나 보람, 허무조차 느껴지지 않았다. 그래서 무작정 더 걷자 싶었나 보다.

염증은 정말 베드벅스에 물린 건지 아니면 연일 비를 맞아 젖은 옷을 며칠 입고 다녀서 팔다리에 물집이 생긴 건지 명확하지 않다. 그런데 이것도 며칠 진물이 나오고 가렵고 하더니 이제 상태가 나아졌다.

이쪽 길은 걷기에 썩 좋지 않다.

좁은 마을 길인데 차들이 너무 빨리 달린다. 차도를 따라 걷는 중인데 인도 폭이 좁아 사람이 마주 오면 피하기 힘들다. 인도가 없는 곳도 많아 수로를 지나가기도 한다. 가끔씩 나오는 숲길이 좋은데 거리가 짧다. 지나가는 마을들조차 특색이 없고 그나마 도시들 몇 군데는 볼만해 도착할 도시들에 대한 기대감을 제외하고는 그리 매력이 없는 길이다.

11시 반쯤 갈림길에서 벗어나 다른 길로 들어선다. 이 길도 산티아고 길의 일부이긴 한데 인적이 없고 관리가 전혀 안 되어 있다. 노란색이든 파란색이든 표시 하나 찾아보기 힘들다. 길은 연일 내린 비의 후유증으로 곳곳에 물웅덩이가 아직도 남아 있고 물길도 생겨 걷기가 힘들다.

구글맵을 열어 다른 길을 찾아서 간다. 구글 내비게이션을 켜고 주머니에 넣고 걸으면 음성으로 좌회전 우회전을 안내해준다. 인터넷만 끊기지 않는다면 길 잃을 염려가 없다. 세상이 좋아졌다.

1시쯤 베이글 전문점이라고 쓰인 곳에서 커피와 베이글을 시켜 먹는다.

30분쯤 가니 높은 건물들이 즐비한 도시가 나온다.

갈매기 소리가 들리는가 싶다가 조금 더 가니 한두 마리 보이기 시작한다.

얼마 안 있어 도로 뒤편으로 바다가 보인다.

모래사장이 끝도 없이 펼쳐진, 수평선 너머 섬 하나 보이지 않는 이 바다가 서쪽 끝 바다 대서양이다.

바닷가에는 어디든 한가한 사람들로 넘쳐난다. 느릿느릿 해안을 산책하는 사람들, 바닷가 카페에서 시간을 죽이는 사람들. 그냥 앉아만 있어도 바다는 근사한 풍경이 된다.

숙소를 찾아 해안 길을 따라 남쪽으로 향한다. 최대한 남쪽에 있는 숙소를 잡아야 내일 조금이라도 덜 걷는다.

11유로를 내고 호스텔에 체크인한다. 얼마 만에 보는 깨끗한 시트인가. 6유로에 빨래도 맡긴다.

대서양의 일몰을 보러 나선다.

바다 끝 바에 앉아 맥주 한 잔에 일몰을 바라본다.

어디선가 계속 음악 소리가 따라오고 도시는 곳곳에 크리스마스트리며 축제 분위기다.

이 도시가 휴양도시 빌라 두 콘드Vila do Conde다.

5킬로미터 정도를 더 돌아왔지만 돌아오기를 잘했다. 오랜만에 느끼는 느긋함이다.

지금까지 고생한 나를 위해 맛있는 스테이크집을 검색해서 스테이크에 와인을 마신다. 이런 맛도 있어야지. 저녁 식사로 32유로를 썼다.

내일 도착하는 포르투에서 리스본까지는 포르투갈의 육지 한가운데로 내려가야 한다.

이제 걷는 사람은 더 없을 거다. 프랑스에서 가끔 홀로 걸었던 때처럼 또 외롭고 힘들고 하겠지. 그런 걸 찾아서 온 거 아니었나? 뭐 좀 힘들어야 리스본에 도착해 눈물이라도 흘리며 이 여행에서 비로소 만족을 느끼겠지.

모르겠다. 난 내일 포르투로 또 리스본으로 간다.

1 바르셀루스 소광장의 독특한 조형물
2 한국 사람이 지나갔다!
3 바닥에 돌이 깔려 있는 골목길
4 돌아가는 길도 없고 날씨가 좋아서 간신히 말랐던 신발이 다시 젖어버렸다.

1 대서양
2 빌라 두 콘드 해변
3 빌라 두 콘드 해변 공원의 인어 분수
4 오랜만에 사치를 부린 저녁 식사.
스테이크 20유로에 와인 12유로다.

빌라 두 콘드Vila do Conde → 포르투Porto

4인실을 혼자 쓸 줄 알았는데 6시쯤 대만인 한 명이 들어오고 9시쯤 또 한 명이 들어와 셋이 함께 잤다.

분명 30킬로미터 조금 넘는 거리의 포르투에서 출발했을 텐데 왜 그렇게 늦게 도착했는지, 내가 거리 계산을 잘못했나? 아니면 체크인하기 전에 해변에서 놀다가 들어온 건가? 모르겠다.

일단 바다로 왔으니 얼마가 걸리든 해안 길을 따라 올라가는 경로로 오늘의 계획을 짜본다.

두 명은 일어날 기미가 없고 조용히 욕실을 쓰고 나와 7시 20분쯤 불도 안 켜고 짐을 챙겨 나온다.

날이 약간 밝아오고 하늘에는 구름 한 점 없다.

손이 시려 주머니에 손을 넣고 걷다가 불편해서 배낭 깊숙이 집어넣었던 장갑을 손 감각으로 찾아 꺼내서 낀다.

길을 따라 집과 건물들이 계속 늘어서 있어 어디부터가 도시의 끝인지 또는 시작인지 구분이 안 된다. 가다가 푯말이 나오면 여기부터 새로운 도시의 시작이구나 한다.

도시를 벗어나면서 아침 먹을 곳이 없어 약간 걱정했는데 8시가 되기 전에 주유소에 딸려 있는 식당이 보인다. 빵 굽는 냄새가 난다.

문득 밥 냄새가 그리워진다. 갓 지은 구수한 밥 냄새. 갑자기 뭔가 찡한 감정이 뭉클 올라온다. 딱히 밥이 먹고 싶은 건 아닌데 왜 찡한 건지. 아침부터 이게 무슨 감정인지 모르겠다.

아침을 먹고 나와 바로 해안 길을 찾아 걷는다. 길은 해변을 따라 낸 나무 데크 길이다. 이 길이 포르투 끝까지 이어질 듯하다. 더 이상 길 표시는 보이지 않는다. 이대로 바다를 따라 걷다가 큰 강이 나올 테고 강 따라 위로 올라가면 포르투가 나올 테니 신경 쓰지 않는다.

나무 데크가 깔려 있는 길을 걷다가 마을이 나오면 도로 옆 인도로 이어지고 걷다 보면 다시 또 나무 데크로 이어진다. 다시 마을이 나오면 마을 골목골목을 따라가다가 다시 나무 데크로 이어지곤 한다.

하늘은 파랗고, 가끔 부는 바람도 차지 않다. 드넓게 펼쳐진 바다는 끝도 없이 일렁인다.

어제 빨래를 해서 옷에서 냄새가 나지 않는다. 며칠이나 갈까 싶지만 그래도 냄새 없이 상쾌한 지금 이 순간만큼은 기분이 좋다.

마을 중심가로 들어서니 과일 파는 할머니가 있다. 사과 두 개, 바나나 두 개에 1.1유로. 과일은 많이 싸졌다. 과일을 배낭에 넣으려고 배낭을 내려놓으며 점퍼를 벗는다. 약간 서늘한데 걷기에는 좋다.

마을이 나올 즈음엔 산책 나온 사람들이 늘었다가 마을을 지나 좀 걷다 보면 인적이 줄곤 한다. 뛰는 사람, 걷는 사람, 개와 함께 다니는 사람들은 많은데 배낭 멘 사람은 전혀 보이지 않는다.

길은 해안선을 따라 들어갔다 나왔다를 반복해서인지 한참을 걸어도 구글맵으로 찍어보면 거리가 잘 줄지 않는다. 포르투까지 대체 몇 킬로미터나 되고 언제쯤 도착할지. 바다도 길도 끝없이 이어질 것만 같다.

12시 반쯤 포르투 전의 도시 마토지뉴스Matosinhos에 도착할 즈음 맥도날드가 보인다. 햄버거 세트 메뉴를 6.5유로에 시켜 먹는다.

1시쯤 다시 걷기 시작한다.

성민한테서 연락이 온다. 지금 버스로 포르투에 도착했다고 한다. 성민은 생장에서 산티아고까지 프랑스 길을 걷고 나서 버스로 포르투에 갔다가 거기서 산티아고까지 다시 걸었다.

굳이 같은 길을 단지 산티아고를 향하는 역방향으로 걷기 위해 그런 일정을 택한 것만도 나로서는 이해하기 어려웠는데 이번엔 포르투를 잘 보지 못했다면서 다시 버스를 타고 두 번째 포르투에 온 것이다. 암튼 포르투에 도착하면 성민이 기다리고 있을 거다.

해안 길을 따라 걷다가 3시 즈음 대서양을 등지고 강을 따라 올라간다.

이 강변길을 따라 올라가면 포르투갈 제2의 도시 포르투다.

포르투는 도시가 그리 멋있어 보이지 않는다. 도시 규모는 크지만 건물들은 낡고 볼품없다. 겨우 이 정도였나. 포르투갈의 그 화려했던 시절은 다 어디로 간 걸까.

강 옆으로 오르막 언덕에 집들이 빽빽하다. 오래전 적의 침입을 막았던 요새였을 것으로 짐작된다. 저 멀리 언덕을 이어놓은 높다란 다리가 보인다. 멀리 보이던 다리를 건너 언덕길을 한참 오른다. 성민과 만나기로 한 로터리의 승전기념탑으로 가는 동안에도 특별해 보이는 것은 없다. 내가 보지 못한 그 무엇이 있을까. 그저 그냥저냥한 도시다.

성민을 만나 함께 숙소로 이동해 짐을 풀자마자 성민이 자기가 먼저 와 본 곳이니 가이드를 해주겠다며 데리고 나간다.

힘들고 다리도 아파오는데 어쩔 수 없다. 참고 따라 나간다.

성민을 따라 나온 옛 시가지는 분위기가 완전히 다르다. 화려한 불빛, 지금까지 볼 수 없었던 벽타일 장식들. 이거였구나, 그 옛날 화려했던 영화를 간직한 포르투갈의 도시란.

성당은 카메라를 들게 하고 광장은 가던 발길을 멈추게 한다. 이 도시는 며칠 더 쉬어도 될 만한 멋진 도시다. 만약 성민을 만나지 않았으면 숙소에서 쉬다가 이 도시를 떠났을 텐데. 이 도시의 밤을 보지 않았더라면 나중에 얼마나 후회했을까. 포르투갈의 가장 화려한 시기를 담고 있는 도시답게 거리마다 건물마다 세심한 손길이 닿은 섬세함이 살아 있다.

거리거리 관광객이 넘쳐나고 다니는 곳마다 눈을 뗄 수 없을 정도로 멋지다. 언젠가 들어 귀에 익은 상벤투역São Bento station은 유럽 어느 역 못지않게 화려하고 고풍스러우며 몇 군데는 놀랄 정도로 발길이 떼어지지 않는다. 포르투는 언제라도 다시 한번 올 가치가 있는 도시다. 여유만 있다면 하루라도 더 쉬고 싶은데, 아쉽다.

이 나라 포르투갈은 조금 알 듯하다가도 전혀 모르겠다. 발달이 덜 된 동유럽 같으면서도 서유럽의 화려함이 있고, 좀 더 봐야 무슨 말이라도 할 수 있겠다. 갑자기 내일의 도시에 대해서도 기대가 커진다.

발뒤꿈치에 물집이 생겼다. 내일은 34킬로미터를 걸어야 하는데 또 좋아지겠지, 갈 수 있겠지, 그러겠지. 자야겠다.

1 대서양 해변 길을 따라 이어진 나무로 짠 산책길을 따라가다 보면 마토지뉴스에 닿는다.
2 대서양 해변
3 1832년 내전 당시 자유주의 군대의 상륙을 기념하는 기념비다. 마토지뉴스 해변에 자리 잡은 이 모래 언덕은 기억의 공원이라고도 한다.
4 포르트 중심 광장

1 포르투 중심 광장
2 포르투갈의 역사와 문화를 독특한 도자기 타일 작품(아줄레주)으로 꾸민 고풍스러우면서도 화려한 상벤투역
3 포르투의 아침, 출근하는 사람들

포르투Porto → 상주앙 다 마데이라São João da Madeira

춥다.

이 숙소가 추운 건지, 날이 많이 추워진 건지. 7시인데 침낭 속에서 나가기 싫다.

오래된 건물의 2층 천장 높은 커다란 방에 철제 이층 침대 다섯 개에 아래 칸만 다 찼다. 침대는 움직일 때마다 끼익끼익 소리를 낸다. 옆 사람은 아직 코를 골고. 창밖으로 차 지나가는 소리가 들린다.

현재 기온 5도, 체감온도 1도. 기온이 많이 떨어졌다.

바지를 여름 바지에서 가을 바지로 바꿔 입는다.

오늘부터 경로는 포르투에서 리스본 구간이다.

산티아고에서 이쪽 경로로 오면서 만나는 사람마다 물어 얻은 정보에 따르면 숙소도 적고 시설이 안 좋으며 길도 걷기에 좋은 길이 아니라고 한다. 어떤 사람은 이 구간은 순례길에 포함되지 않는 길이라면서 폐쇄해야 한다고까지 말한다. 대체 어떤 길이기에 그런 말까지 나오는지 일단 가보기로 한다. 숙소 때문에 고생할 수 있으니 최대한 큰 도시를 거점으로 해야 한다. 34킬로미터 지점에 있는 도시 상주앙 다 마데이라São João da Madeira를 오늘 목적지로 정한다.

성민이 아침으로 챙겨준 달걀 두 개와 요거트를 먹는다.

8시쯤 성민과 인사를 하고 포르투를 떠난다.

떠나는 아침에 바라본 도시의 건물들은 과거를 하나하나 다 기억하고 있는 듯하다. 언덕에 올라 돌아다보니 아침 햇살 아래 환하게 빛나는 포르투는 그 어떤 도시보다 아름답다.

도시가 워낙 크니 포르투를 벗어나는 데만도 한 시간이 걸린다.

찻길 따라 한 시간을 걷다가 마을로 들어가 작은 숲길로 언덕을 넘으니 인가가 있는 마을이 나온다. 11시가 다 된 시각, 카페에서 토스트와 커피를 시킨다.

이제까지 안 보이던 파티마로 가는 길 푯말이 보이기 시작한다.

포르투를 빠져나오면서부터는 산티아고 길보다 파티마 길 표시가 많아진다. 파티마 길 표시만 따라가면 거의 리스본까지 갈 수 있을 듯하다.

오늘 목적지까지는 22킬로미터 남았다. 4시면 도착하겠다 싶지만 계속 아스팔트 길만 걸어서 그런지 12시부터 발바닥이 아프더니 1시가 되어서는 제대로 걷지 못할 정도다. 권이 주고 간 스프레이파스를 뿌려본다. 발만 차갑지, 별 효과가 없다. 지체할 순 없다. 적어도 4시까지는 걸어야 목적지에 닿을 테다. 스틱에 의지해 한 발 한 발 앞으로 나아간다.

이 속도로 가다간 5시도 도착을 장담할 수 없을 것 같다. 자꾸 시간을 보게 된다. 시간은 보면 볼수록 늦게 가고 거리는 확인할 때마다 더 안 줄어든다. 확인할 때마다 늘 남은 거리는 예상했던 것보다 늘면 늘었지, 줄어 있지 않다. 예상 도착 시간도 항상 예상치를 넘긴다. 그러다가도 걷다 보면 시간이 가고 때가 되면 목적지에 도착한다. 그냥 시간을 잊고 걷는 게 시간도 빨리 가고 거리도 빨리 줄어드는 느낌이다.

3시쯤 멀리서 배낭 멘 사람이 나를 보더니 이어폰을 빼고 장갑을 벗으며 내 앞으로 와 악수를 청한다. 오랜만에 같은 순례자를 만났는지 반갑게 이것저것 물어온다. 내게도 오늘 만난 순례자는 이 미국인이 처음이다.

4시 반쯤 목적지 상주앙 다 마데이라에 도착한다.

중심가를 찾아 들어와 보니 일반적인 유럽 도시의 중심가 같지 않다. 평범한 교회 하나 덜렁 있고 스케이트장이 있는 광장 그리고 크리스마스트리에 캐롤송이 흘러나온다. 어느 시골 작은 동네에 와 있는 느낌이다.

숙소를 검색해 보니 도네이션 알베르게가 있는데 바닥에 매트리스를 깔아 놓은 사진이 있다. 영 내키지 않아 숙소 포털사이트를 검색하니 근처에 호텔이 있다.

28유로를 지불하고 체크인한다.

얼마 만에 혼자 쓰는 호텔 방인지. 배낭을 풀어 헤쳐 놓고 샤워하고 나오니 안락함이 이루 말할 수 없다.

배가 고파 몇 군데 식당을 둘러봤는데 여기도 저녁 식사는 대부분 7시부터다.

마트에서 내일 먹을 과일과 물을 사서 호텔로 돌아와 쉰다.

7시쯤 호텔에서 나와 가까운 식당을 찾는다. 주인아저씨가 음식에 대해 무척 친절하게 설명해준다. 알고 보니 샌드위치 가게다. 실망하는 눈치인 내게 뭘 원하냐고 물어서 스테이크를 먹고 싶어 왔다고 하니 그보다 더 만족할 테니 기대하란다. 별수 없이 10유로짜리 샌드위치를 주문한다.

와인을 마시며 얼마쯤 기다려 나온 음식은 내가 시킨 게 맞나 싶을 정도로 훌륭한 모양새의 요리다. 이름이 샌드위치인 만큼 식빵이 보이긴 하지만 식빵 위에 고기 햄 이것저것을 얹은 후 거기에 달걀 프라이가 보기

좋게 얹어졌고 가장자리에 치즈가 듬뿍 둘러져 있다. 게다가 직접 만들었다는 특제 소스를 부어서 찍어 먹는다. 기대하지 못한 독특하고 푸짐한 요리, 훌륭한 맛이다.

오늘 하루의 힘든 기억이 이 음식 하나로 싹 사라진다. 내가 이렇게 단순했던가. 이곳에 와서 단순해진 건가. 이렇게 별로 볼 것 없는 도시도 식당 하나가 도시에 대한 기억을 좋게 해준다.

1 포르투를 떠나며 내려다본 포르투
2 포르투를 지나니 파티마(Fatma, Fátima) 길 표시가 나온다. 바람은 차졌는데 등에서는 땀이 난다.

1
2 3
4

1 마데이라 광장의 스케이트장
2 저녁으로 먹은 샌드위치. 제대로 된 식사를 기대하고 들어갔다가 메뉴가 샌드위치 뿐이라는 것을 알고 실망하는 내게 식당 주인이 자신 있게 권한 음식이다.
3 고마운 샌드위치 가게 사장님
4 한적한 마데이라 중심가

상주앙 다 마데이라São João da Madeira → 알베르가리아 아 벨랴Albergaria-a-Velha

7시, 혼자 일어난 아침.

호텔 7층, 약간 열어놓은 커튼 사이로 멀리 가로등 불빛들이 일렁거린다. 아직 날이 밝지 않았다.

여기는 호텔인데도 난방이 잘되지 않는지 이불 밖으로 나온 팔이 춥다. 이불 속으로 들어가 더 있고 싶지만 늦게 출발하면 늦게 도착하니 지금 일어날 수밖에 없다.

오늘은 28킬로미터 지점까지 갈 계획이다. 크게 힘들 것 같진 않다. 만약 예상보다 일찍 도착하고 별로 머물고 싶은 도시가 아니라면 다음 마을까지도 갈 생각이다.

7시 반쯤 오랜만에 호텔 조식을 먹는다. 별다를 건 없지만 그래도 마음껏 배부르게는 먹을 수 있다. 7층에서 내려다본 도시의 아침은 매연으로 가득 차 있고 하늘은 오늘도 파랗다.

8시쯤 호텔을 나선다.

도시에서 벗어나 한 시간여 찻길을 따라 걷다가 작은 숲을 지나자 길은 마을 길로 이어진다.

개울에서는 안개가 피어오르고 어디선가 퍼져온 연기는 나무들 사이로 빛이 되어 내린다.

오래된 길, 오래된 담, 오래된 교회, 오래된 나무들. 오래되지 않은 집과 낡은 집들, 사람들, 개들, 고양이들. 이런 것들이 이 길에 자주 마주치는 것들이다.

파티마 길과 산티아고 길의 방향이 같으면 같은 길일 것이라 생각했는데 같지 않다. 길이 서로 갈라졌다가 이어지고 다시 갈라졌다가 다시 모이곤 한다. 도시에서는 완전히 서로 다른 길로 간다. 그래서 가끔 핸드폰 어플(카미노툴)을 보며 길을 맞춰보고 다시 찾아가고는 한다.

이 길에는 동양인이 흔치 않은지 나를 보는 시선들이 다르다. 아이들은 빤히 쳐다보다가 숨어버리고 아주머니들은 웃으면서 뭐라고 말을 하는데 통 알아들을 수 없다. 할아버지들은 대놓고 멀뚱히 쳐다보다 지나간다.

포르투갈에 와 며칠 걷다 보니 달라진 것들이 보인다.

프랑스나 스페인에서는 대리석에 조각한 장식의 성당과 집들이 있었다면 여기서는 그런 장식보다는 다양한 타일을 붙여 장식한 성당과 집들이 보인다. 프랑스나 스페인에서는 넓은 평야의 밭들과 아담한 마을들을 지나왔다면 여기는 나지막한 산들과 작은 숲길을 지나고 마을과 마을이 이어지는 길을 걷는다. 그리고 오래된 차들에서 뿜어져 나오는 매연을 맡으며 찻길을 걷는 것이 가장 큰 곤욕이다.

날은 어제보다 기온이 올라간 듯하다. 점퍼를 벗으면 서늘하고 입으면 땀이 나고 한다. 바지도 땀에 젖었다 말랐다 한다.

3시쯤 알베르가리아 아 아벨랴Albergaria-a-Velha에 도착. 크리스마스 장식으로 도시가 번쩍번쩍하다. 언제부턴가 도시나 마을 중심가에 도착하면 여지없이 크리스마스 장식들로 가득하고 캐롤송이 흘러나온다.

알베르게를 찾았는데 12월부터 휴무란다. 난감해진다. 숙소 포털사이트에 들어가 검색하니 숙소가 하나 있는데 우리 돈 8만 원이다. 그렇지 않으면 3킬로미터 떨어진 도시에 몇 군데 저렴한 숙소가 있다.

3킬로미터 정도는 갈 수 있는 거리인데 오늘 목표는 다 걸었다고 생각한 마음은 영 내켜 하질 않는다. 망설이다 가만히 보니 알베르게 창문에 붙어 있는 휴무 안내 포스터에 근처 숙소 정보가 몇 군데 안내되어 있다. 무조건 첫 번째 있는 숙소로 가본다.

15유로에 빈 방이 있다고 한다. 20유로 이상일 거라 생각했는데 다행이다. 오늘도 무사히 숙소에 들어간다.

일찍 도착하니 샤워하고 손빨래를 하고도 4시 반밖에 되지 않았다.

배가 고픈데 두 시간을 더 기다려야 한다. 바나나 하나 먹으며 배고픔을 달래보지만 안 되겠다. 프런트로 가 주인에게 물어보니 가까운 곳에 있는 식당을 알려준다.

프런트에서 알려준 곳에 가니 바로 식사가 가능하다. 12유로의 스테이크를 추천한다. 이 나라는 가는 곳마다 직접 만들었다는 소스를 많이 강조한다. 역시 요리는 나쁘지 않다.

저녁을 먹었는데도 6시밖에 되지 않았다. 맥주를 더 마신다. 야외 테이블에서 몇 잔 마시니 춥다.

일찍 숙소로 들어간다. 밖도 춥고 안도 춥다.

기온이 낮아 추운 건지, 몸이 이겨내지 못하는 건지.

오늘은 8시부터 잠을 청해 본다. 내일 몸 상태가 더 나아지길 기대하며.

1 흐릿한 안개에 덮인 시골 마을
2 포르투갈에는 푸른빛의 도자기 타일로 장식한 건물이 많이 보인다.
3 크리스마스 리스(wreath)를 건 상점들
4 스테이크와 감자튀김

알베르가리아 아 벨랴Albergaria-a-Velha → 쿠리아Curia

기침 소리가 들린다. 혼자 있는 줄 알았는데 어제 식당에 간 사이 손님이 더 들었나 보다.

6시 반, 기침 소리가 끊이질 않는다. 기침 소리는 화장실로 옮겨지고 한참 지속된다. 화장실이 급한데 나올 생각을 안 한다.

숙소 리스트를 찾아보니 안전하게 숙소를 구할 만한 곳이 15킬로미터 지점 마을에 있고 그다음은 40킬로미터 이상을 가야 한다. 15킬로미터만 가기에는 너무 짧고 40킬로미터 이상을 가는 것은 무리다.

다시 구글을 켜 지도를 검색해 보니 30킬로미터 지점에서 다른 길로 빠지면 5킬로미터 지점에 마을이 있다. 굳이 산티아고 길을 따라갈 필요는 없다. 경로가 만들어진 것은 권고로 봐야지 오로지 그 길로만 갈 수 있는 건 아니니까.

오늘은 35킬로미터 걷는 것으로 정한다. 예상대로만 된다면 4시쯤이면 숙소에 도착할 수 있다.

7시 반쯤 숙소에서 나온다.

생각보다 추운 건지 안 추운 건지 딱 견딜 수 있을 만큼 춥거나 안 춥거나 하다.

숙소를 나오며 고맙습니다 정도는 이 나라 말로 하고 나올 걸 싶었다.

프랑스에서는 프레디와 알베르가 프랑스말을 알려주기도 했고, 물어보면 바로바로 알려줘서 몇 마디 할 수 있었는데. 스페인에서는 한국 사람들이 스페인어로 말하는 걸 보며 몇 마디 하기도 했다.

여기에서는 혼자 다니니 배울 일이 없다. 만나는 사람이라고는 나이 드신 숙소 주인, 바쁜 식당 주인, 수다 떨기 바쁜 카페 주인. 거기에다 여기는 프랑스에 비해 영어를 조금씩은 다 한다. 그러니 포르투갈어를 배울 기회가 없다. 처음에 고맙다는 말을 물어보니 두 개를 알려줬다. 여자에게 쓰는 말인지 남자에게 쓰는 말인지, 여자가 쓰는 말과 남자가 쓰는 말이 다른지 통 알 수가 없어 실수할까 봐 쓰지 않는다. 처음 배운 말부터 막혀 버리니 핑계일지 모르지만 배울 의지가 생기지 않는다.

오늘은 도시를 벗어나자마자 숲으로 이어진다.

무슨 표시인지 길마다 붉은 십자가가 표시되어 있고 숲의 나무들은 인위적으로 가꾼 듯 일렬로 줄지어 간격도 높이도 모두 비슷하다.

사람도 개 한 마리도 없다. 멀리 차 지나가는 소리만 들린다.

도시나 찻길에는 매연이 가득해 칼칼한 목이 풀리지 않는다.

오르막을 오르면 땀이 나고 내리막을 내려갈 땐 땀이 식곤 한다.

며칠 전 빨아 입은 겉옷에서 벌써 찌든 땀 냄새가 나기 시작한다.

길은 왜 이런 식으로 만들었는지, 건널목도 없는 도로를 건너야 한다. 지나가는 차도 많고 빠르게 달리는 도로라 한참을 기다려서 건너야 한다. 프랑스에서처럼 기다려주는 차들은 없다.

예상했던 시간 11시경 아게다Águeda에 도착한다.

핫도그와 오렌지주스를 마신다. 이제 온 만큼 가면 아나디아Anadia가 나올 거고 거기에서 숙소를 찾으면 된다. 충분히 4시쯤이면 쉴 수 있을 듯하다.

캐롤송이 들린다. 마음이 편안해진다.

잘사는 나라 프랑스의 순례길과 세계적인 산티아고 길과 이 포르투갈 순례길을 비교하는 건 사실 무리다. 산티아고 길의 유명세에 편승해 급조한 티가 난다. 포르투에서부터 파티마로 가는 길 표지판이 낡지 않은 것만 봐도 만들어진 지 얼마 안 된 느낌이다. 지나는 마을은 특색이 없고 길도 좋지 않고 큰 도시들만 가끔 볼만한 게 전부다. 그나마 포르투로 가는 해안 쪽 길은 권할 만하고 나머지 길은 권하고 싶지 않다.

숲에 버려진 쓰레기들 하며 흉가처럼 방치된 집들, 매연 뿜으며 지나다니는 차들은 사람을 보더라도 결코 속도를 줄이지 않는다. 그렇다고 물가도 스페인에 비해 크게 싸다고 느껴지지 않으니, 암튼 이제 반 정도 왔는데 추천하고 싶은 길은 아니다.

3시쯤 예상한 시간에 아나디아에 도착한다. 숙소 사이트를 검색하니 3만 원대 숙소가 4킬로미터 지점 마을에 몇 군데 있다. 일단 한 곳을 정하고 출발한다.

한 시간쯤 걸어 도착했는데 문이 닫혔다.

차선으로 생각했던 숙소로 가보지만 역시 닫혔고 동네를 한 바퀴 돌아 지도에 있는 숙소를 다 찾아다니는데 모두 닫혀 있다.

다시 지도를 검색하니 온 길을 되돌아가면 중간 지점에 4만 원대 숙소가 있고 최대한 가까운 곳에 3성급 호텔이 하나 있다. 5시가 넘어가고 날은 어두워지려 하니 급한 마음에 호텔로 간다.

호텔에 도착, 하룻밤에 38유로란다. 좀 저렴한 숙소를 혹시 아는지 물으니 여기서 한 시간 걸어가면 15유로짜리 호스텔이 있다고 한다. 지도를 찍어보니 7킬로미터 한 시간 반은 걸릴 거리다. 다리는 아프고 배도 고프고 어쩔 수 없다. 한국 생각하면 비싼 것도 아니다. 여기서 쉬기로 한다.

체크인하고 방에 들어오니 역시 지금껏 다닌 숙소 중 제일 좋다. 온수도 잘 나오고 창밖 전망도 좋다. 돈은 웬만하면 제값을 하는구나.

오랜만에 뜨거운 물로 샤워를 하고 개운하게 호텔 앞 식당에서 음식을 시켜 먹는다.

담배 연기 가득한 바에 앉아 무척 오래되어 보이는 작은 브라운관 TV에 나오는 철 지난 미국 드라마를 보며 맥주를 마신다. 내 여행도 오래되었다는 생각이 든다.

이런 분위기가 어색하지 않은 건 언제부터였을까.

앞으로 10일 정도 걸으면 리스본이다.

걸어서 시작한 길 걸어서 끝내고 싶다. 남은 하루하루가 크게 어렵지 않기를…….

아게다 광장. 건물마다 크리스마스 장식이 독특하다. 광장 한가운데 설치된 벤치 모형의 구조물에 사람들이 올라갈 수 있도록 한쪽에 계단이 놓여 있다.

1 점심으로 먹은 핫도그
2 석조 다리와 시멘트 다리
3 오랜 유적으로 보이는데 표지판 하나 보이지 않는다.
4 정원이 돋보이는 일반 가정집이다.
5 포르투갈의 시골 마을 풍경
6 저택을 개조해 만든 호텔

쿠리아Curia → 코임브라Coimbra

7시, 자동차 소리조차 들리지 않고 조용하다. 몸은 침대 속으로 계속 들어가려 한다.

쿠리아Curia라는 이 마을은 온천 휴양지로 유명하다. 그래서 이 작은 마을에 숙소들이 많았던 거다. 여기 사람들은 온천을 여름에 즐기는지 지금은 시즌이 아니라서 사람이 없다고 한다.

잠은 혼자 편하게 잔 듯한데 일어날 때는 여럿이 있어야 쉽게 일어나게 된다. 혼자 있으니 일어나기가 힘들다. 마음 탓인가, 제일 편하게 자고 깬 오늘 아침이 제일 찌뿌둥하다. 오늘은 코임브라Coimbra까지 31킬로미터 정도만 가면 되니 좀 더 이불 속에 있을까.

8시도 안 되어 호텔을 나선다. 일단 몸을 일으켜 일어나 보니 움직여지고, 움직이다 보니 나가게 된다.

바나나 하나, 사과 하나 먹으며 걷는다.

어제는 못 본 것 같은데 길에 나오자마자 파티마로 가는 길 표시가 있다. 산티아고 길 어플을 켜보니 산티아고 길과는 한참 떨어져 있다. 오늘은 갈 거리도 얼마 안 되니 좀 돌아가도 상관없을 듯해 파티마 길로만 따라가 보기로 한다.

안개가 끼어 안 그래도 우중충한 건물들이 을씨년스럽다.

해는 안개 사이로 붉게 떠오르고 풀들은 이슬로 흠뻑 젖어 있다.

길은 마을을 지나 수풀 우거진 비포장길로 이어진다.

9시 반쯤 작은 마을 중심가에 카페가 있어 커피와 토스트를 먹고 10시에 다시 출발한다.

코임브라까지는 20킬로미터 조금 더 남았다. 3시 전에는 도착하겠다.

한동안 잊은 듯하던 외로움이 다시 찾아온다. 걷다 보면 괜찮아지겠지 하며 걷는다. 나는 고독을 즐기지 못하는 체질이었던가. 몸이 힘든 것보다 외로움이 더 힘들다니.

파티마 길이 산티아고 길로 합쳐졌다가 다시 갈라져 한참을 돌아간다.

바람 한 점 없다. 안개가 끼어 바람이 없는 건지, 바람이 없어 안개가 사라지지 않는 건지 정오가 되도록 멀리 뿌옇게 안개가 남아 있다.

12시 반쯤 마을을 지나는데 음식 냄새가 난다. 급격히 허기가 몰려온다.

교회 앞 과일가게와 겸하는 카페에 들어가 샌드위치와 커피를 시키고 사과와 오렌지를 사니 물로 깨끗이 씻어준다. 작은 친절에 기분이 좋아진다.

교회 종소리가 1시를 알린다. 확성기에서 녹음된 종소리가 흘러나온다. 지금껏 프랑스와 스페인에서는 누군가 직접 종을 치는 소리라고 생각했던 것 같다.

계속 파티마 표시를 보며 파티마 길을 따라 걷는다. 어플을 켜서 보면 이 길은 계속 돌아가는 길이다. 산티아고 길은 직선이긴 하지만 찻길을 따라가는 걸로 보이니 이 길이 낫다.

마을을 지나고 한적한 찻길을 지나고 2시 반쯤 코임브라 입구쯤으로 보이는 곳에 도착한다. 도로 옆을 한참 더 걷고 큰 강이 나오고 다리를 건너 시내로 들어간다.

이 도시 또한 과거의 화려했던 시간을 담고 있다. 오래전에 지어진 듯한 건물들이다.

알베르게로 가려다 투숙객들의 평이 너무 안 좋아 호스텔을 찾아간다.

12.6유로를 지불하고 들어와 보니 침대 10개가 있는 방이다. 깨끗이 세탁된 흰색 시트와 이불이 마음에 든다.

호스텔에 가방을 내려놓고 나와 중심가에 있는 안내소로 가서 파티마나 리스본 가는 길에 있는 숙소 정보를 물었지만 마땅한 답변을 얻지 못한다. 그냥 길 따라가다 보면 곳곳에 있을 거라고만 한다. 닫힌 숙소가 많아 고생했다고 한 번 더 물어봤지만 잘 모르겠단다. 문 연 곳도 많다고만 한다. 그저 코임브라 안내소인 건가. 이 길에 관한 종합적인 정보를 공유하지는 않는 것 같다. 그냥 투어맵 하나 받아들고 나와 도시를 한 바퀴 돈다. 관광객도 많고 기념품 가게들이 많다.

바다로 나아가는 큰 강을 끼고 있는 이 도시도 해양왕국 시절에 부귀를 누린 듯 골목골목 건물마다 장식들이 예사롭지 않다. 성당도 화려하다.

신 코임브라 대성당으로 들어가니 미사가 있는지 파이프오르간 소리에 맞춰 성가대가 노래를 부른다. 성당 내부를 돌아보며 성가 한 곡을 듣고 나온다.

다시 이리저리 도시를 구경하다가 맥주를 마시며 간단한 요기를 한다.

혼자 걷는 건 그래도 나은데 혼자서 관광하는 건 영 재미가 없다. 어디 한국인이라도 없나 찾아보지만 중국인뿐이다.

숙소에 돌아와 샤워를 하고 6시경에 다시 나온다. 도시는 밤이 되니 더 화려해지고 사람들도 더 많다.

코임브라대학 캠퍼스를 돌아보고 나와 골목골목을 정처 없이 돌아다닌다.

맘에 드는 작은 음식점을 발견하고 저녁 식사를 한다. 이 도시가 마음에 든다. 여기서 하루를 쉴까 싶은 마음이다.

외로움은 어디에서 오는 걸까. 즐거움은 무엇에서 비롯되나. 혼자 즐거울 수는 없는 건가. 혼자 있는 편안함도 사실 포기하기 어려운 부분인데 외로움과 비교하면 뭐가 더 큰 걸까. 내일은 마음에 드는 이 도시에서 혼자 즐겨보련다. 내가 혼자 버틸 수 있을지 없을지 보고 싶어졌다.

9시 반쯤 들어오니 나오기 전엔 열 개 침대 중 두 개만 찼는데 모든 침대에 짐과 옷가지들이 놓여 있다. 한참 자고 있을 때 시끄럽게 들어오겠구나.

술이 외로움을 증폭시키는 밤. 자야겠다.

호텔에서 바라본 일출

1 바람 한 점 없는 날, 안개는 걷힐 줄 모르고 뿌옇다.
2 길가에 있는 작은 교회
3 순례길을 주제로 그린 벽화가 눈길을 끈다.
4 코임브라 옛 시가지 광장

1 코임브라 중심가
2 산타크루스 성당
3 미사가 진행 중인 산타크루스 성당
4 어둠이 내리는 코임브라 시내

77일차

코임브라Coimbra에서 하루 머물다

새벽 5시경, 우르르 들어오더니 떠들며 불을 켰다가 금세 끄고 소란스럽다. 나름 조용히는 한다고 소리를 낮추는 것 같지만 이 좁은 실내에서 대여섯 명이 얘기하니 조용할 수가 없다. 한참을 떠들더니 조용해진다. 사람이 많아지니 순식간에 냄새로 공기까지 탁해졌다.

어젯밤에는 몰랐던 클럽 음악이 멀리에서 들린다.

도시의 새벽은 이랬구나 싶다. 우리가 잠든 사이에도 깨어 있고 우리가 길을 떠나는 시간에 잠에 떨어지기도 했겠지. 작은 마을들과 달리 도시는 쉬는 시간이 없다.

7시 반쯤 일어나 배낭을 챙겨 내려온다.

비는 오는 둥 마는 둥 안개까지 끼어 날씨도 기분도 우울하다. 가지 말자, 하루 쉬자. 어젯밤 동네를 돌아보며 들었던 마음을 굳힌다. 얼마 남지 않은 길 오늘 하루 쉬고 내일부터 잘 가자 하고 기분을 내본다.

관광객 모드로 도시 정보를 검색한다. 한때 12세기와 13세기에 걸쳐 100여 년 동안 포르투갈의 수도였던 도시답게 유네스코 세계유산에 등재된 유럽 최초의 대학을 보유하고 있다. 바로 어제 본 코임브라대학이고 이 도시의 관광 포인트다.

본격적으로 관광에 나선다.

오늘은 일요일. 거리는 한산하다. 터벅터벅 아무도 없는 골목골목을 다니며 사진을 찍고 공원을 산책하고 오르막을 올라 다시 코임브라대학으로 들어간다. 예배당에도 들어가 보고 이리저리 왔다 갔다 한다.

10시가 넘어가니 대학 내에 관광객이 많아지기 시작한다.

매표소에 줄을 서서 대학 탐방과 도서관 관람을 할 수 있는 티켓을 산다. 『해리 포터Harry Potter』에 영감을 주었다는 주앙니나(Joanina) 도서관은 이 도시를 방문하는 주목적인 코임브라대학 중에서도 핵심에 해당하는 모양이다. 20분 간격으로 입장을 제한하며, 티켓을 구매할 때 입장 시간을 정해준다.

매표소에서 정해준 시간이 될 때까지 먼저 구 대학 내부를 둘러본다. 도서관 외에 학부 건물과 박물관은 티켓만 있으면 자유롭게 입장이 가능하다. 물론 건물 외부 캠퍼스 관람은 티켓 구매 없이 자유롭게 관람할 수 있다.

시간이 되어 도서관으로 발길을 옮긴다.

대학 입구 정문부터 광장 전체가 화려한 건물들이 즐비하지만 그중 단연 돋보이는 건물이 주앙니나 도서관이다. 도착하자 한 번에 30명 정도씩 도서관 안으로 들어가게 한다.

내부는 역시 천장이 높고 웅장하다. 예상대로 오래된 목재와 화려한 장식들이 돋보인다. 영화 '해리 포터'에서 본 장면이 연상되는 건 작가가 영감을 받았다는 얘기를 들어서인지 모르겠다. '해리 포터'에서 본 도서관 구조와 정말 흡사한 느낌이다.

들어가 정확히 10분 관람하니 벨이 울린다. 세계적인 문화유산인 만큼 사진 촬영도 못 하고 딱 10분간만 내부 관람을 허용한다. 아쉽기는 하지만 무척 인상적인 관람이었다.

두 시간여 동안 네 군데를 돌아다니며 보고 나오니 1시가 다 되어간다.

이슬비가 내리기 시작한다. 오늘 더 걷지 않고 코임브라에 머물길 잘했다.

어제 저녁 식사를 했던 허름한 식당을 다시 찾아 요깃거리와 와인을 함께 주문한다.

배낭을 메지 않았을 뿐이지 오늘도 쉬지 않고 걸었다. 네 시간 넘게 걸었으니 20킬로미터는 걸은 셈이다. 여행은 이러나저러나 걷는 거다.

식사를 하고 술도 한 잔 더 했는데 2시도 되지 않았다. 이제 볼 곳은 다 본 듯하다. 비도 오는데 어디로 가야 하나. 이렇게 비가 내리고 걷지 않으니 할 일은 술 먹는 일뿐이구나.

선술집으로 자리를 옮겨 맥주 한 잔을 더 한다.

빨리 어둠이 와서 저녁 식사하고 잠들고 싶다. 시간은 경험했다시피 이렇게 기다리면 더 안 가는데. 이 시간도 나중에 언젠가 되돌아보면 아깝고 아쉬워지겠지. 그래, 이 순간을 즐겨보자. 나는야, 지금 즐겁다!

호스텔로 돌아와 한 시간 정도 잤나 보다. 어딜 가나 춥다. 난방이 되는 곳이 없다.

비는 오후에 그친다고 했는데 하루 종일 내린다.

5시쯤, 어제와 오늘 낮에 갔던 식당으로 세 번째 찾아간다.

이곳은 육십대로 보이는 아저씨가 혼자 운영하는데 테이블은 없고 바에 의자 일곱 개가 전부다. 음식도 싸고 먹을 만하고 가장 좋은 건 아저씨가 말이 없어 편하다. 영어는 잘 못하시지만 내 짧은 영어로 대충 말해도 알아서 주신다.

어느새 날 기억하고, 들어오면 웃어주신다. 오늘 저녁이 마지막인데 정들자 이별이다. 와인 한 잔에 1.2유로. 맥주며 다른 술들도 대략 가격이 비슷하다. 지나가다가 들러 간단하게 한잔하고 가는 그런 선술집이다. 오늘은 재료가 떨어졌다고 6시에 벌써 문 닫을 준비를 하신다.

비슷한 시간, 똑같은 자리에서 같은 음식을 시켜 먹고 있다. 어제가 오늘 같고, 오늘이 어제 같은 기분. 오랜만이다. 이제 여기서 일어서면 어제 2차로 갔던 작은 맥주집으로 갈 거다. 비가 와서 야외 자리가 있을까 모르겠지만. 한 곳에 이틀을 머물며 낯을 익히는 것도 이번 여행에서는 거의 없는 일이니.

이틀밖에 되지 않았는데 이 도시에 단골집이 두 곳이나 생겼다. 도시에 정이 든다. 나중에 꼭 한 번 이 길로 와서 이 집들에 와보고 싶다. 언제 와도 이 느낌, 이 기분이 생생하게 되살아날 것만 같다.

나는 이런 오래된 도시의 뒷골목 작은 술집이나 식당들이 좋다.

코임브라의 마지막 밤은 이렇게 간다. 하루를 쉬고 과연 내일 다시 아무 일 없었던 듯 걸을 수 있을지.

1 현악기와 여성의 몸을 형상화한 작품
2 단골이 된 식당의 출입구를 오르는 계단
3 언덕에서 바라본 코임브라 성당과 시내
4 코임브라 대학
5 코임브라 옛 시가지

1 코임브라의 역사 깊은 수로
2 코임브라 인어의 정원
3 코임브라 대학 광장
4 코임브라 대성당 회랑

코임브라Coimbra → 하바살Rabaçal

같은 침대에서 다시 눈을 뜬다. 하루가 반복되는 기분이랄까. 다만 어제 새벽 같은 소란은 간밤에 없었다.

발바닥이 아리고 아픈 게 하루를 쉬었는데도 나아질 기미가 안 보인다. 모르겠다. 일단 걷고 보자.

7시, 아무도 일어나지 않는다. 조용히 화장실로 간다.

오늘은 하바살Rabaçal까지 27킬로미터만 걸으면 된다. 확인해보니 숙소가 두 군데 있는데 만일 두 곳 다 영업을 안 할 경우 9킬로를 더 가야 할 상황을 감안해 늦어도 3시까지는 하바살에 도착해야 한다.

7시 반쯤 거리로 나온다. 날씨가 흐려서인지 도시의 네온이 남아 있어서인지 다른 때보다 어두운 느낌이다.

월요일 아침. 일요일인 어제보다 거리에 지나다니는 사람들이 많다.

하루 쉬면 몸이 가뿐할 줄 알았는데 오히려 배낭의 무게가 더 느껴지고 발이 더 아프다.

숙소와 가까운 카페에서 쉬며 어제와 같은 토스트와 함께 어제 마셨던 하우스커피를 마신다.

이제 떠난다, 코임브라.

코임브라를 떠나며

아직 춥진 않다. 일기예보에는 비가 오지 않는다고 했는데 가끔 우산을 들고 다니는 사람들이 불안감을 준다.

코임브라를 뒤로하고 다리를 건너니 파티마 길 표시가 나온다. 일단 따라가 본다.

언덕을 넘어간다. 어플을 열어 확인하니 계속 곁길로 빠지고 있고 점점 더 멀어지는 것 같다. 오늘 가야 할 거리는 얼마 되지 않지만 변수의 가능성이 높다. 게다가 여기서부터는 파티마로 가는 길과 리스본으로 가는 길이 언제든 갈릴 수 있고 파티마 길에 대한 정보가 전혀 없으니 무작정 따라갈 수도 없다. 따라갔다가 숙소가 없으면 낭패다.

길을 멈추고 지도를 검색해 산티아고 길을 찾아본다. 산티아고 역방향 길을 따라 다시 리스본을 향해 걷는다.

한참을 돌아 산티아고 길로 왔는데 이곳에도 파티마 길 푯말이 있다. 뭐, 모든 길은 파티마로 통하기라도 한다는 건가.

마을에서 벗어나 작은 언덕을 넘어 숲길을 가로지른다. 차 한 대 지나갈 듯한 비포장길이다. 아침엔 비가 올 것 같은 하늘이더니 10시쯤 구름이 걷히고 해가 비치기 시작한다.

땀이 나기 시작한다. 점퍼를 벗는다.

새소리만 들리는 한가로운 길이다.

집집마다 귤나무, 오렌지나무, 레몬나무, 석류나무가 많은데 따먹은 흔적이 없다. 맛이 없나 해서 따먹어 본다. 아주 달진 않아도 먹을 만한데 제주도 하귤처럼 주로 관상용인 건가. 바닥에 떨어진 과일들은 냇가로 흘러가고 바닥에 널브러져 있다.

12시쯤 맞은편에서 오는 스웨덴 친구를 만난다. 그는 내게 코임브라 숙소를 물어보고 나는 리스본에서 여기까지 며칠이 걸렸는지 물어본다. 행운을 빌어주며 헤어진다.

오늘 길은 걷기에 좋다. 나무들 우거진 정글 같은 숲길에 낮은 언덕을 오르내린다. 길바닥도 비포장 흙길인데 질지 않아 걷기에 나쁘지 않다. 앉아 쉴 곳이 마땅치 않은 게 흠이라면 흠이다. 바람 한 점 없고 엷은 구름이 햇빛도 살짝 가려주고 걷기에는 더할 나위 없이 좋다. 축복받은 하루를 걷고 있는 느낌이다.

11시 반쯤 카페가 있었는데 좀 더 가서 먹자 싶어 지나쳤더니 숲길이 이렇게 길 줄 몰랐다. 배가 고파온다. 바나나와 사과를 꺼내 입에 물고 걷는다.

숲길은 한 시간을 넘게 이어지다가 집 몇 채 있는 시골 마을을 지나고 시냇물 따라 오솔길로 이어진다. 길에서 쉬고 있던 토끼가 나를 보고 언덕 위로 달아나고 바닥에는 염소똥 같은 올리브 열매가 가득 떨어져 있다.

마을을 지나 1시쯤 멀리서 노랑머리 여자애가 크게 웃으며 다가온다. 얼마나 오래 혼자 다녔을까. 나 역시 반갑다. 동지애 같은 것인지. 인사를 하고 숙소 정보를 주고받고 악수를 한 후 행운을 빌어주며 헤어진다.

2시쯤 제법 큰 마을이 나온다.

마을의 느낌이 조금 다르다. 약간 특색도 있어 보이고 지금까지 포르투갈에서 보아온 심심했던 마을들과는 뭔가 다른 느낌이다. 길에 세워진 푯말마저 색다르다. 목적지 표시만 있던 푯말에 거리 정보가 있고 파티마로 가는 지도까지 그려 넣은 푯말도 보인다.

3시 좀 안 되어 하바살에 도착한다. 9킬로미터를 더 가봐야 별 의미가 없다. 이제 5일 정도는 30킬로미터 지점마다 규모 있는 마을들이 있어 숙소 걱정할 필요가 없으니 무리하지 않아도 된다.

숙소부터 찾는다. 10유로에 시설도 괜찮고 빨래도 4유로에 건조까지 된다고 한다.

배낭을 풀고 샤워를 하고 빨래를 맡기고 신발과 침낭을 햇볕에 널어놓고 했는데도 4시밖에 되지 않았다.

맥주 한 잔 마시고 돌아와 빨래가 끝나기를 기다린다.

파티마 길 지도를 구한다. 하루만 돌아가면 파티마도 들를 수 있겠다. 리스본에서의 하루를 포기하고 하루를 더 걸어 파티마에 가볼까 싶다. 내일 도착하는 도시에서 남은 거리를 가늠해 보고 파티마로 빠지는 최적 지점을 확인해 결정해야겠다.

빨래를 끝내고 숙소에 딸려 있는 식당으로 가서 뭐 좀 요깃거리가 있는지 물으니 메뉴판도 안 보여주고 음식을 내준다. 세 종류쯤 되는 생선과 감자를 같이 삶은 요리다. 먹을 만하다. 와인까지 포함해 7유로 받는다.

수영장 딸린 작지 않은 알베르게에 혼자 있다. 냉장고 소리만 들린다.

단순해지긴 했나 보다. 아무 고민도 아무 생각도 없다.

1 올리브 농장
2 메뉴도 없이 식사를 원하냐고 해서 오케이 했더니 잠시 후 나온 기대 이상의 생선찜 요리
3 자유롭게 이용할 수 있는 도네이션 캠핑 숙소
4 이곳에는 내가 사는 동네 제주 대평리가 연상되는 나지막한 돌담이 많다.

하바살Rabaçal → 알베아제르Alvaiázere

포르투갈의 내륙 깊숙한 작은 마을 알베르게. 혼자 자고 혼자 일어난다.

창문 한가운데 별 하나가 반짝인다. 사방이 조용하다. 냉장고 소리가 윙 들렸다가 다시 조용해진다.

교회 종소리가 울린다, 7시.

춥다. 라디에이터는 꺼졌다. 언제나 그렇듯 저녁에 잠깐 돌아가고는 곧 꺼진다.

혼자 침묵 속에 일어나 화장실에 가고, 세수하고, 침낭을 개고, 옷을 갈아입고, 신발을 신고, 배낭에 짐을 넣고, 작은 가방을 앞으로 메고, 배낭을 등에 메고 스틱을 챙겨 길을 나선다.

어제보다 약간 추워진 듯하다. 그렇다고 어떻게 할 수 있는 건 없다. 기온은 해가 뜨면 올라갈 것이다.

아침 생각이 없었는데 배고프면 더 추울 것 같아서 어제 저녁을 먹었던 식당으로 간다. 커피와 빵 하나를 시켜 먹고 8시쯤 다시 길을 나선다.

다시 걷는다. 해는 산 너머에 떠오르는 듯 사위가 밝아지더니 10분쯤 후 형체가 보이기 시작한다. 눈이 부시다.

약간 쌀쌀해 점퍼 지퍼를 위까지 올리고 장갑을 낀다.

시골길을 혼자 걷는다. 새소리, 닭 소리, 개 짖는 소리, 멀리서는 차 지나가는 소리가 들린다.

길은 마을 길로 차도 옆길로 농로로 이어진다.

작은 밭길로 이어지는 화살표가 있는데 물이 가득 차서 가기 힘들다. 어플로 다른 길을 알아보니 한참을 돌아서 간다. 어쩔 수 없이 차도로 다시 나와 30분쯤 걷다가 마을 길로 들어선다.

이쪽 길에는 오래된 성곽들이 많이 남아 있어 그런지 분위기가 좀 다르다.

10시쯤 약간 큰 마을에 도착한다. 길가에 일정 간격으로 놓인 벤치가 있지만 벤치마다 이슬에 젖어 앉을 수가 없다.

한 카페에서 나오던 사람이 어설픈 영어로 어디 가냐고 물어 파티마로 간다고 하니 10분 전에 영국인 두 명이 커피를 마시고 파티마로 출발했단다. 빨리 가보면 따라잡을 수도 있겠다. 자기는 근처에 알베르게를 짓고 있다면서 언젠가 다시 오면 기억해 달라고 한다. 그러냐, 고맙다, 다시 보길 바란다 하고 서둘러 발길을 재촉한다. 파티마로 가는 정보도 좀 얻어야 하고 영국인 두 명을 만나 동행이 되면 좋겠다 싶다.

마을을 벗어나자마자 갈림길이 나온다. 하나는 우회하는 길로 작은 도시를 지나는 길이다. 평소라면 이 길을 택하겠지만 오늘 가야 할 거리가 33킬로미터쯤 되니 짧지 않고 파티마 길에 관한 정보도 없으니 시행착오를 감안해야 한다. 최대한 빠른 길로 가기 위해 나머지 길을 택한다.

10분이면 1킬로미터 정도 차이다. 그들이 쉬지 않는 한 따라잡기는 쉽지 않다. 더구나 방금 전에 쉬었으니 적어도 12시까지는 쉬지 않고 걸을 것으로 예상된다.

12시쯤 도착하는 안시앙Ansião에서나 마주칠 수 있을지 모르겠다.

12시, 예상대로 안시앙에 도착. 도착하자마자 마트가 있어 사과 두 개, 바나나 두 개, 비스킷과 요거트를 사서 넣는다. 도시는 생각했던 것보다 크고 여태껏 봤던 마을들과는 뭔가 좀 다른 느낌이다.

그다지 새로울 것 없는 도시인데 길에는 아이들을 태우고 다니는 한국에서 놀이동산에서나 볼 수 있는 기차버스가 다니고 시청 앞에는 풍선 미끄럼틀이 있어 아이들이 미끄럼틀 위에서 놀고 있다. 아이들을 위한 무슨 날인가 싶기도 한데 그게 아니라 늘 시청 앞 광장이 이렇다면 참 독특한 풍경이다.

여기부터 파티마로 가는 길이 갈라진다는 길 안내 표시가 있다.

27킬로미터 지점에 숙소가 있다고 나온다. 만약 오늘 거기까지 갈 수 있다면 쉽게 파티마를 거쳐 갈 수 있겠는데 시간은 벌써 오후다. 27킬로미터를 가기엔 불가능한 시간이다.

식사나 하려고 식당을 둘러보다가 볶음밥처럼 보이는 걸 먹고 있는 사람이 보여 무작정 들어간다. 여러 가지 음식을 늘어놓고 식판에 골라 담아 주문하는 곳이다. 밖에서 본 것과 같아 보이는 걸 시켰더니 양고기 밥이다. 양 냄새가 좀 나긴 해도 먹을 만하다. 오랜만에 밥을 먹으니 뭔들 맛이 없을 수는 없겠지.

1시쯤 어플을 켜고 산티아고 길을 찾아 출발한다. 이 길로 13킬로미터 정도 가면 숙소가 있다고 나온다. 오늘은 거기까지가 최선이다.

어제와 오늘의 길은 지금까지 걸었던 모든 길 중에서도 걷기에 가장 좋은 길이다. 차도를 따라가는 건 잠깐씩이고 마을 길과 숲길 또는 마치 올

레길과도 같은 돌담길이며 작은 마을마다 돌담과 돌집들이 길을 아름답게 만든다.

새롭게 길이 추가되고 업데이트가 안 된 건지 어플과는 다른 길로 가다가 다시 만나곤 한다. 돌담길을 한참 동안 굽이굽이 돌아가다가 한 시간 넘게 숨이 안 찰 정도의 얕은 오르막을 오른다.

3시쯤 내리막을 내려와 작은 마을을 지나고 4시가 다 되어 오늘 묵을 숙소에 다다른다.

다행히 헤매지도 않고 바로 도착한다. 주인아주머니가 지나가는 나를 보고 따라왔는지 뒤따라와 문을 열어준다. 침대 하나 있는 독방을 얻는다. 오늘도 아무도 없다. 낮에 만난 두 명의 영국인들은 안시앙쯤에서 쉬었다가 다른 길로 갔지 싶다.

숙소에 도착하니 안도의 한숨과 피로와 배고픔이 밀려온다. 멍하니 몇 분 앉았다가 샤워를 한다.

6시 넘어 마을을 한 바퀴 돌다가 닭고기 파는 식당에 들어간다. 말이 안 통해서 뭐라 하는 말에 대충 알았다고 달라고 하니 구운 닭 반 마리와 밥과 스팀 야채가 나온다. 먹을 만하다. 와인을 주문해 먹고 있는데 현지 사람으로 보이는 아저씨 한 분이 오더니 순례자냐고 묻고 스페셜 스탬프를 찍어주겠다고 한다. 나야 스탬프에 관심도 없고 찍을 데도 없지만 알았다 하고 계속 식사를 한다.

식사를 하고 숙소에 들어오니 누군가 노크를 하고 들어온다. 식사 중에 만난 그 아저씨다. 지금까지와는 다른 특별한 방식으로 스탬프를 찍어준단다.

뭔가 봤더니 오래된 영화에서나 봤음 직한 붉은색 밀랍을 녹여 도장을 찍는 방식이다. 그러고 보니 이 아저씨는 숙소 주인의 아들인가 보다. 영어를 못하는 숙소 주인아주머니가 아까 따라와 문을 열어주면서부터 아들은 영어를 잘한다며 스탬프 어쩌고 했던 게 이거였다. 퍼즐 맞춰가듯이 아주머니의 말이 전부 이해가 되니 참 재미있다. 그런데 내일은 굿 어쩌고 했던 말은 또 뭐였을까. 모르겠다. 내일 되면 또 알게 되거나 영영 모르고 가게 되겠지.

또 하루가 이렇게 간다.

1
2

1 떠나는 아침 안개가 깔려 있다.
2 올리브나무 사이로 풀을 뜯고 있는 소들

1 소박한 안시앙 시청 광장에 아이들을 위한 놀이기구가 설치되어 있는 걸로 봐서 아이들을 위한 행사가 있는 모양이다.
2 알보르그Alvorge 작은 마을
3 농가 담장의 오렌지 나무
4 표지 반대 방향으로 따라가는 것이 쉽지 않다.

알베아제르Alvaiázere → 토마르Tomar

새벽 1시, 누군가 문을 열고 들어온다. 나 말고 손님이 더 있었던 건가? 화장실 소리가 나더니 옆방으로 들어가는 소리가 들린다. 남자 두 명인 듯하다. 이 작은 마을에 나이트클럽이 있는 것도 아니고 분명히 어제 아무도 없었는데, 모르겠다.

아침 7시, 빗소리가 들린다. 별걱정 안 한다. 어차피 우의 입고 출발하면 되고 신발만 좀 젖으면 된다. 일기예보를 보니 또 5일 동안 연속 비 소식이다. 막판까지 비가 귀찮게 하겠군.

비가 오나 안개가 끼나 날은 7시 반이면 밝아온다.

출발하려니 비가 그친다. 다행이다.

오늘은 30킬로미터 지점에 있는 토마르Tomar를 목적지로 정한다.

아무도 일어나지 않은 숙소, 문 연 가게 하나 없는 마을, 인기척 없는 집들을 지나 마을을 벗어난다. 비 그쳐 좋아했는데 바람이 차다.

바람은 세질 듯하더니 잔잔해졌고 비 그친 후 바로 해가 난다.

다시 서서히 기온이 올라 배낭을 멘 등에 땀이 나기 시작한다.

9시쯤 갈림길이 나온다. 표시는 오른쪽 파티마로 가는 표시만 있다. 나는 오늘 파티마로 가지 않는다. 토마르까지 직진해서 가고 내일 대각선으로 난 길을 따라 파티마로 갈 예정이다. 그러니 파티마 길을 벗어나 차도를 따라가기로 한다.

다행히 차가 많이 다니지는 않지만 가끔 지나가는 차는 역시 배려 없이 속력을 줄이지 않고 달린다. 가끔 차가 가까이 지나갈 때는 섬찟하기까지 하다.

지금까지 오면서 파란색 화살표는 산티아고로 가는 반대 방향 표시일 거라 생각했는데 그게 바로 파티마로 가는 표시였다. 마지막 파티마로 가는 갈림길에서 벗어나니 파란색 표시가 더 이상 보이지 않는다. 그렇지, 반대 방향 표시는 사실 굳이 필요 없는 것 아닌가. 왜 이 생각이 지금에야 드는지. 근거 없이 믿어버린 사실을 오래도 따라왔다.

가끔 보이는 산티아고 길 표시가 나오면 반대 방향으로 가거나, 갈림길이 나오면 어플을 켜고 확인하면서 가야 한다. 화살표 하나 없어졌다고 좀 번거로워진다.

길은 산길을 오르고 작은 마을들을 지나는데 흔히 보이던 카페 하나 없다.

숙소에서 출발하면서 문을 연 카페가 없어 가다 보면 있겠지 했는데 이대로 토마르까지 먹을 데가 없는 건 아닌지, 약간 걱정이다. 비상식량을 먹으며 빠른 걸음으로 걷는다. 땅콩을 한 움큼씩 입에 넣고 천천히 씹고 다리는 빠르게 움직인다.

숙소에서 출발할 때 물통도 채우지 않아 몇 모금 남지 않았다. 언제부터인가 수돗물에서 소독약 냄새가 역겨워 사 먹기 시작한다. 가다 사야지 했던 건데 남은 물을 최대한 아껴 마시며 걷는다. 별걱정은 안 한다. 어쩔 수 없으면 지나는 길에 어느 집이든 문을 두드려 달라면 된다. 길에서 손에 닿는 오렌지 하나 따서 갈증을 해소하는 맛도 좋으니 크게 걱정은 안 한다.

산을 내려와 푯말이 가리키는 방향으로 가다가 어플을 켜보니 이쪽이 아니다. 산티아고 길을 거꾸로 가는 사람은 거의 없나 보다. 나를 위한 푯말은 없다고 생각해야 한다.

한 걸음 한 걸음 힘들다 생각하면 일주일씩이나 남았고, 순간순간 재미있다 생각하면 일주일밖에 남지 않았다. 또 언제 이런 길을 걸어보겠나 하는 쪽으로 마음이 기운다. 일주일, 길지 않은 시간이다.

12시 반, 비상식량으로는 채워지지 않는 허기가 밀려올 즈음 작은 마을에 도착한다. 카페인 듯 아닌 듯 허름한 집 앞에 맥주 마크가 있어 들어가 보니 아주머니들이 잔뜩 앉아 수다를 떨고 있다. 낮에는 아주머니들이, 밤에는 아저씨들이 모여 노는 사랑방 같은 동네 카페로 보인다.

간단히 토스트와 커피를 주문해 먹고 나온다.

나를 보는 듯 안 보는 듯 눈이 마주쳤다 말았다 한다. 카페 안의 사람들이 나에 대해 이야기하는 것 같다. 내가 빵 먹는 것, 배낭 메고 나오는 것까지 유심히 보며 이야기를 이어간다. 번역기를 틀어볼걸. 출발하고 나서야 생각이 난다. 서로 매일 보는 사람이 똑같을 이 작은 마을에서 이야깃거리가 새로 생기기라도 했겠지. 낯선 동양인 하나가 오늘의 화제가 되어 어떤 재미난 이야기가 만들어졌을지 궁금하다.

주문한 토스트는 빵 속에 고작 치즈 몇 조각 들어 있는 게 전부였지만 속은 채워진 듯 든든해진다.

작은 마을들을 지나고 숲길을 오르락내리락, 바람은 약간 찬 듯 장갑을 꼈다 벗었다 한다.

2시 반쯤 숲길을 벗어나니 건물들이 보이기 시작한다. 이제 토마르에 다 온 모양이다.

숙소를 검색하니 멀지 않은 곳에 있다.

15유로에 침대를 배정받고는 바로 나온다. 토마르에는 꼭 봐야 할 그리스도 수도원(Convent of Christ)이 있기 때문이다. 사실 걷기 여행에서 힘든 점 중 하나가 힘들게 걸어 도착한 뒤에 또 걸으며 관광을 해야 한다는 점이다. 내일 일정이 짧은 거리라면 우선 좀 쉬고 내일 오전에 볼 텐데, 내일도 30킬로미터는 가야 하니 무리를 해서 발걸음을 옮긴다.

아픈 다리를 이끌고 언덕에 올라 수도원으로 들어간다.

엄청난 크기에 구조도 신비롭다. 빈방들이 많은데 도난과 관련이 있는 것 같은 글을 언뜻 본다. 건물의 3분의 1은 파손되었다고 하는데 건물의 구조로 보아 그 화려했던 시절을 짐작하고도 남는다. 수도원 중앙의 중심 성당에는 어디에서도 보지 못한 원통 구조의 장식이 있다. 그림이며 조각들이 모두 예사롭지 않다. 안타깝게도 사진으로는 어떻게 찍어도 저 구조의 아름다움을 담지 못한다.

무리해서라도 수도원을 보고 온 건 잘한 듯하다.

숙소로 돌아와 샤워를 하고 5시 반쯤 식사를 하러 나간다.

점점 남쪽으로 내려오면서 시에스타(siesta)가 없어진 건가. 언제부턴가 어느 시간에 도착해도 거의 식사가 된다. 얼마 전까지만 해도 맞추기 참 힘들었는데.

먹는 걸 즐기는 타입은 아니지만 요즘 저녁 한 끼, 거의 육류와 함께 와인을 마시는 이 시간이 너무 즐겁다. 오늘도 어쩌다 찾아간 식당의 스테이크가 정말 훌륭하다. 와인도 꿀맛이다. 한 시간 반째 혼자 앉아 이렇게 천천히 식사하고 있다. 무엇과도 바꾸고 싶지 않은 여행 중 가장 행복한 시간이다.

내일은 또 다른 성지이자 또 다른 길의 끝인 파티마로 간다. 내 길은 다만 거기서도 끝이 아니다.

잠자리에서도 저녁으로 먹은 스테이크가 정말 훌륭했다는 생각이 든다. 한국에서 이만한 스테이크를 먹어본 적이 없다. 아마 언젠가 이 길을 다시 온다면 이 행복이 그리워서일 거다.

1 벽의 경계 없이 붙여 지은 집들
2 차가 잘 다니지 않는 한산한 도로

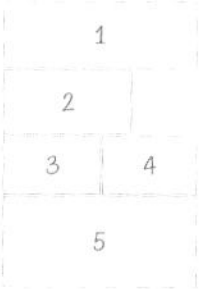

1 남쪽으로 내려오니 숲이 점점 더 울창해진다.
2 토마르 옛 시가지 입구
3 그리스도 수도원을 오르는 길에 내려다본 토마르 시내 전경
4 토마르 야경
5 그리스도 수도원

토마르Tomar → 파티마Fátima

두 쌍, 네 명이 둘씩 짝을 지어 같은 방을 쓰고 나 혼자 가장 큰 방을 쓴다. 20여 명이 잘 수 있는 도미토리룸(dormitory room)에서 혼자 자고 혼자 일어난다.

어제는 읍 단위쯤 되는 마을에서 잤고 오늘은 시 단위쯤 되는 도시에서 자고 일어난다.

이 도시의 아침은 비둘기 소리가 어느 곳보다 크게 들린다.

천 년 전 중세시대의 믿음으로 세워진 산티아고와 백 년 전 근대의 믿음으로 세워진 파티마가 어떻게 다른지 궁금해진다. 오늘 파티마로 간다.

이 호스텔은 조식이 제공된다. 느긋하게 아침 식사를 하다 보니 8시가 다 되어간다. 혼자라서 시간을 맞출 필요도 없는데 날이 밝아오면 이상하게 조바심이 생긴다. 급하게 먹고 8시 조금 넘어 길을 나선다.

거리는 안개로 가득하다. 안개 때문에 수도원의 형체가 잘 보이지 않는다.

여기서부터는 파티마로 가는 길 표시를 따라가면 된다.

길이 수도원 앞쪽을 지나가니 안개 낀 멋진 수도원의 첨탑을 볼 수 있으리라 기대했지만 안개가 너무 짙다. 안개가 언제 걷힐지도 모르는데 첨탑을 보겠다고 마냥 기다릴 수는 없다.

수도원을 뒤로하고 다시 걷기 시작한다.

약간 옷이 젖을 정도의 안개비가 내린다. 그냥 가본다.

안 되겠다 싶어 판초 우의를 입는다.

얼마 안 가 비가 또 멎는다. 우의를 벗고 싶어도 젖은 판초 우의가 마를 때까지 입고 있어야 한다. 젖은 채로 가방에 넣으면 냄새도 나고 더 성가신 문제는 가방을 내려야 하는데 가방이 젖지 않게 내려놓을 곳을 찾기가 쉽지 않다.

길은 수도원에 물을 공급했던 수로 아래쪽으로 이어진다. 엄청난 규모의 수로다. 거의 성을 쌓은 것 같은 규모의 수로가 만리장성처럼 늘어서 있다.

9시가 넘어가니 어느 순간부터 파티마로 가는 길 표시가 보이지 않는다. 빠지는 길을 놓쳤는지 표시가 없었던 건지 모르겠다. 되돌아가기는 싫으니 구글맵으로 파티마를 찍고 가본다. 가다가 다시 표시가 나오면 따라가고 없으면 이대로 맵을 따라가 보기로 한다.

하늘엔 낮게 구름으로 가득 차고 안개가 남아 있는 상태에서 동쪽 하늘 구름 사이로 해가 잠깐 비쳤다 사라진다. 10시가 되어간다.

구글맵은 찻길로만 안내할 줄 알았는데 비포장 산길로 들어간다. 길은 걷기는 나쁘지 않은데 오르막과 내리막을 반복해 속도가 나질 않는다.

비가 내려 판초 우의를 입으면 곧 그치고, 말랐구나 해서 벗어 집어넣으려 하면 다시 비가 내리고. 이걸 몇 번이고 반복한다.

비포장 산길을 두 시간 넘게 걷다가 11시 반쯤부터는 도로 옆길로 한참 이어진다.

맵을 따라가는 동안 파티마 길 표시가 한 번도 나오지 않으니 확신이 서지 않고 서서히 불안해진다. 구글맵을 아직 신뢰하지 못하는 건가. 혹시 오늘 파티마까지 잘 도착하면 내일부터는 구글에 대한 신뢰가 좀 늘지도.

배가 조금 고파올 무렵 카페가 나온다.

성지와 연결된 길이라 운이 따라오는 건지. 지금쯤 나오면 좋겠다 생각하니 마침 나온다.

토스트는 없다고 해서 진열된 빵 중 두 개를 골라 커피와 먹는다.

구글은 12킬로미터, 2시간 30분 남았다고 알려준다.

출발하려니 비가 부쩍 많이 내린다. 아예 여름 바지로 갈아입고 그 위에 방수 바지를 입는다.

이쯤 되니 더 이상 비는 두렵지 않다. 다만 귀찮을 뿐.

꼬불꼬불한 찻길로 한참을 가다 드디어 파티마 길 표시가 나온다. 6.5킬로미터 남았단다.

찻길에서 바로 마을 길로 이어지더니 비포장길로 걷다가 산속으로 들어간다. 한 사람 다닐 수 있는 좁은 산길이다. 처음 보는 빨간 열매들이 바닥에 떨어져 있고 숲이 우거져 어둡다.

2시를 알리는 교회 종소리에 깜짝 놀란다. 거의 다 왔나 보다.

산길에서 벗어나니 파티마란 푯말이 나온다. 다른 작은 마을들과 별다를 게 없어 보이는 여기부터가 파티마란다.

파티마는 나의 방문을 달가워하지 않는지 험상궂은 비바람이 분다. 판초 우의가 날리고 차들은 물을 거칠게 튀기며 지나간다. 교회 옆으로 잠시 피해 숙소를 검색한다. 1.7킬로미터 지점에 적당한 숙소가 하나 있다.

고개를 숙이고 한 발 한 발 억지로 앞으로 나아간다. 더 추워지기 전에 도착해야 한다.

숙소에 도착하니 나보다 앞서 도착한 한국인 아저씨가 체크인하고 있다.

한국분이시냐고 물으니 "예스"한다. 반가워하는 기색도 없다. 인사하고 더 어색해진다.

비는 여전히 내리고 옷이 젖었다고 숙소에만 있을 수 없다. 왔으니 더 어둡기 전에 파티마 대성당을 봐야 한다. 젖은 우의를 입은 채 성당으로 향한다.

생각했던 것보다 광장 규모가 크다. 성당 내부도 지금까지 봐왔던 무척 오래되고 화려한 장식들이 어우러진 고풍스러운 분위기와는 사뭇 다르다. 장엄한 분위기에 장식이 단순하다. 믿음을 표현하는 방식도 세련되어진 건가. 현대식 바티칸을 보는 듯하다.

나는 신을 믿지 않는다. 그러니 1917년 이곳에 마리아가 나타났는지, 처녀 귀신이 나타났는지, 아이들의 거짓말인지는 관심이 없다. 다만 교황이 진실로 인정을 했다고 하니 누군가의 믿음을 부정하지 않는다. 얼마나 놀라운가, 그 믿음 하나가 이런 광장과 교회 그리고 이 도시를 만들었다는 것이. 그것도 전기가 들어오고 유럽에서는 전철이 다니던 그 시절에. 신이 있든 없든 인간의 믿음은 위대한 거다. 난 그렇게 믿기로 한다.

오래 머무르며 보고 싶었지만 우의를 뚫고 들어온 빗물이 옷을 적시고 점점 추워져 4시 반쯤 숙소로 돌아간다.

들어올 때 인사한 한국인 아저씨가 요리를 했는지 숙소 전체에 음식 냄새가 난다. 내가 들어오는 걸 보고 영혼 없는 말로 밥 먹었냐고 묻더니 대답은 듣는 둥 마는 둥 자기는 배가 차서 이제 나간다고 한다.

6시 40분 대충 샤워를 마치고 나와 숙소 근처 식당에서 저녁을 해결한다.

야경은 어떨까 하고 대성당에 가보려 했지만 여전히 비바람이 그치지 않는다. 신은 신앙이 없는 내가 여기 머물며 자세히 보는 걸 싫어하나 보다. 내일은 내가 떠나니 날씨가 좋아지려나.

1

2

1 파티마에 거의 다다라서 언덕을 오르며 내려다본 마을 전경
2 푸른 풀밭 위 올리브나무들

1 파티마 대성당 광장
2 파티마가 가까워지는 길에서 마주한 붉은 열매. 별맛이 없다.
3 파니마 대성당 내부

파티마Fátima → 알카네나Alcanena

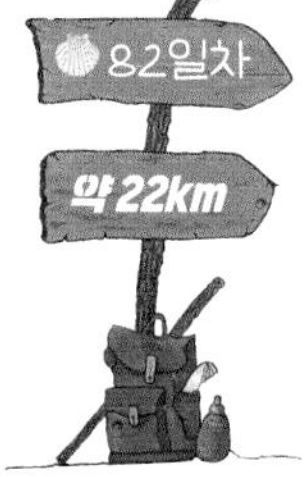

한국인 아저씨는 어젯밤 12시쯤 들어왔다. 그 비바람 속에서 어디를 다녀온 건지 알 수가 없다. 들어오더니 온풍기를 켠다. 어, 저거 에어컨 아니었나? 그리고 창문 덮개를 닫는다. 어, 저거 닫히는 거였구나. 사실 약간 춥다고 느껴졌고 창문에 들어오는 가로등 불빛이 거슬리기도 했다.

갑자기 자괴감 같은 게 들었다. 20일을 포르투갈에서 여행했는데 저런 것도 몰랐나. 저 아저씨는 포르투갈에 사는 사람인가. 영어로 말을 하던데 모르겠다.

7시, 알람에 일어난다. 창밖으로 비 밟고 지나가는 차 소리가 요란하게 들린다.

오늘 일정이 약간 고민이다. 대성당에서 9시에 미사가 있다는데 미사를 보고 10시쯤 출발해도 될는지. 산타렝Santarém까지는 52킬로미터. 오늘 22킬로미터만 가도 내일 30킬로미터는 충분하긴 하다. 여기는 아침 식사도 8시 반부터 시작이라 하고 비도 내린다. 천천히 출발하기로 결정한다.

어제 비바람에 흠뻑 젖고 밤사이 마르지 않은 모든 것에서 눅눅한 냄새가 난다. 어쩔 수 없다. 오늘도 비가 오니 그냥 다 입는다.

아침 식사를 하고 8시 50분쯤 성당으로 간다. 바람 소리가 매섭다.

9시에 미사가 있다고 분명히 봤는데 미사 하는 장소를 못 찾겠다. 광장을 한 바퀴 돌고 앞에 있는 성당에 들어가 보고, 비 그치길 좀 기다려봐도 비는 멎을 줄을 모른다.

9시 반쯤 다시 젖은 판초 우의를 걸치고 구글맵을 켜 길을 찾아 떠난다.

파티마 대성당 앞에서 리스본을 향한 마지막 여정을 시작한다.

이번 여행의 거의 모든 시작은 비와 함께였다. 오늘도 비 맞으며 파티마를 벗어난다.

차도를 따라 옆길로 한참 걷는다.

잠깐 비가 멎는 듯 날이 좋아지려 하다가 다시 또 비가 내리기 시작한다.

도로가 너무 지겨워 숲길을 찾아 들어가면 숲길은 갈림길이 나올 때마다 핸드폰을 켜고 확인해야 하니 빗속에서 영 불편하다.

숲길을 얼마 걷지 않고 도로로 나와버렸다. 오늘은 도로를 따라서만 이대로 가야 할 것 같다.

어제까지는 가끔씩이라도 푯말이 나오면 지금 잘 가고 있고 여기까지도 잘 왔다는 느낌이 들곤 했는데 오늘은 그런 푯말이 아예 없으니 잘 가고 있는지 잘 온 건지 통 모르겠다. 폰을 꺼내 맵을 켜야 알 수 있지만 그마저도 확신이 없다. 나는 지금까지 잘 왔고 잘 가고 있는 건가. 갑자기 궁금해진다.

비가 정말 짜증 나게 내린다. 우의는 젖고, 옷과 신발을 적시고, 몸은 땀에 젖고. 할 수 있는 건 오로지 걷는 것뿐이다. 빨리 걷자, 빨리 가자, 빨리 쉬자. 짜증이 밀려온다. 아무 생각 없이 도로만 따라 걷는다.

12시쯤 작은 동네가 있어 간단히 빵이나 먹으며 옷 좀 말리려고 카페에 들어갔더니 뒷문으로 이어지는 식당으로 안내해준다. 말이 전혀 안 통해 고개를 몇 번 끄덕였더니 돼지고기에 소고기, 소시지와 밥, 감자 칩에 와인까지, 점심으로는 과하게 나온다. 밖에는 비가 오고 비가 그치길 기다리며 와인과 함께 느긋하게 천천히 먹는다. 식당 안에 있는 사람들이 곁눈질로 계속 날 쳐다본다. 음식이 맛있다. 이 동네 맛집인가. 식당에 사람들이 점점 몰려든다.

맵을 켜보니 12킬로미터, 2시간 반 남았단다. 1시 반쯤 일어나 젖은 판초 우의를 다시 입는다. 다행히 몸이 좀 말라서 꿉꿉함이 조금 나아졌다. 4시쯤이면 도착하겠구나. 다시 가보자.

길은 마을 안으로 잠시 들어갔다가 다시 찻길 옆으로 이어진다.

여전히 차들은 사람 옆을 무자비하게 지나간다. 한눈을 팔다가는 크게 사고가 날 길이다.

지도에 초록색 지형이 있어 산을 넘을 거라고 생각했는데 자연공원 표시였다. 사방으로 보이는 산에 바위들이 병풍처럼 능선을 이루고 있다.

다시 길은 구불구불 마을로 들어간다. 3시가 넘어가는데 아직도 5킬로미터나 남았다.

다행히 비는 멎고 멀리 무지개가 떴다.

4시 10분 알카네나Alcanena에 도착한다.

숙소를 검색하니 하나는 5만 원대, 다른 하나는 가격이 나와 있지 않다. 일단 가격 표시 없는 곳으로 가보기로 한다.

주소지로 찾아오니 1층에 담배 연기 가득한 바가 있다. 다행히 바에서 숙소를 안내받는다. 20유로라고 한다. 다행이다. 숙소가 닫혔거나 마음에 안 들면 다음 마을까지 가야 해 내심 걱정했는데 오늘도 무사히 숙소에 들어간다.

숙소에 들어서서 안도의 한숨을 쉬며 짐을 풀고 있는데 권에게서 전화가 온다. 바르셀로나를 보고 부다페스트를 거쳐 체코로 갔단다. 마지막 여행지를 리스본으로 정해 이곳으로 오겠다고 한다. 관광지를 잠깐씩 돌아보는 것보다 걸으면서 여행하는 게 더 좋았다며 마지막 며칠을 같이 걸었으면 한다고 내 의사를 묻는다. 맘대로 하라고 한다. 한동안 혼자 걸었는데 누군가와 다시 함께 걸으면 귀찮아지려나, 이 외로움을 달래주려나 모르겠다. 내일 산타렝에서 합류하기로 하고 전화를 끊는다.

점심을 너무 과하게 먹은 탓에 속이 더부룩하다. 짐을 풀고 숙소에서 나와 마을을 한 바퀴 돈다. 작지만 아기자기하니 그냥 편안한 느낌의 마을이다. 공원도 여러 곳 있고 산책하기 나쁘지 않다. 뭐라도 먹어야 할 것 같아 식당에 들어간다.

산티아고 길을 벗어나니 영어가 잘 통하지 않는다. 번역기로 대화를 하고 뭔지 모를 메뉴를 시켜본다.

감자와 소고기에 양념을 넣어 삶은 꽤 먹음직한 요리가 나왔다. 오늘도 나쁘지 않은 선택이다.

8시 반, 식사를 하고 숙소로 돌아간다. 늦은 시간도 아닌데 길에는 벌써 사람 하나 보이지 않는다. 차 소리, 개 짖는 소리도 들리지 않고 내 발걸음 소리만 크게 울린다. 저 높이 보름달이 휑하니 떠 있고 가로등은 나만을 위해 켜진 듯 내가 가는 길을 환히 비추고 있다.

내일은 비가 좀 안 오려나? 젠장, 오든지 말든지.

1 동네에 있는 작은 놀이터
2 간단히 점심을 먹으러 들어간 식당에서 8유로에 기대 이상의 푸짐한 식사가 나왔다.
3 이곳 돌담은 어떤 경계를 뜻하는지 모르겠다.
4 알카네나 시내 공원에 크리스마스 장식이 가득하다.

알카네나Alcanena → 산타렘Santarém

몇 번 남지 않은 포르투갈의 새로운 아침.

7시, 알람이 울린다. 온풍기는 밤새 틀어졌는데도 방은 따뜻해질 줄 모르고 양말이 조금도 마르지 않았다. 온도 설정을 잘못했나? 모르겠다.

어제 손수건을 잃어버렸다. 앞으로 메는 작은 가방에 묶고 다녔는데 어제 저녁 식사하고 들어와 보니 없다. 오다가 떨어진 듯한데 아침까지 마음이 쓰인다. 지금까지 같이 왔는데, 추울 때 목을 감싸주기도 하고 마스크가 되어주기도 했는데. 어젯밤 없어진 걸 알았을 때 다시 나가 찾아보지 않았던 게 내내 마음에 걸린다. 이제 필요 없어졌다고 해서 그렇게 내버리듯 잊어도 되나? 더 별것 아닌 산티아고 완주증과 가리비 껍데기는 버리지 못하고 가방 속에 고이 넣고 다니면서. 뭐가 더 중요한 거였나, 뭐가 더 내게 소중한 건가.

오늘 30킬로미터 걸어 산타렘Santarém까지만 가면 거기부터는 다시 산티아고 길로 합류한다. 그럼 내일부터는 거꾸로 가는 푯말이라도 볼 수 있다. 오늘까지는 폰을 켜고 수시로 맵을 확인해야 하니 비만 안 내리면 된다. 일단 일기예보에 비가 내리지 않는다고 한다. 오늘도 이 거짓말을 한 번만 더 기도하는 마음으로 믿어본다.

하늘 가득 안개로 가득하다.

지금까지는 무조건 구글맵에 오늘 목적지를 찍어 길을 찾았는데 문득 목적지를 짧게 설정하면 경로가 더 상세하게 표시될지도 모른다는 생각이 든다. 일단 5킬로미터 지점의 아침 식사할 만한 카페가 있는 마을로 목적지를 설정하고 찾아가 보기로 한다.

마을을 지나자마자 비포장길로 들어서는데 할아버지가 이 길로 가지 말라고 한사코 손을 흔드신다. 저렇게까지 만류하시는데 갈 수 없어 다른 길로 돌아서 온다. 왜 그러셨을까?

길은 비포장으로 숲길을 지나고 넓은 시냇물을 따라 이어진다. 이슬에 젖은 풀들이 금세 신발을 적신다.

9시 반쯤 마을에 도착하여 커피와 타르트(tarte)를 먹고 바로 출발한다.

2차 목적지는 20킬로미터로 설정한다. 네 시간 동안 중간에 먹을 곳이 없을 듯하니 대략 2시까지는 비상식량으로 버텨야 한다.

비만 내리지 않으면 이다지 좋을 수가 없다. 기온이며 바람이며 풀들이며 나무들이며 한국의 5월 같다.

11시가 넘으니 해가 나타난다. 햇볕에 데워진 바람이 풀을 지나 풀냄새를 실어 내 앞으로 지나간다.

길이 좋아 딴 생각하며 천천히 걸었더니 몇 번이나 길을 잘못 들어 12시 반인데 아직도 17킬로미터나 남았다. 이러다간 4시 넘어 도착할 듯싶어 걸음을 재촉한다.

3시 반까지는 도착해야 산타렝을 조금이라도 돌아볼 수 있다.

1시 20분쯤 갑자기 산티아고 길 표시가 나온다. 어플을 열어보니 산티아고 길이다. 이렇게 반가울 수가 없다. 이제 노란색 화살표를 보며 반대 방향으로 가면 된다.

햇빛이 조금 비치다가 비가 조금 내리고 다시 그치곤 한다.

포도밭 사잇길로 길이 이어지다가 어느덧 노란 유채꽃이 지천이다. 포도밭 중간중간에 유채꽃이 깔려 있고 유채꽃 향기가 바람을 타고 따라온다. 포도가 맺히는 계절엔 포도 향이 나겠구나. 아름다운 길이다.

길은 다시 찻길을 따라간다. 일직선으로 끝없이 뻗은 길의 먼 끝에 언덕이 있고 그 위에 성처럼 보이는 건물들이 어렴풋이 보인다. 7킬로미터 정도 남았다. 저 언덕 위가 산타렝이 맞는 듯한데 걸어도 걸어도 거리가 줄지 않는다.

3시 반경 멀리 보이던 언덕 아래에 도착해 철길을 건너 언덕을 올라간다.

몸은 며칠 안 남았다고 긴장이 풀린 건지, 체력 고갈인지 언덕을 간신히 오른다.

수도원이 있고 오래된 성당도 보인다. 골목길은 아주 오래전에 조성된 듯 좁고 바닥엔 돌이 깔려 있다.

지친 몸을 이끌고 알베르게부터 찾아갔는데 영업을 안 한다. 숙소 사이트를 검색하여 17.5유로 하는 호스텔로 간다. 힘들다. 오늘은 중심가를 둘러보는 것조차 힘들 것 같다.

6시쯤 권이 숙소로 왔다.

권과 함께 식당으로 와 오랜만에 밥 먹고 술 한잔한다.

왜 왔냐고 하니 쉬러 왔단다. 아니, 그럼 3개월간 나는 쉬고 있는 건가. 누군가에게는 걷는 게 힘든 일이고, 사람에 치이고 바쁘게 살던 사람들에게는 걷는 게 쉬는 거라고 말할 수도 있겠다.

잘 쉬다 가라고 말해준다. 내일은 34킬로미터다. 이놈아, 쉬는 건가 어디 두고보자.

밀린 이야기를 하고 밤의 산타렝을 한 바퀴 돈다.

사람들은 다 겨울옷인데 나만 가을옷이다. 권이 나더러 처음 봤을 때보다 더 마른 데다 옷도 가을옷이라 불쌍해 보인단다. 이 녀석은 아무래도 날 약 올리러 온 모양이다. 걱정 마라, 리스본에 가면 옷 다 버리고 폼 나는 겨울옷을 사 입을 거다.

숙소에 들어와 우린 다시 한잔한다.

며칠 같이 걸었다고 친해졌고 며칠 못 봤다고 반갑다.

길이 만든 인연은 길 위에서 반갑고 길 떠나면 잊히려나? 모르겠다. 오늘 즐거우면 된 거지.

포도밭 풍경

1 유채꽃밭
2 아직은 키작은 나무가 있는 올리브나무 농장
3 물길 따라 난 오솔길

1 인적 없는 마을 길에서 갑자기 큰 소리로 개들이 내게 말을 건다.
2 마주 보이는 언덕 위가 산타렝이다. 가도 가도 좀처럼 가까워지지 않는다.
3 주택가 사이를 지나는 기찻길
4 밤의 산타렝

산타렘Santarém → 아잠부자Azambuja

유럽에서 맞는 마지막 일요일 아침이다.

작은 방 안에는 철제 이층 침대 두 개가 있고, 내가 잔 침대 맞은편 빈 침대 난간에는 어제 널어둔 아직 마르지 않은 내 양말들과 수건이 있다. 작은 창문으로 가로등 불빛이 들어와 방 안이 완전히 어둡지는 않다. 위 침대에서 인기척이 들리는 게 오랜만이다.

기온은 그리 낮지 않을 듯한데 하루 종일 비 소식이다. 정말 마지막까지 귀찮게 하는 비다.

34킬로미터를 가야 하는데 아침 식사가 8시부터라니 30분 늦게 출발할 테고, 4시는 되어야 도착할 듯하다.

권이 걷기를 다시 시작하는 첫날이라 쉽지 않을 수도 있으니 감안해야 한다.

아침 식사를 하고 8시 40분이나 되어서 출발한다.

옷과 신발에서 나는 냄새들은 이제 내가 어떻게 할 수가 없다. 다시 입고 신는다. 역시나 비가 내려 배낭 커버도 씌우고 방수 바지와 판초도 입는다.

심란하다. 이제 양보할 수 있는 날도 당겨올 시간도 없다. 내일도 모레도 30킬로미터를 가야 하니 오늘의 34킬로미터는 무조건 가야만 한다. 비가 많이 오지 않기를 바랄 수밖에 없다.

비를 맞으며 출발한 지 몇 분도 안 되어 우의가 젖어버린다.

다행히 도시를 벗어날 즈음 비가 잦아든다. 제발 이대로만이란 마음이 간절하다.

비는 올 듯 말 듯 내리지는 않는다.

두 시간 동안 왼쪽은 둑길, 오른쪽은 허허벌판뿐 아무것도 없다. 같은 곳을 돌고 도는 듯 똑같고 지루하다. 앉아 쉴 벤치 하나 없고 집 한 채도 보이지 않는다. 사막을 걷는 기분이 이럴까.

길에 노란색과 파란색 화살표가 둘 다 같은 방향을 가리킨다. 파티마나 산티아고나 산타렝에서 갈라지는 것을 이미 알고 있다.

해는 잠깐 보이다 사라지고, 다시 나왔다가 사라지곤 한다.

12시가 다 되니 집들이 몇 채 보인다. 카페도 보인다.

카페는 문이 닫혔다. 카페 앞 야외 테이블에 잠시 짐을 내리고 우의를 벗고 물 한 모금 마신 후 다시 출발한다.

얼마 안 가 집들이 줄지어 나오고 둑으로 올라가는 길이 나온다.

둑 위로 오르니 왼쪽으로 큰 강이 흐르고 있다.

고양이들이 느리게 어기적거리며 돌아다니고 개들은 눈치 보며 도망 다닌다.

둑길은 한참을 이어지고 강변으로 집들이 줄지어 있다.

한 시간쯤 둑길을 걸었을까, 요트 선착장이 나온다. 주변 집들이 좀 고

급스러워 보이고 흰색 칠을 하여 산뜻하게 보이는 교회가 풍경을 완성해 주는 느낌이다.

선착장 옆 카페에 나이 지긋한 어르신이 더듬거리는 영어로 우릴 맞는다. 어르신은 다리가 좀 불편해 보인다. 토스트나 식사가 되는지 물었더니 샌드위치를 만들어주겠다고 한다.

하몽(Jamon)을 넣은 샌드위치를 커피와 함께 먹고 나니 2시가 다 되었다. 10킬로미터 정도 남았으니 예상한 시각에 도착이 가능할 듯하다. 다시 출발한다.

비가 언제 다시 내릴지 계속 불안하더니 3시쯤 한바탕 소나기가 퍼붓는다.

비는 판초 우의와 바지와 신발을 순식간에 적시고 사라진다.

권은 지루하던 참에 재미있다며 웃는다.

길은 강을 벗어나 넓은 평야 지대를 가로질러 흙탕물이 흐르는 시냇물을 따라 오르는 길로 이어진다.

기찻길이 나오고 기찻길을 넘으니 오늘 목적지인 아잠부자Azambuja다.

예상한 시각 4시에 도착한다.

도착했다는 안도감에 긴장이 풀린 건지 어깨와 발바닥이 급격히 아파온다. 알베르게부터 검색해 찾아간다.

알베르게는 문이 닫혀 있다. 전화를 해보니 원하면 다른 곳을 소개시켜주겠다고 기다리라 한다.

소개받은 알베르게는 할머니가 운영하는 곳이다. 입구에 서양인 남녀가 도착한 지 얼마 되지 않았는지 가방만 내려놓고 있다. 독일인 부부이고 산티아고로 간단다.

독일인 부부와 인사를 하고 한참이 지났는데도 할머니가 방을 안내해 주지는 않고 뭔가 바쁘게 움직인다. 30분쯤 지나 아저씨 둘이 들어온다. 온수기가 고장 나 고치러 온 듯하다. 내가 손가락으로 온수기를 가리키니 할머니가 웃으며 고개를 끄덕인다. 몇 분여 온수기를 만지더니 가동되는 소리가 난다. 휴! 오늘 여기서 잔다.

독일인 남자분이 먼저 씻을지 마트를 먼저 다녀올지 묻자, 당신들이 먼저 왔으니 먼저 씻으라 한다. 권과 내가 마트에 가서 닭고기와 와인과 채소도 이것저것 사서 빗속을 뚫고 어렵게 들고 들어오니 독일인 부부가 소고기를 구워 먹고 있다. 4인분이고 어쩌고 수프도 있단다. 알고 보니 이 숙소에서 다 제공하는 거였다.

사 들고 온 닭고기를 마침 와인을 갖고 들어오시는 주인 할머니한테 드리고 같이 앉아 소고기를 먹는다. 그제야 이 숙소가 얼마인지 체크하지 못했다는 생각에 독일인 부부에게 물어보니 잠자리와 음식 다 제공하고 도네이션이란다. 단, 식사를 제공하는 게 아니라 재료를 준비해두고 만들어 먹으라는 경우는 지금까지 처음이다. 우린 내일 얼마를 내야 할지 모르겠다.

고기는 이미 독일인 부부가 4인분 중 3인분을 먹고 있는 상황이다. 게다가 그들은 식사를 마치고 먼저 자리를 뜨고, 나머지 설거지와 뒷정리는 우리 몫으로 남는다. 빗속에 사온 닭고기를 기부하고도 부족하게 식사를 마치고 뒷정리까지 하고 나니 유쾌하지가 않다. 몇 달을 걸었는데도 새로운 상황은 계속 나온다. 걸어도 걸어도 아는 것보다 모르는 것이 더 많다.

아직 덜 걸었나, 아니면 아직도 낯선 상황에 대비하는 습관을 익히지 못한 내가 문제인가.

1 둑 옆으로 지루하게 이어지는 길
2 둑 아래로 멀리 강이 보이고 가까이에서 말들이 풀을 뜯는다.
3 타일로 장식한 집과 오렌지나무 가로수
4 강변 둑길이 끝나고 작은 물길을 따라 이어지는 길

아잠부자Azambuja → 알베르카Alverca

리스본으로 가기 전 마지막 도시 알베르카Alverca로 가는 아침.

이제 마지막 또는 그만할 때란 말을 써도 될 때가 온 듯하다. 유럽의 체류 기간 90일도 다 되었고, 쉬지 않고 걸은 몸에서는 쉬라는 신호를 곳곳에서 보내온다.

그제 우리가 묵었던 도시로 향하는 독일 부부와 그들이 묵었던 곳으로 가는 우리는 어젯밤 서로 정보를 교환했다.

그들에게 얻은 정보에 따르면 마을은 작고 숙소가 몇 곳 없는데 그나마도 한 곳만 열었으며 그곳도 식당을 먼저 찾아가서 말을 해야 문을 열어 준다고 한다. 그리고 숙소는 그리 좋진 않단다. 길에서의 마지막 숙소인데 아무렴 어떠랴, 지금까지 중 설마 최악은 아니겠지.

오늘도 일기예보는 하루 종일 비다.

7시, 알람이 울리고 권이 일어나 불을 켠다.

독일 부부는 일찌감치 일어나 준비를 하고 식사도 이미 한 듯한데 아직도 나가지 못하고 있다. 배낭을 싸고 있는지 뭘 찾고 있는지, 이 길을 시작한 지 며칠이 안 되어 그런 걸까, 나도 처음엔 그랬던가.

8시, 어김없이 비가 내린다. 쉽게 그칠 비가 아니다. 춥지 않고 바람 없는 것만도 다행이라 생각해야지, 마음을 다독인다.

8시 20분쯤 독일 부부가 메리 크리스마스 인사를 남기고 비를 맞으며 먼저 출발하고, 10분 뒤 우리도 비를 맞으며 출발한다.

도시를 벗어나자마자 공장들이 줄줄이 늘어선 도로를 따라간다. 대형 트럭들이 물을 튀기며 수도 없이 지나가고 비는 잦아들다 쏟아지기를 반복한다. 트럭이 지나가며 일으키는 바람이 어찌나 강한지 몸이 휘청거릴 지경이다. 걷는 게 쉽지 않다.

10시가 되니 비도 잦아들고 길도 도로에서 벗어난다. 차 지나가는 소리가 들리지 않으니 이렇게 조용할 수가 없다.

길가에 앉아 커피를 마신다. 잠깐의 여유. 언제부터 커피에 설탕을 타서 먹었는지 자연스럽게 설탕을 넣는다.

내일이 끝이라는 게 아직 실감이 나지 않는다. 내일이 되면 실감이 나려나, 후련하려나, 뭔가 이뤘다는 쾌감이 있으려나.

생각을 접고 배낭을 메고 젖은 판초 우의를 입고 다시 걷는다.

도로를 따라 공장 지대를 지루하게 한참을 걷다가 12시가 넘어서야 도시가 보인다.

포르투갈은 정말 걷는 길을 왜 이런 식으로 냈을까. 볼 것 하나 없는 심심한 길에 전속력으로 달리는 차들 사이를 무단 횡단해야 하고, 인도조차 따로 내지 않아 차가 지나갈 때마다 위협을 느낀다.

1시쯤 빌라 프랑카 드 시라Vila Franca de Xira에 도착. 맥도날드를 발견하고 햄버거를 먹는다.

비는 멎었다. 예정대로 알베르카까지만 갈지 5킬로미터를 더 갈지 고민이다.

일단 알베르카까지 가서 상황을 보고 결정하자 하고 1시 40분쯤 다시 출발한다.

비는 멎었는데 바람이 차다. 걸으면 괜찮아지겠지 하고 걷는다.

빌라 프랑카 드 시라를 지날 즈음, 길은 바다같이 큰 강을 따라 이어진다.

이제야 걷는 기분이 좀 난다 싶은 건 잠시, 강변으로 난 철길을 대체 몇 번을 건넜다 되돌아오는지 모른다. 철길을 건너기 위해 육교를 적어도 세 번은 오르내렸더니, 대체 왜 길을 이런 식으로 냈는지 도무지 이해를 못 하겠다.

결국 권이 다리에 무리가 왔는지 좀 쉬자고 한다. 지난번 헤어질 때 내게 줬던 스프레이파스를 다시 달라고 한다. 며칠 걸었다고 이러나, 발바닥에 물집이 잡혔단다. 지난번엔 예상보다 엄청 잘 걸어 내심 놀랐는데, 전에 비하면 오늘은 무리하는 것도 아닌데.

하나 남은 스틱을 주니 마다하지 않고 받는다. 5킬로미터 더 가서 내일 조금 수월하게 리스본으로 들어가려 했던 계획을 수정한다. 알베르카까지 7킬로미터 한 시간 반 남았다.

3시면 도착할 거라 예상했는데 4시가 넘어 알베르카에 들어선다.

버스 정류장에서 비를 피하고 앉아 숙소를 검색하니 도시의 반대편 끝까지 3킬로미터를 더 가야 한다. 권은 많이 안 좋은 듯 인상이 굳어진다.

다시 일어서 찻길을 따라 빠른 걸음으로 걷는다. 권은 절뚝거리며 그래도 잘 따라온다.

비가 내려 날은 벌써 어둑해지고, 차들은 차츰 전조등을 켜고 빠르게 달린다.

알베르카의 도심은 퇴근하는 차들로 붐비기 시작하고, 버스 정류장에도 사람들이 점차 늘어난다. 머나먼 나라 한 도시의 퇴근 시간에 집으로 가는 사람들의 낯선 시선을 물리치며 우리는 앞으로 앞으로 걷는다.

독일 부부가 알려준 대로 식당 옆 숙소만 문을 열었다.

5시, 숙소로 들어간다.

방은 그렇게 나쁘지 않다.

찻길 옆으로 긴장하며 걸은 탓인지 도착하자마자 목이 탄다. 아래 식당으로 내려와 맥주를 들이켠다.

다 왔다. 이제 30킬로미터 남았다. 끝이다, 이제 끝이고 싶다.

비행기 조형물을 이용한 독특한 광고판

1 빌라 프랑카 기차역 앞의 투우사 동상
2 빌라 프랑카 기차역사
3 오렌지나무로 가로수를 심은 알베르카 시가지

알베르카Alverca → 리스본Lisbon

리스본으로 가는 마지막 날 아침.

마지막이라는 말을 몇 번이나 한 듯한데, 문득 마지막이라는 말이 어색하다.

무엇이 마지막이라는 건지, 아직 삶의 길이 먼 듯한데 마지막이라니. 끝이 아니라 다시 시작으로 간다고 해야겠다. 그게 맞다. 아니, 그것도 아닌가? 밀려오는 이 막막함은 뭐지? 여기서 우선 일단락을 맺는 게 맞을까, 일단 오늘은 마지막이라 하자. 끝을 맺어야 후련함이라도 있을지 모르니까.

숙소가 있는 곳에서 큰 도로가 멀지 않아 밤새 차 지나가는 소리가 들린다. 6시 반 지금도 끊임없이 차가 지나간다.

오늘은 오랜만에 해를 볼 수 있으려나. 일기예보에 일주일 내내 비 소식인데 오늘 하루만 해 그림이 있다. 대망의 행군이 끝나는 날 비가 오지 않는다니, 오늘은 예보가 맞겠지, 맞아라 제발. 강렬한 태양 아래 리스본 대성당에서 만세를 부르고 사진 한 장 찍고 싶다.

권의 발 상태를 묻는다. 아프단다.

난 모르겠다. 너 알아서 와라, 오다 힘들면 버스 타고. 난 오늘 좀 빠르게 걸을 테니 떨어지면 리스본 대성당에서 보자 하고 출발한다.

땀 냄새 나는 옷을 또 억지로 입는다. 그래, 마지막이다. 도저히 빨아도 냄새가 없어지지 않는 옷들, 오늘 입고 버릴 거다. 미련 없이.

7시 반쯤 숙소에서 나온다. 거짓말처럼 하늘에 구름 한 점 없다. 해는 아직 떠오르지 않았고 약간 추운 듯 안 추운 듯하다. 마지막 날에 날씨까지 좋으니 기분이 좋다.

오늘도 도로를 따라 걷다가 공장 지대를 지나간다.

거리의 푸드트럭에서 샌드위치를 먹고 다시 출발한다.

지도를 검색해 산티아고 길을 찾던 중에 잠깐 길을 헤매다가 겨우 방향을 다시 잡았는데 사람이 지나갈 곳 없는 차도로 이어진다. 역시나 빠르게 달리는 차들로 잘 갈 수가 없다. 결국 산티아고 길을 포기하고 다른 길을 찾아본다.

대도시로 향하는 길들은 어느 길이든 차가 많다. 그나마 산티아고 길을 포기하고 택한 이쪽 길은 주택가와 인접해 있어 찻길 옆으로 사람 하나 지나다닐 정도의 갓길이 있다.

언젠가 들은 말로는 몇 년 전에 순례자들이 산티아고 길에서 교통사고를 많이 당했단다. 그래서 산티아고 길 경로에서 도로를 제외하려고 노력했다는 얘길 들었는데 아직 이쪽 길은 도로가 포함된 건 물론이고, 인도조차 없으니 정비가 한참 더 필요하다. 처음 순례길을 시작하는 사람들은 이 길로 오지 않도록 알리는 게 좋겠다. 굳이 이 길로 온다면 괜찮은 몇 구간만 걷고 나머지는 버스나 기차로 이동하는 게 낫다.

10시 반쯤 카페에서 커피를 마신다.

뭔가 편안한 느낌이 든다. 이 햇살을 받으며 마지막 길을 걷는 건 아무리 생각해도 행운이다. 파티마를 가지 않았거나 코임브라에서 하루를 쉬지 않았으면 어제 그 비를 맞으며 우울하게 마지막 길을 걸었을 테지. 모든 것이 맞아들어간 결말인 듯 더할 나위 없이 좋다.

15킬로미터밖에 남지 않았다. 또 가자, 걷자. 문득 아쉬워진다. 비행기표 연기해서 더 걸어야 하나 싶은 마음이 들 정도로 뭔가 아쉽다.

주택가 길로 한참을 걷다가 11시 반쯤 길이 다시 산티아고 길과 합류한다.

길은 이제 강변 쪽을 향한다.

작은 하천 길은 바다 같은 타구스강으로 이어지고 정면에 거대한 다리가 보인다. 서해대교와 비슷해 보이면서 몇 배는 더 긴 저 다리가 바로 서유럽에서 가장 긴 바스코다가마Vasco da Gama다.

바스코다가마 다리를 왼쪽에 두고 오른쪽으로 강변 산책로를 따라 걷는다.

산책로는 잘 되어 있어 조깅 나온 사람, 산책 나온 사람들이 봄날의 일요일처럼 한가롭다. 다리는 한참을 가도 사라질 줄 모르고 계속 저편에 있다.

한 발 한 발 아쉬운가, 후련한가, 정말 끝인가. 아직 끝이란 것이 실감이 나지 않는 건 왜일까? 내 맘대로 끝내는 건데, 왜 뭔가 짠 것 같은 골인 지점으로 향하는 기분이 드는 건가.

2시 넘어 리스본으로 들어선다.

전 세계 사람들이 다 모인 듯 다양한 인종의 사람들이 넘쳐난다. 거리마다 상점마다 사람들로 북적인다. 같은 층수의 건물들이 골목을 만들고 그 골목들이 미로처럼 연결되어 있다. 그 골목에 한 칸짜리 트램이 다닌다. 예상보다 훨씬 큰 도시 규모에 얼떨떨하다.

순례자 여권에 빽빽하게 찍힌 스탬프. 더 이상 찍을 공간이 없다.

한참 골목골목으로 들어가니 앞에 오토바이 택시들이 사람을 태우기 위해 줄지어 서 있다.

이곳이 바로 리스본 대성당이다.

스탬프를 받기 위해 성당 안으로 들어가 크레덴시알(순례자 여권)을 내밀자 안내원이 빈 곳 없이 빽빽하게 찍혀 있는 스탬프들을 보며 "라스트?" 하고 묻는다.

예스!

컨그래츄레이션congratulation!

마지막 스탬프를 받고 좀 아쉬운 마음이었는데 어플을 켜보니 아직 갈 길이 남았다. 여기가 끝이 아니라 페드로 4세 광장을 끝으로 표시하고 있다.

다시 관광객들 틈에 끼어 신호등을 건너고 야외 테이블들이 즐비한 식당들을 지나 광장에 도착한 시각은 3시 10분.

끝이다. 더 이상 갈 데가 없다.

나만 두 팔 들고 사진을 찍는다. 여기 있는 사람들 누구도 모른다, 내가 2천 킬로미터를 넘게 걸어왔는지. 석 달 가까이 하루도 빠짐없이 걸었는지 누구 하나 관심 가질 리 없다. 뭘 기대한 것도 아닌데 허무하다.

90여 일 동안 프랑스 르퓌Le Puy-en-Velay에서 시작해 콩크Conques를 거쳐 생장Saint-Jean-Pied-de-Port을 지나 스페인 산티아고Camino de Santiago까지, 다시 포르투갈 파티마Fátima를 거쳐 리스본Lisbon까지, 세 개 나라의 가장 유명하다는 순례길 약 2200킬로미터를 걸었다.

유럽의 계절을 잘 모르고 시작해 더위와 폭우, 비바람에 눈보라까지 악천후를 모두 겪었다. 어떤 날은 무릎까지 쌓인 눈길만 네 시간을 걸어 1500고지를 넘었다. 그리고 오랜 시간 외로움을 견뎌야 했던 날들이었다.

이제 정말 끝인가, 아직도 실감 나지 않는다.

뭘 얻었냐고 묻는다는 건 지금 생각해보면 다 욕심이었다. 옹졸한 마음이 넓어질 거라든지, 뭔가 새로운 구상들이 떠오를 거라든지, 하다못해 혼자 여행하면 영어가 늘 거라든지, 이 길이 내게 많은 것을 줄 거라는 생각은 다 내 희망 사항일 뿐 헛된 기대였다. 변한 건 없다. 그저 2천여 킬로미터를 걸은 것뿐, 그게 전부다.

아직 실감 나지 않아서 그렇지, 혹시 오늘 자고 나면 뭐라도 변해 있을까. 마지막 허튼 기대를 해보지만 그럴 것 같진 않다.

숙소로 들어와 옷을 다 버리고 겨울옷을 사 입는다. 이제 관광객처럼 좀 보이려나.

권에게 이 도시에서 제일 좋은 스테이크집을 찾아보라 한다. 석 달을 고생한 나를 위해 돈이라도 써서 기분을 내보자 싶었다.

저녁으로 60유로를 넘게 쓰고 숙소 근처 바에서 또 술을 먹는데도 기분은 좀처럼 살아나지 않는다.

권이 내일은 자기가 리스본 관광을 시켜주겠단다. 아무것도 하고 싶지 않은 마음인데 그냥 알았다고 한다.

유럽에서의 날도 이제 겨우 하루 남았다.

이틀 후면 한국으로 간다.

1 유럽에서 가장 긴 다리 바스코다가마
2 리스본 플리마켓
3 리스본 시내 트램
4 리스본 대성당
5 리스본 대성당 앞에서. 이제 끝이다!

87일차

리스본Lisbon을 떠나며

걷기 여행이 끝나니 도시를 구경하는 것에 흥미를 잃었다. 지하철 타고 어딘가를 가고 버스 타고 유명하다는 곳을 기웃기웃하는 일들이 걷는 것보다 오히려 더 힘들다. 트램 타고 가다가 졸기까지 하고. 매일 매양 봤던 건물들, 광장, 성당, 거리들. 관광객들은 모두 웃으며 즐겁게 보이는데 나는 그다지 즐겁지가 않다.

리스본을 떠나며 문득 무언가 그리워진다. 그때는 몰랐는데 오늘이 되니 그 순간이 그립다. 지금에서야 감정이 북받치는 건 뭔지, 리스본 대성당에 도착해 마지막 길을 걸어 페드로 4세 광장으로 걸어가던 그 순간.

리스본에 도착할 때만 해도 그저 매일 걷던 똑같은 날들 중의 하루로 여겼던 것 같다. 하루의 끝에 숙소로 가는 기쁨 정도로 느꼈다. 유별난 의미를 부여하고 싶지도 않았고 다를 건 없다고 생각했다. 지금 생각해보니 그 순간은 큰 감동이었다. 지금에야 다시 돌아가 그 벅찬 감정 하나하나를 놓치지 않고 느끼고 싶을 정도로. 리스본으로 향하던 날의 아침으로 돌아가 마지막 날을 다시 걷고 싶을 정도로.

1 리스본 코메르시우 광장의 주세 1 세Jose I 동상과 개선문
2 멀리 '4월 25일 다리'가 보이는 테주강변(Rio Tejo, 또는 타구스강)
3 언덕에서 내려다본 리스본 전경
4 리스본 시내
5 리스본 시내에 있는 공동묘지

1

2

3

1 코메르시우 광장에서 리스본 시내 관광 트램이 출발한다.
2 에그타르트가 유명한 빵집. 권이 30분 동안 줄을 서서 사왔다고 해서 하나 먹어보니 내겐 그냥 부드러운 빵이다.
3 제로니무스 수도원Jerónimos Monastery

걷기 후 14일차

여행이 끝난 뒤 제주도 집에서

며칠 전까지만 해도 새벽에 깨어나 잠이 오지 않더니 이제는 중간에 깨지 않고 아침에 눈을 뜨긴 한다.

눈을 뜨면 여기가 어디인지 인지하는 데 시간이 걸린다.

처음 며칠은 걷는 꿈을 꾸더니, 아직도 아침에 일어나면 서둘러 가방을 챙겨 걸어야 할 것만 같다.

발바닥 아픈 건 조금씩 나아지는 듯하고 감기도 왔다가 심해지지 않은 채로 며칠째다.

짐 정리는 되었고, 집 정리는 언제 하나 싶다.

여름 끝자락에 떠난 제주는 지금이 겨울인지 봄인지 가을 국화도 남아 있고 유채꽃도 피기 시작했다.

돌아와 아무것도 하지 않고 보낸 일주일 만에 한 해가 다 간 듯하다.

여행 중 사실 가장 힘들고 귀찮았던 건 하루하루 페이스북에 포스팅을 하는 것이었다. 처음에는 일주일에 한두 번씩 사진 몇 장과 간단한 일정을 올리려 했던 게 어느 날부터인가 하루 일정을 대부분 기록하기 시작해서 나중엔 의무가 되어버렸다.

하루 종일 바삐 걷던 날들 중에 다 메모를 못 해 기억이 안 날 때도 있었고, 어쩌다 이어진 긴 술자리에서 취한 상태로 채 정리되지 못한 걸 올린 날도 많았다.

걷는 것만도 피곤했고 취한 날도 많았고, 암튼 힘들었지만 지나고 보니 이렇게나마 기록을 남기길 잘했다는 생각이다. 매 순간 거짓 없이 느낀 그대로를 적어 나갔고 검색만 하면 나오는 관광지 정보로 분량을 늘리지 않으려고 했다. 무엇보다 매일 봐주고 기다려주던 사람들 덕분에 마지막까지 쓸 수 있었다.

재주 없는 글 끝까지 읽어주시고 댓글 달아주시고 '좋아요' 눌러주신 분들, 관심 가져주신 분들께 진심으로 고맙다는 인사를 드리고 싶다.

지금까지 매일 댓글 달아주신 윤홍 형, 효제 형, 동현 형이 너무 고맙고, 생각지도 못한 후원금을 보내주신 승은 형한테도 고마움을 전한다.

스물여덟 살에 자전거로 유럽 횡단 2천 킬로미터, 40대 중반에 걸어서 3개국 순례길 2천여 킬로미터를 완주했다. 젊은 날의 자전거 여행은 내 청년기를 지탱해줬다고 말할 수 있다. 이번 순례길 여정이 인생 중년에는 어떤 작용을 하게 될지 궁금해진다. 결코 지루하게 생을 보내지는 않을 것이다.

보잘것없는 글이 출판이 될지 사실 반신반의했다. 여러 출판사에 원고를 보낸 뒤 지성사에서 연락이 왔을 때 기뻤지만 역시 반신반의했다. 그러나 책이 나오기까지 편집부의 전문성과 세심한 노고가 깃든 감동의 연속이었다.

출판을 결정해주고 세심하게 편집해준 도서출판 지성사에 진심으로 감사를 전한다.

끝으로, 아내가 없었다면 이 책은 세상에 나오기 힘들었을 것이다. 걸으면서 즉석으로 기록한 투박하고 거친 글들을 몇 달이고 시간을 들여 다듬고 출판사에 원고를 보내준 아내에게 사랑을 전한다.